AF289804

Yvor und Yvi - Eine Vampir-Liebesgeschichte mit Knacks

Ein Roman von Sabrina Georgia

Bibliografische Information der Deutschen Nationalbibliothek:
Die Deutsche Nationalbibliothek verzeichnet diese Publikation in der
Deutschen Nationalbibliografie; detaillierte bibliografische Daten sind
im Internet über http://dnb.d-nb.de abrufbar.

Yvor und Yvi - Eine Vampir-Liebesgeschichte mit Knacks
Sabrina Georgia

1. Auflage
Oktober 2015

© 2015 DerFuchs-Verlag
D-69231 Rauenberg (Kraichgau)
info@DerFuchs-Verlag.de
DerFuchs-Verlag.de
Korrektorat: Ulrike Rücker

ISBN 978-3-945858-06-6

Danke!

Ich möchte mich bei Yvonne für die Namen der Charaktere bedanken, die mich zum Lachen, manchmal auch zum Weinen und SEHR OFT bis an den Rand der Verzweiflung gebracht haben ... Aber es hat sich gelohnt! ☺

1

Wie in letzter Zeit sehr häufig streifte Yvor durch die Straßen und suchte nach Beute. Er hatte es aufgegeben sich von Blutbeuteln ernähren zu wollen, denn diese befriedigten nur bedingt seine Bedürfnisse. Er war ein Jäger und brauchte diese Anspannung, bis er ein Opfer für sich auserkoren und es zur Strecke gebracht hatte. Er sah den betrunkenen Mann gleich, als dieser aus der Kneipe heraus wankte, und nahm ihn näher in Augenschein. Er war ein typischer Trinker, dem die Sucht bereits ins Gesicht geschrieben stand.

Mit leisen Schritten näherte sich Yvor langsam seiner Beute und freute sich, als der Mann in eine Straße einbog, die nicht ganz so belebt war. Gleich würde er seinen Durst stillen können, zumindest für diese Stunde.

»Hier steckst du also, Mike! Ich hab dich überall gesucht.« Eine junge Frau kam ihnen entgegen und sie schien vor Wut zu kochen. Dem Betrunkenen war diese Reaktion offensichtlich nicht unbekannt. Er winkte genervt ab, doch das schien die Frau noch mehr in Rage zu bringen. Yvor seufzte. Da war sein Snack dahin.

»Lass mich doch in Ruhe, Yvi«, lallte der Mann und versuchte, an ihr vorbei zu marschieren, doch sie stellte sich ihm in den Weg.

Der Mann mit dem Namen Mike versuchte mehrmals an ihr vorbei zu kommen, aber immer wieder hielt sie ihn auf. Der Betrunkene würde sich diese Behandlung nicht mehr lange gefallen lassen, da war Yvor sich sicher, doch dieses Teufelsweib schien nicht nachgeben zu wollen. Amüsiert beobachtete Yvor das Geschehen und machte sich bereit einzugreifen, falls es nötig werden sollte.

»Verdammt, Yvi, jetzt hör endlich auf mit dem Mist! Du bist nicht meine Mutter!«, knurrte der Mann und schob sie grob zur Seite. Yvor sah Wut in den Augen der Frau aufblitzen, als sich eine Strähne aus ihrem dunkelbraunen Haarknoten löste und ihr ins Gesicht fiel.

Es war sofort um ihn geschehen. Ihre Schönheit, ihr Mut und ihr Stolz schienen ihn regelrecht zu blenden.

»Nein, ich bin nicht deine Mutter, aber deine Schwester. Ich werde nicht mit dir diskutieren. Du machst sofort, dass du nach Hause kommst, und zwar plötzlich.«

Ihr Bruder erhob die Hand, doch sie zuckte noch nicht einmal zusammen. Sie schien sich ziemlich sicher zu sein, dass er sie nicht schlagen würde. Ihre Augen sahen ihn weiterhin streng an und trugen ihren Teil dazu bei, dass ihr Gegenüber plötzlich einknickte.

»Wie du meinst, Doc. Ich bin eh müde.«

Yvor beobachtete, wie er sich langsam torkelnd aus der Gasse entfernte. Sie hatte den Kampf auf jeden Fall für sich entschieden.

»Ach, Mike. Was mach ich nur mit dir?«, seufzte die Frau mit dem schönen Namen Yvi und schüttelte ihren Kopf. Sie starrte hinter ihrem Bruder her und schien nicht ganz sicher, was sie nun machen sollte. Yvor näherte sich ihr langsam. Er musste erfahren, wer sie war und wie er sie wiederfinden konnte, bevor sie die Chance hatte, wieder spurlos aus seinem Leben zu verschwinden.

»Ich kenn' dich doch!« Ein Mann war aus der Richtung gekommen, in der Yvis Bruder gerade verschwunden war. Er schritt auf die junge Dunkelhaarige zu und schien mit jedem Schritt wütender zu werden. Yvor hielt inne.

»Ich kenne Sie nicht und werde nun gehen. Guten Abend wünsche ich«, gab sie zurück und bewegte sich von dem Mann weg. Sie versuchte, ruhig zu erscheinen, doch die Fassade bröckelte, als er sie am Handgelenk festhielt.

»Du bist die Psychotante, die meiner Frau gesagt hat, dass sie sich von mir trennen soll!«

Yvor bewegte sich wieder. Schnell marschierte er weiter auf die beiden zu, hielt allerdings erneut inne, als er sie ruhig weitersprechen hörte:

»Ich sage niemandem, was er zu tun hat. Ich gebe Denkanstöße und mache den Leuten damit klar, was sie wollen.«

Der Mann lachte. Es war ein sarkastisches und freudloses Lachen, das Yvor dazu bewog, sich im Schatten den beiden weiter zu nähern. Er verschmolz mit der Dunkelheit und hoffte, dass er abermals die Möglichkeit bekam, diese kleine tapfere Kriegerin in Aktion zu erleben. Ob sie auch diese Situation gemeistert bekam?

»Meine Frau hat mich verlassen. Sie sagte mir, ich wäre der falsche Mann für sie und für ihre Zukunft. Wir waren neun Jahre verheiratet.« Der Fremde griff in seine Hosentasche und zog etwas daraus hervor. Yvor wollte sich bereits auf ihn stürzen, als er wahrnahm, dass sich Yvi auf den Mann zubewegte. Sie nahm ihm etwas aus der Hand, worauf er sich auf den Boden fallen ließ. Verblüfft stellte Yvor fest, dass er schluchzte.

»Bitte helfen Sie mir! Ich bin nichts ohne sie«, bettelte das Häufchen Elend und schluchzte weiter. Yvor war hin- und hergerissen zwischen seiner Verblüffung und Ekel davor, dass sich ein Mann so benehmen konnte.

»Ist schon gut«, hauchte sie und strich dem Fremden sanft übers Haar. »Komm morgen zu mir ins Krankenhaus und dann schauen wir, wie wir euch beiden helfen können, okay? Heute Abend wirst du nach Hause gehen, dich gut ausschlafen und Kraft tanken. Du wirst sie brauchen, um Diana zurück zu bekommen.«

Fassungslos beobachtete Yvor, wie sie den Mann auf die Beine zog und sich bei ihm einhakte. Er ließ es einfach so geschehen. Die beiden zogen ab und Yvor blieb wie betäubt stehen.

Was war hier gerade geschehen? Die Reaktion des Mannes war ungewöhnlich gewesen, geradezu grotesk.

›Auserwählte‹, schoss es Yvor durch den Kopf und er nahm sich fest vor, am nächsten Tag ins Krankenhaus zu fahren und der Sache auf den Grund zu gehen. Wenn diese Frau wirklich eine Auserwählte war ...

2

Yvi hatte all ihren Mut zusammengenommen und sich diesen Kerl tatsächlich mit ihrem Talent vom Hals gehalten. Schon als Kind hatte sie festgestellt, dass sie die Fähigkeit besaß, die Gefühle von Menschen zu manipulieren. Sie konnte diese nach Belieben verstärken oder abschwächen.

»Irgendwann wird dir das sicherlich noch zum Verhängnis werden«, seufzte sie nun, da sie endlich in ihrer Wohnung stand. Alles was sie hatte erreichen wollen, war, dass Mike sich in Richtung Zuhause aufmachte und das hatte sie tatsächlich hinbekommen.

Ihr Bruder, das schwarze Schaf der Familie, schlief mittlerweile tief und fest in seinem Zimmer. Yvi hatte noch einmal nach ihm gesehen und ihn zugedeckt. Er hatte etwas im Schlaf gemurmelt, war jedoch nicht aufgewacht. Sie beobachtete ihren Bruder und dachte an ihre Eltern. Sie vermisste sie schrecklich.

Mike hatte den Unfall zwar überlebt, doch schien er sich immer noch mit Albträumen und Gewissensbissen herumzuschlagen. Yvi verstand es einfach nicht. Im Unfallbericht stand, dass ein betrunkener Fahrer auf die Gegenfahrbahn geraten und dann den Unfall verursacht hatte. Ihr Bruder konnte an diesem Unfall in keinster Weise eine Mitschuld gehabt haben. Leider schien er das anders zu sehen.

Mike verkrampfte sich leicht und stöhnte leise. Yvi kannte das - ihr Bruder hatte einen seiner Albträume. Sie wollte ihn wecken und ihn vor den Bildern bewahren, die sich gleich vor seinen Augen abspielen würden, doch

Mike hatte ihr mehrmals gesagt, dass sie ihn in Ruhe lassen sollte. Er wollte mit allem allein fertig werden. Leider waren seine Methoden die Falschen, denn der Alkohol war seitdem sein ständiger Begleiter gewesen. Yvi brach es fast das Herz. Es war manchmal so, als hätte sie nicht nur ihre Eltern bei dem Unfall verloren ...

Mikes Stöhnen wurde lauter und Yvi berührte ihn sanft. Sie wollte ihn auf keinen Fall aufwecken, doch vielleicht konnte sie ihm ja ein klein wenig Ruhe schenken. Sie konzentrierte sich auf ein Gefühl von Geborgenheit und verstärkte dieses. Als große Schwester musste sie ihm einfach ein wenig Halt geben.

»Mir geht es gut, Doc.« Erschrocken nahm sie wahr, dass er die Augen geöffnet hatte. Er sah sie müde an und seufzte leise. Mike wusste, was sie konnte und strich ihr nun sachte über ihre Fingerspitzen, die sich noch immer auf seiner Wange befanden. »Bitte, Yvi. Ich möchte jetzt nur noch schlafen.«

»Ist gut.« Sie ließ ihn los und entfernte sich langsam und leise von ihm. Yvi fühlte sich ertappt und überlegte, ob es am nächsten Tag deshalb wieder Streit geben würde.

»Schwesterchen«, hörte sie Mikes Stimme hinter sich flüstern und drehte sich nochmals zu ihm um. »Ich hab dich lieb.«

Sie musste sich sehr zusammenreißen, nicht gleich in Tränen auszubrechen. Yvi biss sich kurz auf die Zunge.

»Ich hab dich auch lieb, kleiner Bruder.«

Er lächelte leicht, dann schien er wieder im Tal der Träume zu verschwinden. Yvi war sich sicher, dass es dank ihrer Gabe eine friedliche Nacht werden würde. Kurz, doch friedlich.

Schnell lief sie in Richtung ihres Zimmers und schloss hinter sich die Tür. Sie warf sich auf ihr Bett und die Tränen, die sie gerade noch hatte zurückhalten können, liefen ihr nun in Strömen über die Wangen. Sie fühlte sich ausgelaugt und hoffte, dass Mike sie nicht hören würde. Stunden später schaffte sie es endlich und fiel ebenfalls in einen tiefen Schlaf. Der Traum, den sie in dieser Nacht hatte, war seltsam. Sie träumte von der dunklen Gasse, in der sie Mike gefunden hatte, doch da war noch eine weitere Gestalt. Sie hatte sich im Schatten gehalten, bis Mike verschwunden war. Langsam kam sie aus dem Dunkel und Yvi bekam Herzklopfen. Der Mann war groß und hatte breite Schultern. Etwas an ihm ließ sie wissen, dass er kein normaler Mann war. Er hatte etwas Animalisches an sich, das sie allerdings nicht deuten konnte. Sie versuchte, sein Gesicht zu erkennen, doch schaffte sie es nicht.

»Ich finde dich«, knurrte er.

Mit einem Ruck setzte sich Yvi auf und starrte auf ihren Wecker. Es war halb 5. Noch ehe sie sich den Traum wieder in Erinnerung rufen konnte, begann der Wecker mit seinem grausamen Morgengruß. Yvi fluchte. Sie musste in die Klinik.

Yvor wusste nun, wer die Frau war. Sie hieß Yvonne Nowak, war Psychotherapeutin im städtischen Krankenhaus und schien ziemlich beliebt zu sein. Durch seine Kontakte erfuhr Yvor, dass sie sich morgens im Krankenhaus aufhielt und sich um das Wohl von Patienten in der Notaufnahme kümmerte. Sie war eine junge und engagierte Frau, eine durch und durch bodenständige Auserwählte, was ihm sehr gefiel. Nur wie sollte er es anstellen, sie näher kennenzulernen?

»Aus welchem Grund sind Sie hier?«, wollte eine Schwester von ihm wissen und sah ihn fragend an. Er hatte noch immer keinen blassen Schimmer, was er zu ihr sagen sollte.

»Ich würde gern Dr. Yvonne Nowak sprechen«, sagte er deshalb und sah, wie die Schwester ihre Augenbraue leicht anhob. Sie betrachtete ihn eingehend. Yvor mochte sie nicht, ließ sich jedoch von ihr anstarren wie ein Objekt unter einem Mikroskop. Nach ein paar Sekunden riss ihm allerdings der Geduldsfaden und er knurrte ein: »Und? Ist sie zu sprechen?«

»Sie ist gerade mit einem Notfall beschäftigt. Sind Sie privat hier? Dann kann ich ihr ja vielleicht etwas ausrichten. Ansonsten müssten Sie bitte im Wartezimmer Platz nehmen. Dr. Nowak kümmert sich dann um sie, wenn Sie an der Reihe sind.«

Yvor fluchte innerlich. Ihm würde nichts anderes übrig bleiben, als zu warten. Er musste sich bis dahin unbedingt eine Geschichte ausdenken, wieso er sie sprechen wollte. Gerade, als er sich von der Schwester entfernte, ging die Tür des Behandlungsraums auf und Doktor Yvonne Nowak kam eiligen Schrittes auf sie beide zu.

»Entschuldige Anna. Ich bin natürlich nicht schnell genug weggekommen. Das Mädchen wird aber sicherlich keine Dummheiten mehr machen. Zur Sicherheit behalten wir sie jedoch in unserer Geschlossenen Abteilung zur Beobachtung. Sie ist gerade noch bei Jürgen.« Yvis Wangen waren leicht gerötet. Sie sah einfach bezaubernd aus in ihrem weißen Kittel, und Yvor schluckte. Durst schnürte ihm die Kehle zu.

»Ich kümmere mich um alles«, gab Schwester Anna zurück und nahm die Krankenakte entgegen. Sie warf Yvor einen Blick zu, der in seiner Bewegung in Richtung Wartezimmer innegehalten hatte. »Dieser nette Herr hier wollte dich übrigens sprechen. Er hat mir leider nicht verraten, ob als Patient oder privat.«

Mist!

Yvor drehte sich zu den beiden Frauen um und bemerkte, wie es Frau Doktor die Kinnlade nach unten schlug. Sie starrte ihn fast schon entsetzt an.

»Mein Name ist Yvor Sommer«, stellte er sich ihr vor und ergriff ihre Hand. Sie schluckte und hauchte dann ihren Namen:

»Yvonne Nowak. Was kann ich für Sie tun?«

Yvor schenkte ihr ein breites Lächeln und deutete dann auf die Tür des Behandlungsraums. Sie schien seine Absicht nicht ganz deuten zu können, also machte er einen weiteren kleinen Schritt auf sie zu und raunte:

»Mir wäre es lieber, wenn wir meine Angelegenheit unter vier Augen besprechen könnten.«

Als wäre ihr gerade bewusst geworden, dass sie nur dastand und ihn anstarrte, machte sie hastig einen Schritt von ihm weg und räusperte sich.

»Natürlich. Bitte, in Behandlungsraum 2. Anna«, sie

wandte sich an die leicht lächelnde Krankenschwester, die das Geschehen beobachtet hatte. »Bitte kümmere dich um die Formalitäten bei Bianca. Sie soll nicht unnötig viel Zeit allein verbringen. Das bringt sie nur auf Ideen.«

Schwester Anna nickte und Yvi schien sich wieder zurück in die professionelle Ärztin zu verwandeln. Sie deutete in Richtung Behandlungsraum und Yvor marschierte mit selbstbewussten Schritten vor ihr hinein. Sie folgte ihm langsam, als wäre sie sich nicht ganz sicher, ob sie das wirklich wollte.

»Setzen Sie sich.« Sie deutete auf einen unbequemen Stuhl vor ihrem kleinen Schreibtisch und er nahm stirnrunzelnd Platz. Das war keine schöne Umgebung für ein erstes Kennenlernen.

4

Nun, was kann ich für Sie tun?«, erkundigte sich Yvi erneut vorsichtig, als sie ihm gegenüber Platz nahm. Sie konnte sich einfach nicht vorstellen, was dieser Traummann bei ihr zu suchen hatte. Sie konnte es einfach nicht fassen.

»Das ist eine sehr schwierige Angelegenheit und ich hoffe einfach, dass Sie mich nicht falsch verstehen.« Er suchte offensichtlich nach den geeigneten Worten und Yvi rutschte langsam aber sicher das Herz in die Hose. Es ging also um ein Problem, das er hatte.

Forschend betrachtete sie ihn und seine gleichmäßigen Gesichtszüge. Dieser Mann sah wirklich unfassbar gut aus.

»Ich bin Ärztin, Herr Sommer. Ich werde es sicherlich nicht falsch verstehen. Nur los. Was haben Sie für ein Problem? Wobei kann ich Ihnen helfen?«

Sein Gesichtsausdruck wechselte von unsicher zu leicht verärgert. Yvi hatte keine Ahnung, was sie tun sollte, um sein Vertrauen zu erlangen. Vielleicht würde eine kleine Beeinflussung helfen? Sie stand auf und bewegte sich auf ihn zu. Er beobachtete sie misstrauisch.

»Es ist anscheinend nicht so einfach zu erklären. Mir fehlen zum ersten Mal in meinem Leben die Worte.«

»Soll ich es erraten?« Sie musste grinsen. Dieser Traummann war wirklich seltsam befangen. Yvi hoffte inständig, dass es nichts Ernstes war. Sie mochte ihn aus irgendeinem Grund bereits jetzt.

Sanft legte sie ihm ihre Hand auf die Schulter und versteifte sich augenblicklich. Sie konnte seine Gefühle so intensiv spüren, dass es fast weh tat. Yvi hatte mit einem Male Angst in der Einsamkeit, einem ausgesprochen heftigen Durst und in Selbsthass zu ertrinken. Sie schnappte nach Luft und ihre Beine versagten ihren Dienst.

»Scheiße!«, hörte sie die Stimme des Mannes und nahm verschwommen wahr, dass er sie packte und auf die Behandlungsliege hievte. Geschockt ließ sie es geschehen und wartete darauf, bis das seltsame Gefühl nachließ, doch eine Besserung wollte sich einfach nicht einstellen. Nun gesellte sich auch noch Sorge dazu. Yvi kam sich vor, als wäre sie von einem Gefühlscocktail überschüttet worden.

So rasant diese Emotionen auf sie eingeströmt waren, so schnell waren sie auch wieder verschwunden. Yvi riss ihre Augen auf. Er war weg. Der Behandlungsraum war leer.

»Ach, verdammt!«, fluchte sie und stolperte aus dem Raum. Sie musste ihm hinterher. Auf keinen Fall durfte er in diesem Zustand allein sein. Nicht auszudenken, was dieser Mann dann anstellen könnte.

Anna sah sie irritiert an, als sie aus ihrem Zimmer stürmte. Auf ihre atemlos, gekeuchte Frage: »Wo ist er hin?«, deutete sie auf den Aufzug. Yvi spurtete in Richtung der Treppe und hechtete die fünf Stockwerke zur Empfangshalle hinunter. Mit etwas Glück würde sie ihn aufhalten können, ehe es zu spät war. Bilder kamen ihr in den Kopf. Sie musste verhindern, dass er sich etwas antat, wie es damals Martin getan hatte.

Ihre Lunge brannte vor Anstrengung und sie verwünschte den Tag, als sie mit dem Sport aufgehört hatte. Sie musste sich wieder mehr bewegen. Yvi keuchte und fluchte, biss die Zähne zusammen und flog geradezu die Treppenstufen hinunter. Mit etwas Glück wäre sie vor dem Fahrstuhl unten.

Komplett außer Atem kam sie in der Empfangshalle an, in der reger Betrieb herrschte. Ihr Blick fiel auf die Anzeige des Fahrstuhls. Er zeigte, dass er auf dem Weg nach unten war. Hatte sie es geschafft? Gebannt starrte sie auf die Anzeige, während ihre Lunge sich von der Anstrengung zu erholen suchte. Solche Aktionen waren wirklich nichts für sie. Fahrig versuchte sie ihre Haare erneut zu dem ordentlichen Knoten zu wickeln, was mit zitternden Händen eine echte Herausforderung darstellte.

Mit einem leisen ›*Pling*‹ gingen die Fahrstuhltüren auf und Yvi blickte in das wunderschöne Gesicht des Mannes, dessen Gefühlswelt in einem Chaos festzustecken schien. Er sah sie fassungslos an und sie bemühte sich, eine freundliche Miene aufzusetzen.

»Sie wollten mir noch etwas erzählen.«

Seine Miene hellte sich ein wenig auf und wieder bemerkte Yvi wie verdammt gut er aussah. Yvor Sommer. Sein dunkelbraunes Haar, die blauen Augen und der gut gebaute Körper. Er hätte Model sein können. Er kam bedächtig auf sie zu, als wäre er sich nicht ganz im Klaren, was er zu ihr sagen sollte.

»Ich glaube, das Krankenhaus ist nicht der passende Ort dafür. Es tut mir leid, dass ich hergekommen bin.« Dann wandte er sich von ihr ab und wollte in Richtung Ausgang verschwinden, doch sie hielt ihn auf. Schnell ergriff sie den Ärmel seiner Jacke. Direkten Körperkontakt traute sie sich noch nicht zu, allerdings zeigte auch diese Geste Wirkung. Yvor Sommer blieb stehen und drehte sich erneut zu ihr um.

»Mir tut es nicht leid. Bitte kommen Sie doch mit mir in die Cafeteria. Ich wollte mir ohnehin einen Kaffee holen. Vielleicht können wir uns ja dort ein wenig unterhalten.«

Er seufzte.

»Ich lade Sie ein.« Das vorsichtige Lächeln, das er ihr schenkte, war wunderbar ehrlich.

Sie gingen zusammen in die kleine Cafeteria, wo Sylvia Yvi freudestrahlend begrüßte.

»Wie immer?«

»Nein, Sylvia, heute bitte nur den Kaffee. Danke«, bestellte sie ein wenig enttäuscht den täglichen Donut ab. Sie mochte diese pappsüßen und ungesunden Dinger sehr, sie passten allerdings nicht zu einem ernsten Gespräch. Kaffee passte jedoch zu fast allen Lebenslagen.

»Ich nehme einen Kaffee und zwei Donuts. Einen mit Vanillefüllung und einen mit Streuseln.« Yvor Sommer lächelte Sylvia an, die ihm daraufhin mit wachsender Begeisterung den Kaffee und die Donuts reichte.

Na prima.

Yvi marschierte zu einem freien Tisch am Fenster der Cafeteria und ließ sich erschöpft auf einem der Stühle nieder. Sie hatte Hunger und das Brennen in ihrer Lunge hatte sich nun in ein stetes Klopfen verwandelt. Sport ist Mord!

Yvor kam hinter ihr her und nahm ihr gegenüber Platz. Er stellte den Teller mit den Donuts auf den Tisch und schob ihn in die Mitte.

»Frühstück?«, sagte er leise. »Ihr Magen hat geknurrt. Ich weiß zwar nicht, ob es erlaubt ist, als Arzt öffentlich zu essen, aber ich denke, wenn es einen passenden Ort dafür gibt, dann wohl hier.«

Sein Lächeln war ansteckend und Yvi schaffte es nicht, sich das Kichern zu verkneifen. Sie schob trotz allem den Teller zu ihm zurück.

»Das sind Ihre Donuts. Ich hole mir schnell mein Frühstück.«

5

Yvor beobachtete die Frau mit dem Namen Yvonne Nowak dabei, wie sie sich noch einmal der Frau an der Theke zuwandte, und von ihr eine Tüte gereicht bekam. Wie er es vermutet hatte, war sie immer zum Frühstücken in dieser Cafeteria. Er sah auf den Teller, auf dem die Donuts lagen. Eigentlich hatte er sie für Yvi bestellt, doch nun sah es so aus, als würde er sie selbst essen müssen. Er roch das Fett, in dem die Donuts gebacken worden waren. Yvor hatte nicht nur den Blutbeuteln bereits seit Jahren keine Beachtung mehr geschenkt, sondern auch der normalen Nahrung. Es war im Grunde nur Zeitverschwendung, denn es würde nicht gegen den ständigen Durst helfen, den er immerzu spürte.

»Sie essen ja gar nicht. Die Donuts hier sind wirklich gut.« Yvi strahlte ihn an und setzte sich wieder ihm gegenüber. Sie riss die Tüte auf und es kam ein weiterer Donut zum Vorschein. Dunkle Schokolade glänzte unter pinkfarbenen Streuseln hervor.

Yvor hoffte, dass es nicht ganz so fettig schmeckte, wie er annahm. Langsam zog er den Teller zu sich heran und griff nach dem Donut mit vielen bunten Streuseln. Wie sollte man diese Dinger nur essen, ohne am Ende alles einzusauen? Er warf einen fragenden Blick zu Yvi, die sich darum keine Gedanken zu machen schien. Mit einer kindlichen Begeisterung biss sie hinein und ein paar Streusel fielen dabei in die Tüte. Sie kaute und schloss dabei genießerisch die Augen.

Ach, was sollte es. Er würde auch einen Bissen davon nehmen. Vorsichtig führte er den Donut zum Mund und biss davon ab. Der Geschmack war außergewöhnlich. Es kam Yvor vor wie der Himmel auf Erden. Schnell verputzte er die Donuts und ließ selbst die Krümel auf dem Teller nicht zurück. Ein schallendes Lachen machte ihn auf Yvi aufmerksam, die ihm offensichtlich beim Essen zugesehen hatte.

»Ich sagte zwar, die Donuts sind gut ...« Sie grinste breit und deutete in sein Gesicht. »Sie haben einen Zuckerstreusel an der Nasenspitze.«

Yvor spürte, wie ihm die Röte ins Gesicht stieg. Vor Verzückung über diese leckere Süßigkeit hatte er ganz seine Manieren vergessen. Eilig wischte er sich den Krümel von der Nase und zuckte mit den Schultern.

»Wollen Sie mir nicht langsam erzählen, was Sie bedrückt? Ich bin mir sicher, dass ich Ihnen helfen kann«, hakte Yvi die Ärztin nun nach und sah ihn erwartungsvoll an, während sie mit einem Plastiklöffel in ihrem Kaffee herumrührte.

Was sollte er ihr nur sagen?

›Ich bin ein Vampir und habe mein ganzes Leben nach einer Auserwählten wie dir gesucht‹? Nein, das war kein guter Anfang. Sie würde vermutlich schreiend davonlaufen oder den Sicherheitsdienst rufen.

»Ich glaube, ich weiß es.« Ihre Worte ließen ihn verblüfft aufschauen und direkt in Doktor Yvonne Nowaks warme braune Augen blicken. Er hatte das Gefühl, in ihnen zu versinken.

Äußerst langsam und bedächtig griff Yvi über den Tisch und berührte seine Hand. Er zuckte zurück. Zu frisch war die Erinnerung an ihre erste Reaktion. Sie hatte vor Schmerz aufgestöhnt und ihre Miene war vor Angst verzerrt gewesen. Dieser Ausdruck hatte ihn dazu veranlasst, fluchtartig den Raum zu verlassen.

»Entschuldigung.« Yvor betrachtete die Finger, die ihn gerade noch hatten berühren wollen. Yvi hatte sie auf die

Tischplatte sinken lassen und dort lagen sie nun ineinander verschränkt und versuchten, möglichst entspannt zu wirken. Sie war leider keine gute Schauspielerin. Yvi hatte selbst Angst vor der Berührung gehabt, das war Yvor klar.

»Sie kämpfen mit sich, kann das sein? Aus irgendeinem Grund können Sie sich selbst nicht ganz leiden. Haben Sie ein Suchtproblem?«

Er musste sie nach ihren Worten so verdattert angesehen haben, dass sie leicht errötete. Hielt sie ihn wirklich für einen Alkoholiker?

»Nun sollte ich mich wohl entschuldigen. Sie sehen nicht aus wie jemand, der mit dem Trinken Probleme hat, doch wie soll ich es beschreiben ... Sie scheinen sich für einen zu halten.« Sie seufzte und Yvor erkannte nun, was sie während ihrer Berührung hatte spüren können. Sein Durst war erneut erwacht.

»Ich habe eine Schwäche, das ist wahr. Leider ist es etwas komplizierter. Ich kann es nicht einfach sein lassen, und es scheint mit den Jahren intensiver zu werden. Also um Ihre Worte zu nutzen, habe ich tatsächlich ein Problem mit dem Trinken«, gab er leise zu und war erstaunt, wie sehr ihn selbst diese Halbwahrheit erleichterte. Wie lange hatte er seine Taten und Gedanken vor allen verborgen?

Yvis Miene war weich geworden und sie lächelte sanft.

»Ich denke, da kann ich wirklich helfen. Lektion 1: Hören Sie auf, sich selbst deswegen zu zerfleischen. Sie wollen etwas dagegen tun, und das ist doch schon einmal ein Schritt in die richtige Richtung.« Sie stand plötzlich auf und suchte etwas in ihrer Hosentasche. »Leider muss ich gleich auf die Station zurück, aber wie wäre es, wenn Sie heute Nachmittag zu mir in meine Praxis kommen? Dort könnten wir uns besser unterhalten.«

Sie hielt Yvor eine Visitenkarte unter die Nase, die er
entgegen nahm. Doktor Yvonne Nowak wollte ihm bei
seinem Problem helfen, obwohl sie noch nicht genau
wusste, worum es sich dabei handelte. Oh Mann, was
sollte er dazu nur sagen?

»Also dann bis heute Nachmittag um halb vier?« Sie
hielt ihm ihre Hand hin und er starrte sie an. Yvi lächelte
ihn aufmunternd an und Yvor wagte einen Händedruck.
Die befürchtete Katastrophe blieb überraschenderweise
aus und er betrachtete abwesend ihre miteinanderver-
bundenen Hände.

6

Er sah so verloren aus, wie er ihre Hände betrachtete. Yvi schluckte und entzog sich sanft, aber nachdrücklich seiner Berührung.

›Er ist ein Patient‹, erinnerte sie sich selbst und versuchte, wieder die professionelle Distanz zwischen diesen Mann und sich zu bringen. Sein Lächeln wirkte unsicher.

»Heute Nachmittag um halb vier. Ich werde da sein.«

Er drehte sich nach einem kleinen Kopfnicken um und marschierte in Richtung des Ausgangs. Yvi sah ihm nach und war sich nicht ganz sicher, wie gut die Idee gewesen war, ihm die Adresse ihrer Praxis zu geben. Yvor Sommer machte ihr zu schaffen.

Ihr Handy klingelte und sie zog es schnell aus ihrer Kitteltasche.

»Nowak«, meldete sie sich.

»Hey, Schwesterchen. Ich wollte dich nur fragen, wann du heute nach Hause kommst.« Mike klang müde und Yvis Stimmung verschlechterte sich schlagartig. War er etwa bis jetzt im Bett geblieben? Ein Blick auf die Uhr am Empfang verriet ihr, dass es bereits 11 war. So konnte es nicht weitergehen.

»Ich weiß es noch nicht. Wenn nichts dazwischen kommt, habe ich um halb vier meinen letzten Patienten. Wieso?«

»Nun ja. Ich wollte dich fragen, ob du vielleicht heute Lust auf Kino hast. Wir könnten uns vorher oder danach auch noch eine Pizza gönnen. Na, wie wäre das?«, fragte Mike und wartete auf Yvis Reaktion. Sie hatte bei seinen

Worten irgendwann aufgehört zu atmen und angespannt die Luft angehalten. Eine solche Annäherung hatte es seit der Zeit des Unfalls nicht mehr gegeben und ihr Herz zog sich leicht zusammen. Mike wollte Zeit mit ihr verbringen?

»Was für ein Film läuft denn?«

»Keine Ahnung. Aber so wie ich das mitbekommen habe, wären einige was für dich. Du weißt ja, dass ich mir diese Titel nie merken kann.« Er brummte leise und sie musste lachen. Ja, diese Schwäche hatte er von ihrem Vater geerbt. Ein kleiner Stich in ihrem Herzen ließ sie innehalten.

»Okay, ich rufe an, wenn ich fertig bin. Dann haben wir sicherlich noch genug Zeit, um vor dem Kinobesuch einen Abstecher in die Pizzeria zu machen.«

Sie merkte, wie sehr sich Mike auf den Abend freute und es gab ihr erneut Hoffnung, dass sich vielleicht alles langsam zum Guten wenden würde. Mike legte auf und Yvi marschierte in Richtung Aufzug. Sie musste zurück und nach Bianca schauen. Vermutlich hatte sie dank Anna bereits ein Zimmer auf der kleinen Station, in der sich um Yvis Patienten gekümmert wurde. Im Krankenhaus gab es nicht viele Menschen, die sich wegen psychischer Störungen an die Notaufnahme wandten, doch diejenigen, die zu ihnen kamen, waren bei Yvi genau richtig. Sie wollte den Menschen wirklich helfen und ihnen wieder einen Sinn geben.

»Yvi!« Schwester Stefanie kam auf sie zu und schien wie immer leicht verärgert zu sein. »Anna sucht dich schon überall. Anscheinend gab es einen kleinen Zwischenfall bei Bianca. Sie wollte sich selbst entlassen.«

»Was?« Yvi drückte auf den Knopf des Fahrstuhls und wartete darauf, dass sich die Türen öffneten. »Ich bin gleich oben. Würdest du Anna bitte Bescheid geben? Danke, Stefanie.«

Die Schwester nickte ihr zu und lief zu ihrem Computer zurück. Das hatte Yvi gerade noch gefehlt. Wieso hatte das Mädchen das nur getan? Es schien ihr doch so gut zu gehen, sie wollte doch die Behandlung machen lassen. Der Fahrstuhl brauchte eine quälend lange Zeit bis zu ihrem Stockwerk und was ihr gerade in Yvor Sommers Fall noch praktisch vorgekommen war, brachte Yvi nun auf den Gedanken der Krankenhausleitung besser mal ein Memo zu schreiben.

»Anna! Wo ist sie?«, fragte Yvi, als sie endlich aus dem metallenen Kasten herausgekommen war.

Anna deutete nur auf den Behandlungsraum. Dann lächelte sie entschuldigend.

»Ich war eben ganz schön erschrocken, als du so plötzlich davon gerast bist. Lag es an Mr. Fantastic?« Irritiert zog Yvi eine Augenbraue nach oben und ihre Lippen formten die Worte ›Mr. Fantastic‹. Anna lachte. »Ich meine diesen Yvor Sommer. Er ist so in Richtung Fahrstuhl gerast und du dann zu den Treppen. Ich hab mich nur gewundert, was es damit auf sich hatte.«

Der Groschen fiel, allerdings wollte Yvi sich nicht auf eine Unterhaltung einlassen. Sie musste erst nach Bianca sehen. Im Behandlungsraum sah alles aus wie immer. Die Schränke waren abschließbar und es lagen auch nie Gegenstände herum, mit denen sich jemand verletzen konnte. Das hatte Yvi als Sicherheitsmaßnahme in jedem ihrer Behandlungsräume so einrichten lassen. Man wusste ja nie, was in so mancher verzweifelten Seele vorging.

Das Mädchen saß auf der Liege, ihre Arme nun mit weißen Mullbinden versorgt und starrte aus dem Fenster. Bianca seufzte, als Yvi hereinkam.

»Muss ich wirklich noch hier bleiben? Mir geht es echt wieder besser.«

Ja, das ging es ihr, allerdings nicht deshalb, weil sie

gesund war. Yvi hatte sie beeinflusst und musste sichergehen, dass sich diese Manipulation nicht einfach wieder in Luft auflöste, kaum dass sie außer Reichweite war. Sie hatte es nie ausprobieren können.

»Weißt du Bianca, ich möchte dir einmal ein kleines Geheimnis verraten. Ich mache mir Sorgen um dich, wenn du wieder nach Hause gehst.« Die Miene des Mädchens wurde ein wenig weicher. Yvi hatte bereits von ihr erfahren, dass Bianca der Meinung war, niemand würde sich für sie oder gar ihr Ableben interessieren. »Aber ich verspreche dir eins: Solltest du morgen noch nach Hause wollen, dann bringe ich dich persönlich heim. In Ordnung?«

»Aber meine Mama braucht mich doch.«

Diese leise geflüsterte Bemerkung machte Yvi das Herz schwer. Sie hatte sich schon einen Überblick über die Familie verschafft, als Biancas Mutter mit dem Mädchen aufgetaucht war. Sie würde beide aufbauen müssen, denn auch die Mutter war depressiv. Vererbte Krankheiten waren tückisch, besonders wenn es sich um psychische Gebrechen handelte.

»Bianca, ich verspreche dir, alles wird gut werden. Meinst du, dass du mir vertrauen kannst?«

Bianca dachte darüber nach, das konnte Yvi in ihrem Gesicht sehen. Sie schien das Für und das Wider abzuwägen. Ihr Nicken war zögerlich, doch es kam und Yvi strich ihr sanft über die Schulter.

»Gut, dann zeige ich dir jetzt dein Zimmer. Es ist leider nicht ganz so gemütlich, wie ich es gern hätte, aber ich denke, du wirst zumindest heute Nacht gut schlafen können.«

7

Yvor konnte es nicht fassen, dass er das wirklich tat. Um kurz vor halb vier Uhr stand er vor dem Gebäude, in dem Doktor Yvonne Nowak ihre Praxis hatte. Durst hatte ihn die ganze Zeit begleitet, er hatte es allerdings nicht geschafft, diesen zu stillen. Seine Gedanken kreisten nur um die Frage, wie er das Herz dieser Frau erobern sollte.

Die Praxisräume schienen nur aus einem kleinen Wartezimmer mit Empfang und dem Raum zu bestehen, in denen Yvi mit ihren Patienten redete. Eine Sprechstundenhilfe saß nicht da, als er eintrat, und Yvor stand etwas unschlüssig im Flur herum. Wieso war er nur so unwahrscheinlich nervös? Um sich abzulenken, betrachtete er die Bilder an den Wänden und fand sich kurz darauf vor einer Tür wieder, die offensichtlich zu der Toilette führte. Von seinem Platz aus konnte er gefahrlos unbeobachtet warten. Die Tür zu Yvis Sprechzimmer ging auf und eine junge Blondine kam schniefend heraus. Sie schnäuzte sich lautstark.

»Denk daran, Marion, was wir besprochen haben. Es ist alles nicht so schlimm, dass man nicht daran arbeiten kann«, hörte er Yvis Stimme und hinter der Blondine kam die Frau hervor, die ihn komplett aus der Bahn geworfen hatte. Sie schien ihn noch nicht bemerkt zu haben, denn sie klopfte der Blondine namens Marion auf die Schulter und machte mit ihr einen neuen Termin aus. Er zog einen weiteren Schritt in sein Versteck zurück und wartete ab, bis Yvis Patientin verschwunden war.

Es dauerte nicht lange, bis die Blondine durch die Tür

marschierte und er mit der dunkelhaarigen Frau zurückblieb. Sie seufzte leise und ließ sich hinter dem Schreibtisch im Empfangsbereich nieder. Er beobachtete, wie sie geistesabwesend in einer Schublade kramte und ein Plastikpäckchen daraus hervorzog. Was war denn das? Sie öffnete es und schüttete sich den Inhalt in den Mund, dann kaute sie genüsslich. Yvor begann zu grinsen. Yvi schien eine Naschkatze zu sein. Er räusperte sich.

Yvis Reaktion war leider nicht ganz so, wie er sie sich vorgestellt hatte. Mit einem kurzen spitzen Schrei zuckte sie so zusammen, dass sich der restliche Inhalt des kleinen Päckchens im Raum verteilte.

»Ach, verfluchte Scheiße!«, entschlüpfte es ihr und Yvor musste sich ein Lachen verkneifen, als sie sich eine Hand vor den Mund schlug. Das war so ganz und gar nicht damenhaft. »Was machen Sie denn schon hier?«

Er versuchte Anstand zu zeigen und ein wenig bedauernd zu Boden zu sehen, statt ihr zu sagen, dass sie doch einen Termin hatten. Yvi hatte ihr Gesicht zu einem ärgerlichen Ausdruck verzogen und bückte sich nun nach den kleinen Kugeln, die sich überall auf dem Boden verteilt hatten. Yvors Blick fiel auf ihren Po, der in einer recht engen Jeans steckte. Durften denn Psychiater sexy aussehen bei der Arbeit? Diese wohl geformten Pobacken brachten ihn aus dem Konzept.

»Würden Sie mir vielleicht helfen, die Drops einzusammeln? Dann sind wir schneller damit fertig«, forderte sie ihn auf und er lächelte. Nun gut, dann würde er der Maid in Nöten mal zur Hand gehen. Er hoffte nur, dass nun keiner in die Praxis platzen und sie bei dieser Aktion auf frischer Tat ertappen würde. Es sah schon sehr merkwürdig aus, wie sie zusammen durch die Praxis krabbelten und versuchten, die Schokoladenkügelchen unter dem Sofa, den Stühlen und den Tischen zu erwischen.

»So etwas hatte ich auch noch nicht«, lachte Yvi plötzlich und Yvor stellte fest, dass es sie fast schüttelte. Sie kicherte heftig und das Geräusch gefiel ihm sehr. Sie schien ein sehr humorvoller Mensch zu sein.

»Ich denke, es gibt schlechtere Arten, seinen Nachmittag zu verbringen. Mit einer charmanten Frau auf dem Boden zu liegen und ihr behilflich zu sein, klingt nicht schlecht, oder?« Yvor grinste sie an und griff nach einer der Kugeln unter dem Sofa.

Yvi bekam rote Wangen und versuchte, diese vor ihm zu verstecken. Sie war wirklich süß.

»Ich denke, wir haben alle erwischt«, wechselte sie nun das Thema und stand ein wenig umständlich auf.

Yvor fand es schade. Er hätte noch ein paar Minuten mit Suchen verbringen und sie dabei beobachten können. Er hatte sie dabei einer gründlichen optischen Untersuchung unterziehen können, und war mehr als zufrieden mit dem, was er zu sehen bekommen hatte. Sie war zwar nicht so schlank, wie es der heutigen Mode entsprach, aber ihre Rundungen sprachen ihn an. Sie war ein Prachtweib. Sie trug diese enge Jeans und eine hellblaue Bluse, deren oberster Knopf während des Herumkrabbelns aufgegangen war und ein wenig mehr von ihrem Dekolleté zeigte. Ihm lief das Wasser im Mund zusammen.

»Wir sollten uns jetzt besser in mein Sprechzimmer setzen.« Ihr schien die Situation peinlich zu sein und sie lief vor ihm davon. Mal sehen, wie er die Lage wieder zu seinem Vorteil verändern konnte.

8

Mensch war das peinlich!

Yvi wäre längst im Erdboden versunken, wenn sie die Chance dazu gehabt hätte. Was hatte sie nur geritten, einen Patienten darum zu bitten, mit ihr die Schokolinsen vom Boden aufzusammeln? Das war total unprofessionell! Und es hatte sie auf eine abartige Weise angemacht. So war sie doch normalerweise nicht. Ihr neugieriger Blick auf seinen Po, als er unter dem Sofa gesucht hatte, war unangebracht gewesen und auch der Gedanke an seinen breiten männlichen Rücken ...

›Er ist ein Patient!‹, ermahnte sie sich und wartete darauf, dass er endlich zu ihr ins Sprechzimmer kam.

Es dauerte eine Weile, bis sie sich wieder erhob und in den Vorraum zurückmarschierte, da er ihr einfach nicht gefolgt war. Etwas perplex stellte sie fest, dass er sich im Warteraum auf die Couch gesetzt hatte.

»Ähm, Herr Sommer? Ist etwas?«

Er hatte die Stirn gerunzelt und sah sie nachdenklich an. Würde er etwa einen Rückzieher machen und sich nicht von ihr behandeln lassen?

»Gehe ich recht in der Annahme, dass ich Ihr Patient werde, wenn ich diesen Raum betrete?« Seine Stimme war leise und er wirkte angespannt. Yvi wusste nicht, was sie auf diese Frage antworten sollte. Im Grunde musste sie noch eine Akte für ihn anlegen, um ihn als Patienten aufzunehmen. Das Gespräch in der Krankenhauscafeteria hatte sie nicht wirklich als Termin aufgefasst, da es ja nichts Offizielles gewesen war.

»Wieso? Wollen Sie nicht zu mir in Behandlung?«

Manchmal war eine Gegenfrage Gold wert und auch diesmal schien Yvi damit einen Fortschritt zu machen, denn Yvor Sommer schüttelte seinen dunkelbraunen Haarschopf. Seine Augen sahen sie auf so seltsam traurige Art und Weise an, dass ihr Herz schwer wurde. Was sollte sie dazu sagen?

»Ich würde Ihnen gern etwas anderes anbieten, falls Sie sich damit einverstanden erklären.«

Na, da war sie ja mal gespannt, was für einen Vorschlag dieser traumhaft gutaussehende Mann ihr unterbreiten würde. Yvi setzte sich neben ihn und sah ihn fragend an. Er suchte nach den passenden Worten.

»Würden Sie vielleicht Zeit mit mir verbringen, ohne dass es offiziell wird? Ich würde ungern als Ihr Patient gelten.«

Sie starrte ihn überrascht an. Was sollte das denn werden?

»Wie genau stellen Sie sich das vor?«

»Ich bin die meiste Zeit in meiner Arbeit eingespannt, doch zu einigen Anlässen bin ich mehr versucht, einer Laune nachzugehen. Für diese hätte ich gern Ihre Gesellschaft.« Sein Blick verriet Sorge und er mied es auch, sie allzu lange anzusehen.

»Ist ihr Job gefährdet, wenn rauskommt, dass Sie zu einer Psychotherapeutin gehen?« Dieser Gedanke war ihr gekommen, da er von seiner Arbeit angefangen hatte. Sie wusste noch nicht, wie er seine Brötchen verdiente, doch wieso sollte er sonst Skrupel davor haben, zu ihr in die Praxis zu kommen?

»Es würde meinem Ruf nicht sonderlich gut tun. Meinen Sie, dass Sie mir trotzdem helfen können?«

Yvi sah in seine dunkelblauen Augen, die sie so unsicher ansahen und ein seltsames Gefühl stieg in ihr auf. Er brauchte Hilfe. Sie könnte ihm helfen, wenn auch auf eine recht untypische Art und Weise.

»Gut. Dann machen wir das inoffiziell. Aber wie wollen Sie das handhaben? Soll ich eine Freundin der Familie sein, die Sie bezahlen?«

Ein zögerliches Nicken. Am liebsten hätte sie darüber den Kopf geschüttelt. Das war doch lächerlich! Was machte sie hier nur?

»Könnten wir diese Sache vielleicht bei einem Essen klären? Sie scheinen Hunger zu haben und ich würde mich freuen, die Angelegenheit in einer angenehmeren Atmosphäre zu besprechen.«

Sie war hin- und hergerissen, zumindest, bis ihr einfiel, dass sie ja schon verabredet war. Mike! Sie hätte beinahe ihren Kinoabend mit ihm vergessen.

»Ich möchte Sie ja nicht schon am Anfang vor den Kopf stoßen, doch leider bin ich gleich zum Essen verabredet«, raunte sie. »Mein Bruder Mike will mit mir essen gehen.«

Wieso sie dieses private Detail noch hinterher geschoben hatte, wusste sie nicht, allerdings hellte sich Yvor Sommers Miene auf, als sie dies sagte. Er nickte.

»Natürlich. Die Familie geht vor.«

Es klopfte an der Tür der Praxis und Yvi zuckte erschrocken zusammen. Himmel, wer war das denn nun?

Mike steckte den Kopf zur Tür herein und strahlte sie von einem Ohr zum anderen an.

»Überraschung!«, rief er, sah dann jedoch Yvor und begann zu stottern. »Oh, du hast noch einen Patienten.«

»Ich bin kein Patient«, sagte Yvor.

»Er ist kein Patient«, gab Yvi gleichzeitig von sich und Mikes Miene hellte sich auf. Er begann zu grinsen, als er in den Raum geschlendert kam und Yvor Sommer die Hand hinhielt.

»Na dann. Ich bin Mike, Yvis Bruder.«

9

Yvor ergriff die Hand des jungen Mannes. Jetzt sah er, dass Yvis Bruder gerade mal um die zwanzig war, wenn der Alkohol auch schon deutliche Spuren hinterlassen hatte. Er schüttelte seine Hand und lächelte Mike ebenfalls kurz an.

»Yvor. Yvor Sommer.«

Yvi und ihr Bruder hatten das gleiche herzliche Lachen und Yvor stellte fest, dass ihm dieser Junge schlagartig sympathisch war. Er würde sich nach einem kurzen Gespräch taktvoll zurückziehen und den beiden Geschwistern einen ruhigen Abend gönnen. Der Tag war für Yvi nach dem ganzen Hin und Her sicherlich anstrengend genug gewesen.

»Wir gehen gleich Pizza essen. Willst du uns nicht begleiten? Ist mal ganz nett, einen normalen Menschen in Yvis Umfeld kennen zu lernen«, meinte Mike und machte danach eine ebenso ertappte Miene, wie es Yvi nach ihrem Schokolinsen-Debakel gemacht hatte. »Ich meine: Du bist doch nicht auch so einer von der Psycho-Abteilung oder? Du siehst zumindest nicht danach aus.«

Yvor konnte sich ein breites Grinsen nicht mehr länger verkneifen.

»Nein, ich bin keiner aus der Psycho-Abteilung.«

Yvi stand ganz still neben ihnen. Sie beobachtete die beiden und schien zur Salzsäule erstarrt. Sie tat Yvor schon fast leid, allerdings glimmte nun ein kleiner Schimmer seines Egoismus durch. Wenn Mike ihn einlud, wäre es doch äußerst unhöflich, nicht zuzusagen, oder?

»Das trifft sich gut. Ich würde zu Pizza ebenfalls nicht Nein sagen«, antwortete er und sah wieder dieses Strahlen in Mikes Gesicht. Der Junge freute sich wirklich darüber. Wieso war das so? Reichte ihm seine Schwester als Gesellschaft nicht? Vielleicht gingen sie ja auch immer allein aus und er hatte keine eigenen Freunde? Ob sie ihm denn nie ihre Verehrer vorstellte? Oder hatte sie so wenige? Doch das konnte sich Yvor bei dieser hübschen und überaus intelligenten Frau nicht vorstellen.

»Ich muss noch die Praxis abschließen, dann komme ich nach. Ihr beide könnt gern unten auf mich warten.« Yvi schien endlich wieder aus ihrer Erstarrung erwacht zu sein und ergab sich, ihrer Miene nach zu schließen, offensichtlich ihrem Schicksal. Yvor und Mike grinsten um die Wette. Wenn das kein guter Anfang war ...

Mike schlenderte vor ihm in Richtung Flur und machte eine auffordernde Geste, ihm zu folgen. Yvor tat ihm den Gefallen, obwohl er lieber auf Yvi gewartet und sich für sein Eindringen in ihr Privatleben entschuldigt hätte. Ihr letzter Blick hatte ihm gesagt, dass sie nicht ganz glücklich mit dieser Situation war.

»Na komm, Yvor. Yvi ist schneller, wenn man sie nicht stört. Außerdem soll die Liebe durch die Entfernung ja wachsen«, witzelte Mike und Yvor sah ihn ertappt an.

»Wie meinst du das? Liebe?«

»Ich weiß ja nicht, was da zwischen euch abgeht, aber es scheint ganz schön zu knistern. So habe ich meine Schwester schon lange nicht mehr gesehen.« Mike hatte seine Hände in den Jackentaschen vergraben und starrte auf seine Schuhspitzen. Er machte den Eindruck eines kleinen Jungen, der sich plötzlich unwohl in seiner Haut fühlte.

»Wir haben uns heute erst kennen gelernt. Aber ich schäme mich nicht zuzugeben, dass ich sie für eine sehr besondere Person halte und es mich freuen würde, mehr Zeit mit ihr verbringen zu können.«

Es war ein seltsames Gefühl, sich diesem Mann so offen zu zeigen. Yvis Bruder beäugte ihn neugierig.

»Was machst du eigentlich beruflich?«

Langsam kam Yvor sich vor wie bei einem Verhör, da es sich jedoch um Yvis Bruder handelte, ging er darauf ein. Er wollte sicherlich nur das Beste für seine Schwester. Doch was sollte er ihm erzählen? Er hatte seine Finger in so vielen Unternehmen, dass er bereits den Überblick verloren hatte.

»Ich leite ein Familienunternehmen«, sagte er schließlich, da auch das der Wahrheit entsprach. Er war in die Fußstapfen seines Vaters getreten, nachdem dieser nicht mehr unter ihnen weilte. Seine Mutter Martha lebte seit dieser Zeit in Madrid. Der Kontakt zu ihr beschränkte sich nur auf die üblichen Anrufe zu Weihnachten und zu den Geburtstagen, mehr brachten sie beide nicht zustande.

»Familienunternehmen. Das klingt interessant. Was unternehmt ihr denn zum Beispiel?«

Yvor dachte darüber nach. Blutbanken wären vermutlich zu gruselig, um diese zu erwähnen. Diverse Nachtklubs würden ihn sicherlich auch nicht gerade glänzen lassen. Er entschied sich für die Namen von mehreren Restaurants, die er sein eigen nannte. Mike machte große Augen und Yvor fühlte sich dabei merkwürdig bestätigt. Zu seiner guten Laune trug auch bei, dass der von Mike und Yvi bevorzugte Italiener ebenfalls ihm gehörte.

»Weißt du, ich hoffe für Yvi, dass sie sich endlich mal so richtig Hals über Kopf in jemanden verknallt. Soweit ich weiß, ist das in ihrem Leben bis jetzt nur einmal geschehen und der Typ war ein Vollpfosten. Er hatte einen psychischen Knacks und hat sich aufgehängt. Vermutlich ist Yvi deshalb Psychotante geworden. Ich wünsche ihr einen soliden und ganz normalen Mann an ihrer Seite.« Mike zuckte mit den Schultern und sah dann ein wenig wehmütig drein, als er weitersprach: »Ich mache ihr das Leben auch nicht gerade leicht.«

»Ich denke, du brauchst nur eine Herausforderung. Was machst du denn beruflich?«

Wieder ein Schulterzucken, gefolgt von einem Seufzen.

»Ich hatte angefangen, auf Lehramt zu studieren. Aber eigentlich hatte ich darauf nie wirklich Lust. Es war mehr der Traum meiner Eltern ... Ach, keine Ahnung ...«

10

Yvi hatte alles abgeschlossen und war dann durch die Tiefgarage nach draußen gelaufen. Sie hörte die Stimmen der beiden Männer vor dem Eingang des Gebäudes. Sie schienen sich wirklich gut zu unterhalten.

»Ich hatte angefangen, auf Lehramt zu studieren. Aber eigentlich hatte ich darauf nie wirklich Lust. Es war mehr der Traum meiner Eltern ... Ach, keine Ahnung ...« Yvis Schritte wurden langsamer und sie hoffte, dass sie jetzt nicht in eine Unterhaltung hineinplatzen würde, die Mike vielleicht brauchte. Klar hatte er mit ihr bereits geredet und sie hatten überlegt, wie es weitergehen könnte, es war jedoch das erste Mal, dass er mit einem Fremden sprach, die Eltern erwähnte und seine Perspektivlosigkeit. So offen hatte sie Mike schon lange nicht mehr erlebt. War das wirklich ihr Bruder?

»Ich wurde auch durch meinen Vater in diesen Beruf gedrängt. Eigentlich hätte ich auch lieber einen anderen Weg eingeschlagen. So ist das nun einmal mit der Familie. Aber im Grunde meinen Eltern es gut mit einem, man muss nur abwägen, welche Wünsche man erfüllt und welche man ihnen verwehrt. Was wäre denn dein Traum gewesen?« Yvor Sommer schien tatsächlich auf ihren Bruder einzugehen. Yvi schluckte und wartete gespannt auf Mikes Antwort. Ihr gegenüber war er nie mit der Wahrheit herausgerückt. Ob er sich dafür schämte?

»Jetzt bitte nicht lachen, aber ich wäre unheimlich gern Kindergärtner geworden. Mit Kindern zu arbeiten hat mir immer sehr viel Spaß gemacht und je jünger sie waren, desto schöner war es. Meine Eltern haben es mir ausgeredet. Sie fanden es, um es in ihren Worten zu sagen, ›unpassend‹. Wer weiß, was ihnen im Kopf herumspukte«, seufzte Mike und hörte Yvor lachen. Lachte er Mike etwa aus?

»Ja, dieser Beruf ist nichts für Weicheier. Die meisten sind noch immer der Meinung, dass es nur eine Frau mit mehreren Kindern gleichzeitig aufnehmen kann. Wieso machst du keine Ausbildung als Erzieher? Du bist alt genug, um dein Leben selbst in die Hand zu nehmen. Sag Bescheid, wenn ich meine Fühler ausstrecken soll. Manche meiner Kontakte könnten dir vielleicht nutzen.«

Yvis Wut, die durch Yvor Sommers Lachen in ihr aufgestiegen war, verrauchte augenblicklich, als sie seine Worte vernahm. Es war nett von ihm, ihrem Bruder seine Hilfe anzubieten, obwohl er ihn doch gar nicht kannte. Sie hörte auch Mike lachen und ein leises Klatschen.

»Ich komme darauf zurück, wenn ich es nicht auf dem normalen Weg schaffe. Aber bitte kein Wort zu Yvi. Sie macht sich ohnehin immerzu Sorgen.«

Yvor Sommer gab Mike sein Wort, und Yvi wartete noch ein paar Minuten, bis sie sich erneut in Bewegung setzte. Sie wollte nicht, dass die beiden Männer erfuhren, wie neugierig sie war und dass sie gelauscht hatte. Außerdem gefiel ihr Mikes Begeisterung. Die sollte auf gar keinen Fall einen Dämpfer erleiden.

»Da bist du ja endlich! Wir sterben hier gleich vor Hunger!« Mike schien wirklich guter Dinge zu sein und spielte das ungeduldige Kind, was Yvi zum Grinsen brachte. Hoffentlich hielt diese Phase an.

»Die Tür zur Praxis hat geklemmt und ließ sich nicht abschließen. Hab ich etwas verpasst?«

»Nein. Wir wollten nur gerade einen Suchtrupp zusammenstellen. Wollen wir?« Yvor Sommer bot ihr tatsächlich seinen Arm an. Sie wusste zwar nicht, wie es sich dabei mit ihrer ärztlichen Professionalität verhielt, allerdings fand sie es unhöflich, ihn einfach stehen zu lassen. Sie hakte sich also bei ihm ein und Mike tat es dem Fremden auf ihrer anderen Seite gleich. Einen Moment lang hatte Yvi den verrückten Gedanken, dass Yvor und Mike sie gleich zu einem *Engelchen-flieg-Spiel* anheben würden. Mikes Lippen zuckten und er grinste, als habe er den gleichen Gedanken gehabt.

»Also Pizza?«, wollte Yvor wissen und Yvi nickte.

11

Ich muss mich für meinen Bruder entschuldigen. Er hat manchmal eine Art an sich, die vielen Leuten das Gefühl gibt, überfahren zu werden. Sie können sich natürlich jederzeit zurückziehen, wenn Sie möchten«, platzte es aus Yvi förmlich heraus, als Mike sie kurz allein ließ und sich vor der Pizzeria mit einer jungen Frau unterhielt. Yvor legte den Kopf schief und grinste amüsiert.

»Mache ich dir den Eindruck eines Mannes, der sich zu Sachen überreden lässt, die er nicht möchte?«

Ihre Wangen erröteten wieder und sie lief schnell an ihm vorbei. Sie marschierte geradewegs auf die Tür des Lokals zu, und Yvor musste sich beeilen, vor ihr dort zu sein, um ihr diese aufhalten zu können. So viel Anstand musste sein.

»Oh«, hauchte Yvi und sie wurde noch eine Spur röter, als sie an ihm vorbei schwebte. »Danke.«

Er nickte lächelnd und sah dann nach Mike, der noch immer im Gespräch versunken zu sein schien. Yvor beschloss, drinnen mit Yvi auf ihn zu warten. Vielleicht hätte er dann endlich die Gelegenheit, sie ein wenig mehr für sich einnehmen zu können. Mike behauptete zwar, dass Yvi ihn bereits mochte, doch Yvor hatte bis jetzt nicht diesen Eindruck. Es kam ihm mehr so vor, als versuchte sie immerzu, einen Bogen um ihn zu machen. Ein richtiger Spießrutenlauf war das.

»Oh, guten Tag Herr Sommer. Wie kommen wir zu der Ehre?« Giacomo kam auf ihn zu, als er in den Raum trat.

Yvor schüttelte seine Hand.

»Meine neue Freundin und ihr Bruder sind begeistert von dieser Pizzeria. Sie wollten unbedingt hierher. Haben Sie einen schönen Tisch für uns?«

Giacomo warf Yvi sogleich einen Blick zu und begrüßte sie ebenso herzlich wie zuvor Yvor. Das Lächeln, das sie ihm schenkte, war unsicher, doch Giacomo ließ es sich nicht nehmen, auch noch ihre Hand zu küssen. Yvor hätte den Mann am liebsten in seine Schranken verwiesen, doch Yvi kicherte leise. Dieses Kichern besänftigte ihn sofort.

»Bitte, folgen Sie mir. Ich habe da genau den richtigen Tisch für Sie«, wandte sich Giacomo nun wieder an Yvor und marschierte voraus. Er brachte sie zu einem Tisch in der hintersten Ecke der Pizzeria, die ein wenig Privatsphäre versprach. »Darf ich Ihnen schon etwas zu trinken bringen, oder warten Sie noch auf den Bruder der reizenden Signora?«

Yvor ergriff das Wort, noch ehe Yvi etwas sagen konnte, und bat Giacomo um die Weinkarte. Yvis Mund, den sie gerade geöffnet hatte, klappte wieder zu und sie schien an der Innenseite ihrer Wange zu kauen. Mist. Er hatte etwas falsch gemacht.

»Was ist los?«

»Ich glaube, die Sache mit der Weinkarte ist keine so gute Idee«, murmelte Yvi leise und Yvor dachte an ihre erste Begegnung. Verdammt! Mike war betrunken gewesen. Wie konnte er nur so dämlich sein, das zu vergessen!

»Giacomo, bitte, vergessen Sie die Weinkarte! Bringen Sie uns erst einmal eine große Flasche Wasser und drei Gläser. Und vorab eine Auswahl an Vorspeisen. Danke!«

Giacomo nickte und lief sogleich in Richtung Küche.

»Danke für Ihr Verständnis, Herr Sommer«, seufzte

Yvi und lächelte. Diese Geste bescherte ihm ein außergewöhnlich angenehmes Gefühl.

»Bitte, nenn mich Yvor.«

Ihr Blick war auf seine Lippen geheftet und ihre Pupillen weiteten sich bei seinen Worten. Wieder stahl sich etwas Röte auf ihre Wangen, doch dieses Mal versuchte sie nicht, es zu verstecken. Yvi schluckte und hauchte dann:

»Yvonne, aber alle nennen mich Yvi.«

Nach einem kurzen Zögern reichte er ihr seine Hand und sie schüttelte sie. Das zuerst unsichere Lächeln wurde zu einem Strahlen, das ihn bis ins Innerste zu wärmen schien. Diese Frau war einfach ein Engel.

12

So gut wie mit Yvor hatte sie sich schon lange nicht mehr amüsiert. Mike, Yvor und sie saßen nun bereits seit einer Stunde in der Pizzeria und unterhielten sich über Gott und die Welt. Yvor schien sich für vieles zu interessieren und wollte unbedingt auch ihre Meinung zu diesen Themen wissen. Sie redeten auch über Psychologie und über Genetik. Dieser Mann war für sie wirklich ein Rätsel. Wie konnte man nur so viel Wissen in sich aufnehmen?

Das Essen war natürlich köstlich wie immer, auch wenn Yvi statt Pizza nun jedes einzelne Gericht auf der Speisekarte probiert hatte. Yvor hatte Giacomo gebeten, von allem etwas zu bringen und dieser pfiffige Italiener hatte es doch tatsächlich möglich gemacht. So hatte es erst Tomatensuppe gegeben, dann eine Platte mit kleinen Leckereien Antipasti wie Bruschetta, Tomaten und Mozzarella sowie einem kleinen Garnelencocktail. Yvi, Yvor und Mike ließen es sich mit wachsender Begeisterung schmecken. Besonders Yvor schien diesen Ausflug ins Land der italienischen Köstlichkeiten zu genießen und er grinste breit, als Yvi ihm ihre Garnele vor die Lippen hielt.

»Dass lasse ich mir nicht zweimal sagen«, raunte er, ergriff ihre Finger und schob sich die Garnele in den Mund. Seine Lippen berührten dabei ihre Finger und Yvi hatte das Gefühl, als würde ihr Hitze direkt in den Schoß strömen. Himmel, was machte dieser Mann nur mit ihr?

»Sehr lecker.«

Er sah ihr direkt in die Augen und Yvi wäre am

liebsten aufgesprungen und davon gelaufen. Sie wusste, was sie darauf antworten sollte. Dieser Mann war offiziell nicht ihr Patient, doch hatte er sie um ihre Hilfe gebeten. Sie musste dringend mit ihm reden und die Grenzen dieser Vereinbarung abstecken. Andererseits war sie ja auf die blöde Idee gekommen, ihm die Garnele anzubieten. Sie verfluchte sich innerlich.

›Du doofe Nuss hast ihn dazu ermutigt. Jetzt musst du dich nicht wundern, wenn die Sache aus dem Ruder läuft‹, schoss es ihr durch den Kopf und sie entzog sich ihm vorsichtig.

»Sind Sie zufrieden? Kann es mit dem Hauptgang weitergehen?«, erkundigte sich Giacomo auf einmal neben ihr und sie zuckte erschrocken zusammen. Sie hatte ihn gar nicht kommen hören.

»Also, ich habe einen Bärenhunger und würde dazu nicht Nein sagen«, ergriff Mike das Wort und grinste Giacomo breit an. Der Italiener setzte sich erneut so schnell in Bewegung, dass Yvi ihm erstaunt nachstarrte. Er hatte nicht einmal darauf gewartet, dass Yvor etwas dazu sagte.

»Ich bin mal kurz draußen, eine Zigarette rauchen. Komme gleich wieder.« Mike zog sich zurück und ließ sie allein. Was dachte er sich nur dabei? Gerade in dieser Situation hätte sie seine Gegenwart gebraucht. Yvors Blick auf ihr war forschend und Yvi war unsicher, was passieren würde, wenn Mike jetzt den Raum verließ.

Die Pizzeria war mittlerweile gut besucht und Yvis Bruder brauchte einige Zeit, bis er sich zum Ausgang vorgearbeitet hatte. Yvi sah ihm nach.

»Entschuldige, ich wollte dich nicht in Verlegenheit bringen.« Yvors Stimme war sanft und er wirkte nun gleichermaßen verunsichert. Er rückte etwas von ihr ab, um ihr mehr Freiraum zu geben und wartete auf eine Reaktion Yvis. Sie hatte keine Ahnung, was sie darauf antworten sollte, außer vielleicht:

»Ich sollte jetzt wirklich erfahren, wie du dir die nächsten Tage und Wochen vorstellst. Wobei soll ich dir helfen?«

»Nun, wenn du es genau wissen willst: Ich glaube, ich bin auf dem Weg, mich langsam zu verlieren. Ich weiß nicht, wie ich es besser ausdrücken soll. Gesellschaften haben mich nie sonderlich interessiert, doch zumindest hatte ich einen gewissen Kontakt zu anderen Menschen. Seit dem Tod meines letzten Freundes bin ich vollkommen allein.« Die Worte waren leise seinen Lippen entschlüpft und Yvi zweifelte keinen Moment daran, dass er es ernst meinte.

»Was hindert dich daran, auf andere Leute zuzugehen?«

Er seufzte und schüttelte seinen dunklen Haarschopf. Seine Miene bekam einen Ausdruck von Verzweiflung.

»Ich bin darin einfach nicht gut. Du hast doch mitbekommen wie schwer es für mich war dich kennenzulernen. Früher war es leichter, doch mit den Jahren ...« Yvor hielt inne.

Mit den Jahren? Yvi musste lächeln. Yvor Sommer war sicherlich nicht viel älter als sie, obwohl er sich anhörte, als wäre er ein alter Mann. Eventuell waren es die Jahre, die er mit Dingen verplemperte, für die er sich nicht interessierte, die ihn so alt wirken ließen? Er wirkte des Lebens müde. Sehr müde.

»Ich denke, ich weiß etwas, wie wir dich wieder aufbauen können. Du musst unter Leute.« Sie grinste und legte sich gedanklich schon einmal ihren Plan zurecht. Wenn sie diesem Mann nicht helfen konnte, dann war sie vermutlich falsch in ihrem Beruf.

13

Diese Frau brachte ihn immer wieder dazu, ehrlich zu ihr und zu sich selbst zu sein. Es war erschreckend. Wenn es so weiterging, dann würde er spätestens bis zum Nachtisch seine ganze Lebensgeschichte vor ihr ausgebreitet haben. War das die Psychiaterin in ihr oder ihre Gabe?

»Soll ich dir sagen, wie alt ich mich gerade fühle? Mindestens 913 Jahre. Viel zu alt für alles und jeden.« Er lächelte sie an und fand es auch hier witzig, dass er ihr die Wahrheit gesagt hatte. 913, ja, so alt war er wirklich schon. Die Zeit war so schnell vergangen.

Yvi kicherte.

»Dann würde ich sagen, dass wir den Tattergreis wieder verjüngen. Ich muss zwar morgen früh im Krankenhaus sein, aber ich denke, wir schaffen noch einen kleinen Ausflug.«

Es war wundervoll zu sehen, dass sich Yvi ihm wieder öffnete. Sein Versuch, sie zu berühren und zu schmecken, war leider nicht ganz so gelaufen, wie er erhofft hatte. Sich im Umwerben Zeit zu lassen, war noch nie seine Stärke gewesen und vermutlich war das der Grund, wieso er eine lange Weile allein gewesen war. Wenn also die Wahrheit Yvi dazu brachte, sich ihm zu öffnen, dann würde er ihr so viel erzählen, wie sie wissen wollte.

Giacomo kam mit einem neuen Tablett, auf dem kleine runde Teigteilchen lagen. Er nannte sie Piccolinis. Yvi klatschte begeistert und strahlte ihn an. Anscheinend hatte Giacomo genau ihren Geschmack getroffen. Yvor beobachtete sie dabei, wie sie sich über den Tisch beugte, sich eine dieser Piccolinis schnappte und sich dann bei ihm entschuldigte. Mit schnellen Schritten lief sie auf die Tür zu. Yvor fragte sich, was das wohl wurde, doch die Antwort kam schnell. Yvi lachte, als sie wieder auf ihren Tisch zukam und Mike, der hinter ihr wieder ins Restaurant geschlendert kam, kaute mit vollen Backen. Yvor grinste. Mit Speck fing man ja bekanntlich Mäuse, also fing man mit Piccolinis Mikes.

Womit man wohl Yvis fing?

»Diese Piccolinis sind ja mega-lecker. Die gibt es aber nicht auf der Karte.«

Mike zwinkerte Yvor zu, und leicht verdutzt registrierte dieser, dass der Mann nicht nach Rauch stank. Hatte er nicht gesagt, dass er zum Rauchen nach draußen wollte? Was hatte er vor der Tür sonst gemacht?

»Ich gehe mich mal kurz frisch machen. Bin gleich wieder da.«

Mike sah Yvi nach, wartete, bis sie in Richtung der Damentoiletten verschwunden war, bis er sich mit einem leichten Kopfschütteln an Yvor wandte.

»Also, da musst du noch eine Schippe drauf packen, Mann.« Yvor sah Yvis Bruder verständnislos an. Was sollte das denn nun werden? Mike nahm sich ein weiteres Piccolini, biss davon ab und sah Yvor abschätzend an. »Ich dachte, du magst sie.«

»Tu ich auch. Aber ich bin halt nicht so hartnäckig wie du Jungspund«, knurrte Yvor und brachte Mike damit zum Losprusten. Er hatte sich dabei an dem Piccolini verschluckt, weshalb Yvor ihm mehrfach auf den Rücken schlug, bis der junge Mann wieder Luft bekam.

»Danke«, japste Mike nach Luft und hustete noch ein paarmal leise. »Ich denke, ich werde mich gleich zurückziehen und euch beide allein lassen. Vielleicht hast du dann ein bisschen mehr Erfolg. Druck sorgt ja bei älteren

Männern oft zu Versagensängsten.«

Na, der Bursche machte ihm Spaß. Wenn er so weitermachte, würde Yvor ihm mal zeigen, wie Ängste aussehen konnten. Er biss die Zähne zusammen, um nichts Falsches zu sagen und begnügte sich damit, Yvis Bruder böse anzufunkeln. Der Blick verfehlte seine Wirkung nicht. Mike fühlte sich plötzlich sichtlich unwohl in seiner Haut. Zum Glück waren sie drinnen und Yvor musste sich um seine Gabe keine Sorgen machen. Das hätte ihm jetzt gerade noch gefehlt, wenn auf einmal Regen oder gar ein Gewitter aufgezogen wäre.

»Wie wäre das: Geh doch gleich noch mit Yvi zusammen ins *Moonlight*. Der Schuppen ist total in, und ein bisschen Alkohol könnte die Stimmung auch entspannen«, schlug Mike vor und schob sich ein weiteres Teigteilchen in den Mund.

Eigentlich keine schlechte Idee. Ein wenig Musik, ein paar Drinks und dann noch etwas tanzen klang für Yvor gar nicht so übel.

»Ich bin nur nicht sicher, dass sie darauf eingehen wird«, gab Yvor zurück und seufzte. Yvi hatte die Angewohnheit, ständig anders zu reagieren, als er es von ihr erwartete.

»Sie wird. Lass mich nur machen.« Mikes freches Grinsen war vielversprechend, und Yvor war gespannt, wie der Junge das anstellen wollte.

14

Der Tag war noch lange nicht vorbei. Yvi hatte sich Zeit gelassen und war nicht nur schnell auf die Toilette gegangen, sondern hatte auch ihr Make-up aufgefrischt. So fühlte sie sich endlich wieder ganz wie sie selbst.

»Was machst du nur?«, fragte sie ihr Spiegelbild, das sie nur stirnrunzelnd anstarrte. Yvi sah schrecklich aus. Ihr Kopf hatte vor ein paar Minuten angefangen zu dröhnen und sie konnte ihr Blut in den Adern rauschen hören. Eine Migräne kündigte sich an und würde durch ihre Grübeleien sicherlich nicht verschwinden. Leider ließen sich die Gedanken einfach nicht abstellen. Yvor Sommer. Was stellte er nur mit ihr an? Erst trank sie zusammen mit ihm Kaffee, dann das Schokolinsen-Fiasko in ihrer Praxis und jetzt wollte sie nach diesem Essen doch tatsächlich mit ihm zusammen ausgehen?

Yvi stöhnte und ließ sich kaltes Wasser über ihre Handgelenke laufen. Es brachte nicht die gewünschte Linderung.

»In was, verfluchte Scheiße, hast du dich da nur hineinmanövriert?«

Wobei das nicht ganz stimmte. Mike hatte Yvor eingeladen, mit ihnen zu kommen. Ihr Bruder schien eine fixe Idee zu haben und Yvi musste ihn stoppen, bevor diese zu weit gehen würde. Sie hatte mitbekommen, dass er sie für einsam hielt. Es stimmte, dass sie keinen Freund hatte, allerdings war ihr das auch nicht so wichtig gewesen. Yvi brauchte keinen Mann, um sich in ihrem Leben wohl zu fühlen. Sie hatte ihren Beruf und ihre Gabe. Sie hatte die Chance, sehr viel Gutes zu tun und würde diese nicht für einen Mann aufgeben.

»Du gehst heute Abend mit den beiden Männern aus und du wirst Yvor zeigen, wie einfach es ist, Kontakt zu anderen Menschen aufzubauen. Und mit ein bisschen Glück bist du schon in ein paar Tagen wieder in deinem üblichen Rhythmus.«

Ihr Spiegelbild nickte eifrig und wirkte entschlossen. Wieso empfand sie diese Aussicht nur als so deprimierend? Ach, Himmel Herrgott! So toll war dieser Mann nun auch wieder nicht!

Yvi schnappte sich ihre Handtasche und eilte zurück in Richtung der beiden Männer, die sicherlich schon über das Essen hergefallen waren. Hoffentlich hatten sie noch etwas für sie übrig gelassen. Überrascht stellte Yvi fest, dass Yvor allein am Tisch saß. Er wirkte wie die Statue ›Der Denker‹ von Auguste Rodin und schien gedanklich meilenweit entfernt zu sein. Langsam schritt sie auf ihn zu und wartete darauf, dass er aus seiner Trance erwachte. Es dauerte etwas, bis er blinzelte.

»Wo ist Mike?«, wollte Yvi wissen und setzte sich neben ihn.

»Er meinte, dass er müde sei, und hat sich auf den Weg nach Hause gemacht. Er hat einen Zettel dagelassen.« Yvor tippte mit den Fingerspitzen sachte auf ein zusammengefaltetes Stück Papier, das Yvi daraufhin zu sich heranzog. Sie überflog es schnell.

Entschuldige, Schwesterchen. Ich muss für morgen einiges vorbereiten. Muss zum Arbeitsamt. Bitte lass dir die Laune nicht verderben und geht noch ins Moonlight. Der Laden ist klasse. Habt ein bisschen Spaß. Du hast es dir verdient! Dein kleiner Bruder Mike.

Yvi schüttelte ihren Kopf. Ihr Bruder war wirklich unverbesserlich.

»Piccolini?« Yvor reichte ihr die Platte und sie griff geistesabwesend nach einem Pizzateilchen. Sie wollte gerade hineinbeißen, als sie zum Glück nochmals einen Blick darauf warf. Scheiße, was für ein Dusel! Meeresfrüchte. Hastig legte sie das Stück zurück auf die Platte. Ihre Allergie würde ihr an diesem Abend noch den Rest geben. Das konnte sie ja gar nicht gebrauchen.

»Stimmt etwas nicht?«

»Alles gut. Ich habe nur eine Allergie gegen Meeresfrüchte. Deshalb habe ich auch den Garnelencocktail nicht angerührt.« Sie hoffte, dass Yvor nicht weiter nachfragen würde, denn sie war nicht sonderlich scharf darauf, ihm zu erklären, wie nervig die Symptome waren, die diese Allergie auslösten.

Yvor nickte nur nachdenklich und winkte dann Giacomo. Er ließ ihn die Piccolini abräumen und sich dann abermals die Karte geben. Yvi war plötzlich der Appetit vergangen.

»Sicher, dass du nicht noch etwas haben willst? Vielleicht Dessert?«, lockte Yvors weiche Stimme sie, doch sie schüttelte erneut ihren Kopf. Ihr war die Lust am Essen vergangen.

»Ich glaube, ich brauche etwas frische Luft. Mir ist ein wenig schwindelig.«

Yvor stand sogleich auf und hielt Yvi den Arm hin. Sie hätte ihm am liebsten gesagt, dass sie alt genug war, um allein zu gehen, besann sich jedoch noch rechtzeitig ihrer Manieren. Wenn er sich wie ein Gentleman verhalten konnte, dann würde es ihr auch nicht schaden, sich wie eine Dame zu benehmen.

»Danke, Giacomo. Es war wunderbar«, schüttelte sie im Vorbeigehen noch einmal die Hand des Italieners, der sie anstrahlte und ihr noch einen schönen Abend wünschte. Yvor nickte er zu, lief dann schon wieder weiter zum nächsten Gast. Die Hektik und die lauten Gespräche in dieser Pizzeria verstärkten Yvis Kopfschmerzen, weshalb sie sich beeilte, hinauszukommen.

Die kühle Luft des Abends tat ihr gut und sie sog diese in ihre Lunge. Der Kopfschmerz ließ ein wenig nach. Sie rieb sich dennoch mit ihrer freien Hand die Schläfe.

»Dein Blutdruck ist etwas zu hoch. Du solltest damit vielleicht einmal zu einem Arzt gehen«, nahm sie Yvor neben sich wahr und sah ihn irritiert an. Er deutete in ihr Gesicht und lächelte entschuldigend. »Du hast rote Wangen und scheinst Kopfschmerzen zu haben.«

»Ja, stimmt. Ich bin ziemlich erledigt. Wenn ich Pech habe, ist das der Beginn einer wunderschönen Migräne.«

Yvors Lippen zuckten leicht. Ihm schien diese Vorstellung zu missfallen. Yvi sah eine gewisse Entschlossenheit in seiner Miene, als er ihr verkündete, dass er sie nach Hause begleiten wollte.

»Nach Hause? Aber wolltest du nicht noch ins *Moonlight*?«

»Das können wir sehr gern zu einem passenderen Zeitpunkt nachholen.« Sein Gesichtsausdruck war freundlich, seine Miene nun weich, als er seine freie Hand anhob und ihr eine Haarsträhne aus dem Gesicht strich. »Du musst dich ausruhen. Ich werde nach Hause fahren und mir überlegen, wie wir die nächsten Tage weiter verfahren können.«

Yvi nickte dankbar. Sie war froh, dass er nicht darauf bestand, dass sie noch etwas unternahmen. Sie wollte einfach nur ins Bett. Am nächsten Tag sah dann hoffentlich alles viel einfacher und klarer aus.

15

Yvor musste unbedingt dafür sorgen, dass diese Frau aus seiner Reichweite verschwand. Der Durst war plötzlich fast unerträglich geworden, und wenn er sich nicht beherrschen konnte, war Dr. Yvonne Nowak ernsthaft in Gefahr. Ihr Blut schien in ihren Adern geradezu zu rauschen und lenkte Yvors Aufmerksamkeit immer wieder auf ihren wunderschönen Hals. Sie wäre sicherlich wohltuend und schmackhaft. Eisern heftete er den Blick nun zu Boden und versuchte, sich auf das Muster der Steine zu konzentrieren.

»Was denkst du gerade? Du siehst irgendwie gehetzt aus«, riss Yvi ihn aus seiner Konzentration und er fühlte sich ertappt.

»Alles in Ordnung«, log er und setzte eine neutrale Miene auf. »Ich denke, auch für mich war der Tag recht lang und anstrengend. Es wird wohl besser sein, wenn ich mich auch gleich auf den Weg nach Hause mache.«

»Wenn du möchtest, ich finde auch allein zu meiner Wohnung. Du musst mich nicht begleiten.«

Wäre es möglich sie allein gehen zu lassen? Gefährlicher als zusammen mit ihm würde es für sie wohl nicht werden können.

»Es ist normalerweise nicht meine Art«, begann er seine Entschuldigung, doch Yvi winkte lächelnd ab.

»Keine Sorge. Du warst ein perfekter Gentleman. Rufst du mich dann morgen an, damit wir alles besprechen können?« Er nickte und sie machte sich sanft von ihm los. »Dann danke ich dir für das wunderbare Essen. Es war wirklich toll.«

Ja, das war es. Er hatte es tatsächlich genossen. Leider kam ihm seine Schwäche in den Weg, sodass er den Abend nun nicht voll und ganz auskosten konnte. Yvi verabschiedete sich von ihm mit einem Nicken, da Yvor sich bereits ein paar Schritte von ihr entfernte. Er wollte verhindern, dass sie ihm ihre Hand zum Abschied reichte. Egal wie ihre Gabe auch funktionierte, ein solches Debakel wie in ihrem Behandlungsraum würde Yvor nicht nochmal zulassen.

Yvi lief langsam davon und er musste sich zwingen, sich in die andere Richtung zu entfernen. Er musste auf die Jagd gehen. Sein Durst brannte in seinen Eingeweiden.

›Verdammter Blutjunkie‹, herrschte er sich selbst an und biss sich auf die Zunge. Blut schoss augenblicklich in seine Mundhöhle und ließ seine Fänge ausfahren.

Ein eisiger Windstoß machte ihm bewusst, dass er auf dem besten Weg war, seine Gabe unkontrolliert einzusetzen. Wolken hatten sich bereits über ihnen zusammengezogen, und wenn er es nicht stoppte, würde es regnen. Yvor schloss die Augen und suchte nach einem ruhigen Flecken in seinem Unterbewusstsein. Er musste diese Unruhe von sich schieben, um die Kontrolle zu behalten. Sein Körper erzitterte. Schmerz zuckte durch ihn hindurch.

»Oh Gott! Yvor? Yvor geht es dir gut?« Yvis Stimme klang dumpf, als wäre sie weit von ihm entfernt, allerdings spürte er ihre Finger auf seiner Wange. Er musste in sich zusammengesunken sein.

›Blutjunkie‹, schoss es ihm abermals durch den Kopf, doch er konnte nichts mehr dagegen tun. Sein Körper schien die Kontrolle zu übernehmen, denn er hörte Yvis erschrockenes Keuchen, als er sie an sich zog. Ihr Körper war warm und weich in seinen Armen und er vergrub sein Gesicht in ihrem Hals. Er brauchte es, brauchte sie.

»Yvor ...«, seufzte sie und er versenkte seine Fänge in ihrem zarten Fleisch. Sie schnappte nach Luft, als er von ihr trank. Das Zittern seines Körpers nahm langsam ab und Yvor konnte die Kraft spüren, die durch Yvis Blut auf ihn überging. Sie stöhnte. Dieses Geräusch brachte ihn wieder zurück in die Realität. Sie waren auf offener Straße und er hatte seine Zähne noch immer in ihrem Hals. Er musste etwas unternehmen. Widerwillig löste er sich von ihrem Hals und verschloss mit seiner Zunge die Bisswunde. Sein Blick wanderte umher. Es schien sich keiner für ihn und Yvi zu interessieren.

»Ich denke, da muss ich dir jetzt etwas erklären«, setzte Yvor zu einer erneuten Entschuldigung an und schob Yvi ein wenig von sich weg, um ihr ins Gesicht schauen zu können. Wie vom Donner gerührt stellte er fest, dass sie ihre Augen geschlossen hatte und wie leblos in seinen Armen hing. Verdammt! Hatte er ihr zu viel Blut genommen? Er fühlte ihren Puls. Yvis Herz schlug ruhig und kräftig. Sie musste einfach in Ohnmacht gefallen sein.

»Na klasse. Gut gemacht, Yvor«, knurrte er sich selbst an und rappelte sich kurzentschlossen auf. Er musste sie ins Bett bringen.

Mist! Er wusste ja gar nicht, wo sie wohnte. Die Geschwister hatten nichts erzählt. Was sollte er nun tun? Yvor strich ihr über die Wange, doch Yvi blieb bewusstlos. Er fluchte leise. So in der Gegend herum zu stehen, würde es auch nicht besser machen. Er hoffte, dass sie ihm diese Entscheidung nicht übel nehmen würde, und zog sie auf seine Arme. Yvor machte sich auf den Weg nach Hause.

Yvi hatte einen irren Traum. Sie war doch tatsächlich noch einmal zurückmarschiert und hatte Yvor auf der Straße kniend vorgefunden. Voll Sorge hatte sie sich zu ihm gekniet, dann war es sehr schräg geworden. Mit einer Kraft, die sie ihm niemals zugetraut hätte, war sie in seine Arme gezogen worden. Es war wie in einem Kokon aus Hitze und dem Geruch nach Yvor. Ein Zittern hatte seinen Körper ergriffen und dann ...

»Er hat mich gebissen!«, hörte sie ihre eigene Stimme voller Panik.

Mit einem Ruck war sie hellwach. Irritiert sah sie sich in dem halbdunklen Raum um. Wo um Himmels willen war sie denn hier? Sie bewegte sich ein wenig auf dem riesigen Bett. Ihr Kopf schmerzte noch, doch das war nichts gegen die Panik, die sich langsam in ihr breitmachte. Was war denn nur geschehen?

Ein Spalt breit Licht drang in den Raum und sie beschloss, der Sache augenblicklich auf den Grund zu gehen. Sie war vollkommen angezogen bis auf die Schuhe, die sich jedoch vor dem Bett befanden. Schnell schlüpfte sie hinein und atmete noch einmal tief durch.

Mit zitternden Beinen schlich sie zur Tür und öffnete sie so lautlos wie möglich. Sie hörte ein Quietschen und schimpfte innerlich. Es war wie in einem schlechten Horrorfilm! Gleich würde ein Monster auftauchen und über sie herfallen.

Leise Musik schien aus dem unteren Stockwerk zu kommen. Ein Monster, das Musik mochte? Eher unwahrscheinlich. Yvi bewegte sich automatisch darauf zu und lauschte. Sie konnte bis auf die sanften Klänge nichts anderes hören.

»Da ist ja jemand endlich aufgewacht.« Yvors Stimme ließ sie einen Satz nach hinten machen und Yvi sah sich erschrocken um, doch da war niemand. Wie machte Yvor das?

»Yvor? Wo bist du?«

Seine große Gestalt trat durch eine Tür im Untergeschoss. Yvi starrte ihn an und fragte sich, wie er da so schnell hingekommen war. Er sah sie an, als hätte er ein schlechtes Gewissen.

»Hallo Yvi.«

Unsicher stakste sie die Treppe hinunter und hatte das Gefühl, in eine alte Romanverfilmung geraten zu sein. Das Haus sah aus wie aus *Stolz und Vorurteil*, es standen sogar Kerzenleuchter auf den antiken Tischchen. Yvi bekam eine Gänsehaut. Das Haus kam ihr ungemütlich vor. Es wirkte bedrückend.

»Du wohnst hier?«, fragte sie und ließ ihren Blick noch einmal über die Einrichtung schweifen. Yvor nickte, sah jedoch ernst drein.

»Das ist das Haus meiner Familie.«

›Dass ich leider nicht hab abfackeln können, als es gut gewesen wäre. Deshalb sitze ich hier fest.‹ Da! Da war sie wieder gewesen. Seine Stimme. Sie hatte sie laut und deutlich gehört! Aber wieso hatten sich seine Lippen nicht bewegt?

»Könntest du das bitte noch mal wiederholen?«, brachte Yvi hervor und fasste sich an die Stirn. Ihr war plötzlich wieder so komisch.

»Das ist das Haus meiner Familie«, wiederholte er und sah sie dann mit besorgter Miene an.

»Wie bin ich überhaupt hierher gekommen? Ich erinnere mich nicht. Und wo ist Mike?«

Yvor bat sie darum, mit ihm ins Wohnzimmer zu

kommen und half ihr, denn ihre Beine schienen sich in Wackelpudding verwandelt zu haben. Sie stöhnte leise, als er sich bei ihr unterhakte und sie damit in Richtung Wohnzimmer trug.

›Wie sage ich es ihr nur?‹ Yvi hörte seine Stimme, doch sie versuchte, sie nicht zu beachten. Sie hatte wahrlich schon genug Probleme. Wobei sie sich schon fragte, wem er was sagen wollte.

»Möchtest du ein Glas Wasser? Oder vielleicht einen Whiskey?« Yvor hievte sie auf ein sehr kitschiges altes Sofa und beäugte sie wieder besorgt.

›Meine Güte! Kann er sich nicht wenigstens diesen Gesichtsausdruck sparen?‹, dachte sie. Yvi fühlte sich ohnehin gerade schon schwächer als ihr lieb war.

»Ich denke, ich nehme den Whiskey.«

Yvors Bewegung war sehr geschmeidig, als er sich einem Schrank zuwandte, in dem nach einem kurzen Augenblick einige Flaschen und Gläser zum Vorschein kamen. Die Hausbar, natürlich. Yvi beobachtete, wie er sich ebenfalls ein Glas einschenkte und dann mit beiden Gläsern wieder zu ihr zurückkehrte. Er hielt Yvi eines vor die Nase und sie ergriff es mit zitternden Fingern.

»Danke.«

»Gern.« Er wartete, bis sie den Whiskey geleert hatte, dann räusperte er sich. Seine Miene versprach nichts Gutes. »Ich fürchte, ich schulde dir eine Erklärung.«

Wollte sie es wirklich wissen? Die seltsamen Bilder in ihrem Kopf verunsicherten sie. Yvor hielt ihr sein Glas hin und sie schüttete auch dieses hinunter.

›Wie sag ich es ihr nur?‹ Yvi wollte diese Stimme ignorieren, allerdings war ihr das bisher auch nicht gelungen. Es machte ihr Angst und sie verstand es einfach nicht. Die einfachste Erklärung war wohl, dass sie auf dem besten Weg war, verrückt zu werden. Verdammt …

»Spuck es aus«, forderte sie Yvor auf, der tief einatmete und dann die Bombe platzen ließ.

»Ich bin ein Vampir.«

17

Yvor sah, wie Yvis Miene einfror. Sie starrte ihn an, als hätte er ihr gerade erzählt, dass oben nun unten sei. Er wartete auf einen Nervenzusammenbruch oder auf einen Lachanfall, doch nichts geschah. Sie saß einfach nur da und starrte ihn an.

»Würdest du bitte etwas sagen.«

»Seit wann?« Yvis Miene blieb ausdruckslos und Yvor bekam ein mulmiges Gefühl. Na, das lief ja mal wieder so gar nicht wie geplant.

»Seit wann, was?«

»Seit wann hältst du dich für einen Vampir?« Yvi legte den Kopf schief und analysierte ihn. Yvor hätte am liebsten laut losgeflucht, unterdrückte diesen Impuls jedoch. Die Psychotherapeutin Yvi behandelte ihn. Da musste er wohl härtere Geschütze auffahren.

»Yvi, ich bin 913 Jahre alt und halte mich nicht für einen Vampir. Ich BIN ein Vampir.« Er öffnete den Mund und zeigte ihr seine ausgefahrenen Fänge.

Sie betrachtete sie ungerührt.

»Yvor, das kann doch jetzt nicht wirklich dein Ernst sein. Denk doch mal nach. Wenn du ein Vampir bist, wieso kannst du dann bei Tag umherspazieren? Außerdem bin ich mir sicher, dass du beim Italiener was mit Knoblauch gegessen hast. Was war damit? Und so künstliche Fangzähne überzeugen mich auch nicht.«

›Echt klasse. Wieder dieser Mumpitz‹, dachte Yvor und überlegte, wie er ihr sonst beweisen konnte, dass er ein Vampir war.

Yvi begann langsam, sich die Schläfen zu reiben. Sie

wirkte mit einem Mal sehr müde. Er wollte ihr gerade vorschlagen, dass sie sich doch besser wieder in seinem Gästezimmer hinlegen sollte, als er es wahrnahm. Erst war es leise, wurde aber stetig lauter und eindringlicher. Es war ein Singsang in seinem Kopf.

›Alles wird gut. Du bist müde, das ist alles. Morgen ist alles wieder in Ordnung‹, hörte er Yvis Stimme und sah ihre leicht wippende Bewegung.

Da war er, der Nervenzusammenbruch.

»Ich fürchte, es wird nicht besser. Ich denke, wir sollten wirklich miteinander reden.«

Sie blinzelte ihn fragend an und er hörte einen Fluch in seinem Kopf. Wenn sich Yvi aufregte, war sie so ganz und gar nicht damenhaft. Er schmunzelte.

»Bitte sag nicht, dass du das gehört hast«, flehte Yvi und sah ihn mit großen Augen an.

»Ich habe eine solche Ausdrucksweise eher selten in meinem Kopf. Dein Fluchen ist nicht originell, aber recht treffend«, gab er zurück und fügte in Gedanken hinzu: ›Aber ich dachte mir schon, dass du etwas Besonderes bist.‹

Sie schlug sich die Hand vor den Mund.

»Noch einen Whiskey?« Er stand auf, um sich dieses Mal selbst einen Drink zu gönnen.

›Ich darf nicht verrückt werden‹, nahm er ihr Stöhnen erneut in seinem Kopf wahr und sah wieder zu ihr. Yvi hatte die Stirn gerunzelt und fauchte ihn an, als er den Mund öffnete. »Ich will es nicht hören!«

»Verdammt nochmal, Yvonne Nowak, du wirst mir jetzt gefälligst zuhören und das akzeptieren, was ich dir sage!« Sein Ausbruch war ein bisschen zu heftig, zugegeben, allerdings brachte er Yvi dazu, dass sie sich zusammenriss. »Ich kann nichts dafür. Ich bin, was ich bin und du bist, was du bist. Wenn du das endlich annehmen kannst, sind wir auf einem guten Weg.«

»Was bin ich denn schon? Und auf welchem Weg bitteschön sollten wir denn sein? Wohin? Ich bin doch nur eine ganz normale Psychotherapeutin und habe nichts mit einem solchen Firlefanz zu schaffen.« Ihre Verzweiflung war intensiv und hallte in ihm wieder. Oh nein, bitte nicht das auch noch ...

Er hatte davon gehört, dass Vampir und Auserwählte auf der gleichen Wellenlänge sein und Gefühle, Träume oder gar Gedanken austauschen konnten, hatte jedoch nicht gewusst, wie intensiv so etwas sein konnte. Er seufzte.

»Ich denke, wir sollten die Sache besser überschlafen. Es ist spät und mir fehlt die Geduld, das die ganze Nacht zu analysieren.« Sie starrte ihn entgeistert an. »Das Gästezimmer steht dir zur Verfügung. Ich wollte die Sache eigentlich nicht überstürzen. Wäre nicht mein Durst dazwischen gekommen, hätte ich dich länger umworben.«

Ihre Hand wanderte zu ihrem Hals und sie ächzte heiser. Yvi schien sich an den Biss zu erinnern.

»Ich will nach Hause«, sagte sie fordernd, und Yvor war versucht, ihr diese Bitte zu verweigern, besann sich jedoch eines Besseren.

»Ich fahre dich«, brummte er und hielt ihr seine Hand hin, die sie mit einem merkwürdigen Gesichtsausdruck ergriff. Hatte sie etwa Angst vor ihm?

»Ich habe keine Angst«, blaffte sie ihn gleich wieder an und er schüttelte seinen Kopf. Ab jetzt musste er sogar aufpassen, was er dachte. Das konnte ja noch was werden.

Sie seufzte.

»Entschuldige. Ich bin einfach überfordert. Schlafentzug und Kopfschmerzen. Das ist eine schlechte Kombination.«

Yvor drehte sich zu ihr um. Er sah auf seine rechte

Hand, die noch immer Yvis Finger umschlossen. Sie waren warm und fühlten sich gut und richtig in seiner Hand an. Er würde sich um diese Frau kümmern und einfach hoffen, dass sie sich für ihn entschied. Er hatte sehr lange auf eine solche Chance gewartet.

Yvi seufzte und er sah in ihre Augen, die ihn ängstlich anblickten. Es ging alles zu schnell. Er legte ihr vorsichtig seine linke Hand unter das Kinn und hob ihren Kopf. Er sah noch einmal tief in diese wunderbar braunen Augen, dann drang er in ihren Geist ein und löschte ihre Erinnerung.

18

Yvi wurde durch das Klingeln ihres Weckers aus dem Traum gerissen. Sie brummte und war versucht, sich einfach noch einmal herumzudrehen und die Welt sich selbst zu überlassen. Ihr Traum war so spannend und außergewöhnlich gewesen, wenn er ihr auch zwischenzeitlich Angst gemacht hatte. Yvor, der Vampir. Sie lächelte. Natürlich musste ein Mann mit ausgesprochen guten Manieren ein Vampir sein. In der heutigen Zeit fand man nur wenige Männer, die einer Frau den Arm anboten oder sich so verhielten wie in einem Jane-Austen-Roman. Und dann das Haus. Da hätte es ihr eigentlich schon auffallen müssen, dass es ein Traum gewesen war. Sie seufzte.

»Guten Morgen! Na, du Schlafmütze?« Mike kam in ihr Schlafzimmer marschiert. Er war bereits angezogen, hatte eine Tasse Kaffe in der Hand und sah sie, von einem Ohr zum anderen grinsend, an.

»Wieso bist du denn schon wach?«

»Ich habe heute ein Bewerbungsgespräch. Aber mehr verrate ich dir noch nicht. Und du hattest gestern einen interessanten Abend?« Zu Yvis Verwunderung stellte Mike ihr den Kaffee auf den Nachttisch und setzte sich auf die Bettkante.

»Es geht.« Sie setzte sich auf und streckte ihre Beine aus dem Bett. Irritiert stellte sie fest, dass sie noch die Kleider vom vorherigen Tag trug.

»Zumindest hast du geschlafen, als Yvor dich nach Hause gebracht hat. Er meinte noch, dass ich dich auf gar keinen Fall wecken solle.«

Yvi kam sich vor, als hätte man ihr einen Eimer Eiswasser über den Kopf gegossen. Yvor hatte sie nach Hause gebracht? Die Bilder ihres Traums fielen ihr wieder ein und ein Wort rastete förmlich in ihrem Bewusstsein ein: Vampir.

»Ach du scheiße.«

Mike hob eine Augenbraue. Yvi konnte ihrem Bruder nicht sagen, was in ihr vorging. Das war zu verrückt. Also sprang sie aus dem Bett und begann hektisch, ein paar frische Sachen zusammenzusuchen. Sie musste ins Krankenhaus.

»Ich bin viel zu spät dran«, ächzte sie nach einem Blick auf den Wecker. Mehr als fünf Minuten gönnte sie sich nicht im Bad, dann stürzte sie hinaus und suchte ihre Schuhe. Sie fand sie fein säuberlich aufgereiht an ihrem Schrank. Was sollte das denn? Sie hoffte inständig, dass das nicht Yvors Werk gewesen war. Ein Vampir mit Ordnungsdrang wäre ihr dann doch eine Spur zu verrückt. Sie musste über ihre Gedanken schmunzeln. Verrückter als ein Vampir? Ging das wirklich? Hastig schnappte sie sich ihre Schuhe und schlüpfte hinein, dann folgte die Jacke. Noch mal ein Blick auf den Wecker. Verdammt, sie hatte nur noch 14 Minuten.

»Ich wünsche dir auch einen schönen Tag!«, rief Mike ihr nach, als sie an ihm vorbei stürmte. Sie winkte ihm aus dem Flur zu und schlitterte nahezu die Treppen hinunter. Mist. Diese dämlichen Ledersohlen waren so was von rutschig.

»Heute Abend koche ich uns übrigens was. Sei also pünktlich!«

Mikes Stimme hallte durch den Flur und Yvi brachte noch ein keuchendes »Okay« zustande. Egal, was mit ihrem Bruder geschehen war, sie hoffte inständig, dass sich diese Stimmung hielt. Er wirkte zufrieden.

Yvi schaffte es nach gut 10 Minuten, das Krankenhaus

zu erreichen. Leider lief sie direkt Frau Krause über den Weg, die ärgerlich einen Blick auf ihre Uhr warf.

»Ja, ich weiß, ich bin spät«, versuchte sie die Frau aus der Krankenhausverwaltung zu beschwichtigen, allerdings zückte diese, wie so oft ihr Notizbuch und kritzelte darin herum. Yvi unterdrückte ein genervtes Stöhnen. Sie war froh, als sich endlich die Fahrstuhltüren vor ihr schlossen und sie den Anblick dieser Frau nicht mehr länger ertragen musste.

»Da bist du ja. Hattest du einen schönen Abend? In deinem Behandlungsraum wartet eine kleine Überraschung.« Anna strahlte sie bereits von Weitem an und deutete begeistert in Richtung Behandlungszimmer. Yvi näherte sich irritiert dem Raum und hatte, als sie diesen betrat, mal wieder das Gefühl, in einen Film geraten zu sein. Das Zimmer war das reinste Blumenmeer. Sie kämpfte sich auf ihren Schreibtisch zu, auf dem ein Strauß roter Rosen stand, in dem ein weißer Umschlag steckte. Yvi zog diesen heraus und las die Karte: ›Danke für den schönen Abend.‹. Daneben stand seine Telefonnummer.

Sie wurde blass. Deshalb hatte Anna sie danach gefragt. Wie sollte sie nur auf diese Blumen reagieren? Wäre es ein Blumenstrauß gewesen, hätte sie sich einfach nur bei Yvor bedanken können, doch das hier waren mindestens dreißig. Sie dachte an diesen Mann. Was wollte er nur mit dieser Blumenflut bezwecken?

»Yvi, also, ich muss schon sagen: Mr. Fantastic ist wirklich romantisch.« Anna kam grinsend mit einer Krankenakte in der Hand herein und schnupperte begeistert an einer weißen Orchidee.

»War er hier?«

Anna lächelte und nickte.

»Er kam mit ein paar Männern, die dieses Paradies geschaffen haben. Ach, Yvi, ich freu mich ja so für dich.

Der Typ ist wirklich ein Traum.«

Yvi hätte es gerade jetzt nicht ganz so ausgedrückt. Yvor konnte ihr doch nicht einfach so das Behandlungszimmer mit Blumen zustellen! Was sollten denn die Leute denken?

»Anna, wir müssen die Sträuße hier raus schaffen. Würdest du mir bitte helfen?« Yvi griff nach den Rosen und beförderte sie ins Wartezimmer, die Orchideen folgten, und wurden von Anna auf den Tresen des Empfangs gestellt. Die ganze Abteilung sah kurz darauf aus, als wäre hier eine Gärtnerei explodiert. Yvi wollte alle Blumen aus ihrem Sprechzimmer verbannen, doch Anna bestand darauf, dass sie zumindest das Vergissmeinnichtsträußchen behielt.

Es dauerte gut eine Stunde, bis Yvi endlich die erste Patientin empfangen konnte. Es war ausgerechnet Biancas Mutter, die so lange ausgeharrt hatte und nun etwas nervös vor ihr saß.

»Ich freue mich, dass Sie sich die Zeit nehmen und sich mit mir unterhalten wollen, Frau Fuchs.« Sie schüttelte der verunsicherten Frau die Hand und betrachtete sie kurz. Biancas Mutter war klein und ausgesprochen dünn, hatte blondes Haar wie ihre Tochter und hätte wirklich gut ausgesehen, wenn sie nicht einen so abgehetzten Eindruck gemacht hätte.

»Ich war geschockt, als ich Bianca so im Bad fand. Ich bekomme das Bild von dem vielen Blut nicht mehr aus dem Kopf.« Frau Fuchs' Stimme zitterte leicht, als sie sich an den vorherigen Morgen erinnerte. »Ich bin nur froh, dass ich meine Schlüssel für die Arbeit vergessen hatte und deshalb nochmal in die Wohnung gegangen bin. Nicht auszudenken, was passiert wäre, wenn ich das nicht getan hätte.«

»Bitte versuchen Sie, sich nicht immerzu auszumalen, was hätte passieren können. Das wird die Situation nicht besser machen, allerhöchstens schlimmer. Können Sie sich vorstellen, wieso Bianca derart verzweifelt war?«

Frau Fuchs begann, ihre Finger in ihrem Schoß zu kneten, blieb jedoch still. Yvi beobachtete diese Geste und wusste natürlich sofort, dass Biancas Mutter etwas ahnte. Yvi hakte sanft, aber nachdrücklich nach, um eine vernünftige Antwort zu erhalten. Aus Bianca hatte sie am Tag zuvor nichts heraus bekommen und hoffte, dass ihre Mutter sie einen Schritt weiter bringen würde. Wie sollte sie dem Mädchen sonst helfen?

»Ich fürchte, sie hat es meinetwegen getan.« Diese Antwort ließ Yvi stutzen und sie wollte wissen, wie Frau Fuchs darauf kam. Diese seufzte. »Wissen Sie, ich hatte einen Mann kennen gelernt. Er war wirklich nett, doch bei dem Thema Kinder ging er immer direkt durch die Decke. Ich hatte noch nicht einmal die Möglichkeit, ihm von Bianca zu erzählen.«

»Bianca weiß davon?«, wollte Yvi wissen, war sich jedoch schon im Klaren über die Antwort, noch bevor Frau Fuchs schniefend nickte.

»Sie hat ein Telefonat mitgehört, das ich führte. Bernd hat sich wieder so aufgeregt und ich meinte dann, dass er sich nicht mit Kindern abgeben müsse, wenn er nicht mit ihnen umgehen kann. Ich habe mit ihm Schluss gemacht, wissen Sie!?«

Yvi konnte sich gut vorstellen, wie Bianca die wenigen Brocken, die sie hatte aufschnappen können, verstanden haben musste. Sie fragte ihre Mutter, ob sich Bernd seitdem noch einmal gemeldet hatte und sie seufzte abermals, gefolgt von einem traurigen Nicken.

»Er wollte von mir wissen, wieso ich Schluss gemacht habe. Ich konnte es ihm einfach nicht sagen. Bernd zu verlassen, war schon schwer, doch wenn er mir am Ende beigepflichtet und mir wegen Bianca den Laufpass gegeben hätte ... Ich wüsste nicht, wie ich damit klargekommen wäre.«

Yvi reichte ihr ein Taschentuch und Frau Fuchs schnäuzte lautstark hinein.

»Ich denke, ich habe da eine Idee. Ich möchte, dass Sie diesen Bernd anrufen und ihn bitten, morgen Nachmittag in meine Praxis zu kommen. Sie und Bianca kommen auch. Vertrauen Sie mir. Ich habe eine Idee, wie ich Ihnen allen helfen kann. Es bringt nichts, wenn Sie und Bianca diese Sache einfach auf sich beruhen lassen. Damit ist niemandem geholfen.«

Es interessiert mich nicht, ob Sie dafür mehr Leute brauchen. Schaffen Sie sie ran. In einer Woche brauche ich in meinem Haus die nötigen Leute. Die Umbauten müssen sofort durchgeführt werden. Geld spielt keine Rolle«, knurrte Yvor ins Telefon und legte auf. Diese Frau schimpfte sich zwar Architektin, schien jedoch nicht sonderlich engagiert zu sein. So ein nerviges Gebrabbel von ›zu enger Zeitplan‹.

Es klopfte an der Bürotür und schon kam Violetta wie immer unaufgefordert herein. Sie war die einzige Angestellte, der er diese Frechheit gestattete. Sie war groß, blond und ebenfalls ein Vampir, was ihn im Umgang mit ihr weniger befangen machte. Jener mit Menschen war noch immer sehr schwierig für ihn.

»Was ist los, Violetta?«

Seine Assistentin legte ihm die neuesten Zahlen des Unternehmens vor und Yvors Blick streifte diese eher flüchtig. Sie waren wie immer recht gut und er hakte die Sache schnell ab. Danach ließ er sich über die Lage in den Firmen aufklären. Im Allgemeinen war aber alles in bester Ordnung.

»Ach, und ich habe mich um diesen Mike Nowak gekümmert. Wozu sollen wir ihn eigentlich beschäftigen? Seine Zeugnisse sind nicht sonderlich berauschend, ein Überflieger scheint er ja nicht gerade zu sein, wenn ich ihn auch als angenehm empfunden habe.« Violetta sah ihn neugierig an, doch Yvor winkte ab.

»Violetta, ich möchte, dass du ihm hilfst, die Stelle in unserem Firmenkindergarten zu bekommen. Ein

Auszubildender mehr kann nicht schaden und er will es wirklich. Er mag Kinder und ich denke, dass die Bälger ihn auch mögen werden. Er ist ein wirklich feiner Kerl.«

Seine Assistentin beäugte ihn, als hätte er ihr gerade befohlen, den Weltfrieden herbeizuführen.

»Zu Befehl, Boss. Ich schaue, was ich machen kann.«

›Braves Mädchen‹, ging es Yvor durch den Kopf und sah Violetta nach, die sich wieder entfernte. Wie immer kritzelte sie in ihrem Notizheft herum und schüttelte den Kopf. Diese Reaktion war ihm in den letzten Jahren sehr vertraut geworden. Sie hielt ihn für einen Sonderling, der er im Grunde ja auch war.

Yvor rieb sich die Stirn. Sein Kopf fühlte sich an, als würde er gleich platzen. Dieser dämliche Durst war wieder da, doch widerstrebte es ihm, diesen zu stillen. Seine Gedanken wanderten mal wieder zu Yvi. Ob ihr die Blumen gefielen? Er hatte es nicht lassen können, einen Strauß nach dem nächsten zu kaufen, denn jede Blume hatte schließlich eine eigene Bedeutung und so hatte er die Möglichkeit, ihr mitzuteilen, wie es gerade in ihm aussah.

Sein Telefon klingelte und er zog den Telefonhörer zu sich heran.

»Sommer.«

»Nowak«, vernahm er Yvis Stimme. Sie klang leider ganz und gar nicht freudig.

»Hallo Frau Doktor. Hast du meine Blumen bekommen?«, versuchte Yvor locker zu klingen, obwohl es ihn innerlich vor Anspannung fast zerriss.

»Ja, die habe ich bekommen.« Mist. Sie klang gereizt. Die Blumen schienen keine gute Idee gewesen zu sein.

»Yvi, ich wollte dir damit eine Freude machen. Sollten die Blumen nichts für dich sein, dann ...« Weiter kam er nicht, denn sie schnaubte wütend.

»Mir geht es hier nicht um die Blumen. Was hast du

Mike versprochen? Er hatte heute angeblich ein Vorstellungsgespräch, und gerade kam er hier an und hat erzählt, dass es gut gelaufen ist. Ich weiß nicht, was du beabsichtigst, doch bitte lass meinen Bruder aus der Sache zwischen uns raus. Er ist nicht in der Verfassung, einen weiteren Rückschlag einzustecken.«

Oha, die Tigerin fuhr ihre Krallen aus. Was sollte er denn dazu jetzt sagen, ohne dass er gleich weiter die Leviten gelesen bekam?

»Ich habe nicht vor, ihn in irgendwas reinzuziehen. Ich habe für ihn eine Stelle und freue mich, dass ich helfen kann.« Yvor überlegte, ob Mike Yvi erzählt hatte, um welche Stelle es sich handelte. Sollte er es ihr sagen? Er entschied sich dagegen, denn Mike hatte es ihm im Vertrauen erzählt. Er mochte den Jungen wirklich, auch wenn es durchaus damit zusammenhing, dass Yvi seine Schwester war. Seine Auserwählte.

»Yvor, du kannst nicht einfach in unser Leben stürzen und es komplett auf den Kopf stellen. Was glaubst du denn, wer du bist?«

Das Gespräch lief in die komplett falsche Richtung. Er seufzte.

»Ich wollte gar nichts auf den Kopf stellen. Ich wollte nur helfen«, brummte er und gab Yvi damit nur wieder Zunder. Sie schnaubte erneut.

»Du stellst aber alles auf den Kopf. Erst dringst du in meine Privatsphäre ein, dann das gestern Abend, heute verwandelst du meine Abteilung im Krankenhaus in einen Blumenladen und dann willst du auch noch, dass mein Bruder für dich arbeitet? Das ist mehr als zu viel! Lass uns in Ruhe, Graf Dracula!«

Yvors Herz zog sich in seiner Brust zusammen und er hörte nur noch das leise Tuten des Telefons. Yvi hatte einfach aufgelegt.

20

Also Yvi, das war doch jetzt echt nicht nötig, oder? Was hat dir Yvor nur getan, dass du ihn so angebrüllt hast? Ich meine, okay, seine Versuche, dich zu erobern, waren ein bisschen *too much*, aber ihn gleich aus deinem Leben zu verbannen?« Mike starrte sie, dann den Telefonhörer an, den sie vor Wut auf den Apparat geknallt hatte.

Sie konnte Mike nichts von Yvor erzählen. Es ging einfach nicht. Es war zu verrückt, um wirklich wahr zu sein. Vampire gab es in ihrer kleinen Welt einfach nicht, und das sollte auch so bleiben. Also musste Yvor verschwinden, egal wie elend sie sich auf einmal auch dabei fühlte.

»Mike, die Blumen hier überall sind von ihm. Die waren alle in meinem Sprechzimmer.«

Mikes Lippen zuckten belustigt, doch Yvi fand das gar nicht witzig. Yvor kannte sie erst einen Tag und da waren solche Aktionen viel zu übertrieben. Und dann spukte ihr noch immer dieser seltsame Traum durch den Kopf, von dem sie nun wusste, dass es gar keiner war. Er hatte sie tatsächlich gebissen. Und danach dann dieses seltsame Gespräch in seinem Haus - diesem Horrorschuppen. Sie hatte Yvors Stimme in ihrem Kopf gehört ...

»Yvor hat es falsch angepackt, das gebe ich ja zu. Aber ich denke, er ist ein netter Kerl. Und du scheinst ihm echt am Herzen zu liegen. Schau dir die Blumen doch mal an. Die Sträuße sind alle riesig. Er hat dafür sicherlich ein Vermögen ausgegeben.«

Yvi seufzte.

Anna hatte ebenfalls begeistert auf die ganzen Blumen reagiert und Yvi einen Glückspilz genannt. Nahm sie die ganze Sache vielleicht zu ernst? Aber Mike und Anna hatten keine Ahnung von Yvor als Graf Dracula. Mit Schrecken fiel es ihr wieder ein, dass sie Yvor ja genauso genannt hatte.

›Das hätte ich nicht tun dürfen. Wenn ihn das nun wütend macht ...‹, dachte Yvi, doch dann runzelte sie die Stirn und rief sich selbst zur Ordnung. ›Egal was er versucht hat, mir anzutun, er hat es nicht geschafft. Ich habe gar nichts vergessen und werde es auch nicht.‹

»Erde an Yvi.« Mike fuchtelte mit seinen Händen vor ihrem Gesicht herum und sie sah ihm in seine fragende Miene.

»Was?«

»Ich habe dir gerade gesagt, dass ich trotzdem für ihn arbeiten werde, wenn er es noch will. Ich werde die Chance nicht einfach aufgeben, egal was du sagst.« Er nahm demonstrativ auf der Behandlungsliege Platz und wartete auf ihr Donnerwetter.

Yvi starrte ihren Bruder an.

»Was um Himmelswillen soll das werden? Wir werden das auch alles ohne Yvor Sommer schaffen! Und wenn du unbedingt in einem Kindergarten arbeiten willst, dann bitte. Bewirb dich einfach.«

Mike hob eine Augenbraue. Seine Miene schien zu versteinern. Mist! Yvi war raus gerutscht, dass sie das Gespräch zwischen Yvor und ihrem Bruder belauscht hatte.

»Ich werde in einem Kindergarten arbeiten. Und da es mein Leben ist, werde ich das dort tun, wo es mir gefällt. Entschuldige mich, ich muss jetzt telefonieren.«

Verdammt. Mike war echt sauer. Er ließ sie allein in

ihrem Sprechzimmer zurück, und Yvi hätte sich für ihre dumme Bemerkung in den Hintern beißen können.

Es klopfte und Anna steckte ihren Kopf herein. Sie kündigte Yvi ihren nächsten Termin an. Diana. Yvi dachte an Dianas Mann, der sie zwei Abende zuvor so angepöbelt hatte. Sie rieb sich die Schläfe und sagte Anna, dass sie Diana zu ihr hereinschicken sollte.

»Hallo Frau Doktor. Sie wollten mich sprechen?«

Ja, das hatte sie gewollt. Jetzt war sie sich allerdings nicht mehr ganz so sicher. Vielleicht war es ja eine blöde Idee, Diana noch einmal zu ihrem Mann zu schicken, um sich auszusprechen.

21

Das Pochen im Kopf hatte aufgehört, es war einem penetranten Dröhnen gewichen, das Yvor fast um den Verstand brachte. Immer und immer wieder ging er die Unterhaltung mit Yvi durch und versuchte, dem etwas Positives abzugewinnen, etwas, das ihm einen Funken Hoffnung schenkte.

»Lass uns in Ruhe, Graf Dracula!«

Dieser Satz hatte ihn besonders getroffen, denn dadurch war ihm schlagartig klar geworden, dass Yvis Erinnerungen an den Abend noch intakt waren.

»Violetta!«

Seine Assistentin, die es nicht gewohnt war, dass er nach ihr verlangte, kam sofort in sein Büro gestürmt. Yvor musste sich zusammenreißen, sie nicht anzuschnauzen, wieso es so lange gedauert hatte.

»Was ist los, Boss?« Sie hielt noch immer ihren Notizblock in der Hand und sah ihn mit einem hektischen Ausdruck an, als wäre jemand hinter ihnen her.

»Violetta, du bist doch eine Frau.«

Ihre linke Augenbraue hob sich, sie sagte jedoch nichts. Sie wartete darauf, dass er weitersprach. Yvor suchte nach den passenden Worten. Wieso hatte er sie sich nicht vorher zurechtgelegt, bevor er Violetta in sein Büro zitiert hatte?

»In der Tat, das bin ich«, bestätigte Violetta nach ein paar Sekunden stirnrunzelnd.

»Ich brauche einen Rat. Worüber würdest du dich als Frau freuen, es darf aber nicht aufdringlich wirken«, begann Yvor und stellte fest, dass sich das Runzeln ihrer

Augenbrauen vertiefte.

»Für welche Frau brauchst du das Geschenk? Vielleicht solltest du nicht ausgerechnet mich fragen. Ich mag Blöcke und Kugelschreiber.«

»Dr. Yvonne Nowak«, antwortete Yvor und Violettas Lippen verzogen sich zu einem kleinen Lächeln.

»Mike Nowaks Schwester?« Ihre Auffassungsgabe machte sie ihm immer wieder sympathisch, auch dass er nichts weiter sagen brauchte, damit sie ihn verstand. Violetta begann sofort mit ihren Überlegungen und schlug vor, auch Mike mit einzubeziehen. »Soll ich mich mit ihm in Verbindung setzen, oder willst du das persönlich übernehmen?«

Yvor überließ es Violetta, denn er hatte sein eigenes Projekt, das er vorher noch vorantreiben musste. Er schnappte sich seine Jacke und marschierte in Richtung Ausgang.

»Bitte, ruf mich auf dem Handy an, wenn du weißt, was Yvi gefällt. Ich fahre jetzt in die Stadt.« Sein Termin war in einer halben Stunde und diesen durfte er auf gar keinen Fall verpassen. Seit Yvis Anruf hatte sich sein Zustand noch weiter verschlechtert. Er spürte, wie sich der Blutdurst langsam durch seine Organe fraß und ihm Kraft kostete.

»Klar, Boss. Ich melde mich.«

Yvor überlegte, welches Auto er nehmen sollte, als ihm seine neueste Anschaffung ins Auge fiel. Er grinste und schnappte sich seine Lederjacke. Wieso sollte er nicht mal ein wenig Dampf ablassen und mit dem Motorrad fahren? Es war eh praktischer, damit in die Innenstadt zu kommen und einen Parkplatz zu finden. Yvor stieg auf die Maschine und erweckte den Motor der nachtblauen NCR M16 zum Leben. Der Klang war gigantisch und bereitete ihm eine wohlige Gänsehaut. Er grinste, als er sie aus dem Parkhaus fuhr und die

Vorfreude spürte. Allein diese war die 230.000 Dollar wert gewesen. Am liebsten wäre er ohne den Helm gefahren, doch Violetta hatte ihm so lange in den Ohren gelegen, bis er ihn akzeptierte. Doch was sollte ihm schon passieren? Er war ein Vampir ...

In rasantem Tempo fuhr er durch die Straßen und genoss den Kick. Er hatte schon immer seine Freude an Geschwindigkeit gehabt, doch sein Vater hatte ihn immerzu gebremst. Er dachte an Yvi und gab noch einmal richtig Gas. Ob sie sich eines Tages genauso Sorgen um ihn machte wie um ihren Bruder? Er hoffte es.

22

Ihre Praxis sah aus wie immer, als Yvi sie betrat. Sie musste sich auf die Ankunft ihres ersten Termins vorbereiten. Ihre Gedanken schienen jedoch andere Pläne zu haben, denn sie drifteten ständig ab und landeten bei dem Mann, den sie auf gar keinen Fall in ihrem Kopf haben wollte. Yvor hatte keinen Versuch unternommen, sie zurückzurufen oder sonst irgendwie mit ihr in Kontakt zu treten. Hatte er wirklich akzeptiert, dass sie nichts mehr mit ihm zu tun haben wollte? Und wieso störte sie dieser Gedanke so dermaßen?

Eine SMS ließ ihr Handy leise vor sich hin vibrieren. Sie warf einen Blick darauf.

›Na prima‹, dachte sie. Eine kurzfristige Absage des Termins. Sie hatte sich umsonst beeilt, in die Praxis zu kommen. Jetzt konnte sie eigentlich auch gleich Feierabend machen. Jeder, der sie erreichen wollte, konnte das über ihr Handy.

Das Telefon der Praxis klingelte und Yvi starrte ein paar Sekunden darauf, bis sie realisierte, dass sie dran gehen musste.

»Praxis Dr. Nowak.«

»Gott sei Dank, bist du dran, Yvi! Kommst du bitte gleich zu uns ins Krankenhaus? Es gab einen Unfall. Der Patient verlangt nach dir.« Melissa Terrins Stimme klang mehr genervt als besorgt, doch bei Yvi klingelten sofort alle Alarmglocken. Ohne nachzufragen, worum es ging und wieso ausgerechnet sie verlangt wurde, versprach sie, sofort da zu sein.

Im Krankenhaus ging es geschäftig wie immer zu, als

sie eintraf. Stefanie winkte ihr bereits zu, als sich Yvi durch den Eingangsbereich bewegte.

»Melissa hat gesagt, du sollst direkt in die Notaufnahme kommen. Ich warne dich schon mal vor: Es ist kein schöner Anblick.«

Yvi runzelte die Stirn, wandte sich jedoch in Richtung Notaufnahme, um nach Melissa Terrin zu sehen. Sie mochte die blonde Ärztin, die sehr freundlich war, doch nie viel von sich preisgab. Das war für Yvi in Ordnung, denn sie fand es ebenfalls übertrieben, wenn manche Kollegen ihr komplettes Privatleben vor den anderen ausbreiteten. Manche Dinge waren privat und sollten es auch bleiben.

»Da bist du ja schon!« Melissa strahlte sie an und deutete dann auf einen Raum, den die Mitarbeiter des Krankenhauses normalerweise für ihre Zwecke nutzten. »Die anderen Räume sind belegt, deshalb hab ich hier eine Art Notbehelf geschaffen.«

»Was ist denn los? Worum geht es?«

»Der Patient weigert sich, sich von mir behandeln zu lassen. Er möchte mit dir sprechen.« Melissa hatte ihre Stirn in Sorgenfalten gelegt und schüttelte verständnislos den Kopf. »Also ich würde sagen, du überzeugst diesen Sturkopf, und ich hole währenddessen die nötigen Instrumente.«

Yvi starrte ihr nach, als Melissa sich umdrehte und energisch davon stapfte. Ein Patient, der erst mit ihr reden wollte, bevor er sich behandeln ließ? Hatte Melissa nicht am Telefon gesagt, es hätte einen Unfall gegeben?

Sie öffnete die Tür und zog die Nase kraus. Es stank nach Rauch und irgendwie verbrannt.

›Ach, lasst mich doch einfach in Ruhe‹, knurrte eine ihr bekannte Stimme in ihrem Kopf, und Yvi hielt erschrocken inne. Yvor! Ihre Beine schienen diese Tatsache schneller zu verarbeiten, denn sie setzten sich in Richtung des Raumteilers in Bewegung, ehe Yvi diesen Entschluss bewusst gefasst hatte. Yvor lag in einem der typischen Krankenhausbetten. Er sah schrecklich aus. Sein Oberkörper steckte in einem Shirt, das nur noch aus Fetzen bestand, die, wie es schien, von seinem Blut zusammengehalten wurden. Yvi schnappte nach Luft, als sie dies sah.

»Um Gottes willen, Yvor! Was hast du gemacht?«

Yvor riss die Augen auf und starrte sie entsetzt und überrascht an. Yvi stand nahe bei ihm und berührte sanft seinen Arm. Er zuckte zusammen, als habe er einen Stromschlag bekommen.

»Ich wollte zu einem Termin und ein Auto hat mich übersehen«, raunte er und fixierte ihre zitternden Finger, die noch immer auf seinem Arm ruhten. »Ich wollte dir keinen Ärger machen oder dich von deiner Arbeit abhalten.«

»Ach, vergiss es. Aber du siehst gar nicht aus, als wärst du von einem Auto angefahren worden, eher als hätte dich der Wagen mitgeschleift.«

›Fast richtig.‹ Yvors Worte hallten in ihrem Kopf nach und Yvi sah ihn streng an.

»Was meinst du mit *fast richtig*? Wie kann man nur fast von einem Wagen mitgeschleift werden?«

Yvor räusperte sich. Er deutete auf etwas, das auf einem Stuhl in der Ecke lag. War das ein Helm? Yvis Herz begann, in ihrer Brust zu hämmern.

»Ich war mit meinem Motorrad unterwegs. Ich fürchte, dass es meine Maschine schlimmer erwischt hat.« Seine Miene zeigte wahres Bedauern und Yvi fragte sich, wieso. Dieses Höllengefährt hätte ihn umbringen können!

›So schlimm war es wirklich nicht. Ich hab nur die Straße geküsst, das ist alles. Aber ich finde es schön, dass ich dir offenbar doch nicht ganz unwichtig bin.‹ Seine

Lippen zuckten und sie schlug ihm als Reaktion darauf auf seinen Oberarm. Sofort ächzte er wieder.

»Jetzt tu bloß nicht so, als ob ich an der Misere schuld wäre. Du bist schließlich der Vampir von uns beiden!«, blaffte sie ihn an und er sah schuldbewusst zu ihr herüber.

»Das hättest du eigentlich vergessen sollen.«

Sie schnaubte.

23

Yvor konnte es nicht fassen, dass Melissa Terrin wirklich bei Yvi angerufen hatte! Er hatte sich doch nur ein wenig ausruhen und dann wieder auf den Weg machen wollen. Stattdessen hatte sie ihm diesen ekelhaften Blutbeutel vor die Nase gehalten und ihn dazu genötigt, diesen zu leeren. Allein bei dem Gedanken daran schüttelte es ihn.

Yvi begann nervös, an seinem Shirt herumzuzupfen und beäugte den mit Blut verkrusteten Stoff. Ihre zwiespältigen Gefühle standen Yvi förmlich ins Gesicht geschrieben, und Yvor freute sich darüber. Sie mochte ihn doch.

»Wie ist das eigentlich bei euch Vampiren? Ist ein Krankenhausaufenthalt bei euch möglich oder gibt es da Schwierigkeiten? Ich meine: Seid ihr Menschen oder so wie im Film?« Yvis leise Frage brachte ihn wieder auf den Gedanken, den er vor ihrem Erscheinen gehabt hatte. Er musste zusehen, dass er aus dem Krankenhaus verschwand.

»Wir versuchen, solche Aufenthalte zu vermeiden. Wir sind zwar im Grunde menschlich, doch es gibt auch sehr viele Unterschiede. Unsere Selbstheilung zum Beispiel ist wesentlich effektiver als die der Normalsterblichen. Deshalb können Vampire auch sehr alt werden.«

Seine Erklärung schien Yvi nicht ganz auszureichen, doch sie nickte nachdenklich, und ein Gedanke kam ihr in den Sinn, den Yvor aufschnappte.

›Er sollte jetzt nicht allein sein.‹

War das etwa seine Chance, ihr endlich nahe sein zu

können?

Melissa Terrin platzte genau in dem Moment herein, als Yvor sich ein Herz fassen und sich bei Yvi für sein Verhalten entschuldigen wollte. Die Frau hatte ein sehr schlechtes Timing.

»So, da bin ich wieder. Darf ich mir jetzt die Verletzungen genauer ansehen?«, flötete sie und Yvor musste sich zusammenreißen, sie nicht anzuknurren. Er wusste, dass sie als Vampirin vertrauenswürdig war, doch er hasste es, wenn ihn fremde Personen anfassten.

Melissa Terrin seufzte und bat Yvor, sein Oberteil auszuziehen. Er tat es, wobei die wunden Stellen auf seiner Brust brannten und bei der Bewegung schmerzten. Yvi machte Melissa ein wenig Platz, blieb jedoch in seiner Nähe, was ihn beruhigte.

›Okay, das sieht doch schon mal ganz gut aus. Der Blutbeutel hat so weit seine Arbeit gemacht. Aber das ist nur der Anfang. Jetzt sollten Sie alle zwei bis drei Stunden einen Blutbeutel trinken, bis sich eine richtige Heilung einstellt. Man merkt, dass Sie sich zurzeit dem Trinken verweigern‹, redete sie in seinen Kopf hinein und er fühlte sich wieder in seiner Privatsphäre gestört. Bei Yvi war es schon schwer zu ertragen, aber Melissa Terrins Stimme in seinem Kopf war noch einmal eine ganz andere Sache. Sie warf ihm einen Blick zu und rollte demonstrativ mit den Augen. ›Soll ich Yvi sagen, dass ich auch zu den Vampiren gehöre? Ich würde es bevorzugen, das zu unterlassen. Das vereinfacht das, was ich gleich zu ihr sagen werde ...‹

Yvor wusste nicht, was sie Yvi sagen wollte, doch Melissa Terrin ließ ihm keine Zeit, sie zu fragen.

»Yvi, hast du zufällig die Möglichkeit, ein Auge auf Herrn Sommer zu werfen? Leider ist dieser Raum hier wie schon gesagt ein Notbehelf und er wird bald wieder gebraucht. Seine Verletzungen scheinen zum Glück

mehr oberflächlich zu sein, weshalb ein Krankenhausaufenthalt nicht nötig sein wird. Aber mir wäre es lieber,
wenn er unter Beobachtung bleiben könnte.«

Yvor hob eine Augenbraue. Hatte diese Frau etwa die
Absicht, ihm zu helfen? Yvi schien ihr die Sorge abzunehmen, erklärte aber, erst einmal ein paar Dinge prüfen
zu müssen.

»Bitte entschuldigt mich kurz.« Yvi zückte ihr Handy
und verschwand nun doch aus dem Zimmer. Sie ließ
Melissa mit ihm allein, die ihn grinsend betrachtete.

»Ich bin so was von gut«, flüsterte sie und sah sehr
zufrieden aus. »Und Sie lassen sich Blutbeutel liefern.
Yvi ist eine sehr nette Kollegin von mir und hat es nicht
verdient, ausgesaugt zu werden. Also reißen Sie sich am
Riemen und trinken Sie aus den Konserven. Ich
kümmere mich hier um den Schreibkram und sorge
dafür, dass Sie nicht auffallen.«

»Danke.«

Mehr konnte er nicht sagen, denn Yvi kam bereits
wieder in den Raum gerauscht und nickte Melissa zu.

»Ich nehme ihn mit. Mike ist die nächsten Tage nicht
zu Hause und sein Zimmer ist frei. Ist es dem Herrn
genehm?« Sie legte den Kopf schief und sah Yvor mit
einem seltsamen Lächeln an. Er nickte und konnte sein
Glück kaum fassen.

›Du bekommst eine Chance, mir den ganzen Schla-
massel zu erklären. Aber ich will wirklich alles wissen.
Keine Lügen und keine Geheimnisse. Sonst kannst du
dich warm anziehen, verstanden?‹

Yvor grinste. Da war sie wieder: Yvi, die der Sache auf
den Grund gehen wollte. Na, wenn das alles war. Also
kein langsames Annähern, sondern gleich die Karten auf
den Tisch legen.

Das war eine seiner leichtesten Übungen ...

»Prima. Dann wünsche ich viel Erfolg beim Gesundwerden, und Essen und Trinken nicht vergessen. Das hilft dem Körper, sich zu erholen«, klang Melissa wieder ganz geschäftsmäßig, tätschelte Yvi noch einmal den Rücken und zog sich dann taktvoll zurück. Beim Hinausgehen konnte sie sich ein breites Grinsen nicht verkneifen. Sie war sehr zufrieden mit sich, hatte sie es doch tatsächlich geschafft ...

24

Also gut, komm rein. Du warst ja schon heute Nacht hier.« Yvi marschierte vor Yvor in ihre Wohnung und er ließ seinen Blick über die Einrichtung schweifen. Es war ein seltsames Gefühl, diesen Mann in ihrer Wohnung zu haben, doch Yvi hatte ihn auch nicht allein lassen wollen. Zum Glück war Mike auf die Idee gekommen, Yvor in seinem Zimmer Platz zu schaffen und sich bei einem Freund einzuquartieren.

»Es ist sehr aufgeräumt«, sagte Yvor, und Yvi konnte den Impuls nicht unterdrücken, die Lippen zu schürzen. Natürlich war ihre Wohnung aufgeräumt! Was dachte er von ihr?

›Es war eine einfache Feststellung, keine Wertung. Hätte ich eine abgeben wollen, hätte ich gesagt: Ich mag es, dass dein Leben so strukturiert ist. Du liebst Ordnung, und das ist nichts Schlimmes‹, klang seine Stimme schmeichelnd und Yvis Laune besserte sich wieder. Wieso brachte dieser Mann sie immer wieder dazu, aus der Haut zu fahren?

Er ließ sich im Wohnzimmer auf die Couch sinken und ächzte leise. Yvor war blass und sah überhaupt nicht gut aus. Yvi beschlich langsam aber sicher das Gefühl, dass etwas ganz und gar nicht stimmte.

»Rede mit mir«, forderte sie ihn auf und beobachtete, wie er grübelte. Jetzt wünschte sie sich fast seine Gedanken in ihrem Kopf. »Denk an die Bedingungen. Keine Lügen und keine Geheimnisse.«

Er runzelte die Stirn.

»Ich fürchte, ich muss demnächst wieder Blut zu mir

nehmen.«

Yvi spürte, wie sich ihr Herzschlag beschleunigte. Sie dachte an seinen letzten Biss und die Emotionen, die diesen begleitet hatten. Yvi schluckte. Was erwartete Yvor jetzt von ihr?

›Ich werde von dir nichts erwarten, was du nicht zu geben bereit bist‹, klang seine Stimme in ihrem Kopf sanft und er lächelte, seine Augen blickten sie jedoch traurig an.

»Das geht zu schnell«, rang sie sich zu einer Antwort durch.

›Ich weiß ...‹

»Würdest du bitte versuchen, mit mir zu reden, statt mir immer alles einzuflüstern? Ich komme mir langsam echt schizophren vor!«, fauchte sie ihn an und seine Lippen zuckten.

»Entschuldige. Wenn es dir recht ist, werde ich gleich in meinem Büro anrufen und Bescheid geben, dass ich nicht zu erreichen bin.« Yvor kramte etwas umständlich in seiner Jackentasche, fluchte allerdings leise, als er das herauszog, was vorher sicherlich einmal ein Smartphone gewesen war.

»Wenn du möchtest, kannst du mein Telefon benutzen. Der Apparat steht im Flur. Ich hab das tragbare Teil abgeschafft, weil ich es ständig gesucht habe. Moment.« Yvi marschierte in den kleinen Flur und schnappte sich das kompakte Telefon. Das Kabel, das sie sich dazu geleistet hatte, war lang genug, um den Apparat überall in der Wohnung hinstellen zu können. Mike hatte sich anfangs sehr darüber amüsiert, doch er hatte ihre Marotte schnell akzeptiert. Die meiste Zeit telefonierte er eh mit seinem Handy und brauchte das Festnetz eigentlich nicht. Yvi stellte den Apparat vor Yvor auf den Wohnzimmertisch und wandte sich dann ihrer Küche zu. »Möchtest du einen Tee oder einen

90

Kaffee?«

»Ein Tee wäre wunderbar. Schwarzen Tee, wenn du welchen da hast.« Er strahlte sie an und sah von einem Moment zum anderen aus wie ein anderer Mensch. Es war, als fiele nach und nach eine Last von ihm ab und ein leichter Plauderton stellte sich ein, als er fragte: »Was bevorzugst du?«

»Ich mag Zitronentee oder Pfefferminz.«

Er nickte, als würde er diese Info abspeichern und zog dann das Telefon zu sich heran. Yvi schlenderte in die Küche und setzte Wasser auf. Mike hatte ihr extra einen Teekessel besorgt, da sie sich weigerte, seinen Wasserkocher zu benutzen. Sie liebte das Ritual beim Teekochen und wollte es sich nicht durch zu viel technischen Schnickschnack verderben lassen. Yvi nahm zwei Tassen aus dem Küchenschrank und stellte sie auf die Arbeitsfläche, dann zog sie die Teedose aus dem Regal und löffelte die zermahlenen Teeblätter in die Tassen. Sie schnupperte am Inhalt der Dose und seufzte. Irgendwie verband sie den Geruch mit Feierabend und Ruhe. Es war herrlich! Zufrieden lächelnd drehte sie sich zum Vorratsschrank und fischte nach einer Zitrone, die sie kurz wusch und dann in Scheiben schnitt. Grinsend steckte sie sich eine davon in den Mund und lutschte den Saft heraus. Sie schüttelte sich und kicherte. Mensch war das sauer.

Ein leises Lachen erklang von der Tür her und Yvi sah zu Yvor, der im Türrahmen lehnte. Wie lange stand er schon dort? Das Pfeifen des Wasserkessels lenkte ihre Aufmerksamkeit wieder auf den Herd und sie schaltete die Platte ab.

»Möchtest du ein Tee-Ei oder lieber den Tee in der Tasse?« Sie deutete auf die beiden Tassen, in denen sich bereits die passende Menge Tee befand. Yvi trank ihren Tee meist so begeistert und schnell, dass dieser keine

Zeit hatte, zu lange zu ziehen, doch vielleicht mochte Yvor ja lieber keine Teekrümel in seinem Mund. Sie grinste bei dem Gedanken.

»Nein, das ist schon okay so.« Er kam auf sie zu und stellte sich neben sie, während er einen Blick auf den Teller mit den Zitronenscheiben warf. Yvi griff danach und hielt ihn Yvor unter die Nase, der grinsend mit zwei Fingern eine Scheibe nahm, während auch sie sich eine weitere in den Mund schob.

»Na los. Trau dich«, forderte Yvi ihn kichernd auf und er steckte sie sich ebenfalls in den Mund, während Yvi sich der ausgelutschten Scheibe entledigte. Yvor verzog das Gesicht zu einer Grimasse und brachte Yvi noch mehr zum Lachen. Das Bild war göttlich!

»Wie kannst du dir so was nur in den Mund schieben? Das ist ja richtig sauer.« Yvor zog ein Blatt der Küchenrolle ab und ließ darin die Zitronenscheibe verschwinden. Er schüttelte sich und Yvi kämpfte gegen einen Lachanfall.

25

Yvor genoss es, Yvi so gut gelaunt zu sehen und machte sich dafür auch gern zum Affen. Es war befreiend, nicht jede Handlung vorher durchdenken und nach eventuellem Fehlverhalten durchforsten zu müssen. Yvi und er saßen in der Küche, tranken Tee und unterhielten sich über ihre Vorlieben. Yvor war erstaunt, wie viele Gemeinsamkeiten sie hatten, obwohl so viele Jahre zwischen ihnen standen. Yvi nannte sich altmodisch, er korrigierte sie und nannte es romantisch. Wer in der heutigen Zeit liebte denn noch die vielen Rituale, die einen Abend gemütlich machten? Tee wurde in der jüngeren Zeit in Beuteln gereicht und mit Wasser aus dem Kocher übergossen. Da kam doch keine Gemütlichkeit auf.

»Hast du eigentlich dein Büro erreicht? Kommen die ein paar Tage ohne dich aus?«, schien es Yvi jetzt erst wieder einzufallen und sie nippte an ihrem schwarzen Tee mit Zitrone.

»Ja, meine Assistentin kommt hier vorbei und bringt mir ein paar Sachen, die ich brauche.«

Als hätte Violetta vor der Tür auf diese Einladung gewartet, klingelte es auch schon. Ein paar Dinge in einen Koffer zu packen, waren für sie keine große Herausforderung. Vermutlich waren die Blutbeutel, die sie in eine Kühlbox gepackt hatte, der größte Aufwand gewesen. Mit einem breiten Grinsen stand sie nun in der Tür und begrüßte Yvi sehr freundlich, dann bemerkte sie Yvors Miene und wurde wieder geschäftsmäßig.

»Ich habe hier Ihre Sachen, Boss. Die Blutbeutel sind

in der Kühlbox und sollten ausreichen. Ein neues Handy habe ich Ihnen auch in den Koffer gelegt sowie den Laptop und die aktuellen Unterlagen. Brauchen Sie noch irgendetwas?«

Yvor schüttelte den Kopf und Violetta nickte ihm noch mal zu, bevor sie sich wieder zurückzog. Yvi beobachtete sie mit einem Blick, den sie von sich nur aus ihrer Praxis kannte. Sie war wieder im Therapeuten-Modus.

»Es hat mich gefreut, Sie kennenzulernen, Yvi.«

Nachdem Violetta gegangen war, legte Yvi den Kopf schief und betrachtete Yvor, der sich plötzlich unwohl in seiner Haut fühlte. Was sollte dieser forschende Blick?

»Nun ...«, begann sie und setzte sich erneut ihm gegenüber. Sie lächelte.

»Nun?«

»Blutbeutel, ja? Und deine Assistentin weiß Bescheid?« Yvis Miene wirkte interessiert und Yvor fasste sich ein Herz. Er würde ihr noch ein wenig mehr von seiner Art erzählen und von seinem Leben.

»Violetta ist genau wie ich ein geborener Vampir. Es gibt die geborenen und die gewandelten Vampire. Die Gewandelten sind meist verbundene Auserwählte, die ihr Leben mit einem Vampir verbringen wollen. Auserwählte sind Normalsterbliche mit besonderen Fähigkeiten. Solche, wie auch du sie besitzt. Sie machen dich zu jemand Besonderem und Kostbarem.« Er lächelte Yvi an, die bei seinen Worten rot anlief.

»Und ihr müsst keine Menschen beißen, um zu über-leben? Blutbeutel gehen auch?«, lenkte sie das Thema wieder von sich ab.

Yvor nickte.

»Seit es Blutbanken gibt, können wir darauf verzich-ten, Menschen zu beißen, und es ist eigentlich auch gesetzlich vorgeschrieben, dass wir dies tun.«

»Aber?« Yvi nippte an ihrem Tee und ermunterte ihn

94

weiterzusprechen.

Er zwang sich zu einer Antwort, obwohl ihm das Thema ziemlich peinlich war.

»Ich sagte es dir bereits in der Krankenhauscafeteria, dass ich in gewisser Weise ein Problem mit dem Trinken habe. Ich konnte mich nie mit Blutbeuteln anfreunden. Sie sind mir einfach zuwider.« Er fuhr sich frustriert mit den Händen durchs Haar und seufzte. Wie sollte er dieses Gefühl nur beschreiben, das ihn überkam, wenn er jagte? Er war sich nicht sicher, wie sie eine zu genaue Beschreibung auffassen würde.

»Ist denn Blut vom Menschen so anders als Blutbeutel? Ich meine jetzt, bis auf den Temperaturunterschied«, hauchte Yvi, und Yvor sah sie überrascht an. Mit einer solchen Frage hatte er nicht gerechnet. Sie schien sichtlich an dem Thema interessiert zu sein.

»Ich denke, es liegt nicht nur an dem Blut, wobei es schon einen großen Unterschied macht, ob es frisch ist oder in einem Plastikbeutel steckt. Es ist mehr das Jagen, das ich einfach nicht lassen kann. Der Reiz, den es für mich macht, wenn ich mir eine Person aussuche, um diese dann zu erlegen. Es ist nicht ganz wie bei einem Raubtier, aber du kannst dir sicher ein Bild machen.«

Yvi nickte und Yvor wusste, dass sie an den Biss dachte, zu dem er sie genötigt hatte. Ihre Hand wanderte geistesabwesend an ihren Hals. Aus einem Impuls heraus beugte er sich über den Küchentisch und ergriff ihre andere Hand. Er wollte, dass sie sein Bedauern darüber selbst spüren konnte und hoffentlich auch das Versprechen, sie nie wieder so zu überfallen. Sie zuckte leicht zusammen, dann schnappte sie nach Luft.

»Deine Gefühle sind sehr intensiv. Damit muss ich erst einmal fertig werden.« Yvi entzog sich ihm sanft, aber bestimmt und nahm einen großen Schluck Tee. Die Tasse erzitterte in ihren Händen. Sogleich bedauerte Yvor sein überstürztes Handeln. »Keine Sorge. Ich bin härter im Nehmen, als ich gerade aussehe.«

Yvor war sich sicher, dass diese Frau, die da vor ihm saß, stark war. Yvi kümmerte sich mit so viel Energie um ihre Patienten, um ihren Bruder und nun auch um ihn, obwohl er diese Fürsorge in seinen Augen gar nicht verdient hatte. Es gab noch immer eine Sache, die er ihr sagen musste. Ihre Reaktion darauf machte ihm jedoch eine Angst, die ihm allein bei dem Gedanken die Luft abschnürte.

»Ich habe dich an dem Abend vor unserem ersten Treffen gesehen. Du hast Mike betrunken auf der Straße angetroffen und ihn dann dazu gebracht, nach Hause zu gehen. Ich war da. In der Gasse zusammen mit euch«, raunte er leise und sah, wie Yvi schluckte. Ihre Pupillen weiteten sich. »Ich habe dich gesehen und war sofort wie verzaubert. Du warst wie eine stolze Kriegerin, die in den Kampf zieht. Ich hatte sofort den Wunsch, dich zu beschützen und hätte es auch beinahe getan, als dieser Typ aufgetaucht ist.«

Yvis Lippen öffneten sich leicht und sie starrte ihn überrascht an. Yvor wusste, dass sein Geständnis schwer zu verdauen war. Er kam sich schon selbst vor wie ein verrückter Stalker, wenn er daran dachte, was er alles angestellt hatte, um in Yvis Nähe zu kommen. Er dachte an seinen Auftritt im Krankenhaus und danach dann in ihrer Praxis. Er stöhnte und fuhr sich nochmals mit den Fingern durchs Haar.

»Wieso hast du dich nicht eingemischt?« Yvis geflüsterte Worte machten ihm Hoffnung, dass sie ihn nicht gleich vor die Tür setzen würde.

»Du hast mich nicht gebraucht. Ich wollte, doch dann hast du deine Gabe eingesetzt und der Mann ist vor dir auf die Knie gegangen. Ich war so überrascht, dass ich nur dastehen und dich beobachten konnte.« Er schenkte ihr ein zaghaftes Lächeln. »Du warst so souverän. Ich habe das in meinem Leben nicht sehr oft gesehen. Dein Anblick war fesselnd.«

26

Yvi saß da und betrachtete den Mann, der gerade eine Bombe hatte platzen lassen. Yvors Worte waren auf gewisse Weise schmeichelhaft gewesen, wenn auch beunruhigend. Er hatte sie beobachtet und aus der Ferne im Auge behalten. Wieso machte ihr der Gedanke keine Angst? Hatte er es tatsächlich schon so weit in ihr Herz geschafft, dass sie seine Tätigkeit als Stalker akzeptieren würde?

Sie warf einen Blick auf die Uhr, die in der Küche hing, und stellte fest, dass sie Stunden hier gesessen und sich unterhalten hatten. Es war schon so spät, dass es Zeit für das Abendessen war. Und er musste dringend Blut zu sich nehmen, um wieder zu Kräften zu kommen. Sie hatte Melissa versprochen, für Yvors Gesundheit Sorge zu tragen und sie würde diesem Versprechen auf jeden Fall nachkommen, auch wenn sie bei dem Gedanken an die Blutbeutel in der Kühlbox eine Gänsehaut bekam.

»Ich werde dir dein Bett zurechtmachen. Bitte, entschuldige mich. Du kannst in meiner Abwesenheit ja schon einmal einen Blutbeutel trinken. Du brauchst die ja, um wieder gesund zu werden.« Sie stand auf und sah, wie er widerwillig die Lippen verzog. Yvi lächelte milde. Er sah aus wie ein großer Junge, der seine Medizin nicht nehmen wollte. »Na los. Ich mache das Bett zurecht, du nimmst deinen Blutbeutel zu dir und danach mache ich etwas zum Abendessen. Ich denke mal, du hast auch seit Stunden nichts mehr gegessen.«

»Seit dem Abendessen nicht«, gab Yvor etwas kleinlaut zu und Yvi starrte ihn verdutzt an. Mussten Vampire denn nicht essen wie jeder normale Mensch auch?

›Nicht unbedingt. Eigentlich habe ich schon sehr lange nichts mehr gegessen. Es fing erst mit den Donuts wieder an.‹

Yvis Lippen verzogen sich zu einem breiten Grinsen. Na, das erklärte ja dann so einiges. Sie dachte an seine sehr überspannte Reaktion auf die in der Krankenhauscafeteria angebotenen Leckereien.

Sie ließ Yvor allein in der Küche zurück und marschierte in Mikes Zimmer. Yvi hoffte, dass nicht allzu viel Durcheinander auf sie wartete. Zu ihrer Überraschung stellte sie fest, dass Mike offenbar angefangen hatte, aufzuräumen und auszumisten. Jedenfalls standen einige Kisten herum, die mit ›Müll‹ und ›Altkleider‹ beschriftet und schon gut gefüllt waren. Yvi schob sie unter Mikes Schreibtisch und zog dann das Bettzeug ab. Ihre Handgriffe waren geübt und es dauerte nicht lange, bis sie aus Mikes Zimmer ein relativ ordentliches Gästezimmer gestaltet hatte. Yvi betrachtete zufrieden das Ergebnis und schnappte sich das alte Laken und das Bettzeug. Sie stopfte es in Mikes Wäschesack und trug diesen ins Bad. Die nächsten Tage würde sie wohl oder übel wieder mit Waschen verbringen dürfen.

»Kann ich dir irgendwie beim Abendessen helfen? Ich habe zwar schon ewig nicht mehr gekocht, aber ich denke, mit ein wenig Einweisung könnte ich dir doch zur Hand gehen.« Yvor beäugte sie unsicher, fand die Idee aber gar nicht schlecht. Konnte sie doch so feststellen, wie dieser Vampir wohl auf sie eingehen würde. Wenn er sich wirklich um sie bemühte ...

›Früher war es leichter, einer Frau zu beweisen, dass man sich um sie bemüht. Da hat man für sie Kriege gewonnen und den Feind in die Flucht geschlagen. Von

Küchenschlachten habe ich damals zumindest niemals etwas gehört.‹

Yvi war versucht, ihre Augen zu verdrehen, hielt sich jedoch zurück. Wenn dieser Mann meinte, dass die heutigen Frauen mit solchen halsbrecherischen Aktionen gewonnen werden konnten, dann war Yvor auf dem Holzweg. Gut, sie hatte sich Sorgen um ihn gemacht, als sie ihn im Krankenhaus gesehen hatte, doch auf keinen Fall würde sie sich so einfach von ihm einwickeln lassen, wie es diese dummen Hühner in diesen Vampirromanen zuließen. Yvor seufzte.

»Ich kenne solche Romane nicht. Würdest du mir jetzt bitte zeigen, wie ich dir beim Abendessen helfen kann?«

27

Das würde noch ein hartes Stück Arbeit werden, Yvi von sich zu überzeugen, dachte Yvor und trabte Yvi hinterher in die Küche.

»Wie wäre es mit Nudeln? Kennst du Schinkennudeln?« Yvi durchforstete den Kühlschrank und stellte eine Plastikschüssel, einen Eierkarton und ein Päckchen mit Schinkenstreifen auf die Arbeitsfläche.

»Ich denke, ich kann mir vorstellen, was du vorhast. Ein Pfannengericht?« Sie nickte ihm zu und er sah seine Chance. »Gut, dann kannst du dich gern ein bisschen ausruhen und ich koche.«

Yvis Miene zeigte erst Überraschung, doch schließlich siegte ihre Neugier. Sie ergab sich dieser. Yvor sah sie im Flur verschwinden.

»Na, dann auf ins Gefecht.«

Er durchsuchte die Schränke, bis er eine Pfanne fand. Es war seltsam, diesen Gegenstand in den Händen zu halten. Er erinnerte sich noch an früher und die massiven Pfannen aus Eisen, doch diese hier war viel leichter. Yvor stellte sie auf die Herdplatte und öffnete den Plastikbehälter. Yvi bewahrte bereits gekochte Nudeln darin auf und Yvor überlegte, wie er nun am besten vorgehen sollte. Er entschloss sich dazu, die Nudeln kleiner zu schneiden und diese mit etwas Butter in die Pfanne zu befördern. Nichts geschah.

»Du musst den Herd einschalten, mein Lieber«, klang Yvis Stimme amüsiert und sie kam wieder in die Küche geschlendert. »Ich wollte mir ein Glas Milch holen.«

»Danke für den Tipp. Und jetzt raus. Ich will mich

schließlich beweisen, und das geht am besten, ohne dass du mir über die Schultern schaust.« Yvor zog den Schinken zu sich heran und begann damit, diesen in kleine Stücke zu schneiden. Yvi lief an ihm vorbei, holte sich die Milch aus dem Kühlschrank und goss sich dann ein Glas ein. Sie deutete auf einen Schalter unter den Herdplatten und erklärte ihm kurz, auf welche Stufe er die Platte stellen musste, um die Pfanne zu erhitzen. Yvor nickte brav, scheuchte sie dann jedoch wieder in Richtung Küchentür.

»Wehe, du fackelst mir die Bude ab.«

»Keine Sorge, das wird schon nicht passieren. Und jetzt RAUS!« Yvor lief auf Yvi zu, die ihm frech die Zunge herausstreckte und sich dann wieder aus der Küche entfernte. »Frechdachs!«

Ein Lachen kam aus dem Wohnzimmer und Yvor verkniff sich seines. Stattdessen suchte er eine Schüssel und schlug die Eier auf. Stolz betrachtete er das Ergebnis, denn er hatte es tatsächlich geschafft, die fünf Eier aufzuschlagen, ohne ein Stückchen Schale mit hineinfallen zu lassen. Yvor grinste, verrührte dann die Eier und gab die Masse über die Nudeln. Sein Blick fiel auf den Schinken. Mist. Den hätte er vielleicht als Erstes in die Pfanne geben sollen. Er seufzte.

»Ach, was soll es. Die Pfanne wird schon alles richten.«

Zehn Minuten später durchströmte ein leckerer Geruch die Küche und Yvor schaltete die Hitze des Herds niedriger. Sicher war sicher. Im Schrank fand er ein paar Gewürze, die er nutzte, und schmeckte immer wieder den Inhalt der Pfanne ab. Für ihn schmeckte es köstlich, doch nun galt es noch, Yvi zu überzeugen.

»Essen ist fertig!«, rief er in Richtung Flur und wartete darauf, dass sie zurück in die Küche kam.

»Das riecht hier aber gut.« Yvi schnupperte begeistert

und eilte zum Geschirrschrank, um Teller daraus hervor zu holen. Sie deckte in Windeseile den Tisch und strahlte ihn an.

»Achtung, heiß«, brummte Yvor und hievte die Pfanne vorsichtig auf den Küchentisch. Sein Magen schien sich schon auf das Essen zu freuen, denn er knurrte laut. Yvor setzte sich Yvi gegenüber und genoss ihre Freude.

»Danke fürs Kochen.«

Yvor sah auf die Uhr. Es war schon wieder Zeit für einen Blutbeutel. Yvi sah ihn fragend an, als er sich erneut erhob. Er entschuldigte sich kurz und marschierte mit der Kühlbox in Mikes Zimmer.

»Fang ruhig schon einmal mit dem Essen an. Ich bin gleich wieder bei dir.«

Er musste das schnell hinter sich bringen, bevor sein Abscheu zu groß wurde. Yvor setzte sich aufs Bett und zog einen Blutbeutel aus der Box. Der Widerwille gegen das kalte Blut wollte sich einfach nicht legen und seine Fänge spielten auch nicht mit. Er fluchte leise.

›Entspann dich und versuch, es nicht zu erzwingen. Atme tief durch.‹ Yvis Stimme klang ruhig, aber bestimmt in seinem Kopf. Er atmete tief ein. ›Und jetzt möchte ich, dass du daran denkst, wie du mein Blut getrunken hast.‹

Erschrocken stellte er fest, dass ihm die Fänge aus dem Kiefer schossen. Yvis Worte drangen weiter in seinen Geist. Sie ließ ihn weiter ruhig atmen und den Beutel an seine Lippen führen. Er tat es, ohne zu zögern, vertraute darauf, dass Yvi ihn führte.

›Und jetzt möchte ich, dass du das Blut zu dir nimmst. Sieh es als Medizin an, die dir hilft und dich heilt. Du musst dich nur daran gewöhnen und diese Art der Nahrungsaufnahme akzeptieren‹, flüsterte sie und er biss zu.

Das kalte Blut lief dickflüssig in seinen Mund und

danach seine Kehle hinunter. Der Ekel, den er sonst dabei spürte, wurde von den Bildern in seinem Kopf verdrängt. Yvis Körper, der an seinem gepresst dalag, warm und weich, seine Lippen an ihrem Hals. Ihr Seufzen, als er von ihr trank, erklang in seinen Ohren. Noch mehr kaltes Blut floss durch seine Speiseröhre und stärkte ihn.

Die äußerlichen Wunden des Motorradunfalls waren bereits verheilt, doch seine inneren Verletzungen würden ein wenig länger brauchen.

Er zog noch einen Beutel an die Lippen und trank auch diesen leer, dann kehrte er zu Yvi in die Küche zurück.

28

Yvi hatte sich zusammenreißen müssen, nicht der Panik zu verfallen. Sie hatte Yvor doch tatsächlich geholfen, sich zu nähren. Was hatte sie da nur geritten?

Zu ihrer Überraschung war es nicht so abartig gewesen, wie sie erst erwartet hatte. Sie war nur von den Gefühlen überrumpelt worden, die darauf gefolgt waren. Yvi hatte Yvors Durst gespürt und die Befriedigung, die das Nähren mit sich gebrachte. Beinahe hätte sie aufgestöhnt, als er sie noch zusätzlich mit seinen Erinnerungen überschwemmte. Dieses Chaos hatte sie nicht erwartet.

»Hey.« Yvor wirkte verlegen, als er nun wieder zu ihr in die Küche kam.

»Hey«, flüsterte sie und machte sich eifrig daran, die Schinkennudeln auf den beiden Tellern zu verteilen. Yvi brauchte jetzt ganz dringend etwas im Magen, denn ihre Knie zitterten wie verrückt. Dieser Mann brachte sie ständig aus dem Gleichgewicht - etwas, das sonst niemand schaffte, der nicht zu ihrer Familie gehörte.

»Wo waren wir?« Yvors Gesicht war nicht mehr so blass wie zuvor, was vermutlich an dem Blut lag. Yvi stellte mal wieder fest, wie gut dieser Mann aussah. Ob alle Vampire gutaussehend waren?

»Wir sollten jetzt essen und danach muss ich ins Bett. Morgen wird wieder ein anstrengender und langer Tag. Erst bin ich im Krankenhaus und dann in meiner Praxis. Wie sollen wir das morgen machen? Ruhst du dich hier aus oder willst du mitkommen, dass ich dich im Auge behalten kann?« Yvi begann damit, die Nudeln in ihren

Mund zu schaufeln. Yvor hatte wirklich gut gekocht. Die Nudeln waren hervorragend gewürzt und einfach lecker. Während sie kaute, beobachtete sie Yvor, der das Für und Wider abzuwägen schien.

»Ich denke, ich werde hier bleiben. Ich möchte mich schließlich nicht noch mehr in dein Leben drängen, als ich es ohnehin schon tue«, raunte er und Yvi musste lächeln. Sie erinnerte sich an ihr Telefonat und was sie ihm alles an den Kopf geworfen hatte. Wer hätte gedacht, dass sie sich so schnell von einem Mann herumkriegen lassen würde.

»Wie du willst. Ich habe dir im Bad übrigens ein paar saubere Handtücher hingelegt. Ich denke mir, dass du dich noch frisch machen möchtest«, hauchte sie und beäugte sein Outfit, das noch immer leichte Flecken besaß. Violetta hatte ihm zum Glück auch saubere Kleidung mitgebracht, denn Yvi war sich nicht sicher, ob Mikes Klamotten Yvor passen würden. Mike hatte nicht so breite Schultern und starke Oberarme.

Yvors Lippen zuckten.

»Ich werde auch diese deiner Gastfreundlichkeiten annehmen. Darf ich dich etwas fragen?« Yvi nickte und Yvor fuhr etwas leiser fort: »Meinst du, dass ich es irgendwann schaffen werde, dein Interesse an mir zu wecken?«

Yvi wurde schlagartig knallrot. Sie war sich nicht sicher, was sie darauf antworten sollte. Im Grunde war sie Yvor schon mehr als nur zugetan, doch sein Wesen machte ihr auf gewisse Weise Angst. Dieser Mann war kein normaler Mensch.

»Ich hoffe, dass es die Zeit zeigen wird. Ich werde warten.«

Yvor hatte sich seine Frage selbst beantwortet und erhob sich nun, um die leeren Teller abzuräumen. Er räumte sie ordentlich in die Geschirrspülmaschine, während Yvi noch immer unschlüssig dasaß. Sie musste ins Bett. Sie war müde und würde heute Abend eh keine vernünftige Entscheidung mehr treffen können.

»Danke für das Abendessen. Ich werde mich jetzt hinlegen. Gute Nacht.«

29

Yvor sah ihr nach, als sich Yvi von ihm zurückzog und in ihr Schlafzimmer marschierte. Er war etwas frustriert, denn am liebsten hätte er noch mehr Zeit mit ihr verbracht. Sein Körper war mittlerweile von den Blutkonserven gesättigt, sein Geist aber hatte keine Befriedigung gefunden. Wie sollte er das jetzt nachholen, ohne die Wohnung zu verlassen oder gar Yvi damit zu belasten?

Yvor marschierte in Mikes Zimmer und kramte sich ein paar Sachen aus der Tasche. Zum Schlafen würden ihm Boxershorts reichen, doch er nahm auch noch ein T-Shirt mit. Sollte Yvi ihm noch mal über den Weg laufen, war es wohl besser, nicht gleich auszusehen wie ein Sittenstrolch.

Diese Frau beschäftigte ihn sehr, denn einerseits war er sich mittlerweile ziemlich sicher, dass sie ihn mochte, andererseits gab sie ihm immer wieder mit ihrer Zurückhaltung Rätsel auf. Früher war ihm Zwischenmenschliches viel einfacher vorgekommen. Wann war es denn so kompliziert geworden? Yvor seufzte. Er musste einfach lernen, wie weit er bei Yvi gehen durfte und ab wann es ihr wieder unangenehm war.

Er wollte in Richtung Bad, als ihm die Zigaretten ins Auge fielen. Mike rauchte. Yvor betrachtete das rote Päckchen und aus einer Laune heraus schnappte er es sich. Die meiste Zeit ließ er es bleiben, da es seinen benötigten Blutkonsum erhöhte, doch gerade heute war ihm nach einem Glimmstängel. Er überlegte, wo er rauchen konnte, ohne dass es für Yvi unangenehm war.

In Mikes Zimmer hatte es nicht nach Rauch gerochen, weshalb Yvor davon ausging, dass sich der Junge in der Wohnung zusammenriss. Die Fensterbänke des Zimmers waren auch so zugestellt, dass Yvor nicht an die Fenster herankam.

Ein wenig gereizt ließ er die Packung aufs Bett fallen und marschierte ins Bad. Vielleicht half ja eine Dusche gegen dieses unausgeglichene Gefühl in ihm. Er bezweifelte es zwar, doch ein Versuch würde nicht schaden. Das Badezimmer war klein, es hatte allerdings alles, was man brauchte, um sich wohl zu fühlen. Es bestand aus einem Waschbecken mit Unterschrank, einem Spiegel, einer Dusche und einer Badewanne. Hinter der Tür entdeckte Yvor noch ein Regal, in dem Yvi ihm die Handtücher hingelegt hatte, sowie eine Flasche mit Duschgel und Shampoo. Er stieg mit den beiden Flaschen in die Dusche und drehte das Wasser auf.

»Ach scheiße!«, entfuhr es ihm, als ein Strahl eiskaltes Wasser seinen Bauch benetzte und daran herunter lief. Er griff nach der Brause und hielt sie sich auf Abstand, während er durch das Drehen der Armatur versuchte, eine humanere Temperatur zu erreichen. Es dauerte ewig, bis er endlich annehmbare Hitze aus der Leitung bekam und sich damit abbrausen konnte. Der Dampf, der sich im Bad ausbreitete, war wunderbar. Er liebte die Hitze und die warme Feuchtigkeit. Es war fast wie im tropischen Regenwald.

Yvor drehte das Wasser wieder ab und zog an der Tür der Dusche. Das kleine Bad war von einem Wasserfilm bedeckt und er rutschte leicht, als er mit nassen Füßen auf dem Fliesenboden zum Spiegel lief. Darin aber war nichts zu erkennen, denn der Dampf hatte das Glas matt gemacht. Mit seiner Hand wischte er darüber und starrte in sein Gesicht. Er sah seltsam verändert aus, hatte Farbe bekommen und wirkte nicht mehr so gehetzt. Yvi schien ihm wirklich gut zu tun.

Leider war ihm die Lust auf eine Zigarette nicht vergangen. Er rang mit sich, ob er sich kurz nach unten vor die Haustür stehlen sollte. Yvor öffnete das Badfenster und starrte in die Nacht hinaus. Der Dunst wurde durch die kühle Nachtluft verdrängt und Yvor griff nach einem Handtuch, um sich damit abzutrocknen. Im Badezimmer würde Yvi sicherlich nichts merken, wenn er danach gut durchlüftete. Durch diesen Gedanken beflügelt marschierte Yvor schnell zurück in Mikes Zimmer und holte die Zigaretten und das Feuerzeug.

Seine Vorfreude darauf wuchs, als er sich zurück im Bad die Shorts und das T-Shirt anzog. Mit zitternden Fingern tippte er einen Glimmstängel aus der Packung und zündete diesen an. Der erste Zug war eine Wohltat. Seine Lunge hieß den Rauch und das Nikotin willkommen und brachte ihm die Ruhe, die er sich schon den ganzen Abend gewünscht hatte. Er zündete sich eine weitere Zigarette an und rauchte auch diese in Windeseile. Am liebsten hätte er die ganze Packung auf einmal geraucht, wurde allerdings durch ein ohrenbetäubendes Pfeifen gemaßregelt.

30

Yvi schreckte aus ihrem Dämmerschlaf auf und sah sich um. Ein schriller Pfeifton hatte sie geweckt und dröhnte noch immer in der Wohnung.

›Der Feueralarm‹, schoss es ihr durch den Kopf und sie sprang aus ihrem Bett. Mit dem Feuerlöscher bewaffnet, den sie aus Platzmangel in ihrem Schlafzimmer deponiert hatte, stürmte sie in Richtung Bad. Was war denn nur geschehen? Mit einem Ruck öffnete sie die Badezimmertür und starrte in Yvors entsetzte Miene.

»Verdammt noch mal, was machst du hier?« Ein Blick hatte ihr gereicht, um zu sehen, dass nichts in diesem kleinen Raum brannte, bis auf eine kleine Zigarette, die neben vier Stummeln auf der Ablage des Waschbeckens lag. Sie hatte gar nicht gewusst, dass Yvor Raucher war.

»Ich wollte nur ...«, begann er, schloss allerdings gleich wieder den Mund und beäugte sie verdutzt.

Yvi sah an sich herunter und wäre am liebsten im Erdboden versunken. Sie war so müde gewesen, dass sie sich vor dem Schlafengehen nur ein weißes T-Shirt gegriffen hatte. Erst jetzt bemerkte sie, dass dieses Oberteil fast durchsichtig war und ihre Blöße eher schlecht als recht bedeckte. Yvor räusperte sich und versuchte, seinen Blick auf den Boden zu heften, doch Yvi sah noch immer das Interesse in seinen Augen. Spontan schnappte sie sich ein Handtuch und wickelte sich darin ein.

»Du wolltest nur was?«

Yvor knurrte leise. Yvi kannte diese Reaktion mittlerweile, dieses Knurren ließ er immer vernehmen, wenn er etwas getan hatte, was er für eine Schwäche hielt.

»Ich wollte dich nicht erschrecken. Mir war nach einer Zigarette und Mikes Fenster sind leider zugestellt«, brummte Yvor nun und sah zerknirscht drein. »Wer hätte denn gedacht, dass du hier einen Raucheralarm hast.«

»Es ist eigentlich ein sehr sensibler Feuermelder. Ich wollte ihn schon mehrmals abschaffen, aber im Grunde finde ich es praktisch, wenn er früh genug losgeht. Ich hab gar nicht gewusst, dass du rauchst.« Yvi holte einen Hocker aus dem Flur und stieg darauf, um den Rauchmelder von der Decke zu holen. Das Ding ging ihr mittlerweile gehörig auf die Nerven und verbesserte ihre Laune nicht gerade.

»Das mache ich auch eher selten«, erwiderte Yvor und starrte auf die Zigarette, die er wohl vor Schreck auf die Ablage hatte fallen lassen. »Ich hatte heute nun einmal das Bedürfnis danach.«

Diese Schwäche kannte sie nur zu gut. Ihre tägliche Schokoladenorgie war etwas, das sich Yvi einfach nicht verkneifen konnte - und auch nicht wollte. Sie brauchte diese Leckereien nun einmal, und es gab keinen Grund, darauf zu verzichten.

»Mike hängt sich immer halb aus dem Fenster, um den Rauch nicht in die Wohnung ziehen zu lassen. Er ist auch immer zu faul, die Sachen von seiner Fensterbank zu räumen.«

Yvor schien erleichtert und seine verkrampfte Haltung löste sich wieder.

»Da fällt mir gerade etwas ein!« Eilig lief er plötzlich an ihr vorbei und Yvi wartete, bis er mit seiner Lederjacke wiederkam, die im Grunde mittlerweile so zerstört war, dass man sie nur noch wegschmeißen konnte. Er kramte in den Taschen und zog zwei Päckchen daraus hervor, die Yvi gleich erkannte. Schokolinsen. »Die wollte ich dir eigentlich im Krankenhaus vorbeibringen und mich bei dir für mein Verhalten entschuldigen. Die hatte ich durch den Unfall ganz vergessen.«

Yvor hielt ihr die beiden Päckchen entgegen und lächelte sie stolz an. Er wirkte wie ein kleiner Junge, der etwas ganz Tolles gefunden hatte und es unbedingt zeigen musste. Yvi kicherte und nahm sie entgegen.

»Dankeschön. Wenn du nichts dagegen hast, werde ich jetzt wieder zu Bett gehen.«

Seine Augen blickten ihr traurig nach, sie spürte es förmlich im Rücken, sodass sie aus einem Impuls heraus zu ihm schritt und ihm einen sanften Kuss auf die Wange hauchte. »Gute Nacht.«

»Gute Nacht«, raunte er leise und sie konnte seine Hitze spüren, die sie wärmte. Sie atmete ein und roch Yvors Duft, der sich mit einem Hauch Duschgel und Zigarettenrauch mischte. Am liebsten hätte sie leise geseufzt, doch sie riss sich zusammen. Sie musste wirklich ins Bett. Allein.

Ohne ein weiteres Wort lief sie in ihr Zimmer zurück und schloss hinter sich die Tür. Ihre Knie zitterten und sie ließ sich auf ihr Bett fallen. Wieso konnte sie sich bei diesem Mann nicht einfach ohne einen Gedanken an das ›Was-wäre-wenn‹ fallen lassen? Sie wollte es doch auch.

›Yvi, du bist total verkorkst. Deshalb bist du auch eine Psychotante geworden‹, schimpfte sie sich selbst und vergrub ihr Gesicht im Kopfkissen.

Sie hörte Yvor, wie er die Badezimmertür schloss, und lauschte seinen Schritten. Er ging in Mikes Schlafzimmer. Natürlich war er nicht so dreist und wagte einen weiteren Versuch. Sie hatte ihn schließlich oft genug in seine Schranken verwiesen.

»Ach, verfluchte Scheiße!«

31

Yvor hatte die Zigaretten entsorgt und sich dann in Mikes Zimmer begeben. Der Kuss hatte ihn komplett aus dem Konzept gebracht. Eigentlich wollte er Yvi nur besänftigen, doch ihr zart gehauchter Dank hatte ihm den Atem geraubt und das unstete Gefühl in ihm genährt. Dagegen würde keine Zigarette der Welt mehr helfen. Verdammt noch mal, er wollte sie so sehr wie noch keine zuvor. Ihre Tür war allerdings geschlossen und er war auf einmal nicht mehr Manns genug. Was, wenn er sich schon wieder falsch verhielt? Yvi sollte nicht mehr böse auf ihn sein. Er wollte sie glücklich und vergnügt sehen, wollte dieses bezaubernde Kichern wieder und wieder hören und dafür der Grund sein.

»Oh Mann, für dich gibt es wirklich keine Hoffnung mehr«, murmelte er leise und fuhr sich mit den Fingern durch sein Haar.

Vielleicht würde Schlaf helfen, diese Geister erst einmal zu vertreiben. Um auf Nummer sicher zu gehen, trank er erst noch einen Blutbeutel, wie von Dr. Terrin verordnet, und nahm dann das Schlafmittel, das sie ihm gegeben hatte. Yvor hoffte inständig, dass ihm das half.

Das Bett war annehmbar und er schloss erschöpft die Augen. Der Traum kam schnell und erbarmungslos wie sonst auch ...

***

Yvor sah sich vor dem Haus seiner Eltern stehen, von Blut bedeckt und noch immer durstig, als sein Vater heraustrat.

»Yvor! Ich will, dass du verschwindest! Für Monster gibt es in meinem Haus keinen Platz!«, schrie er ihm entgegen und ließ Yvors Herz schmerzvoll zusammenziehen. Er hatte monatelang versucht, sich zu beherrschen, doch es war schlussendlich vergebens gewesen. Ein Besuch des nahen Dorfes, der reichlich mit Alkohol begossen worden war, war am Ende zum Auslöser einer Katastrophe geworden.

»Bitte, Vater, ich versuche es doch. Bitte hilf mir.« Mit einem Schluchzen war er seinem Vater vor die Füße gefallen, dieser hatte sich allerdings wenig einfühlsam verhalten.

»Du bist und bleibst ein Süchtiger. Wenn du deinen Trieb nicht kontrollieren kannst, bist du nicht wert, mein Sohn zu sein«, knurrte Yvors Vater und trat nach Yvor, der sich nicht bewegte und die Tritte über sich ergehen ließ. Dunkle Gewitterwolken zogen auf und ließen den Himmel über ihnen seine Schleusen öffnen. Warmer Regen prasselte auf sie nieder.

Er wollte, dass es ein Ende nahm, wollte die Schmerzen und vielleicht sogar den Tod, der darauf folgen konnte. Halbtot ließ sein Vater ihn jedoch im Schlamm liegen, beschimpfte ihn als Versager und als Schande der Familie. Yvor griff nach dem Bein seines noch immer wütenden Vaters, doch er stieß ihn erneut von sich weg.

»Oh, mein Gott! George, was soll denn das? Du bringst ihn ja noch um!«, hörte er die verängstigte Stimme seiner Mutter.

»Du hältst dich da raus, Martha!« Sein Vater war außer sich vor Wut. Yvor schloss die Augen und steckte noch weitere Tritte ein, bis er den Schrei hörte. Seine Mutter. Sie hatte vor Schmerzen aufgeschrien. Yvor riss die geschwollenen Lider auf und sah seine Mutter, die neben ihm kauerte. Sie hatte sich zwischen ihn und seinen Vater geworfen.

»Ich bitte dich. Lass ihn. Er kann doch nichts dafür.«

Sein Vater schäumte vor Wut und zog Yvors Mutter Martha am Arm nach oben. Er schüttelte sie kräftig und sie weinte, flehte trotz allem immer wieder um Gnade für ihren Sohn.

»Ich weiß, dass du daran schuld bist. Bei diesem Bastard kann es natürlich nur deine Schuld sein!«, schrie er sie an, holte aus und gab ihr eine schallende Ohrfeige. Sie fiel wieder zu Yvor auf die Erde und schluchzte, wehrte sich nicht gegen den Zorn ihres Mannes.

»Lass sie in Ruhe. Du willst schließlich mich bestrafen, Vater.« Yvor mobilisierte seine letzten Kräfte und schob sich vor seine Mutter, um sie vor weiteren Schlägen oder gar Tritten zu schützen. So hatte er seinen Vater noch nie erlebt. Er war zwar nie das herzlichste Familienoberhaupt gewesen, doch noch nie hatte er seine Hand gegen jemanden erhoben.

»Nenn mich nicht deinen Vater! Ich bin nicht dein Vater! Du bist ein Bastard und nicht mein Fleisch und Blut!«, fauchte George, und Yvor sah die Wut in den Augen des anderen Vampirs. Er schien ihn gar nicht zu kennen. Yvors Mutter schluchzte noch immer an seinem Rücken. »Ich denke, ich werde mich euch entledigen. Bei all diesem Verrat wird man mir das sicherlich nicht ankreiden. Meine Frau eine Hure und ihr Bastard von Sohn ein Monster, das es ebenfalls verdient hat, den Kopf abgeschlagen zu bekommen.«

Die Worte des Mannes, den Yvor so lange für seinen Vater gehalten hatte, dröhnten in seinen Ohren und brachen ihm das Herz. Wie lange hatte er versucht, es diesem Mann recht zu machen? Wie lange hatte er die Schmach ertragen? Und nun wollte dieser Mann seine Mutter und ihn töten?

Sehr langsam zog George sein Schwert aus der Scheide. Yvor wusste, dass er sich gegen ihn nicht wehren konnte. Nicht ohne seine Gabe. George kam auf die beiden zu und packte Yvor am Hals, hob ihn mühelos in die Luft. Er wollte ihm das Herz rausschneiden, wie man das bei den meisten Verrätern der Rasse in der Zeit getan hatte. Ohne Herz oder ohne Kopf war eine Heilung unmöglich.

»Du wärst am besten nie geboren worden.«

Die Wolken hatten sich nicht verzogen und der mordlustige Vampir schien das Donnergrollen nicht zu hören. Mit letzter Kraft stieß Yvor seine Mutter aus der Reichweite, dann ging der Blitzschlag auf die beiden Männer nieder. Yvor spürte das Brennen, die Hitze und roch den Gestank von verbrennendem Fleisch. Noch ein Blitz wurde auf die Stelle geschmettert, wo sein Vater ihn erbarmungslos festgehalten hatte. Seine Finger lösten sich von Yvor und dieser fiel zurück in den Schlamm.

»Yvor, was hast du getan?« Seine Mutter schluchzte noch immer, allerdings hatte sie nun Grund dazu, denn Yvor hatte sie gerade zur Witwe gemacht.

***

32

Yvis Herz schlug schnell in ihrer Brust, als sie die Bilder des Traums in sich aufnahm. Sie wusste instinktiv, dass es sich nicht um einen normalen Albtraum handelte. Das hier waren Yvors Erinnerungen, die ihn quälten. Die Bilder verschwammen vor ihr und Dunkelheit umhüllte sie wie eine Decke.

»Yvor?«, hauchte sie leise, hörte sein gequältes Stöhnen in ihrem Kopf. Sie wollte ihn berühren, wollte ihn halten und trösten. Dieser Verlust schmerzte ihn, das spürte sie.

»Ich wollte niemals, dass du das siehst.« Seine Stimme brach und es fühlte sich an, als würden warme Fingerspitzen zärtlich über ihre Wange streichen. »Du wirst mich jetzt wohl niemals an dich ran lassen. Wer kann es dir verübeln.«

Yvi nahm seine Verzweiflung wahr, konnte sie jedoch nicht verstehen.

»Yvor, bitte zeig dich mir«, bat sie ihn sanft und ein Raum formte sich langsam um sie herum. Yvi erkannte das Haus. Das musste einer der Räume in Yvors Zuhause sein. Sie starrte kurz auf das Bett und ein »Oh« entschlüpfte ihrer Kehle. Sie standen in seinem Schlafzimmer.

Yvor stand an der Zimmertür und betrachtete sie mit trauriger Miene. Sie schritt auf ihn zu, hielt jedoch inne, als er seine Hand hob.

»Nicht. Bitte, lass mich erklären. Wenn du nach meiner Erklärung noch immer gehen möchtest, dann lasse ich dich. Ich verspreche, dass ich mich komplett aus deinem Leben entfernen werde.«

Yvi hatte nicht vor, sich von ihm zu entfernen. Seine Worte hatten sie allerdings verunsichert. Was hatte sie in seinen Erinnerungen nicht gesehen? Sie streckte ihm ihre Hand hin und er ergriff sie zögernd. Eigentlich hätte Yvi ihm gern irgendwo auf einem Stuhl gegenübergesessen, wenn er sich ihr mitteilte, doch es gab nur einen einzigen in diesem Raum. Also zog sie Yvor mit auf das große Bett und sie setzten sich zusammen ans Fußende.

»Erzähl es mir.«

»Mein Vater war ein sehr unnahbarer Mann mit sehr strengen Prinzipien. Ich hatte immer das Gefühl, seinem Vorbild nicht gerecht zu werden. In dieser Nacht, die du mitbekommen hast, habe ich erfahren, dass dieser Mann nicht mein leiblicher Vater war.« Yvor suchte mal wieder händeringend nach Worten, und Yvi strich ihm beruhigend über sein Bein, um ihm zu zeigen, dass er sich Zeit lassen durfte. Er fluchte leise. »Du hast gesehen, was er mir und meiner Mutter angetan hat und was er noch vorhatte.«

»Ja. Es war ein unglaublicher Zufall, dass der Blitz euch davor gerettet hat«, gab Yvi zurück und sah Yvor seinen Kopf schütteln.

»Es war kein Zufall. Das war ich.« Yvi starrte Yvor an. Hatte er ihr gerade wirklich gesagt, dass er Blitze vom Himmel holen konnte? Das konnte nicht sein Ernst sein. »Doch, es ist mein Ernst. Es ist meine Gabe. Ich kann das Wetter kontrollieren. Anscheinend ist es ein Zusammenspiel aus zwei Gaben, der Gabe meiner Mutter und der meines leiblichen Vaters. Meine Mutter kann Wirbelstürme auslösen, wenn sie sich zu sehr aufregt. Ich kann es nicht erklären. Als das, was du gerade gesehen hast, passiert ist, wusste ich mir nicht anders zu helfen. Aber es ändert nichts an der Tatsache, dass ich ihn getötet habe. Ich habe mich dazu entschieden.«

»Yvor. Hättest du es nicht getan, dann wären deine Mutter und du vermutlich gestorben.« Nun war es Yvi, die Yvor vorsichtig über die Wange strich. Sie fühlte augenblicklich, was in ihm vorging. Ihre Gabe ergriff von ihrem Körper Besitz und zeigte ihr seinen Durst, seinen Selbsthass und die Leere in ihm. Wie gern hätte sie ihm diese Gefühle genommen.

»Ich hätte ihn einfach nur verletzen können, um uns in Sicherheit zu bringen.«

Yvi wollte kein Wort mehr davon hören. Sie entschloss sich zu etwas, das sie nur wagte, da sie beide in diesem Traum steckten. Schnell näherte sie sich ihm und küsste ihn auf den Mund. Yvor erstarrte überrascht, Yvis Körper erzitterte, als ihre Gabe sein Begehren auffing und ihr sandte.

›Oh Gott!‹, schoss es ihr durch den Kopf und sie krallte sich in Yvors Hemd, da sie Gefahr lief, bei diesen Emotionen den Halt zu verlieren.

›Yvor reicht vollkommen‹, raunte er und drehte sich plötzlich mit ihr, sodass sie rücklings auf dem Bett zum Liegen kam. Sein Körper lag an ihrem und sie spürte wieder seine wunderbare Hitze. ›Ich denke, deine Hände sollten wir hier mal eine Runde aus dem Verkehr ziehen. Die bringen dich nur aus dem Konzept.‹

Überrascht ließ Yvi es zu, dass Yvor ihre Hände über ihren Köpfen festhielt. Er grinste frech.

»Liegst du bequem?« Seine Stimme war angenehm und sein Atem kitzelte sie, als er sich zu ihr herunter beugte, um sie zu küssen. Seine Lippen waren weich.

Yvi lag da und genoss diese Zärtlichkeit, konnte diese aber selbst nur durch ihre Lippen erwidern, denn Yvor hielt ihre Handgelenke noch immer umklammert. Seine Zunge teilte langsam ihre Lippen und drang in ihren Mund ein. Es war ein sanftes Forschen und Necken ihrer Zungen. Sie genoss dieses Spiel, spürte das angenehm anregende Kribbeln in ihrem Inneren. Yvi war es auf einmal heiß.

›Yvi‹, stöhnte Yvor leise in ihrem Kopf und sein Kuss wurde drängender. Yvi konnte sein Verlangen nicht nur durch sein Keuchen hören, sie spürte es mittlerweile auch mehr als deutlich an ihrem Oberschenkel.

›Bitte, Yvor‹, flehte Yvi fast und atmete schwer, als er augenblicklich von ihr abließ.

»Zu schnell?«, raunte er und sie sah seine Verunsicherung. Das wollte sie nicht. Sie wollte ihn.

»Nein, aber meine Hände werden langsam taub.« Sie lachte. Seine linke Hand hatte ihre Handgelenke so fest im Griff, dass sie bereits kribbelten. Sofort lockerte er seine Umklammerung.

»Entschuldige«, begann er, doch sie stoppte ihn mit einem weiteren Kuss. Sie reckte sich ihm entgegen und ließ ihre Bedenken fallen.

33

Yvis Lippen waren für Yvor der Himmel auf Erden. Er begehrte sie so sehr, dass es weh tat. Seine Hose spannte unangenehm in seinem Schritt. Wieso er das ausgerechnet in einem Traum spürte, wusste er nicht und versuchte, es Yvi zuliebe zu ignorieren. Langsam küsste er ihren Hals, spürte ihren Puls und genoss den starken Rhythmus. Yvi stöhnte und wand sich unter seinen Zärtlichkeiten. Er hielt sie noch immer fest und ihm gefiel, dass sie ihm so hilflos ausgeliefert dalag, wenn es auch nur den Anschein machte. Sie hatte ihn in Wirklichkeit voll in ihrem Griff. Als sie seinen Namen so flehentlich ausgesprochen hatte, hatte er es mit der Angst zu tun bekommen, doch wieder zu weit gegangen zu sein. Es freute ihn sehr, dass er sich getäuscht hatte.

Yvors rechte Hand glitt langsam seitlich an Yvis Körper hinab. Vorsichtig strich er über ihre warmen Rundungen. Seine Finger glitten unter ihr Oberteil. Sie trug die Bluse, die er bereits in ihrer Praxis an ihr bewundert hatte. Ihre Haut darunter war weich. Am liebsten hätte er sie ausgezogen.

›Mach es, Yvor‹, klang Yvis Stimme mit einem Mal sehr dominant und sie kämpfte leicht gegen seinen Klammergriff an. Natürlich hatte sie keine Chance, doch es hatte den Effekt, dass sein Jagdinstinkt geweckt wurde. Er ließ sie los. ›Wollen wir sehen, ob ich dich einfangen kann?‹

Yvis Gesicht zeigte ihre Überraschung, allerdings lächelte sie, als sie vom Bett krabbelte. Zwei Knöpfe gaben dabei ihren Dienst auf und Yvor erhaschte einen tieferen Einblick in ihr bezaubernd üppiges Dekolleté.

»Na, da bin ich ja mal gespannt, wie schnell du bist. Fang mich!«, neckte sie ihn und lief los. Doch Yvi kam nicht einmal bis zur Tür.

»Hab dich.« Yvor schnappte sie an der Hüfte und hob sie hoch, was sie mit einem quietschenden Aufschrei quittierte, gefolgt von einem Lachen. Er liebte dieses ausgelassene Lachen.

»Jetzt bin ich dran.« Yvi ließ sich von ihm wieder auf die Beine stellen. Yvor bewegte sich langsam für seine Verhältnisse, allerdings reichte es immer, Yvi knapp zu entwischen. Ein wenig frustriert verzog sie die Lippen.

»Na? Gibst du auf?« Yvor lachte.

»Niemals.« Yvis Augen funkelten belustigt. ›Na warte, dich kriege ich.‹

Mit einem Satz sprang sie aufs Bett. Yvor, der gar nicht in der Nähe des Bettes gestanden hatte, stutzte. Was sollte das denn werden? Yvi grinste und leckte sich über die Lippen, dann begann sie langsam, den nächsten Knopf ihres Oberteils zu öffnen. Mit jedem weiteren, den sie öffnete, kam mehr von ihr zum Vorschein. Yvor sah die zarte weiße Haut und ihre Brüste, die unter der Bluse in einem Spitzen-BH steckten. Es war ein Bild, das ihm das Wasser im Mund zusammenlaufen ließ. Er machte einen Schritt auf sie zu. Yvis Lächeln machte ihm bewusst, dass sie gerade mit seiner Schwäche spielte. Dieses kleine Luder ...

»Na? Gibst du auf?«, flüsterte Yvi und kicherte. Yvor knurrte.

»Noch nicht.« Er war sich sicher, dass sie ihn nicht noch weiter reizen würde - so mutig war sie nicht. Wie sehr er sich doch täuschte.

Mit einem übertriebenen Seufzen ließ sich Yvi auf dem Bett nieder und schälte sich langsam aus ihrer schwarzen Hose. Sie schien daran sichtlich Spaß zu entwickeln, denn als sie sich wieder erhob, tänzelte sie ein wenig auf der weichen Matratze. Yvor lächelte und machte einen weiteren Schritt auf das Bett zu. Yvi ließ sich davon nicht stören, wandte ihm ihren Rücken zu und nestelte an ihrem BH. Yvor schluckte.

»Sicher, dass du mir nicht zur Hand gehen willst?«, schnurrte sie förmlich und zog sich die Spitze von ihrer Haut.

Der Anblick, der sich Yvor bot, war zu viel. Mit einem Hechtsprung war er bei ihr und zog sie in seine Arme. Nach einem leidenschaftlichen Kuss, der ihm Hören und Sehen vergehen ließ, lachte Yvi.

»Hab dich.«

Oh ja. Und wie sie ihn hatte.

»Darf ich meinen Preis jetzt auch berühren oder bestehst du weiterhin darauf, mich von dir fernzuhalten? Ich verspreche, meine Gabe zu unterdrücken, soweit ich es kann.«

»Ich bin dein Preis?« Yvor grinste und küsste Yvi abermals, die vor Ungeduld an seinem Hemd riss. Ein paar Knöpfe lösten sich. »Sachte.«

»Und was, wenn ich nicht sachte will? Ist das nur dein Traum oder auch meiner?«

124

34

Wäre Yvi wach gewesen, dann hätte sie sich sicherlich niemals solche Worte zu sagen getraut, doch nun waren sie raus. Yvors Augen wurden groß. Mit einem lauten reißenden Geräusch entledigte er sich seines bereits ruinierten Hemds. Yvi starrte auf seinen Oberkörper und schluckte. Der Mann war ein Traum.

Mit zitternden Fingern strich sie ihm über die muskulöse Brust. Sie war weich und fest zugleich. Yvi konnte die Kraft, die dahinter steckte, erahnen.

»War das dein Ernst?«, fragte Yvor sie. Seine Stimme klang rau und voll Anspannung. »Du meintest nicht sachte?«

Ihr Herzschlag beschleunigte sich bei seiner Frage, doch sie nickte. Sie wollte es jetzt nicht langsam, wollte es nicht vorsichtig oder gar ängstlich. Zum ersten Mal in ihrem Leben wollte sie es gefährlich und wild, so wie dieser Mann vor ihr nun einmal war. Yvor küsste sie wieder leidenschaftlich, sodass es Yvi schwindelig wurde. Er hatte eine Energie, um die sie ihn beneidete.

Mit einem Ruck zerriss er ihr Höschen und sie stöhnte, als sich seine Finger einen Weg zu ihrer heißen und feuchten Mitte bahnten.

»Du bist so unglaublich sexy.« Yvors Stimme an ihrem Ohr war heiser und klang seltsam nuschelnd. Yvi strich ihm über die Wange und hob seinen Kopf, um ihn erneut zu küssen. Er entzog sich ihr. »Nicht.«

»Wieso?« Yvi wirbelte herum, und setzte sich auf seinen Schoß. In dieser Stellung hatte er keine andere Möglichkeit, als sie anzusehen. Yvi schnappte nach Luft.

Yvors Fänge waren voll ausgefahren und verliehen ihm ein raubtierhaftes Aussehen. Yvis Blick heftete sich auf seinen Mund.

»Ich werde dir nichts tun«, versicherte er ihr, zischte leise, als sie sich vorbeugte und ihm ihre Zunge zwischen seine Lippen schob. Er wirkte gefährlich und doch hatte Yvi keine Angst vor ihm. Sie erforschte vorsichtig die langen Fänge, genoss den Nervenkitzel und seine erneut streichelnden Hände.

›Ich werde es nicht mehr lange aushalten, wenn du so weitermachst‹, ächzte er in ihren Gedanken. Yvi knabberte leicht an seiner Unterlippe.

›Wer sagt denn, dass du warten musst?‹

Yvor nestelte an seiner Hose, während Yvi ihn mit ihrer Zunge zum Erzittern brachte. Er wollte sie. Wieder landete Yvi rücklings auf dem Bett. Sie sah Yvor gespannt dabei zu, wie er sich nun auch seiner Hose entledigte. Er trug nichts darunter. Yvi betrachtete den Adonis vor ihr und seufzte.

»Möchtest du mich noch weiter anstarren oder darf ich wieder zu dir kommen?«

»Hmmm ...«, hauchte sie und tat so, als würde sie überlegen, dann lockte sie ihn grinsend mit ihrem Zeigefinger.

Langsam und bedächtig kam er auf sie zu und drängte sich zwischen ihre Schenkel. Yvi stöhnte, als er sich an ihr rieb. Eine Welle an Emotion schwappte auf sie über und sie war augenblicklich von diesen Gefühlen gefangen. Sie machte sich mit einem weiteren lauten Stöhnen Luft, dann drang Yvor in sie ein.

»Oh Gott!« Yvi kam. Der Orgasmus überrollte sie so plötzlich, dass sie sich in Yvors Schulter krallte. Ein Grollen vibrierte in ihr, dann schlossen sich seine Arme um ihren Oberkörper. Er presste sie an sich, begann sich stoßweise in ihr zu bewegen und vergrub sein Gesicht an der Seite ihres Halses. Ein unglaubliches Verlangen stieg in ihr auf. Sie wünschte sich, dass er sie biss.

»Yvi«, stöhnte er und ein Zucken kündigte seinen Höhepunkt an, der seine Fänge noch größer werden ließ. Yvi spürte das Kratzen der Spitzen auf ihrer Haut.

»Bitte, beiß mich«, schrie sie erregt. Einen Augenblick später versenkte Yvor seine Fänge in ihr Fleisch. Yvis Hände krallten sich in seinen Rücken.

›Oh nein!‹ Yvi begann abzudriften. Sie würde bald aufwachen, denn das Geräusch ihres Weckers wurde immer lauter. ›Bitte, nein ...‹

***

Sie riss die Augen auf. Yvi war wieder in ihrem eigenen Bett und zurück in der Realität. Sie funkelte ihren Wecker böse an.

»Verdammtes Mistding!«

Yvor fluchte. Gerade jetzt aus seinem Traum gerissen zu werden, war besonders bitter. Sein Körper glühte vor Erregung. Er war so kurz davor gewesen, doch nun hatte ihn die grausame Wirklichkeit wieder.

Wie gern hätte er sich aufgerappelt und in Yvis Schlafzimmer begeben, um diesen Traum in die Realität umzusetzen, doch er wusste nicht genau, wie sie es auffassen würde. Ein Traum war schließlich etwas anderes. In Träumen konnte man sich oftmals eher fallen lassen, als man es in der Realität tat.

Yvor hörte Yvis Schritte, die sich ins Bad bewegten. Sie tapste schlaftrunken, schien am Wohnzimmertisch hängen geblieben zu sein, denn ein leises Ächzen, gefolgt von einem leisen »Verdammter Mist!« brachte ihn zum Grinsen. Diese Frau war wirklich ganz nach seinem Geschmack. Sie war keine Lady, kein Engel und doch war sie genau die Frau, die er wollte. Seine Mutter würde sie sicherlich schrecklich finden, allerdings kümmerte das Yvor wenig.

»Guten Morgen!«, rief er in Richtung Wohnzimmer und setzte sich auf. Wenn er schon nicht seinen Traum in die Tat umsetzen konnte, dann würde er zumindest versuchen, sich einen Kuss zu ergattern.

»Guten Morgen«, murmelte Yvi leise und schloss mit einem Klicken die Badezimmertür.

Yvor zog sich eilig an. Er beschloss, Yvi mit einer Tasse Tee zu überraschen und ihre Müdigkeit damit zu vertreiben. Er ignorierte seinen Durst, der ihm in den Eingeweiden brannte. Darum würde er sich kümmern, wenn Yvi in Richtung Krankenhaus aufgebrochen war. Blutbeutel konnten ja schließlich nicht wegrennen.

In der Küche schnappte er sich den Kessel, befüllte ihn mit Wasser und stellte ihn auf den Herd. Nun noch die richtige Sorte Tee. So, wie er Yvi einschätzte, mochte sie morgens sicherlich eher weniger zeitintensive Getränke. Also suchte er im Vorratsschrank und fand eine Packung mit Pfefferminztee in Beuteln, die er in zwei Tassen steckte.

Im Badezimmer klirrte etwas ins Waschbecken und Yvis Fluch klang dumpf durch die Tür.

»Na, da suche ich besser noch etwas zu essen. Anscheinend hat da jemand einen harten Start in den Tag«, murmelte Yvor leise vor sich her und durchforstete erneut den Vorratsschrank. Es war interessant, was es alles zu essen in Pappschachteln gab. Anscheinend waren Mike und Yvi Freunde vom schnellen Kochen. Eine Dose Mandarinen lachten Yvor besonders an und ein Päckchen, mit dem man angeblich Kaiserschmarrn machen konnte. Es sah auf dem Bild zumindest gut aus, also entschied er sich dazu, dieses Pulver mit Milch zu verrühren wie auf der Verpackung angegeben. Die Masse gab er danach in eine Pfanne, die bereits auf dem Herd darauf wartete, genutzt zu werden. Es machte Yvor Spaß, sich mit Kochen die Zeit zu vertreiben, und wenn es Yvi am Ende auch noch schmeckte, hätte er seine gute Tat für den Tag erfüllt. Wo Yvi nur blieb? Sie war bereits eine ziemlich lange Zeit im Bad und das Teewasser war schon längst so weit. Eilig schaltete Yvor die Platten ab und füllte das Wasser in die bereits auf der Ablage abgestellten Tassen.

›Yvor! Ich könnte Hilfe brauchen!‹ Yvis Stimme in seinem Kopf ließ ihn zur Badezimmertür herumfahren und darauf zu eilen. Er rüttelte an der Klinke, allerdings rührte sich nichts. Yvi hatte von innen abgeschlossen.

›Yvi? Was ist los?‹

Ein leises Wimmern hinter der Tür alarmierte ihn. Ohne ein weiteres Zögern riss er an der Zimmertür, die krachend nachgab und aus den Angeln sprang. Die Szene, die sich ihm bot, war einfach nur schräg und am liebsten hätte er losgelacht. Yvi lag in ein weißes Handtuch gewickelt vor der Badewanne. Der komplette Boden war patschnass und schimmerte, als wäre er voll Seifenlauge. Auch Yvi war voll davon. Diese versuchte nun einer Schildkröte gleich wieder auf die Beine zu kommen, glitt aber immer wieder aus und wurde erneut auf den Boden befördert.

»Hilfe!« In ihrem Gesicht sah er Tränen der Verzweiflung, aber auch ein Lachen. Vermutlich drehte sie gerade durch.

»Warte kurz. Ich komme gleich zu dir. Wie ist denn das nur passiert?« Yvor grinste und fischte nach einem großen Handtuch, das er auf dem Boden ausbreitete. Langsam und vorsichtig näherte er sich Yvi, die einfach nicht auf die Beine kam.

»Mir ist die blöde Flasche auf den Boden gefallen und, als ich versucht habe, sie aufzuheben, hab ich das Gleichgewicht verloren. Heute ist einfach nicht mein Tag«, schniefte seine Angebetete und Yvor schüttelte lachend den Kopf.

»Lass dir helfen.« Nach ein paar Versuchen schaffte er es, die mit Seife bedeckte Yvi auf die Beine zu ziehen. Sie wirkte sichtlich dankbar und lächelte mittlerweile auch wieder. »Na also. Alles nicht so schlimm.«

»Das sagst du so leicht. Wie bekomme ich das Chaos jetzt beseitigt? Und ich muss mich abduschen. Die Seife klebt noch überall an mir.«

Kurzentschlossen hob Yvor sie hoch und zurück in die

Badewanne. Er gab ihr fünf Minuten Zeit, dann würde er erneut nach ihr sehen. Yvis Gesicht wurde rot, als sie zaghaft nickte.

Das heiße Wasser ließ sie ein wenig ruhiger werden, allerdings hatten sich Schmetterlinge in ihrem Bauch breitgemacht, die sie mächtig ärgerten. Wie einfach Yvor sie hochgehoben hatte, als wäre sie ein zartes Püppchen. Bei diesem Gedanken errötete sie noch mehr. Ein Bild von ihm und ihr unter der Dusche hatte sich in ihren Kopf gestohlen und ließ ihre Beine wackelig werden. Sie dachte an ihren Traum oder was auch immer es gewesen war, das sie in der Nacht gehabt hatten. Yvor, der Jäger. Und doch hatte sie es geschafft, ihn am Ende einzufangen. Yvi seufzte.

Schnell wusch sie sich die Seife ab und nahm sich ein frisches Handtuch. Bevor sie sich überlegen konnte, aus der Wanne zu steigen, klopfte es wieder an der Tür und Yvor kam herein.

»Darf ich Ihnen zur Hand gehen, Mylady?« Sein Grinsen war breit und er hielt ihr wieder seine Hand hin. Yvi kicherte und hielt stattdessen ihr Handtuch fest, sodass es nicht verrutschen konnte, während Yvor sie wieder hochhob und aus dem Bad trug. Aus einem ihr unbegreiflichen Grund genoss sie diese Geste und wünschte sich ausnahmsweise sogar noch mehr davon.

»Ich zieh mich schnell an. Es dauert nur ein paar Minuten, dann helfe ich dir beim Aufräumen.«

»Nichts da. Ich mach das schon. Du kommst gleich zum Frühstücken. Ich hab gekocht.« Yvor war stolz auf sich, und der leckere Duft aus der Küche ließ Yvi neugierig werden. Mit einem Strahlen zog sie sich in ihr Schlafzimmer zurück und in Windeseile um. So schnell war sie noch nie fertig angezogen gewesen.

In der Küche klapperte bereits Geschirr und Yvi war gespannt, was Yvor sich da hatte einfallen lassen. Eigentlich hatte sie keine Zeit für ein ausgiebiges Frühstück, es roch allerdings so köstlich, dass Yvi sich gern überreden ließ. Er hatte tatsächlich den Tisch gedeckt und eine ihrer Dekoblumen aus dem Wohnzimmer auf den Tisch gelegt. Sie musste grinsen. Dieser Mann schaffte es doch immer wieder, sie zu überraschen.

»Setz dich und lass es dir schmecken«, forderte Yvor sie grinsend auf und sie nahm am Küchentisch Platz. Zu ihrer Überraschung reichte er ihr einen großen Teller mit Kaiserschmarrn und Mandarinen. Er hatte das Ganze noch mit etwas Zucker bestreut und Yvi lief schon bei dem Anblick das Wasser im Mund zusammen. Ein Mann, der kochen konnte … Ein Traum wurde wahr.

»Das riecht wirklich toll. Danke fürs Frühstück.« Yvi schnappte sich die Gabel und spießte einen kleinen Bissen darauf, während Yvor ihr eine Tasse Tee reichte. Begeistert schnuppernd führte sie die Leckerei zum Mund. Doch dann musste sie sich zusammenreißen, es nicht gleich wieder auszuspucken. Sie schluckte schwer. Um Himmels willen, das war ja total versalzen! Yvor, der sich ihr gegenüber hingesetzt hatte, schob sich ebenfalls gerade einen Bissen in den Mund. Sein Gesichtsausdruck machte es Yvi schwer, nicht gleich laut loszulachen. Das zuerst fröhliche Lächeln verzog sich zu einer angeekelten Grimasse.

»Boah, was ist das denn?« Er schüttelte sich.

Jetzt gab es für Yvi kein Halten mehr. Sie prustete los. Yvor, der sie irritiert anstarrte, machte die Sache nicht besser, und kurz darauf lachte sie so sehr, dass ihr die Tränen kamen.

»Du hast den Zucker mit dem Salz verwechselt«, brachte sie zwischen zwei Lachattacken heraus, und

Yvor warf einen Blick auf den auf der Küchenzeile abgestellten Plastikbehälter, auf dem Zucker stand. Er sah frustriert aus, doch das heiterte Yvi nur noch mehr auf. »Keine Sorge, mir ist das auch schon passiert. Mike hat da einfach Salz eingefüllt und vergessen, das Schildchen zu entfernen.«

Sie warf einen Blick auf ihre Uhr und stellte fest, dass sie sich nun wirklich beeilen musste. Im Grunde war sie jetzt schon zu spät dran. Sie trank noch schnell einen Schluck Pfefferminztee, um den salzigen Geschmack loszuwerden und stand dann auf. Yvor erhob sich ebenfalls und folgte ihr in den Flur. Er sah noch immer zerknirscht aus.

»Ich mache dir später einen süßen Kaiserschmarrn, wenn ich nach Hause komme«, versprach sie ihm und küsste ihn spontan zum Abschied auf den Mund.

Beide erstarrten überrascht. Yvi hatte nicht geplant, das zu tun, und wurde rot.

»Nun ... ähm ... ich muss los«, stammelte sie verlegen, während Yvor zu lächeln begonnen hatte. »Bis später.«

»Bis später. Ich wünsche dir einen schönen Tag.«

Sein Grinsen wurde breiter und Yvi schnappte sich ihre Jacke. Meine Güte, sie musste aus der Wohnung raus.

»Bis später«, wiederholte sie lahm und lief los - raus aus dieser peinlichen Situation.

Den Hausflur brachte sie zum Glück ohne weitere Zwischenfälle und Unfälle hinter sich und trat hinaus ins Freie. Die kühle Morgenluft ließ Yvi wieder ein wenig ruhiger werden. Sie hatte sich von Yvor gerade verabschiedet, als wären sie in einer Beziehung.

Ob er das genauso sah? Yvi hatte eigentlich nichts mit ihm anfangen wollen. Er war ein sehr komplizierter Charakter und ein Vampir noch dazu! Und doch ... Es hatte sich irgendwie gut angefühlt.

»Ach verdammt. Da hab ich heute Abend sicherlich
noch ein Gespräch vor mir.«

Gut gelaunt marschierte Yvor in die Küche zurück und entsorgte die Reste des misslungenen Frühstücks. Yvi hatte ihn geküsst und das freiwillig und auf die Lippen. Er grinste vermutlich wie ein Honigkuchenpferd. Es war ihr danach sichtlich peinlich gewesen, doch das verdarb ihm auf keinen Fall die Laune. Yvi war eine Frau, die sich viel zu viele Gedanken machte. Vielleicht schaffte er es ja, dass sie sich endlich mal fallen ließ. Dafür musste er allerdings auch etwas tun, was ihm ein unangenehmes Ziehen in seinem Magen nachdrücklich verdeutlichte. Er brauchte Blut und würde sich mal wieder nur an einem Beutel austoben können. Bei dem Gedanken an die Belohnung, die ihn am Abend erwartete, trottete er in Mikes Zimmer und zu der an einer Steckdose angeschlossenen Kühlbox. Ohne Zögern schnappte er sich eine Konserve und biss hinein. Den Geschmack mochte er immer noch nicht, den Ekel konnte er dennoch mittlerweile ausblenden, wenn er an Yvi und ihren Traum in der letzten Nacht dachte. Wie sie sich unter ihm angefühlt und er dann seine Zähne in ihren Hals geschlagen hatte. Er seufzte und seine Hose wurde augenblicklich eng. Mist, das tat weh. Yvor versuchte, sich auf etwas anderes zu konzentrieren, doch das Bild von Yvis Körper, der sich unter ihm rekelte, war schwer aus dem Kopf zu kriegen.

Das Klingeln des Telefons im Flur kam einer kalten Dusche gleich, und ruckartig schoss Yvor hoch. Er zog an der Hose und bewegte sich eher unbeholfen in Richtung des Telefons, das einfach nicht aufhören wollte, vor sich hinzuplärren.

»Ja?«, meldete er sich ein wenig ruppig und versuchte es, mit einem »Hier bei Yvonne Nowak« ein wenig abzumildern.

»Hallo Yvor, Mike hier. Ich wollte nur mal hören, wie es euch so geht. Ist Yvi schon auf dem Weg zur Arbeit?« Yvis Bruder war unüberhörbar gut gelaunt und Yvor konnte ein leises Flüstern im Hintergrund hören. Mike war bei einer Frau.

»Ja, Yvi ist schon weg. Ich hoffe, dass du dich auch gleich in Richtung Arbeit aufmachst.«

Mike lachte, und Yvor konnte sich dem Gefühl nicht erwehren, den jungen Mann zum Kopfschütteln gebracht zu haben.

»Keine Sorge, Yvor, ich werde mich weiter anstrengen. Noch mal danke für diese Chance. Ich schulde dir etwas. Hat sich Yvi mittlerweile wenigstens ein wenig für dich erweichen lassen oder beißt du immer noch auf Granit?« Er mochte den Jungen wirklich, doch die Sache zwischen Yvor und seiner Schwester ging Mike nichts an, was er ihm auch knurrend mitteilte. Seine Reaktion war ein Schnauben, das sogar seiner Schwester alle Ehre gemacht hätte.

»Ich will mich ja auch gar nicht einmischen. Dann viel Erfolg. Ich mach mich dann mal auf die Socken.«

»Dir auch viel Erfolg, bei wem auch immer du gerade bist«, gab er zurück und legte auf, bevor Mike noch etwas sagen konnte.

In seinem Kopf schwirrte es und Yvor war es seltsam schwindelig. Verdammt, er brauchte noch einen Blutbeutel. Sein Magen verkrampfte sich und ihm wurde es plötzlich übel. Was war nur mit ihm los? Er schleppte sich zurück zum Bett und ließ sich darauf fallen. Der Raum drehte sich um ihn.

›Yvor? Was ist los?‹ Yvis Stimme hinderte ihn daran,

komplett das Bewusstsein zu verlieren. Sie klang ängstlich, und er bemühte sich, ruhig zu bleiben.

›Mir ist nur ein wenig schwindelig. Nichts Schlimmes‹, antwortete er ihr und wunderte sich, dass sie noch immer über ihre Gedanken miteinander kommunizieren konnten, obwohl Yvi doch mittlerweile im Krankenhaus angekommen sein sollte.

›Hast du deinen Blutbeutel heute schon getrunken? Du hast doch gesagt, dass du das regelmäßig machen musst, und ich denke, da du verletzt wurdest, brauchst du mehr als sonst‹, gab Yvi zu bedenken und er stöhnte, da sich das Zimmer nun noch schneller zu drehen schien. Sein Kreislauf sackte langsam weg und er hörte Yvis leiser werdende Stimme, die vergeblich auf ihn einredete.

»Verdammt noch mal, Yvor, jetzt komm endlich wieder zu dir!« Ein fester Schlag auf die Wange brachte ihn wieder zu Bewusstsein und er blinzelte in Yvis blasses Gesicht. Sie saß neben ihm auf dem Bett und trug ihre Jacke. Was war geschehen?

38

Dieser Mann schaffte sie noch! Erst brachte er sie am Morgen aus dem Konzept und dann klappte er ihr auch noch so zusammen, dass sie wieder nach Hause musste. Zum Glück hatte sie eine Kollegin dazu bringen können, für sie einzuspringen.

»Was ist passiert? Wieso bist du wieder Zuhause?«, murmelte Yvor und sah sich verwirrt um.

»Du warst mindestens eine halbe Stunde weggetreten. Erst hab ich so ein seltsames Gefühl gehabt, als wäre mir schlecht, dann hab ich aber begriffen, dass du das warst, und dann hast du mir plötzlich nicht mehr geantwortet. Ich hab mir einen Ersatz gesucht, bin hierher zurückgekommen und hab dich hier im Bett liegend vorgefunden. Du warst total weggetreten.«

Yvor fand ihre Sorge um ihn zwar entzückend, jedoch unbegründet. Einen Vampir brachte schließlich so schnell nichts um. Das wusste auch Yvi, seltsam fand sie es dennoch. Sie hielt ihm eine Blutkonserve unter die Nase und er versuchte, die Hand zu heben und ihr diese abzunehmen. Ohne Erfolg. Sein Körper schien ihm nicht mehr zu gehorchen. Yvi nahm seine Gedanken wahr und seinen Kampf mit sich selbst. Sie wartete ein wenig ab, dann wurde es ihr allerdings zu bunt.

»Warte, ich helfe dir.« Yvi drückte ihm den Beutel an die Zähne und er trank schnell leer, bevor sie sich zu viele Gedanken um den Inhalt machen konnte. ›Ich weiß, dass du das zum Leben brauchst. Es ist Nahrung wie für mich Fleisch. Ein gewisses Maß an Pragmatismus solltest du mir schon zugestehen.‹

Ihre Stimme war tadelnd, allerdings schmunzelte sie und flößte unermüdlich Blut in ihn hinein. Langsam wurde es besser und Yvor seufzte erleichtert auf. Er hasste das Gefühl von Hilflosigkeit, wenn er es auch genoss, Yvi so an seiner Seite zu haben. Es war für sie etwas unheimlich, all diese Gefühle Yvors zu spüren, als wären es die ihren, doch Yvi nahm es einfach mal als gegeben hin.

»Du bist auch eine gute Krankenschwester«, raunte er später und tätschelte ihren Oberschenkel. Sie zog fragend die Braue nach oben, dann schüttelte sie den Kopf.

»Nur für besondere Patienten. Normalerweise bin ich froh, wenn ich nichts mit normalen Behandlungen zu tun habe. Nenn mich empfindlich, aber ich habe es nicht so mit Exkrementen, Blut oder sonstigen Körperflüssigkeiten.« Yvi schüttelte sich bei dem Gedanken und sah Yvor milde lächeln. Sie erhaschte ein Gedankenfragment von ihm und ihr in ihrem Traum. Sie beide in enger Umarmung, die Lippen aufeinander gepresst und ihre Zungen spielend miteinander. Um diesen Gedanken zu vertreiben, räusperte sie sich, wohl bewusst, dass sie wieder rot geworden war.

»Du scheinst mittlerweile einige meiner Gedanken mitzubekommen. Man könnte sagen, du lernst mich besser kennen, als es andere jemals tun werden.« Seine Worte waren sanft und seine Stimme so weich, dass Yvi ihn überrascht ansah. Es klang so, als wäre er sonst zu einem Leben in Einsamkeit verdammt. Sie schluckte.

»Was das angeht, habe ich nachgedacht. Ich weiß nicht genau, was du von mir erwartest, doch ich kann mein Leben nicht wegen eines Mannes auf den Kopf stellen und möchte das auch nicht.« Diese Rede hatte sie mehrmals überdacht und nun platzte es förmlich aus ihr heraus.

Yvor nickte.

»Yvi, wie ich dir bereits gesagt habe, will ich gar nicht, dass du dein Leben änderst. Ich möchte nur ein Teil davon sein, falls du dir das vorstellen kannst.« Er ergriff ihre Hand und strich zärtlich mit dem Daumen über ihren Handrücken. Diese Geste machte ihr eine wohlige Gänsehaut.

»Ist es schlimm, wenn ich sage, dass es mir Angst macht?«

Langsam beugte er sich zu ihr, seine Wange streifte ihre und dann hörte sie sein Flüstern:

»Mir auch ein wenig. Aber ich denke, wir schaffen das.« Er veränderte noch einmal die Position und sah ihr wieder in die Augen. Ihr Blick wurde allerdings von seinen Lippen abgelenkt. Sie dachte an den Abschiedskuss und ein Kribbeln machte sich in ihrem Bauch breit. Yvors Lippen zuckten. »Darf ich dich küssen?«

39

Es war eine einfache Frage und doch war sie Yvor so schwer gefallen wie schon lange nichts mehr. Er war erleichtert, als Yvi nicht sofort wieder in Schockstarre verfiel, sondern ihm stattdessen leicht zunickte. Das Nicken war zaghaft, doch es war ein Hoffnungsschimmer. Ihre Lippen waren weich und verhießen mehr, als er sie ausgiebig küsste, allerdings zügelte er sich. Es war ihm wichtig, dass Yvi die Initiative ergriff und nicht er schon wieder die Zügel in die Hand nahm.

»Ich komme mir gerade vor wie tot und im Himmel angekommen«, seufzte Yvi und kuschelte sich an ihn. Yvor legte seine Arme um sie und lächelte. Ja, das wäre tatsächlich nicht übel. Es war wunderbar, mit ihr zusammen auf dem Bett zu liegen und ihrem Herzschlag zu lauschen. So etwas hatte er noch nie erlebt und er genoss es in vollen Zügen. »Darf ich dich etwas fragen, ohne dass du es mir vielleicht übel nimmst?«

Er brummte ein »Okay«.

Yvi wirkte verunsichert, allerdings stellte sie ihre Frage:

»Wie oft hast du dich schon verliebt?«

Diese Frage überraschte ihn nicht. In seinen 913 Jahren hatte es viele Frauen gegeben, tatsächlich jedoch noch keine, die ihn zum Bleiben hatte überreden können. Yvi hatte etwas an sich, das ihn dazu bewegen konnte, ohne dass sie sich dafür anstrengen musste.

»Ich hatte in 900 Jahren einige Frauen, doch keine, in die ich wirklich verliebt gewesen wäre. Ich bin dafür anscheinend nicht gemacht.«

Den letzten Satz bereute er sofort, denn Yvis Haltung versteifte sich augenblicklich. Er knurrte frustriert. Wieso war es nur so schwierig, das Richtige zu sagen?

»Schon gut«, hauchte sie, doch er wollte sich damit jetzt nicht zufriedengeben. Sie musste verstehen, was in ihm vorging.

›Ich hatte es auch noch nie mit einer Auserwählten zu tun, die so stark, so hübsch und so intelligent war, wie du es bist‹, nutzte er ihre Verbindung, um sich zu erklären.

›Das sind viele Sos‹, gab Yvi ihm zurück, kuschelte sich jedoch wieder an ihn.

Seine Worte schienen sie besänftigt zu haben. Erleichtert atmete er aus. ›Hast du Hunger?‹

Ja, er hatte einen Bärenhunger, allerdings nicht auf etwas zu essen. Während des Kusses hatte seine Hose erneut begonnen zu spannen und er wäre am liebsten über Yvi hergefallen.

Yvi kicherte.

»Ich fürchte, du wirst mit mir noch ein wenig Geduld haben müssen. Im Traum war es dann doch irgendwie etwas anderes.«

»Keine Sorge, ich werde es überleben.« Yvor grinste und das Knurren seines Magens beantwortete die Frage nach seinem Hunger auf seine eigene Weise.

Yvi rappelte sich als Erste auf und zupfte ihre Sachen wieder zurecht. Sie zog nun auch endlich ihre Jacke aus und Yvor warf einen Blick auf das eng geschnittene Oberteil. Sie sah wirklich gut aus.

»Ich bin nicht das Dessert«, rügte sie ihn in ernstem Ton und streckte ihm zu seiner Überraschung die Zunge heraus. »Und wir müssen etwas gegen deine Abneigung zu kaltem Blut machen. Es kann nicht sein, dass ich immer wieder nach Hause kommen muss, nur weil der Herr nicht genug Blut zu sich genommen hat.«

»Ich habe einen Blutbeutel getrunken«, verteidigte er sich gleich, doch Yvi spürte den brennenden Durst in ihm, weshalb sie es nicht gelten ließ. Wie war er nur wieder zu einem unsicheren Teenager geworden?

»Ich denke, wir ziehen das genauso auf, wie eine Therapie für einen Alkoholiker. Du darfst zwar nicht auf Blut verzichten, aber es wird für dich erst einmal kein frisches Blut mehr geben.«

Na, das waren ja schöne Aussichten. Yvor hoffte inständig, dass er es durchhielt und nicht irgendwann ein Blutbad veranstaltete. Die Erinnerung an den Tod seines Vaters holte ihn wieder ein und er biss die Zähne fest zusammen, um sich ein erneutes Knurren zu verkneifen. Es war nur ein kurzer Moment der Schwäche gewesen, der ihm das Vertrauen aller Personen gekostet hatte, die er jemals liebte. Seine Mutter war danach sogar außer Landes geflüchtet.

Eine sanfte Berührung an seiner Wange holte ihn aus seinen Gedanken und Yvis warme braune Augen sahen ihn forschend an.

»Ich kenne deine Vergangenheit nicht, aber ich verspreche dir, dass ich dich nicht so leicht aufgeben werde, wenn du es versuchst.« Ihre Worte trösteten ihn. Sie war seine einzige Chance auf das Glück, das er sich die letzten Jahrhunderte gewünscht hatte. »Komm. Mit etwas Leckerem im Magen sieht die Welt auch schon ganz anders aus.«

Was meinst du? Ob es bereits geklappt hat?« Mike ließ sich ein letztes Mal zurück in die Kissen fallen. Er hatte noch zehn Minuten, bis er zum Kindergarten musste und die verbrachte er am liebsten genau hier.

»Ich bin mir nicht sicher. Wenn Yvor jeden Tag einen Blutbeutel zu sich nimmt, dann sollte es morgen so weit sein. Ich habe jeden ein bisschen gepfeffert. Ich hoffe nur, dass es richtig ist, was wir gerade machen.« Violetta rekelte sich neben ihm im Bett und legte ihren Kopf auf seinen Brustkorb. Er mochte das Gefühl, das sie in ihm geweckt hatte und er würde diese Frau sicherlich nicht mehr gehen lassen. Was für ein Glück, das sich Yvor und Yvi über den Weg gelaufen waren.

»Ich denke, es ist eine gute Entscheidung gewesen. Allein bekommen die beiden das sicherlich nicht hin. Yvor scheint die Sache nicht richtig anzupacken und Yvi ist immer so verflucht ernst und gewissenhaft. Keine guten Voraussetzungen für eine romantische Beziehung.« Sanft strich er Violetta über ihr kurzes blondes Haar. Sie schnurrte leise.

»Ich hoffe, dass es klappt. Der Mann ist schon seit Monaten ein mentales Wrack und ich wusste einfach nicht, wie ich seinen persönlichen Weltuntergang hätte aufhalten können.«

Mike war anfangs entsetzt gewesen, als ihm Violetta von Vampiren und Auserwählten erzählt hatte, allerdings war diese Frau so außergewöhnlich, dass sie ihn schnell um ihre schlanken Finger gewickelt hatte.

»Sehen wir uns in meiner Mittagspause, oder musst

du wieder durcharbeiten?«

Sie seufzte. Das war kein gutes Zeichen.

»Ich muss ein Meeting vorbereiten. Das wird leider sehr lange dauern. Dafür hole ich dich dann ab, wenn du Feierabend machst, versprochen.«

Das war auch nicht schlecht. Er küsste sie auf die Stirn.

»Hab ich dir eigentlich heute schon gesagt, wie bezaubernd ich dich finde, Vampirella?«

Sie lachte leise und machte sich dann von ihm los.

»Nur ein- oder zweimal. Du musst los. Lass dich von den Kiddies nicht unterkriegen.« In einer geschmeidigen Bewegung glitt sie vom Bett und marschierte zu ihrem Kleiderschrank. Durch die Spiegelfront gönnte sie ihm einen einladenden Blick auf ihren wohlgeformten Körper, dann schob sie die Schranktür auf und suchte sich ihr Outfit für den Tag zusammen.

Mike benötigte ein paar Sekunden, um sich von ihrem Anblick zu lösen. Diese Frau war für ihn der absolute Traum und er konnte einfach nicht genug von ihr bekommen. Leider hatte sie recht und er würde zu spät kommen, wenn er noch länger im Bett liegen blieb. Schnell zog er sich seine Schuhe an und lief in Richtung Zimmertür. Er hatte es zum Glück nicht weit, denn Violetta wohnte in dem Industriegebiet, in dem auch die Firma und der dazugehörende Firmenkindergarten seinen Sitz hatte. Sie hatte ihm ihr Gästezimmer angeboten, allerdings war er nach dem ersten Abend in ihrem Bett gelandet. Er grinste bei dem Gedanken. Manchmal ging es eben schneller als man dachte.

Auf dem Weg zur Firma zückte er sein Handy und wählte die Nummer des Krankenhauses. Yvi hatte nun sicherlich gleich ihre Frühstückspause und er würde sich in aller Ruhe nach ihrer Gefühlslage erkundigen können.

»Hey Mike! Wie geht es denn dem Bruder meiner

Lieblingsärztin?« Anna war an Yvis Apparat gegangen und hatte sich auf ihre typische Art und Weise gemeldet.

»Hallo Engelchen. Mir geht es prima. Und dir? Wo ist denn Yvi?«

»Mir geht es heute nicht so gut, denn Yvi hat mich hier mit einer Kratzbürste sondergleichen allein gelassen. Ist sie denn nicht nach Hause? Sie meinte, es wäre ein Notfall.« Annas Worte hallten in seinem Kopf wieder und Mikes Herz rutschte in Richtung Hose. Yvi war wegen eines Notfalls nach Hause gegangen?

»Hat sie gesagt, worum es geht? Ich bin auf dem Weg zur Arbeit.«

Anna hatte leider nichts mitbekommen und verabschiedete sich kurz darauf auch schon wieder, da ein Patient zwecks Termin bei ihr im Hintergrund einen riesigen Wirbel veranstaltete. Mike war es recht. Er musste dringend mit Yvi sprechen. Er hoffte, dass nichts Schlimmes passiert war, doch wenn sie schon auf ihre Sprechstunde verzichtete, konnte es nichts Gutes sein. Er suchte Yvis Handynummer aus dem Adressbuch seines Handys heraus und wählte. Die Zeit, bis die Mailbox anging, zog sich, als säße er auf glühenden Kohlen. Wieso ging sie nicht an ihr Handy? Er suchte die Nummer von Zuhause heraus und wartete angespannt darauf, wenigstens Yvor zu sprechen.

»Bei Nowak«, meldete sich dieser mit ruhiger Stimme und Mike platzte förmlich mit seiner Frage heraus:

»Wo ist Yvi?«

»Sie ist hier und kocht gerade. Ich schätze mal, sie hat das Telefon überhört«, brummte Yvor. Mikes Herz beruhigte sich langsam wieder. Wenn Yvi in der Küche am Kochen war, dann konnte alles nicht so schlimm gewesen sein. »Ich fürchte, ich habe ihr einen kleinen Schrecken eingejagt. Mein Kreislauf war vorhin nicht der beste.«

Das erklärte zumindest so einiges, wobei die Frage immer noch blieb, was genau geschehen war. Mike hatte Violetta leider versprechen müssen, nicht zu verraten, dass er über Vampire Bescheid wusste. Wie Yvi diese Neuigkeit wohl auffassten würde, wenn sie es herausfand? Vermutlich bekam sie einen Nervenzusammenbruch.

»Ich melde mich dann später nach der Arbeit bei ihr. Gute Besserung und bis dann!«

41

Yvi wuselte durch die Küche und suchte sich alles zusammen, was sie für ein leckeres Essen brauchte. Yvor hatte sich die Mühe gemacht und aufgeräumt, doch irgendwie schien nun nichts mehr an seinem Platz zu sein. Sie hatte das Klingeln des Telefons zwar gehört, es allerdings gekonnt ignoriert. Zu ihrer Verwunderung war Yvor dann dran gegangen. Er schien sich schon wie zu Hause zu fühlen. Yvi schüttelte schmunzelnd den Kopf. Es fühlte sich auf eigenartige Weise gut an, dass sie es mit Yvor versuchen wollte. Die Frage war nur, wie sie beide auf einen Nenner kommen sollten. Yvor war so schnell zu intensiv und Yvi musste ihn immerzu bremsen. Oder vielleicht war sie auch einfach viel zu langsam? Nein, sie brauchte diese Zeit und Schluss!

Yvor kam in die Küche. Er blieb im Türrahmen stehen, lehnte sich dagegen und beobachtete sie, wie sie gerade versuchte, eine Pfanne aus einem Unterschrank zu fischen. Er grinste.

»Nicht grinsen, hilf mir lieber, alter Mann!«, forderte Yvi ihn auf und das Grinsen in seinem Gesicht wurde noch breiter.

»Also, ich finde die Aussicht von hier gerade sehr schön. Und zum ›alten Mann‹ ... Wenn du möchtest, kann ich dir gern einmal zeigen, wie jung ich geblieben bin.«

Dieser anzügliche Kommentar ließ Yvi wieder rot anlaufen. Er konnte es einfach nicht lassen. Sie spürte wieder diesen Durst, der ihm anscheinend immerzu anhaftete, und runzelte leicht die Stirn. Wie konnte man nur so leben?

»Sag mal: Wie lange schleppst du dieses Gefühl eigentlich schon mit dir herum? Ich meine, ich fühle es ja erst seit ein paar Stunden und habe jetzt schon das Bedürfnis, einen Liter Blut nach dem nächsten trinken zu müssen.«

Yvor zuckte mit seinen Schultern und brummte etwas, das sich nach »Jahrhunderte« anhörte. Yvi fiel die Kinnlade herunter. Dagegen mussten sie ganz dringend etwas unternehmen. Seine Hände waren warm, als er sie ihr auf die Hüfte legte und sich von hinten an sie schmiegte. Er hatte sich so schnell bewegt, dass sie ihn gar nicht hatte kommen sehen. Yvi zuckte leicht zusammen, entspannte sich allerdings gleich wieder. Von ihm hatte sie nichts zu befürchten, das war ihr klar. Dieser Vampir war ihr gegenüber immer vorsichtig und zurückhaltend gewesen - bis auf das eine Mal.

›Ich fürchte, dass du unseren Traum vergessen hast. Ich bin auch ein Jäger, Yvi. Ich brauche die Jagd, um mich lebendig zu fühlen.‹

Eine Gänsehaut zog sich über ihren Körper, als sie daran dachte, wie er sie gejagt und mit ihr gespielt hatte. Es stimmte, dass er dabei anders gewesen war, auf seltsame Weise freier. Sie spürte seinen Atem in ihrem Nacken. Es kitzelte sie auf eine angenehme Art.

›Also, eine solche Jagd wie in unserem Traum würde ich auch noch mal mitmachen. Ich fürchte nur, im realen Leben bin ich wesentlich langsamer‹, gab sie zurück und spürte Yvors plötzliche Anspannung.

›Ich denke, das könnten wir heute Abend testen, wenn du dir das zutraust.‹

Oje, was hatte sie sich da nur eingebrockt? Was würde Yvor denn da mit ihr anstellen? Ein leises Lachen hinter ihr ließ sie den Kopf drehen. In seinen Augen stand der Schalk und Yvi wurde es spontan noch mulmiger. Na, das konnte ja was werden.

»Du musst heute Mittag in deine Praxis, oder? Danach, würde ich sagen, gehst du ein wenig durch die Straßen spazieren. Ich werde dich finden, das verspreche ich dir.«

Yvis Herz begann, bei dem Gedanken zu rasen. Wieso war diese Vorstellung auf einmal so aufregend für sie? Sie hatte doch noch nie eine Vorliebe für Gefahr und Nervenkitzel gehabt.

Der Rest des Vormittags ging es zum Glück weniger nervenaufreibend zu und Yvi genoss die Zeit mit ihm sehr. Yvor war wie immer ein guter Gesprächspartner, der sie nicht nur unterhielt, sondern auch ihren Worten lauschte. Es war erfrischend, auch einmal selbst etwas sagen zu können, statt immer nur zuhören zu müssen. Klar war sie die meiste Zeit nicht nur zum Schweigen verdonnert, allerdings musste sie stets auf ihre Wortwahl achten. Bei Yvor konnte sie frei von der Leber weg sprechen. Selbst bei Mike war sie nie dermaßen offen.

»Und was machst du gleich, wenn ich in der Praxis bin?«, erkundigte sie sich nun und Yvor zuckte mal wieder mit den Schultern.

»Ich denke, ich habe noch das Bad trocken zu legen, und danach mache ich mich ein wenig nützlich, räume hier auf und checke danach die Daten auf meinem Computer. Eigentlich hat Violetta die Geschäftsvorgänge so gut im Griff, dass ich mir die Zeit auch sparen könnte. Ab und an bekomme ich aber eine Chance, wobei ich mittlerweile den Verdacht hege, sie baut diese Fehler absichtlich für mich ein.« Yvor legte bei diesen Worten grinsend den Kopf schief. Er mochte seine Assistentin, das merkte man, auch wenn er es nicht laut aussprach. Yvi ertappte sich dabei, wie sie ein klein wenig eifersüchtig wurde. Im Grunde hatte sie kein Recht, das zu sein, doch Gefühlen ließ es sich schwer mit Argumenten beikommen.

Durch Yvi ging ein Ruck.

»Ich muss leider schon los. Dann bis später.« Zu ihrer Freude stand Yvor wieder mit ihr von seinem Platz auf und begleitete sie in den Flur, wo sie in ihre Jacke schlüpfte und sich dieses Mal bewusst mit einem sanften Kuss von ihm verabschiedete.

42

Am liebsten hätte er einen Luftsprung gemacht, als sich die Tür hinter Yvi schloss. Sie würde sich später von ihm jagen lassen. Er grinste breit und machte sich dann pfeifend daran, die Wohnung in Ordnung zu bringen. Diese Frau war wirklich ein Überraschungspaket, und so wie es aussah, vielleicht sogar seins, wenn er sich nicht allzu dumm anstellte.

Sein neues Handy klingelte und Yvor meldete sich mit einem kurzen »Ja«. Natürlich war es Violetta, die ihn auf den neuesten Stand bringen wollte und sich auch gleich nach seinem Befinden erkundigte.

»Es wird langsam. Aber würdest du mir bitte noch ein paar Blutbeutel vorbei bringen? Mein Vorrat ist schon ziemlich aufgebraucht.«

»Bitte was?« Ihr erschrockener Ausruf verwunderte ihn zwar, doch er wiederholte seine Bestellung und hörte, wie Violetta am anderen Ende leise fluchte. »Boss, das war eine Wochenration. Ich hoffe, dass du nicht alle Blutbeutel auf einmal zu dir genommen hast.«

Was sollte denn das jetzt? Seit wann war es denn wichtig, wie viel Blut er zu sich nahm?

»Ich habe durch meinen Unfall anscheinend mehr gebraucht.« Na prima. Der mürrische Unterton in seiner Stimme war wieder da. Yvi war noch nicht lange aus dem Haus und schon war Yvor frustriert und schlecht gelaunt. Er musste dringend etwas gegen seinen inneren Miesepeter unternehmen.

»Ich bringe dir heute Abend welche vorbei. Ist die Kühlbox wirklich schon leer?« Kam es ihm nur so vor, oder war Violetta einer Panik nahe? Was hatte er nur angestellt, dass eine sonst so gelassene und durchstrukturierte Frau fast einen Nervenzusammenbruch bekam?

»Ich habe noch zwei Blutbeutel, aber ich will auf Nummer sicher gehen. Alles in Ordnung mit dir, Violetta?«, erkundigte Yvor sich bei seiner Assistentin, die sofort versuchte, sich neutral zu geben. Mit ihrer üblichen Floskel »Ja klar, wird erledigt, Boss«, speiste sie ihn förmlich ab.

›Sehr merkwürdig‹, ging es Yvor durch den Kopf, da allerdings noch einiges an Arbeit auf ihn wartete und er für Grübeleien keine Zeit hatte, verdrängte er diese. Violetta war alt genug, um mit Problemen zu ihm zu kommen, sollte sie seine Hilfe brauchen. Schaffte sie es allein, dann würde er ihr auch nicht im Weg stehen.

Im Bad legte er nun erst einmal den Boden trocken, nachdem er die Seifenreste endgültig von den Fliesen geschrubbt hatte. Wie Yvi es geschafft hatte, tatsächlich bis in den letzten Winkel des kleinen Badezimmers die Seife zu verteilen, war ihm ein Rätsel. Kopfschüttelnd schwang er danach den Wischmob und schmunzelte nun doch, als er sich so im Spiegel sah. Wer hätte gedacht, dass er mal einen auf Hausmann machen würde? Er wohl am wenigsten.

Als er nach einer Stunde das Bad verließ, kam ihm eine wunderbare Idee. Er würde für Yvi noch ein paar Leckereien besorgen. Sie mochte anscheinend Schokolade und hatte sich über die Schokolinsen sehr gefreut. Seine Chance, sie noch ein wenig mehr für sich zu begeistern.

Zielstrebig marschierte er in Mikes Zimmer und holte seinen Laptop hervor. Er hatte leider keinen Plan, was er ihr kaufen sollte, also gab er erst einmal den Begriff ›Schokolade‹ in die Suchmaschine ein. Er ächzte, als er die

Anzahl der Treffer sah. So viele Seiten zu diesem Thema gab es? Die alle durchzugehen, würde ja ewig dauern.

Auf gut Glück klickte er den ersten Link an und landete auf einer Seite, auf der man unterschiedliche Schokoladensorten in allen Variationen kaufen konnte. Das war schon mal nicht schlecht. Er klickte sich durch das angebotene Sortiment. Doch wieder so viel Auswahl! Und er hatte nicht den geringsten Schimmer, was Yvi gefallen und schmecken könnte. Wieso war die Welt nur so kompliziert geworden? So was hatte es früher nicht gegeben!

Kurzentschlossen klickte er einfach alles an und bestellte vom kompletten Sortiment jeweils zwei Stück. Nach der Verkostung würde Yvi ihm sicherlich sagen können, was ihr schmeckte - und er selbst würde auch herausfinden können, was er mochte.

Verdammt noch mal, Diana! Ich liebe dich! Wieso willst du das nicht verstehen? Ich brauche dich.«

Dianas Mann Kurt war erneut aufgestanden und lief im Zimmer auf und ab. Yvi beobachtete den Mann alarmiert, denn leider schien die Paartherapie nicht den Verlauf zu nehmen, den sich Kurt erhoffte. Seine Frau Diana hatte nicht die Absicht, ihm zu verzeihen, und mittlerweile wusste Yvi auch wieso: Er war ein Schläger. Den Beweis hatte sie direkt vor sich: Dianas Gesicht schmückte ein Veilchen und sie schäumte vor Wut.

»Das, was du brauchst, sind ein paar Monate im Knast, wenn du mich fragst! Das ist keine Liebe. Du bist komplett verrückt.«

Zu Yvis Überraschung zückte Diana ihr Handy und wählte eine Nummer. Nach einem deutlich vernehmbaren »Er ist da«, öffnete sich die Tür des Sprechzimmers und Yvi musste entsetzt zusehen, wie zwei Polizeibeamte hereinkamen.

»Entschuldigen Sie, aber wir sind hier gerade mitten in einer Sitzung. Sie können nicht einfach hereinplatzen«, fuhr sie einen der Beamten an, der ihr ein Dokument unter die Nase hielt. Einen Haftbefehl?

»Ihr Patient wird in Untersuchungshaft genommen. Er wurde wegen Körperverletzung angezeigt und es besteht dringende Fluchtgefahr.«

Diese Neuigkeit machte Yvi sprachlos. Kurt hingegen drehte gerade erst auf. Bevor die beiden Beamten richtig reagieren konnten, schnappte sich der jähzornige Mann einen der Stühle und versuchte sich damit, einen Weg nach draußen zu bahnen. Das konnte einfach nicht wahr sein!

»Kurt, bitte sei vernünftig. Du wirst hier nicht rauskommen, und es wird dir nicht gerade weiterhelfen, wenn du jetzt noch jemanden verletzt«, begann Yvi, hielt dann allerdings inne und wandte sich an den ihr nahe stehenden Beamten. »Wen hat Kurt denn noch verletzt?«

»Unseren Vermieter. Er hat mir geholfen, als Kurt gestern wie ein Irrer in unserer Wohnung randaliert hat«, fauchte Diana und Yvi seufzte. Sie hätte ihrem Gefühl von Anfang an vertrauen sollen.

»Der Drecksack hat es doch auch auf dich abgesehen! Er war deshalb auch immer so verdammt freundlich zu dir. Wie lange wird es wohl dauern, bis er dich ins Bett bekommt?«, schnauzte Kurt nun seine Frau an.

Yvi runzelte die Stirn. Sie musste seine Gefühle in Griff bekommen, bevor es hier noch ein Unglück gab. Der eine Polizist dachte schon danach, seine Waffe einzusetzen das sah Yvi ganz deutlich.

»Kurt, du Vollidiot, er ist fast siebzig. Wenn ich mir jemanden ins Bett hole, dann ist es mein neuer Freund Manuel. Der ist jünger als du und befriedigt mich wenigstens. Das hast du nie geschafft!«, fauchte Diana und Yvi sah förmlich Kurts Geduldfaden reißen. Mit geballter Faust sprang er auf Diana zu und holte genau in dem Moment aus, als Yvi ihre Hand auf seinen Arm legte und ihn besänftigen wollte.

Die beiden Polizisten stürzten sich gleichzeitig mit ins Getümmel und Yvi wurde durch einen ziemlich harten Ellenbogen fest im Gesicht getroffen und ausgeknockt. Das Letzte, das ihr davor noch durch den Kopf schoss, war ein:

›Das nächste Mal höre ich auf mein Bauchgefühl!‹

»Oh, Gott sei Dank, sie kommt zu sich«, hörte sie Dianas Stimme neben sich und ein wenig eindringlicher dann an sie gerichtet: »Dr. Nowak? Sind Sie in Ordnung? Jetzt haben Sie zumindest mal am eigenen Leib erfahren, was einem dieser Vollidiot antun kann.«

Yvis Kopf pochte unangenehm und ihr Gesicht fühlte sich an, als hätte man es mit einer Pfanne bearbeitet. Ihre Erinnerungen kamen in dem Moment wieder, als sie ihr Auge betastete, das sich geschwollen anfühlte. Kurt hatte sie mit seinem Ellenbogen voll erwischt.

Helfende Hände zogen sie wieder auf die Beine. Sie schwankte. Der Raum drehte sich um sie.

»Ich würde vorschlagen, sie doch ins Krankenhaus zu bringen. Ich schätze, sie hat eine Gehirnerschütterung«, brummte eine tiefe Männerstimme.

»Nein, mir geht es gut«, ächzte Yvi und versuchte, sich auf den Beinen zu halten. Verdammt, wieso drehte sich der Raum?

»Sind Sie sicher? Ihre Wange sieht auch nicht gut aus«, erkundigte sich einer der beiden Polizisten und Yvi wurde es noch einmal sehr heiß. Ihre Wange?

Yvi stürmte stolpernd aus dem Raum und in Richtung der Toilette. Ihr Blick in den Spiegel zeigte ihr das volle Ausmaß der Katastrophe. Ihr Auge war geschwollen. Die Schwellung zog sich bis zu ihrem Wangenknochen. Das Unglück leuchtete in Rot mit blauem Unterton. Yvi fluchte. Das würde sie nicht ohne Weiteres überschminken können.

»Frau Dr. Nowak? Würden Sie bitte für eine Aussage mit aufs Revier kommen? Ich fürchte, nach dieser Verletzung werden wir Sie ebenfalls als Opfer angeben müssen«, drang die Stimme des älteren Polizisten durch die geschlossene Tür. Yvi wäre am liebsten tot umgefallen. Das war ihr ja noch nie passiert. Ihre Gabe schien sich bei diesem Hitzkopf tatsächlich gegen sie gewendet zu haben. Aber sollte der Mann dafür bestraft werden? Yvi dachte an Dianas Wut und deren Veilchen. Und das war nicht im Eifer des Gefechts geschehen.

»Ich komme gleich!«

Wie sollte sie denn nun reagieren? Sie konnte nicht lügen. Das hatte sie noch nie gekonnt. Am besten wäre es wohl, einfach die Wahrheit auszusparen. Also keine Erwähnung ihrer Gabe, nichts von Kurts Beeinflussung und nada von ihrem misslungenen Versuch, ihn aufzuhalten.

Yvi rieb sich die Schläfen. Sie wusste jetzt schon, dass das eine Schnapsidee war.

44

Yvor hatte geduldig abgewartet, aber nun wollte er Yvi wiedersehen. Er wusste, dass sie mittlerweile die Therapiesitzungen beendet hatte und durch die Stadt streifte. Die Vorfreude auf diese neckische Jagd ließ sein Blut in den Adern kochen und er konnte das Wiedersehen kaum erwarten. Eilig zog er sich seinen Mantel über, den Violetta ihm eingepackt hatte, und machte sich auf den Weg. Er war gespannt, wo er Yvi finden würde.

Yvor versuchte Yvi zu wittern, allerdings hatte sich das Wetter so zugezogen, dass der Wind ihm dies unmöglich machte. Das würde die Jagd zumindest spannender gestalten. Yvor marschierte zu Yvis Praxis und betrachtete das Gebäude. Von seiner Auserwählten war weit und breit nichts zu sehen. Ein seltsames Gefühl stieg in Yvor auf. Etwas stimmte nicht. Es war viel zu ruhig. Wo war Yvi?

›Yvi?‹ Zaghaft versuchte er, Kontakt zu ihr aufzunehmen. Wenn Yvi in der Nähe war, würde sie ihn sicherlich hören.

Ein leises Seufzen ließ ihn aufhorchen. Yvis Stimme klang erschöpft, doch sie antwortete ihm. Er fragte, wo sie war.

›Ich bin noch auf dem Polizeirevier. Ich hatte heute einen recht stressigen Tag.‹

Einen stressigen Tag? Was sollte das denn bedeuten? Yvor wollte nachhaken, besann sich jedoch eines Besseren. Er bewegte sich zielstrebig in Richtung Polizeirevier. Er würde Yvi abholen und sie konnte ihm dann erzählen, was passiert war. Die Jagd konnte warten.

Das Polizeirevier war etliche Straßen weit entfernt, und Yvor bewegte sich schnell fort, hoffend, dass die Normalsterblichen ihn nicht beachten würden. Zum Glück achteten die Menschen der heutigen Zeit mehr auf die Displays ihrer Handys - oder wie sie diese nannten *Smartphones*. Wer hätte gedacht, dass sich dieses borniertes Verhalten einmal zu seinem Vorteil entwickeln würde?

Yvor kam in dem Moment am Polizeirevier an, als eine Frau mit einem blaugeschlagenen Auge das graue Gebäude verließ. Sie schien kurz vor einem Wutanfall zu stehen, und nach ihrem Äußeren zu schließen hatte sie wohl auch allen Grund dafür. Er wartete auf Yvi, doch die Zeit verging, ohne dass sie erschien.

›Yvi? Bist du noch im Polizeirevier?‹

Keine Antwort. Yvor spürte die Unruhe in sich aufsteigen, die ihn meist in eine seiner Anfälle trieb. Was war denn nur los?

›Yvi! Antworte mir!‹ Sein Ton war zu herrisch, das wusste er, allerdings machte sich in ihm Panik breit und er wollte sie nur wiederfinden. Yvis Schweigen blieb eisern und legte sich wie kalter Stahl um sein Herz. Er versuchte, Yvi erneut zu wittern und nahm nun tatsächlich einen Hauch ihres Parfums wahr. Sie hatte das Revier anscheinend bereits verlassen und war die Straße in Richtung Innenstadt gelaufen. Yvor spurtete los, verfolgte ihre Fährte.

Wieso hatte sie sich ohne ein weiteres Wort entfernt? Was war geschehen?

Ihr Geruch wurde stärker und zu Yvors Entsetzen hatte sich ein feiner Dunst von Blut dazugesellt. Yvi war verletzt.

»Hey, passen Sie doch auf!«, blaffte ihn ein Mann im Anzug an, als er diesen aus Versehen anrempelte. Er hatte den Normalsterblichen gar nicht bemerkt, denn all seine Sinne waren auf Yvi geheftet. Yvors Fänge hatten sich verlängert und sein Instinkt versuchte, sich an Yvis Spur festzuhalten. Er spürte das Schwindelgefühl in sich aufsteigen.

›Yvor?‹ Yvis Hand legte sich in seine und sie zog ihn in einen Hauseingang. Er konnte sie nicht sehen, dennoch wusste er, dass sie bei ihm war. Ihre Stimme war voll Sorge gewesen, als sie seinen Namen ausgesprochen hatte. ›Yvor, was ist los?‹

›Du hast nicht geantwortet. Du hast *mir* nicht geantwortet‹, presste sein Geist heraus und er hörte ihr Seufzen.

»Ach, Yvor. Ich hatte einfach einen beschissenen Tag und hab ganz vergessen, dass wir verabredet waren. Ich wollte nur ein bisschen Zeit für mich.«

Sie drückte ihn nach hinten und er nahm Treppenstufen hinter sich wahr, die ihm als Sitzfläche dienen sollten. Yvi nahm neben ihm Platz und wartete, bis er sich beruhigt hatte und sie wieder ansehen konnte. Er wusste nicht, wieso sein Körper sich gegen ihn wandte, wenn er diese Anfälle hatte. Vermutlich hatte der Unfall ihn doch mehr geschädigt, als er gedacht hatte.

Schleppend langsam zogen sich seine Fänge zurück und sein Blick schärfte sich wieder. Er versuchte in Yvis Gesicht zu sehen, nur um sich zu vergewissern, dass ihr nichts fehlte. Sie hatte es allerdings in ihren Händen vergraben und murmelte vor sich hin.

»Ich hätte mein Bett heute einfach nicht verlassen dürfen.« Er hörte ihr Schniefen und war überrascht. Weinte sie etwa?

Sachte zog er sie zu sich und Yvi schmiegte sich schluchzend an ihn. Ihr Körper war warm und ihr Herzschlag war Balsam für seine Seele.

›Was ist denn geschehen?‹, versuchte er gedanklich sein Glück, aber Yvi schüttelte nur den Kopf. Sie wollte

162

nicht darüber reden.

Wie in Zeitlupe hob Yvi schließlich ihren Kopf, und Yvor hatte erneut das Gefühl, als würde ihm das Blut in den Adern gefrieren. Yvis Auge war zugeschwollen und hatte eine hässliche rotblaue Färbung. An ihrer Schläfe klebte ein Pflaster, das aber den Blutgeruch nicht abschirmen konnte. Yvors Fänge fuhren wieder aus. Einerseits verursacht durch den Duft ihres Blutes, andererseits durch die Wut, die in ihm abermals aufloderte. Wer hatte ihr das angetan? Der Scheißkerl war tot!

»Das war ich, Yvor, also krieg dich bitte wieder ein«, seufzte Yvi und runzelte die Stirn. »Ich habe in meiner Therapiesitzung einen Patienten beeinflusst und das ist nach hinten losgegangen.«

Yvors Wut verpuffte augenblicklich. Er war sich nicht sicher, wie er nun reagieren sollte. Aber gut war es sicher nicht, gleich mit Vorwürfen zu beginnen, wenn Yvi im Grunde Trost brauchte. Ihre Gedanken waren voll von Selbstzermarterung und Yvor beschloss, dem ein Ende zu bereiten.

»Tja, da gibt es ein Sprichwort: Wenn man vom Pferd gefallen ist, sollte man gleich wieder in den Sattel steigen. Du wirst jetzt erst einmal von mir verarztet, und dann möchte ich, dass du meine Laune so anhebst, dass mir nach etwas Verrücktem zumute ist. Aber ich sage dir gleich: Das braucht dein ganzes Geschick.« Er grinste und sah, wie Yvi bei seinen Worten nach und nach die Gesichtszüge entglitten.

Er wollte keinen Widerspruch dulden, also zog er sie fest an sich. Vorsichtig löste Yvor das Pflaster an ihrer Schläfe. Er beherrschte sich, versuchte den intensiven Geruch einfach zu ignorieren, obwohl sich ihm bereits wieder der Magen zusammenkrampfte.

›Nur, um Yvi zu heilen‹, ermahnte er sich und seine Fänge blieben wie angewurzelt in ihrer menschlichen

Länge.

»Was hast du genau vor?« In Yvis Stimme hörte er Panik und Zweifel, doch er beugte sich über sie, ohne sich von seinem Ziel abbringen zu lassen.

Sanft leckte er mit der Zunge über die Wunde, die sich langsam schloss und vor seinen Augen komplett verheilte. Ein leises Stöhnen kam über Yvis Lippen und sie entspannte sich in seiner Umarmung.

45

Dieser Mann machte ihr immer wieder aufs Neue eine Gänsehaut. Sie nahm das Kribbeln an ihrer Kopfwunde so intensiv wahr, dass sie aufstöhnte, als es dann verschwand. Auch das Pochen und der Schmerz lösten sich in nichts auf. Yvors Zunge liebkoste ihre Schläfe, dann küsste er sie zärtlich auf die Schwellung ihres Veilchens. Auch diese Berührung löste ein angenehmes Kitzeln aus. Was stellte er mit ihr an? Aber egal, was er da tat, es ging ihr mit jeder seiner sanften Liebkosungen besser.

»Na also. Alles schon nicht mehr ganz so schlimm«, raunte er, als er sie kurz darauf in Augenschein nahm.

Sogleich kramte Yvi in ihrer Handtasche und zog den kleinen Spiegel heraus, den ihr ihre Mutter geschenkt hatte. Voller Verwunderung betrachtete sie ihr Spiegelbild.

»Wie hast du das gemacht?«

Yvor lächelte.

»Ich bin ein Vampir, Liebling. Ich kann so einiges. Wärst du eine von uns, würdest du gar nicht geheilt werden müssen.«

Dieses Thema ging Yvi wieder zu weit. Sie hatte Yvor wirklich sehr gern, aber sein Tempo in Sachen Beziehung war mehr als nur gewöhnungsbedürftig. Es machte Yvi Angst.

»Entschuldige.« Yvor klang natürlich frustriert und er zog sich mal wieder von ihr zurück. Sie legte ihm ihre Hand auf den Oberschenkel, was ihn dazu bewegte, sie anzusehen.

»Danke, dass du mich geheilt hast.«

Seine Hand legte sich auf die ihre. Seine Finger strichen vorsichtig über ihren Handrücken. Yvi bekam erneut eine Gänsehaut und bemerkte ein zaghaftes Lächeln, das seine Mundwinkel umspielte.

Von Neugier gepackt ließ sie zu, dass ihre Gabe sein Innerstes erforschte. Das Gefühl traf sie auch dieses Mal, wie ein Hammerschlag, allerdings hatte sie bereits damit gerechnet. Mittlerweile wusste sie, wie intensiv Yvors Wesen war, hatte sich vor der Flut gewappnet, doch statt des erwarteten Blutdursts, der Wut und dem Selbsthass erfassten sie weitaus erschreckendere Emotionen: Er war tatsächlich verliebt und voll Angst sie zu verlieren. Ihr Herz schlug ihr bis zum Hals, als sie ihre Gabe niederrang und erlöschen ließ. Er liebte sie. War es nicht viel zu früh dafür?

›Ich dachte, du wolltest dich mit deiner Gabe in meiner Gegenwart zusammenreißen‹, ermahnte er sie in ihrem Kopf und Yvi spürte Hitze in ihren Wangen aufsteigen. Vermutlich wurde sie gerade krebsrot.

›Raus aus meinem Kopf. Ich habe nur das gemacht, was du wolltest. Wenn ich dich manipulieren soll, muss ich schließlich auch deine Gefühle kennen.‹ Okay, das war geflunkert, aber sie würde einen Teufel tun und ihm sagen, dass sie ihn studieren wollte. Yvor war interessant in seiner ganzen aufbrausenden und widersprüchlichen Art. Und er liebte sie.

»Nun gut. Dann würde ich sagen: Versuch dein Glück. Lass mich etwas Verrücktes tun.«

Yvi konnte nicht anders und knuffte Yvor in die Seite. Sie hatte nicht den geringsten Schimmer, was sie diesen Vampir tun lassen sollte. Ihn dazu zu bringen, würde wohl einfach werden, denn Yvors Gefühlslage änderte sich so schnell, dass es kein Kunststück war, ihn zu beeinflussen. Nur was sollte er tun?

Ihr Blick fiel auf die Flurwand, an dem die Briefkästen ordentlich nebeneinander aufgereiht hingen. Jemand hatte Werbung hineingestopft und Yvi erkannte auf dem gelben Flyer den Kopf eines Löwen. Sie stand auf und zog einen der Zettel heraus. Sie hatte sich nicht getäuscht. Es war der Flyer für einen Zirkus, der seine Zelte am Sportplatz aufgeschlagen hatte.

»Lass uns in den Zirkus gehen.«

Yvors Miene verriet seine Begeisterung und Yvi prustete los, als er einen frustrierten Laut von sich gab. Er fand diese Idee anscheinend doch verrückter, als er es vorgehabt hatte. Jetzt wurde es wirklich zu einer Herausforderung, denn Yvi ertappte sich bei einer weiteren gewagten Idee. Sie berührte den kritisch dreinblickenden Vampir an seiner Wange und ließ seine Bedenken sich in Luft auflösen.

›Lass uns in den Zirkus gehen‹, forderte sie ihn erneut in seinem Kopf auf und er nickte grinsend.

»Gut, du hast gewonnen.«

Yvi hakte sich bei Yvor unter und zusammen marschierten sie bis zur Bushaltestelle. Yvi hatte keine Lust, zum Sportplatz zu laufen und suchte in kürzester Zeit eine passende Fahrtroute heraus. Die Fahrt würde nur ein paar Minuten dauern und dann konnte ihr Plan in die Tat umgesetzt werden. Sie war neugierig, ob dieser Mann bei ihrer ungewöhnlichen Idee tatsächlich mitspielen würde, oder ob er sich doch widersetzen konnte. Eines hatte er auf jeden Fall geschafft: Yvi war sich ihrer Gabe wieder sicher. Sie hatte seinen Widerwillen komplett aufgelöst. Yvi war natürlich klar, dass sie bei diesem Mann Bonuspunkte hatte, weil er in sie verliebt war, aber das schmälerte ihren Erfolg nicht.

Der Bus kam, aber Yvor zögerte einzusteigen.

»Was ist?«

»Ich bin noch nie mit so einem Ding gefahren«, gab er

zu ihrer Überraschung preis und Yvi versprach ihm grinsend, ihn auf keinen Fall allein zu lassen. Sie ergriff seine Hand und zog ihn hinter sich her.

Der Busfahrer war etwas irritiert, dass sie die Karten für zwei bezahlte, allerdings war Yvor so damit beschäftigt, die Ausstattung des Busses und der Leute darin zu betrachten, dass er dieses Mal nicht den Gentleman spielte. Yvi musste kichern, als Yvor sich in eine der Bänke zwängte und aussah, als wäre er nun für immer und ewig in dieser misslichen Lage gefangen.

»Du hättest auch einfach nur einen der Notsitze für dich herunter klappen können«, flüsterte sie ihm zu, als er leise ächzend versuchte, seine Kniescheibe vom Vordersitz zu lösen.

»Im ersten Moment sah es bequemer aus, als es ist. Wie haltet ihr so was nur aus? Das ist kein richtiges Fortbewegungsmittel. Das hier ist eine Sardinenbüchse«, knurrte er und Yvi grinste.

Ein Junge, der neben ihnen eine Doppelbank besetzt hatte, beobachtete sie interessiert. Es war kein Wunder, denn selbst für Yvi sah Yvor fehl am Platz aus. Seine hochgewachsene Gestalt war nicht für die schmalen Sitze geschaffen und sein Outfit machte den Anblick noch skurriler, denn er trug einen seiner maßgeschneiderten teuren Anzüge. Er wirkte wie einer dieser Staranwälte oder der Manager eines Milliardenunternehmens. Egal wohin er auch wollte, in diesem Bus hätte ihn wohl niemand vermutet.

»Ich glaube, mein Bein ist eingeschlafen. Wie lange noch, bis ich hier rauskomme?« Seine Laune war nicht mehr die beste, allerdings bemühte er sich, nicht allzu schlecht gestimmt zu klingen.

»Fünf Minuten noch. Wir können aber jetzt schon aufstehen und in Richtung Tür gehen.«

Und das tat sie dann auch umgehend. Yvi war schon

fast am Ziel, als ihr auffiel, dass Yvor sitzen geblieben war.

›Kommst du?‹ Yvors Miene war unergründlich, als sie ihn ansah. ›Was ist los?‹

›Ich hänge fest.‹

Yvi traute ihrem Gehör nicht. Hatte Yvor gerade wirklich gesagt, dass er festhing?

›Inwiefern hängst du fest?‹

Yvors Gesicht verzog sich missbilligend. Yvi verkniff sich das Grinsen, denn sie wusste, dass das bei Yvor nur wieder einen inneren Wutausfall auslösen würde. Mit unbewegter Miene schritt sie auf ihn zu und betrachtete dann seine missliche Lage. Er hatte es tatsächlich geschafft, sich zwischen den Sitzreihen zu verkeilen.

›Kannst du dich daraus befreien?‹, betrachtete sie seine Beine, die sich keinen Millimeter bewegen konnten. Als Antwort knirschte er mit den Zähnen und sah in Richtung des Jungen und zwei älterer Damen, die ihre Blicke nicht von ihm lassen konnten.

›Nicht, ohne dass es auffällt. Ich müsste den Sitz ein wenig verschieben.‹

Oje, das klang nach Vandalismus. Wie sollte das bei den Zeugen unbemerkt bleiben? Yvi sah auf ihre Uhr und dann auf die Leuchtanzeige über dem Kopf des Busfahrers. Noch vier Haltestellen, dann waren sie am Ziel. Sie musste sich dann wohl beeilen.

›Okay, dann werde ich mal von dir ablenken.‹

Sie hatte noch keine Ahnung, wie sie das genau anstellen sollte, ranhalten sollte sie sich aber in jedem Fall.

46

Frustriert beobachtete Yvor, wie seine Auserwählte einmal wieder dabei war, ihm aus der Patsche zu helfen. Mit einem nachdenklichen Gesichtsausdruck hatte sie sich den drei Normalsterblichen zugewandt und, als wäre es das Natürlichste auf der Welt, begann sie mit ihnen ein Gespräch.

»Wollen Sie auch in den Zirkus?«, fragte sie fröhlich die beiden Frauen und diese lächelten. Eine von ihnen hatte einen Gutschein dafür bekommen und diesen wollte sie mit ihrer Freundin zusammen einlösen. »Ach, das ist wunderbar. Und du? Bist du auch auf dem Weg dorthin?«

Der Junge, der Yvor die ganze Zeit beobachtet hatte, wurde von Yvis Frage komplett aus dem Konzept gebracht und sah sie irritiert an.

»Was?«

»Ich fragte, ob du auch zum Zirkus willst«, ließ sich Yvi durch die mürrische Art des Teenagers nicht abschrecken. Der Junge schüttelte seinen Kopf, redete allerdings weiter mit Yvi.

»Ich will zum Training.«

Yvor nutzte seine Chance, die Yvi ihm verschafft hatte und drückte gegen die Sitzreihe, die sein Bein so beharrlich festhielt. Es knarzte etwas, aber seine Auserwählte plapperte fröhlich und überaus laut, sodass die Drei im hinteren Bereich des Busses nichts davon mitbekamen.

›Beeil dich. Mir gehen langsam die Themen aus. Außerdem sind wir gleich da‹, ermahnte ihn Yvi gedanklich, während sie ein wenig überdreht über einen

Kommentar des Teenagers lachte.

Yvor drückte gegen das Blech und spürte es nachgeben. Beharrlichkeit zahlte sich in diesem Falle aus. Konsequenter Druck, statt einer ruckartigen Bewegung, und die Rückenlehnen der Sitzreihe vor ihm gaben endlich nach. Er hatte nun ein paar Millimeter, um sich aus seiner Gefangenschaft zu befreien. Seine Knie pochten schmerzend, doch er schaffte es endlich sie so anzuwinkeln, dass er aufstehen und aussteigen konnte.

»Wir müssen hier raus, mein Liebling«, sagte er laut zu Yvi, die ihn dankbar angrinste.

»Ja, da hast du recht, Schatz. Dann wünsche ich Ihnen einen schönen Abend und dir«, sie wandte sich an den Teenager, »wünsche ich ein tolles Training.«

Es war interessant, wie diese drei Menschen auf Yvi reagierten, obwohl sie noch nicht einmal ihre Gabe eingesetzt hatte. Sie hatte eine Ausstrahlung, die er nie gehabt hatte und vermutlich auch niemals haben würde. Sie gehörte zu ihnen, zu den Lebenden, während Yvor sich mehr vorkam, als wäre er bereits seit Jahrhunderten tot.

In der kühler werdenden Abendluft schlenderte er neben Yvi her in Richtung des kleinen Zirkuszelts. Sie hatte erneut seine Hand ergriffen und Yvor genoss diese vertraute Geste.

»Schau mal! Die haben hier auch eine Hundeshow. Ach, wie sind die niedlich.« Yvi strahlte ihn an und deutete auf ein Poster mit vielen winzigen Fellknäulen.

»Du magst wohl den Zirkus.«

»Machst du Witze? Ich liebe den Zirkus. Es gibt keinen anderen Ort, an dem Spannung, Lachen und Exotik so gelungen aufeinandertreffen«, schwärmte Yvi und er konnte über diese kindliche Begeisterung nur den Kopf schütteln.

Der Zirkus war noch nie seine Welt gewesen, obwohl

es auch für ihn die einzige Chance in seinem Heimatdorf gewesen war, ab und an einmal ein Abenteuer zu erleben. Mehr hatte ihm sein Vater nicht gestattet.

Yvis Handfläche in der seinen verursachte in ihm ein merkwürdiges Kribbeln.

›Du wolltest doch etwas Verrücktes tun. Wenn die Clowns einen Freiwilligen suchen, meldest du dich.‹ Yvis Worte drangen bis in den hintersten Winkel seiner Seele und zu seiner eigenen Überraschung nickte er. Es waren schließlich nur Clowns. So schlimm konnten die schon nicht sein.

Seine Auserwählte grinste ihn an und zog ihn weiter in Richtung Kasse. Yvor war natürlich klar, dass sie ihre Gabe eingesetzt hatte. Sie war wirklich gut.

›Ich bin gleich wieder da. Am besten setzt du dich schon einmal ins Zelt. Ich komme gleich wieder.‹

Yvor wusste zwar nicht, was Yvi vorhatte, aber er schritt langsam voran. Es war interessant, wie wenig sich der Zirkus in all den Jahren verändert hatte. Natürlich hatte es damals keinen Strom gegeben, der das Zelt hell erleuchtete, allerdings war die Manege noch genauso eindrucksvoll.

»Herzlich willkommen, liebes Publikum!« Ein Mann im Frack und einem merkwürdigen Zylinder stolzierte in der Manege herum und zog alle Aufmerksamkeit auf sich.

Yvor nahm Platz und beobachtete, wie der Zirkusdirektor weiterhin umherlief und versuchte, sich Gehör zu verschaffen. Die Leute, die ihm erst nicht die volle Beachtung schenkten, setzten sich nach und nach. Die Geduld des Direktors war beneidenswert, denn er ließ sich nicht aus der Ruhe bringen und verfolgte gelassen sein Programm. Er begann damit, den Besuchern von der Geschichte des Zirkus zu erzählen, und auch, was sie in den nächsten Minuten erwarten durften. Yvor war gespannt, ob diese Veranstaltung an seine Erinnerungen heranreichen würde, oder ob die Zeit den Zirkus verweichlicht hatte. Er dachte an die Messerwerfer von früher und wie oft er selbst mitgefiebert hatte. Einmal war es daneben gegangen. Er zitterte bei der Erinnerung daran. Yvor sah die Szene erneut vor sich: sein Ausflug in die Dorfstube mit den Burschen der kleinen Stadt, die ihn zu einem Trinkspiel herausgefordert hatten und den darauffolgenden Besuch des Zirkus.

***

»Wertes Publikum, willkommen! Die Brüder Garner werden Sie nun in Angst und Schrecken versetzen. Hier sind sie mit ihren Messern des Todes!« Die Ankündigung des Zirkusdirektors war dramatisch gewesen und Yvor, gutgelaunt und mehr als angetrunken, hatte auf eine spannende Darbietung gewartet.

Die ersten Würfe der Brüder waren nicht allzu aufregend, denn es ging mehr auf Gegenstände und nicht auf Personen, worauf Yvors Begleiter auch lauthals hinwiesen.

»Was ist denn das für eine lahme Vorstellung?« Einer der jungen Männer, ein Schläger mit dem Namen O'Brian, bewarf die Messerwerfer mit seinem Bierkrug und schwang sich dann über das Holzbrett, das die Manege von den Zuschauerreihen absperrte. Er schnappte sich eines der Messer und warf es auf die Scheibe. Erstaunt sah Yvor, dass O'Brian das Ziel ebenfalls traf.

»Klasse! Und jetzt das hier«, lallte einer der anderen und verschaffte sich ebenfalls Zugang zur Manege. Die Leute des Zirkus schienen es nicht gewohnt zu sein, dass Fremde ihren Auftritt unterbrachen. Hilflos versuchten sie, sich wieder die Aufmerksamkeit der Menschen zu verschaffen, doch ohne Erfolg. Die angetrunkenen Halbstarken übernahmen das Regiment, und so kam es, wie es kommen musste: Einer der Messerwürfe ging daneben und verwundete einen der Jungs schwer. Yvor erinnerte sich an diesen Moment, als wäre es erst gestern gewesen: Der Geruch des frisch vergossenen Bluts war ihm in die Nase gestiegen und hatte seine Fänge ausfahren lassen. Ein unbändiger Durst hatte von ihm Besitz ergriffen und sein einziger Gedanke war: ›Blut!‹

***

Eine Hand legte sich sanft auf seine Schulter und Yvor blinzelte. Yvi war zurück.

›Du siehst aus, als wärst du einem Geist begegnet.‹ Seine Auserwählte lächelte sanft und Yvor beschloss, ihr den Abend nicht durch seine Vergangenheit verderben zu wollen.

›Du hast ihn zum Glück verscheucht‹, gab er nur knapp zurück und zog sie dann an sich.

Mittlerweile hatte der Zirkusdirektor ein Zeichen an seine Leute gegeben und die erste Nummer trabte herein - in Form mehrerer weißer Pferde. Yvis Begeisterung steigerte sich, als sie den Frauen, die in weiß gewandeten Kostümen auf den Schimmeln begannen, ein paar Pirouetten zu drehen. Yvor hatte das Gefühl, in einen falschen Film geraten zu sein. Was machte er hier nur? Das war einfach zu verrückt.

Mit lautem Getöse bewegte sich nun eine Gruppe von Clowns durch die restlichen Schausteller, und Yvors ungutes Gefühl verstärkte sich, als einer der bunt angemalten Männer auf ihn zukam.

»Wer wünscht sich, einmal in seinem Leben ein Clown zu sein?«

Automatisch streckte er seine Hand empor, was ihn

wohl mehr erschreckte als alle anderen. Yvi kicherte amüsiert und ein Clown mit schwarz-weißem Make-up kam sogleich auf ihn zugelaufen und zog Yvor mit sich.

»Wird nicht so schlimm, Kumpel. Mach einfach nur mit«, versicherte der Typ ihm noch, allerdings bezweifelte Yvor das stark.

»Mensch, Wolfgang! Bei seiner Größe haben wir nur ein Kostüm, das passt. Da brauchen wir noch Zeit. Sag mal Gernot, dass wir mindestens eine Viertelstunde brauchen«, knurrte ein anderer Clown den an Yvors Seite an. Dieser zuckte nur mit den Schultern und verschwand in Richtung Manege.

Yvor konnte nichts anderes machen, als sich von den Clowns hinausführen zu lassen und sich in sein Schicksal zu ergeben. Er hatte es schließlich darauf ankommen lassen. Wie war er nur auf die bescheuerte Idee gekommen, dass Yvi ihn beeinflussen sollte? Er konnte es selbst nicht mehr genau sagen. Vorübergehender Irrsinn vielleicht.

47

Aufgeregt wartete Yvi auf Yvors Auftritt, doch erst einmal wurde eine Horde Hunde in die Manege geführt. Sie waren wirklich niedlich und führten auch brav ihre Kunststücke vor, allerdings wurde Yvi mit jeder Minute, die verstrich, unruhiger. Wo blieb Yvor nur so lange?

Ein kleiner graufelliger Welpe tapste auf der kleinen Absperrung der Manege auf Yvi zu und kuschelte sich an sie. Das kleine Kerlchen schien ihre Nervosität zu spüren. Abwesend kraulte sie das Hündchen hinter den Ohren und lächelte, als sie die Gefühle des Tiers wahrnahm. Der Welpe mochte sie.

»So einen süßen Kerl wie dich würde ich ja gern mit nach Hause nehmen, aber ich habe keine Zeit. Du wärst meistens allein und das ist doch kein Leben«, sagte sie leise zu dem Welpen und hätte danach am liebsten über ihr eigenes Verhalten den Kopf geschüttelt. Jetzt redete sie schon mit einem Hund.

Der Welpe stupste sie mit seiner feuchten schwarzen Nasenspitze an, um Yvi dazu zu ermuntern, ihn weiter zu kraulen. Sie gab nach. Das Fell des kleinen Tiers war weich und warm unter ihren streichelnden Händen, und das machte Yvi ruhiger. Sie hätte den Hund stundenlang so knuddeln können. Ein bisschen erinnerte sie der Welpe an Yvor: Er hatte sich auch gleich ohne Wenn und Aber an sie gehängt und vertraute darauf, dass sie es gut mit ihm meinte. Und sie? Sie hatte nur Ausreden für beide.

›Yvor? Alles in Ordnung bei dir?‹

›Nein, ganz und gar nicht. Aber ich habe mir die

Suppe eingebrockt, also löffele ich sie auch wieder aus‹, brummte er und Yvi wurde schon eine Spur ruhiger. So lange Yvor noch murren konnte, war es nicht so schlimm.

»Sehr geehrtes Publikum! Ich präsentiere Ihnen nun unsere Gute-Laune-Brüder mit einem neuen Mitglied. Heißen Sie mit mir willkommen: Yvor!«, tönte der Zirkusdirektor und Yvi streckte den Hals, um Yvor sehen zu können. Sie erkannte ihn gleich an seiner stattlichen Figur, allerdings brachte sie seine Aufmachung nicht zum Lachen. Er trug ein Kostüm in Schwarz und Weiß, sein Gesicht in den gleichen Farben gehalten zeigte einen traurigen Ausdruck. Die restlichen Clowns wirkten gegen ihn wie eine Truppe von bunten Vögeln. Still setzte sich Yvor in die Mitte der Manege, sah traurig zu Boden und wurde von den Clowns immer wieder angerempelt, sie klopften ihm auf den Rücken und animierten ihn mitzumachen. Yvor schüttelte nur den Kopf und blieb sitzen.

Oje, was war denn das für eine Zirkusnummer? Die Stimmung war bedrückend und Yvi fühlte sich jetzt schon unwohl, weil sie Yvor zu diesem Schauspiel überredet hatte.

Eine der Akrobatinnen, die Yvi zuvor auf einem der Pferde gesehen hatte, kam in die Manege und lief langsam auf Yvor zu. Sie setzte sich neben ihn, strich ihm sanft über den Kopf und bedeutete ihm, dass er doch sagen sollte, was ihn so bedrückte. Obwohl sie nicht sprach, war ihre Gestik wunderbar und alle warteten gespannt, was nun kommen würde. Bedächtig stand Yvor nun auf und sah zur Zeltdecke. Er deutete in eine Ecke und jedermanns Blick wanderte ebenfalls dorthin. Eine junge Frau machte sich bereit und balancierte mit einem langen Stab auf einem Drahtseil von einer Seite des Zelts zur anderen. Yvor fasste sich an sein Herz und zog ein kleines aus Stoff aus seinem Kostüm. Yvi lächelte. Er gab sich wirklich Mühe, seine Rolle zu spielen und deutete an, dass er ihr sein Herz schenken wollte. Sie reagierte leider nicht darauf und wurde stattdessen von einem der Trapezkünstler in die Arme gezogen. Diese Liebe war also hoffnungslos und ohne Gegenliebe. Traurig ließ Yvor den Kopf hängen. Die Pferdeakrobatin strich ihm wieder sachte über die Schultern und tröstete ihn, dann stieg sie auf eines der Pferde und vollführte eines ihrer Kunststücke. Yvor beobachtete sie und griff erneut zu seinem Stoffherz, doch auch diese Frau wollte sein Herz nicht und wurde vom Zirkusdirektor in dessen Arme geschlossen. Yvi fieberte mit ihm. Wie sehr ihr dieser arme Clown leidtat.

Zu ihrer Überraschung hörte damit die Nummer allerdings nicht auf. Von irgendwoher erklang plötzlich Musik. Yvi kicherte leise als ›Singing in the rain‹ begann und Yvor den Kopf hob und nach einem Regenschirm griff, der neben ihm an einem Stuhl lehnte. Die Trapezkünstler warfen mit Konfetti und Yvors großer Auftritt begann. Er legte einen Solotanz hin, der die Leute zum Lachen brachte. Es war ein erfrischend gelöster Yvor.

›Das mache ich nur dir zuliebe‹, schallte es in Yvis Kopf und zu ihrer Verblüffung begann Yvor sogar, zu singen.

Gebannt beobachtete sie diesen außergewöhnlichen Mann, der mit Schirm und seinen Gesangseinlagen die Leute begeisterte. Sie lachten und klatschten. Sogar der kleine Hund auf Yvis Schoß setzte sich auf und spitzte die Ohren.

Erneut zog er sein Herz heraus und hielt es dem Publikum entgegen, das ihm zu jubelte, und er strahlte. Dann kam das Finale und Yvor schritt schnurstracks auf Yvi zu, die Böses ahnte. Er wollte doch nicht ...?

›Oh doch. Da musst du jetzt durch.‹ Der Schalk in

Yvors Stimme war deutlich. Er genoss es, sie in die Sache hinein zu ziehen.

Er kniete nun vor ihr nieder und hielt ihr das Stoffherz entgegen. Die Scheinwerfer, die ihn die ganze Zeit verfolgt hatten, richteten sich nun auf Yvi und sie spürte, wie sie rot anlief. Der Welpe auf ihrem Schoß bellte und sie setzte ihn schnell auf den Boden, um das Stoffherz in Empfang zu nehmen. Das Grinsen in Yvors Gesicht wurde breiter, als er aufstand und sie an sich zog.

»Willkommen bei den Clowns«, raunte er ihr zu und küsste sie, rieb sein Gesicht dabei an dem ihren.

Yvi konnte sich ein Quietschen nicht verkneifen, als er seine Schminke auf ihren Wangen verteilte. Es klebte und juckte fürchterlich. Die Leute allerdings fanden Yvors Auftritt großartig und klatschten laut Beifall.

›Los komm mit‹, forderte er Yvi auf und zog sie mit sich in die Mitte der Manege, wo sich die Clowns und die anderen Darsteller versammelten und sich lachend verbeugten.

»Das war klasse. Wenn du mal einen Job als Gute-Laune-Bruder suchst: Sag Bescheid.« Einer der Clowns klopfte Yvor anerkennend auf den Rücken und dieser grinste sogar noch breiter.

»Danke, aber ich denke, das wird es erst einmal für eine sehr lange Zeit gewesen sein«, gab er zurück und warf Yvi einen Seitenblick zu, während er in ihrem Kopf hinzufügte: ›Ich hoffe doch, dass du nicht vorhast, diese Verrücktheit zu wiederholen.‹

Yvi kicherte. Nein, das würde sie nicht noch mal machen, obwohl sie zugeben musste, dass es sich gelohnt hatte. Yvor war wirklich toll als Clown.

›Komm bloß auf keine dummen Ideen, Frau‹, brummte Yvor und drückte sie fest an sich.

Yvi genoss seine Nähe und gönnte sich den Luxus, ihn einfach gewähren zu lassen. Für diesen Auftritt hatte er sich ihre Zuneigung verdient.

Der kleine Hund sprang auf Yvi zu und hüpfte an ihr hoch, bis sie auch ihn hochnahm. Was war der Kleine doch anhänglich.

»Ein neuer Freund von dir?«, erkundigte sich Yvor, nachdem sie sich zu den anderen Leuten zurück ins Publikum gesetzt hatten.

»Ich finde ihn süß, aber er wird schön hier bleiben. Mich wundert es eh, dass ihn noch keiner geholt hat.«

Das kleine grauhaarige Fellknäuel rollte sich auf Yvis Schoß zusammen und machte nicht die geringsten Anstalten in Richtung seines Rudels zu laufen. Er schien lieber da zu bleiben, wo er sich befand.

48

Der kleine Hund lag auf Yvis Beinen und atmete ruhig, genoss ihr Kraulen. Yvor war ein bisschen eifersüchtig auf den kleinen Kerl, denn seine Zuneigung nahm Yvi so an, wie er sie ihr gab. Er hoffte, dass seine Auserwählte sich irgendwann auch bei ihm einmal so fallen lassen konnte. Bis jetzt kam es ihm eher vor wie ein Drahtseilakt.

Einer der Clowns winkte Yvor zu und bedeutete ihm, dass er wieder hinter die Manege kommen sollte. Da Yvor sein Kostüm sowieso loswerden wollte, gab er Yvi kurz Bescheid und stand dann auf. Sie nickte und rieb sich gedankenverloren die Wange, an der noch immer Make-up klebte. Yvor hatte es sich einfach nicht verkneifen können, sie mit seiner Schminke zu beschmieren. Es war ein kindischer Impuls gewesen, aber nun war Yvi irgendwie unverkennbar als zu ihm gehörend gekennzeichnet. Er grinste.

»Komm, ich helfe dir kurz, dich abzuschminken. Du wirst das Zeug sicherlich jetzt schon leid sein, oder?« Der Clown mit dem Namen Wolfgang marschierte vor ihm her, zurück in dessen Wohnwagen. Erst jetzt fielen Yvor die kleinen Hunde auf, die in einer Ecke des Anhängers in einem Körbchen lagen und dösten.

»Ach, das sind deine Hunde?«, begann Yvor ein Gespräch, denn der Clown tätschelte seufzend einem der kleinen Fellknäule den Kopf.

»Ja, leider. Ich versuche schon die ganze Zeit ein Zuhause für sie zu finden, denn langsam aber sicher fressen sie mir die Haare vom Kopf. Ich hatte mal vier für meine Hundenummer, aber mittlerweile sind es zehn. Das sind reinrassige *Shih Tzu*, musst du wissen. Die sind normalerweise nicht ganz billig. Ich bin hin und hergerissen. Einerseits will ich sie hergeben, andererseits hänge ich halt doch an ihnen. Was ist, wenn sie in das falsche Zuhause kommen?«

Der Mann wirkte aufrichtig deprimiert, was Yvor nachdenklich machte. Also waren diese kleinen Welpen zu verkaufen, und so wie es aussah, sogar dringend abzugeben. Ob Yvi sich über den kleinen grauhaarigen Kerl freuen würde?

Yvor hatte keine Ahnung von Haustieren und erst recht nicht von Hunden. Er hatte vor Jahrhunderten einmal eine Schildkröte geschenkt bekommen, aber diese war dann auch irgendwann vor Altersschwäche gestorben, außerdem war diese langweilig gewesen.

Kaum hatte Yvor sich auf einen Stuhl in der Ecke gesetzt, damit Wolfgang die grässliche Schminke aus seinem Gesicht entfernen konnte, war Leben in den Hundekorb gekommen. Innerhalb von Sekunden war Yvor mittendrin in einem Gewusel von kleinen Hundepfötchen, die um ihn herumliefen, kleinen schwarzen Näschen, die ihn anstupsten und ihn zum Streicheln und Kraulen überredeten. So etwas Verschmustes wie diese Bande hatte er noch nie erlebt. Kein Wunder, dass Yvi sich nicht gegen diese Zuneigung wehren konnte.

»Schau an. Sie scheinen dich zu mögen.« Wolfgang lachte, als auch schon die ersten Welpen versuchten, sich einen Platz auf Yvors Schoß zu ergattern.

Geduldig sammelte Yvor einen kleinen Strolch nach dem nächsten auf und streichelte und kraulte Köpfe, strich über lockiges Fell und war von einem Moment auf den anderen durch die kleinen Fellknäule gefangen. So süß zu sein, sollte verboten werden!

»Was brauchen solche Hunde eigentlich an Pflege und

Futter?«, wollte Yvor wie beiläufig wissen und Wolfgang begann zu erzählen.

Der Mann redete von seinen Hunden, als wären sie ein kleiner Schatz, und Yvor konnte ihn verstehen. Auch Wolfgang war die meiste Zeit allein unterwegs und diese Hunde waren für ihn wie eine Familie.

»Was würdest du dazu sagen, wenn ich sie alle mit zu mir nehme? Bei mir haben sie ein gutes Zuhause und es wird ihnen an nichts fehlen.« Diese Idee war vermutlich nicht seine beste, allerdings hatte Yvor nicht vor, noch eine Nacht über seine Pläne zu schlafen. Er hatte schon viel zu lange außerhalb dieser Welt gelebt und war nun im Begriff, all seine Gewohnheiten über Bord zu werfen. Wieso also nicht einmal einer weiteren Laune nachgeben?

Der Clown machte große Augen. Mit einer solchen Spontanität hatte vermutlich sogar er nicht gerechnet.

49

Der Zirkusdirektor hatte die letzte Attraktion angekündigt und danach die ganze Truppe zu einem Finale zusammengetrommelt. Begeistert klatschte Yvi in die Hände und auch die anderen Menschen im Zelt waren regelrecht euphorisch. Die Stimmung in der Manege war ausgelassen und die Schausteller strahlten von einem Ohr zum anderen. Alles in allem eine gelungene Vorstellung. Yvi sah sich um und hoffte, Yvor in der Aufbruchsstimmung zu entdecken.

›Yvor, wo bist du denn nun schon wieder? Die Vorstellung ist zu Ende.‹

›Ich habe uns ein Taxi organisiert. Würdest du bitte den kleinen Hund mitbringen? Sein Besitzer steht hier neben dem Taxi und wartet.‹ Yvors Stimme in ihrem Kopf war leise und klang auf seltsame Weise wieder angespannt. Yvi dachte sich nichts dabei, denn in ihrer Nähe war Yvor oft angespannt, weil er immer wieder darauf achten musste, nicht wieder übers Ziel hinaus zu schießen. In den letzten Stunden hatte Yvi überlegt, ob sie nicht einfach mit dieser Tatsache leben konnte, dass Yvor kein Maß kannte. Sie könnte ihn, wenn es mal wieder so weit war, ja auch sensibler darauf hinweisen.

Der kleine Hund schlief friedlich in ihren Armen, als sie ihn mit sich nach draußen nahm. Er war so winzig und leicht, dass sie ihn ohne Probleme tragen konnte.

»Guck mal, Mama! Ist der Hund niedlich!«, ertönte eine glockenhelle Stimme und ein junges Mädchen deutete verzückt auf das grauhaarige Fellknäuel. Die Mutter lächelte und strich ihrer Tochter über den Kopf.

Das war für die Kleine allerdings kein Grund, nicht weiterzureden. »Mama, bekomme ich so einen Hund?«

»Sandra, das geht leider nicht. Wir haben doch gar keinen Platz für einen Hund.«

Das Mädchen ließ sich davon nicht abschrecken und redete auf ihre Mutter ein, wie klein der Hund sei. Sie wollte den kleinen Racker unbedingt. Yvis Herz zog sich zusammen. Der kleine Kerl wäre bei einer Familie sicherlich gut aufgehoben, und vielleicht verkaufte der Zirkus seine Hunde ja auch an Besucher. Wieso fühlte sich der Gedanke nur so schlecht an? Sie hatte sich doch im Vorhinein gesagt, dass sie sich niemals einen Hund zulegen würde.

Ihr Kopf schwirrte und Yvi war auf einmal sehr warm geworden. Vermutlich hatte sie wieder einen roten Kopf, diesmal allerdings wegen einer Migräne, die sich mal wieder unerbittlich ankündigte. Vielleicht sollte sie doch einmal ihren Blutdruck kontrollieren lassen, denn sie konnte das Rauschen ihres Bluts förmlich in ihrem Kopf hören.

Eilig marschierte sie ins Freie und genoss den kühlen Wind, der ihr übers Gesicht strich und ihre Wangen kühlte. Morgen würde sie einmal schnell bei ihrem Kollegen vorbeischauen und einen kurzen Check machen lassen.

Der Welpe wurde durch die kalte Brise wach und fiepste ein wenig, zumindest bis Yvi ihn etwas mit ihrer Jacke wärmte. Sie mochte es schließlich auch nicht zu frieren, wieso sollte es also ein Hund tun?

Das Taxi stand etwas von ihr entfernt. Yvors hochgewachsene Gestalt war gut zu sehen. Yvi schritt auf ihn zu und warf mehrere Blicke um sich. Von dem Besitzer des kleinen Hunds war nichts zu sehen. Hoffentlich machte sie sich gerade nicht strafbar, indem sie das Kerlchen vom Gelände schleifte.

»Da bist du ja. Entschuldige, dass ich die restliche Veranstaltung verpasst habe. Erst war die Schminke doch hartnäckiger als gedacht und dann kam mir eine andere Angelegenheit dazwischen.« Yvor strahlte und öffnete dann den Kofferraum des Taxis.

Yvi stockte der Atem. Fünf Hundewelpen lagen dort in einem großen Körbchen neben etlichen Dosen Hundefutter und Spielzeug und schliefen selig. Hatte er diese kleinen Racker tatsächlich gekauft?

›Und ich dachte mir, vielleicht möchtest du den kleinen Kerl auf deinem Arm behalten. Er gehört dir, wenn du ihn möchtest‹, sagte Yvor mit sanfter Stimme und Yvi fiel der Welpe auf ihrem Arm ein.

»Aber was machst du bitteschön mit fünf Welpen?«

Yvor zuckte mit den Schultern und grinste.

»Na, sie großziehen. Na ja, ›groß‹ werden sie sicher auch bei mir nicht - zaubern kann ich schließlich nicht - aber zumindest laufen sie bei mir nicht Gefahr, am Ende noch ausgesetzt zu werden. Sind sie nicht süß? Ich denke, wir werden uns schnell vertragen. Und hinter meinem Haus können sie sich richtig austoben«, raunte Yvor und Yvi stellte zu ihrer eigenen Verwunderung fest, dass sie das kleine graufellige Kerlchen nicht zu Yvors Hunden gezählt hatte.

»Hast du denn schon Namen für sie?«, wollte sie stattdessen wissen und Yvor grinste sogar noch breiter.

»Ich dachte, du hilfst mir vielleicht dabei.«

Yvor hielt ihr die Tür des Taxis auf und half Yvi beim Einsteigen. Mit dem kleinen Hündchen auf dem Arm ließ sie sich auf die Rückbank gleiten.

›Ich glaube, ich weiß schon einen. Wie wäre es mit *Grey* für diesen hier?‹ Sie kraulte Grey den Kopf und der kleine Hund brummte. Ihm schien sein Schlafplatz zu gefallen.

›Klingt gut. Aber, wenn Grey sich weiter zwischen uns

drängt, werde ich eifersüchtig‹, brummte nun auch Yvor, als er sich neben sie auf die Rückbank quetschte.

Yvi musste lachen.

›Ich denke, da sollte keine Gefahr bestehen.‹

50

Yvor war sich nicht sicher, wie er Yvis letzten Satz deuten sollte. Er hatte ihr Strahlen bemerkt und freute sich über ihre gelöste Art, allerdings war er sich nicht sicher, wie lange diese Stimmung anhalten würde. Er wusste auch nicht, wohin das Taxi sie fahren sollte. Sollte er die Welpen zu sich nach Hause bringen, oder war Yvis Wohnung das Ziel?

›Ich denke, wir sollten die Racker zu dir bringen. Außerdem möchte ich mir dein Haus gern einmal in klarem Zustand anschauen. Das letzte Mal war ich sehr abgelenkt. Es wirkte auf mich wie ein Haus aus einem alten Gruselfilm‹, zeigte Yvi ihm die Lösung auf und Yvor gab dem Taxifahrer die Adresse.

Er war sich sicher, dass sich Yvis erster Eindruck auch jetzt nicht ändern würde, denn das Haus hatte sich in den paar Tagen, seit sie sich kannten, nicht verändert. Natürlich würde es das, denn die Architektin war bereits daran, einen Renovierungsplan zu erarbeiten. Yvor hatte ihr freie Hand gelassen. Er wollte es für Yvi moderner gestalten lassen, sodass es weniger nach ›Horrorhaus‹ aussah.

Der Taxifahrer staunte nicht schlecht, als er in die Einfahrt zum weitläufigen Grundstück fuhr. Yvor mochte eigentlich nur den großen Garten um das Haus, denn den hatte er selbst anlegen lassen. Am Herrenhaus hatte er nur wenige Veränderungsmaßnahmen tätigen lassen, aber damit war es nun vorbei. Die Vergangenheit musste langsam wirklich in der Versenkung verschwinden und Platz machen für Neues.

›Wie groß ist denn das Grundstück? Da kann man sich ja verlaufen.‹

Yvor fiel auf, dass sie seit Anfang der Fahrt nicht mehr laut mit ihm gesprochen hatte, sondern in seinem Kopf. Ob das Absicht war? Ihm war es recht, denn es fühlte sich auf eigenartige Weise richtig an. Sie schlossen die Welt um sich herum aus, ihre Gespräche gehörten nur ihnen, was sie noch stärker miteinander verband. Es kam ihm vor, als würde diese Frau ihn vervollständigen. Solche Gefühle hatte er noch nie gehabt und hoffte inständig, sie nicht durch seine überfordernde Art zu verlieren.

Yvi strich ihm über den Arm und ergriff dann seine Hand. Sie sah ihn fragend an und er erinnerte sich daran, dass sie ihm eine Frage gestellt hatte.

›Das Grundstück hat circa 5000 Quadratmeter. Ein Teil davon ist Wald. Der Garten ist schön, nicht wahr?‹

Mit offenem Mund betrachtete Yvi die kunstvoll angelegten Hecken, die den Eingang zu seinem ganz persönlichen Labyrinth preisgaben. Yvor konnte nicht anders. Seine Phantasie ging mit ihm durch und er konnte Yvi in diesem Labyrinth sehen, wie sie sich vor ihm versteckte und wie er sie immer wieder aufspürte. Seine Jagdlust wurde geweckt.

Die Tür des Herrenhauses öffnete sich und Frau Wallner kam heraus. Sie war normalerweise nur ab und an da, um Staub zu wischen und nach dem rechten zu sehen. Violetta musste sie dazu überredet haben, auf das Haus aufzupassen, solange Yvor nicht da war. Er beschloss, Violetta darauf hinzuweisen, dass sie sich nicht um alle seine Angelegenheiten zu kümmern hatte. Yvor stieg aus dem Taxi und nickte ihr freundlich zu.

»Herr Sommer, Sie sind zurück. Ihre Sekretärin hatte gesagt, dass Ihr Aufenthalt wohl länger dauern könnte. Ich hoffe, Ihre Reise war erfolgreich«, begrüßte Frau

Wallner ihn und sah dann Yvi an, die ebenfalls aus dem Taxi gestiegen war. Die beiden Frauen lächelten einander an, dann marschierte Yvi um den Wagen herum und hielt Frau Wallner ihre Hand hin.

»Guten Tag. Mein Name ist Yvi Nowak.«

»Wallner«, gab sie etwas irritiert zurück und schien darauf zu warten, dass Yvor den Grad seiner Beziehung zu Yvi verriet. Er war sich allerdings unschlüssig, wie er ihre Art von Beziehung betiteln sollte.

»Ich bin Yvors Freundin«, bekannte Yvi grinsend und Frau Wallners Gesicht verzog sich zu einem erfreuten Strahlen. So hatte Yvor diese Frau noch nie gesehen.

»Da freue ich mich für Sie beide. Dann werde ich mich gleich zurückziehen und Ihnen ein wenig Ruhe gönnen. Sie sind sicherlich müde nach der Reise.«

›Was für eine Reise?‹, wollte Yvi wissen, doch Yvor zuckte nur mit den Schultern. Leider hatte Violetta ihm nicht gesagt, was sie für einen Vorwand bei Frau Wallner angegeben hatte. Yvi spielte allerdings mit und bedankte sich herzlich bei Yvors Haushälterin.

Der Taxifahrer war mittlerweile ebenfalls ausgestiegen und öffnete nun den Kofferraum, sodass der Korb mit den kleinen Hunden zum Vorschein kam. Frau Wallner entglitten bei deren Anblick die Gesichtszüge.

»Sind das Ihre?«

»Ja, das sind meine neuen Mitbewohner. Ich überlege, mir eine Shih Tzu-Zucht zuzulegen.« Yvors Worte kamen so trocken rüber, wie er es beabsichtigt hatte, allerdings kam die Ironie bei Frau Wallner nicht an. Sie nickte, den Mund noch immer leicht geöffnet, und Yvor hatte keine Lust, die Sache klarzustellen. Was sollte es. Sie hielt ihn sicherlich schon die ganze Zeit für einen extravaganten Eigenbrötler.

Er hielt Yvi seinen Arm hin, die sich bei ihm einhakte, und Yvor führte sie ins Haus. In der Empfangshalle ließ er sie kurz allein, um den Korb mit den restlichen Welpen zu holen und den Taxifahrer zu bezahlen. Den grummelnden Mann hätte er fast vergessen.

»Für Ihre Mühe.« Er drückte dem Fahrer noch einmal einen zwanziger in die Hand und sah zu, wie dieser davonfuhr. Frau Wallner verschwand fast genauso eilig und wünschte ihm nochmals einen schönen Abend.

Yvor sah auf seine Uhr. Es war schon kurz vor 22 Uhr und Yvi würde sicherlich bald müde werden.

»Möchtest du ein Glas Wein? Ich hätte da ein gutes Fläschchen, das ich gern einmal öffnen würde«, raunte er und schritt durch die Haustür. Die Empfangshalle war allerdings leer. Yvi musste sich den Korb mit den Hunden geschnappt haben und war damit verschwunden. »Yvi?«

»Wir sind hier!« Ihre Stimme schien aus dem Wohnzimmer zu kommen und Yvor marschierte eilig darauf zu.

Yvi hatte den Kleinen ein gemütliches Eckchen gebaut, in dem sie es sich gut gehen lassen konnten. Eine Wolldecke, die sie von irgendwoher gezaubert hatte, diente den Welpen nun als Bett und der große Napf für Wasser stand auch schon auf seinem Platz, allerdings fehlte noch der Inhalt. Yvi kniete mittendrin und wurde von den sechs Welpen belagert.

»Ich hole etwas Wasser. Wolfgang sagte, dass sie ihr Fressen schon bekommen haben. Das können wir für heute also abhaken.« Yvor bückte sich, um den Wassernapf aufzuheben, wurde durch eine schnelle Bewegung Yvis jedoch aufgehalten. Sie legte ihre Arme um ihn und hielt ihn fest.

»Ich habe mich noch nicht bei dir bedankt. Danke.« Sie hauchte Yvor einen Kuss auf die Lippen und er versteifte

sich. In ihm flammte Durst auf und seine Knie begannen
zu zittern. Yvor machte sich von Yvi los und räusperte
sich.

»Gern geschehen.«

51

Etwas bedröppelt sah Yvi dem Vampir nach, als er mit dem Wasserbehälter der Welpen in Richtung Küche eilte. Er schien dringend vor ihr fliehen zu wollen. Hatte sie etwas nicht mitbekommen?

Grey stupste sie mit der Nase an und versuchte, ihre Aufmerksamkeit zu erlangen. Sie streichelte ihm über den Kopf und besah sich die restliche Rasselbande. Es war ein lustiger bunter Haufen. Grey war der einzige graufellige Welpe in diesem Wurf und eine Verwechslung somit ausgeschlossen. Auch von seinem Verhalten her schien er der Ruhigste von allen zu sein. Na ja, vielleicht mit einer Ausnahme. Auf der Decke hatte sich einer der Welpen, ein Schnuckel mit hellbraunem Fell und einer sehr seltsamen Zeichnung an der Schnauze und zwischen den Augen, auf den Rücken gedreht und schnarchte laut. Es sah aus, als hätte er eine Maske auf. An wen erinnerte sie dieses Bild nur? Nach kurzem Grübeln fiel es Yvi ein und sie kicherte. Der Kleine sah aus wie Hannibal Lecter in seiner Maske. Dank Mike hatte Yvi diesen Film so oft sehen müssen, dass sich ihr dieses Bild förmlich ins Gedächtnis gebrannt hatte.

»Hannibal?«, fragte sie laut und kicherte abermals, als das schnarchende Fellbündel den Kopf hob und sie ansah. Also war sie wohl nicht die Einzige gewesen, die auf diesen Gedanken gekommen war. »Braver Junge. Schlaf ruhig weiter.«

Weiterschlafen schien für drei der Welpen aber nicht infrage zu kommen, denn das Trio balgte unermüdlich miteinander umher. Auch hier war keine Verwechslung möglich. Nummer eins hatte goldbraunes Fell, Nummer zwei war komplett schwarz und der Dritte im Bunde schien überall Farbflecken zu haben.

»Goldie, Blacky und Dots«, gab Yvi den Dreien ihre Namen, ohne weiter großartig darüber nachzudenken. Die Welpen schienen zumindest auf diese Namen zu reagieren, denn sie umkreisten Yvi und wollten mit ihr spielen. Recht übermütig verbiss sich Goldie schließlich im Saum von Yvis Oberteil und zerrte daran. »Na, na. Du bist aber nicht gut erzogen«, ermahnte sie den kleinen Shih Tzu und drohte mit dem Finger.

Natürlich zeigte es keine Wirkung.

Yvi sah sich nach dem letzten Rudelmitglied um, runzelte die Stirn, als sie ihn nicht sofort entdecken konnte. Dabei war dieses dickere Fellbündel nun wirklich nicht zu übersehen. Wo war er nur hin?

»Grey, wo ist dein Bruder? Such«, sagte sie mehr aus Spaß, als sie sich aufrappelte, doch das graufellige Hündchen stellte die Ohren auf und war schon an ihrer Seite. Er fiepte leise und schlidderte über den edlen Parkettboden davon. »Hey, warte auf mich!«

Im Eingangsbereich hatte sie ihn eingeholt und sah dabei zu, wie er schnuppernd und suchend an den Türen vorbei lief, die offen standen. Eine hatte es ihm besonders angetan.

»Was ist denn da drin? Wollen wir nachschauen?« Yvi war schon klar, dass Grey sie nicht verstehen konnte, und wäre sich in Yvors Anwesenheit sicherlich dämlich vorgekommen, doch Greys wuseliger Schritt durch die Tür ließ sie grinsen und ein bisschen glauben, er hätte sie verstanden. Zusammen standen sie kurz darauf in einem kleinen Raum, der aussah, als wäre es früher einmal eine Art Speisekammer gewesen.

›Wundert mich nicht, dass sich das dicke Bärchen hierher verzogen hat. Was riecht denn hier so?‹ Yvi rümpfte die Nase, während ihr der muffige Geruch auffiel und sie weiter in den Raum marschierte. Mittendrin stand ein mächtiges Regal, das als Raumteiler die Kammer beherrschte. Es war wohl so gedacht gewesen, dass man von beiden Seiten an die Lebensmittel herankommen sollte, und hatte es deshalb im zentralen Bereich platziert. Nun aber war es leer und man konnte hindurchsehen. Schmunzelnd entdeckte Yvi das dicke Bärchen, das mit seinem Kopf in einer Tüte stecken geblieben war.

»Da bist du ja! Was machst du denn für Sachen?« Eilig befreite sie den Fresssack aus seinem Gefängnis, der sich daran allerdings nicht zu stören schien. Er knusperte weiter an den Keksen in der Packung und ließ sich nur widerwillig stoppen. Er verhielt sich wie ein Bär vor dem Winterschlaf, der schnell noch versuchte Kalorien pur in sich hinein zu stopfen. Yvi schüttelte den Kopf. Damit war dann wohl die Namensgebung abgeschlossen. Mal abwarten, was Yvor zu ihren Vorschlägen zu sagen hatte.

»So. Ab mit euch auf euer Kissen. Ich geh jetzt mal euer Herrchen suchen. Hoffen wir, dass ich ihn finde, denn ich habe keine Ahnung, wie ich wieder nach Hause kommen soll.« Sie sah auf ihre Armbanduhr. Zehn nach acht? Das konnte nicht sein. Ein paar Augenblicke lang beobachtete sie den Sekundenzeiger der Uhr und ihr Verdacht bestätigte sich: Die sonst so verlässige Uhr hatte ihren Geist aufgegeben. »Klasse. Damit bin ich also zeitlos.«

Auf der Suche nach einer Standuhr oder einem Display eines Fernsehers trieb sie die beiden Hunde wieder zurück ins Wohnzimmer, wo sie es sich zum Glück schnell auf ihrem Platz gemütlich machten. Eine Sorge weniger. Einen Anhaltspunkt zur Uhrzeit bekam sie dennoch nicht, denn Yvor schien keinen Fernseher oder irgendetwas zu besitzen, an dem man feststellen konnte, wie spät es tatsächlich war. Yvi seufzte frustriert. Und ausgerechnet vorhin war auch ihr Handy ausgegangen. Ihre Sachen schienen sich heute gegen sie verschworen zu haben.

Yvi beschloss, sich endlich auf die Suche nach Yvor zu machen. Hatte er den Kleinen nicht etwas Wasser holen wollen? So lange konnte das doch nicht dauern. Hineinspähend nahm sie sich eine Tür des Flurs, in dem Yvor verschwunden war, nach der nächsten vor und wurde zumindest in Sachen Wasser schnell fündig. In der Küche stand der aufgefüllte Napf. Nur wo war Yvor?

›Yvor? Geht es dir gut?‹

Sie brachte den Welpen das Wasser und wartete darauf, dass Yvor ihr antwortete. Es kam nur ein gefrusteter Fluch. Na, zumindest lebte er.

»Ihr bleibt schön sitzen«, wandte sie sich an die Rasselbande und schnappte sich ihre Tasche.

Eine leise Befürchtung drang in ihr Bewusstsein. Was, wenn er wieder mit seiner Natur kämpfte? Hatte er vorhin Blut zu sich genommen, wie sie es ursprünglich besprochen hatten? Mit raschen Schritten eilte sie die Treppe empor. Dank ihres gemeinsamen Traums hatte sie eine Ahnung, wohin sie musste. Yvors Schlafzimmer lag am Ende des Korridors und Yvi war sich sicher, dass sie schon gesehen hatte, was sie dort erwartete.

Wie sehr sie sich täuschte.

Yvor saß in dem Sessel und hatte seine Finger in das Holz der Lehne gekrallt. Vor ihm auf dem Boden lagen vier Blutbeutel, drei davon leer und anscheinend von Yvor ausgesaugt. Der Vierte war ihm offensichtlich aus den Fingern gerutscht, denn das Blut hatte sich aus dem Beutel einen Weg in den Teppich gebahnt und färbte diesen rot.

»Yvor«, sprach sie ihn leise an und wartete auf eine

Reaktion. Der Sessel ächzte, als sich seine Finger noch fester in das Holz drückten, und Yvi hatte das Gefühl, dass Yvors Kraft bald dafür sorgen würde, dass das Holz splitterte. Langsam und bedächtig näherte sie sich ihm.

Seine Nasenflügel bebten, was Yvi verunsicherte. War er etwa gerade wieder in dieser Trance? Wie beim letzten Mal, als er sie auf der Straße angegriffen hatte?

›Yvor‹, nahm sie in Gedanken Kontakt auf und beobachtete seine Reaktion. Sein Körper schien sich sogar noch mehr zu versteifen und er zitterte.

So sehr sie auch am liebsten davon gelaufen wäre, denn sein Anblick machte ihr einmal mehr bewusst, wie gefährlich ihr dieser Mann werden konnte, umso mehr riss sie sich zusammen. Er brauchte ihre Hilfe, denn so konnte es nicht weitergehen.

›Ich möchte, dass du ganz ruhig durchatmest. Du musst dich entspannen‹, gab Yvi ihm Anweisungen, während sie sich ihm weiterhin vorsichtig näherte, ihn aber nicht aus den Augen ließ. Sie atmete ebenfalls ruhig durch, um zumindest ihrem Körper Gelassenheit vorzutäuschen. Wenn Vampire wie Tiere Angst riechen konnten, war sie allerdings hoffnungslos verloren.

›Bitte … nicht näher‹, ächzte Yvor, aber da berührte Yvi auch schon ganz sachte seinen Arm.

Es war, als hätte man ihr einen Stromschlag verpasst. Yvors Gefühle strömten auf sie ein und ertränkten ihre Seele. Brennendes Verlangen, sie besitzen zu wollen, bahnte sich einen Weg bis in ihr tiefstes Inneres. Ihr blieb nur eine Möglichkeit, denn ein ›Zurück‹ gab es nicht. Yvi beugte sich zu Yvor hinunter und küsste ihn zärtlich auf seine weichen Lippen, die sogleich das einforderten, was seine Gefühle bereits verkündet hatten.

52

Yvor hatte seit ihrem letzten Kuss das Gefühl zu verdursten und das Verlangen schien nur auf eine Art gestillt werden zu können. Drängend schob sich seine Zunge zwischen Yvis Lippen und zog sie dabei auf seinen Schoß, um sie - einem Schraubstock gleich - an sich zu pressen. Sein Körper brauchte sie, brauchte ihre Nähe, ihre Wärme und alles, was sie ihm geben würde. Nur seine Angst, wieder zu schnell zu weit zu gehen, ließ ihn nicht noch zudringlicher werden. Er war sich sicher, dass Yvi auf das Geräusch zerreißenden Stoffes nicht besonders gut reagieren würde.

Ihre Brüste wurden an seinen Oberkörper gedrückt und sie keuchte, als er von ihren Lippen abließ. Yvi war eine wahre Schönheit, wie sie so auf seinem Schoß saß, die Wangen gerötet von der Hitze des Kusses und den leicht angeschwollenen Lippen. Ihre Zunge glitt einen Atemzug später über die Unterlippe und er konnte sich fast nicht beherrschen. Er wollte mehr.

»Ich glaube, ich werde gleich ohnmächtig«, ächzte sie und er lockerte erschrocken seinen Griff um sie. Yvi atmete tief ein, sodass sich ihr Busen hob und beim Ausatmen wieder senkte. Keine gute Ablenkung, denn nun wollte er die zarte Haut ihres Halses bis zu ihren vollen Brüsten erforschen. Ein leises Stöhnen entfuhr Yvis Kehle, als Yvor sich so zwischen ihre Schenkel platzierte, dass er sich an ihr reiben konnte. Sie legte ihren Kopf in den Nacken und stöhnte erneut, als er sie durch ihr Oberteil zu streicheln begann. Wenn er sie schon nicht ausziehen konnte, dann würde er sie dazu bringen, dass sie es tat.

›Mach so weiter und ich sterbe gleich hier und jetzt auf deinem Schoß‹, hauchte sie in seinen Kopf und er lächelte.

›Zieh deine Jeans und deine Bluse aus und ich zeige dir, wie ich das noch steigern kann ...‹

Yvis zaghafte Bewegung brachte ihn dazu, seinen Griff etwas zu lockern. Ob sie tatsächlich auf seine Aufforderung eingehen wollte? Er würde sich überraschen lassen.

›Ich hoffe, dass ich mich so lange auf den Beinen halten kann.‹

Yvor konnte es kaum glauben, als sich Yvi von ihm löste und umständlich und noch etwas wackelig an ihrer Jeans und der Bluse nestelte. Sie schälte sich tatsächlich aus ihren Sachen und nahm dann wieder auf seinem Schoß Platz. In ihrem Gesicht konnte Yvor ihre Neugier sehen und sein Herz machte einen Freudensprung.

»Und nun?«, klang ihre Stimme angespannt und eine Spur Unsicherheit versüßte ihm den Anblick. Er eroberte wieder ihren Mund mit seinen Lippen und seiner Zunge, während seine Hände auf Wanderschaft gingen. Ihre Brüste waren weich und er ließ seine Fingerspitzen über den BH gleiten. Ihre Lippen blieben miteinander verschmolzen.

›Lass dich fallen. Ich werde dich festhalten. Genieße einfach den Augenblick‹, wies er sie an und sie schloss entspannt ihre Augen.

Seine rechte Hand wanderte nach unten, arbeitete sich langsam bis zu ihren Schenkeln vor und glitt dann dazwischen. Yvi schnappte nach Luft, als er die Perle fand und vorsichtig daran rieb.

›Oh Gott, ja!‹ Sie biss ihm vor Erregung in seine Unterlippe.

Seine Fänge fuhren so schnell aus, dass sie sich in

seine Lippe bohrten und er erschauderte, als er Blut schmeckte. Sofort löste er seinen Mund von Yvi, ließ seine Lippen dann aber ihren Hals streifen und bereitete ihr damit eine Gänsehaut. Yvis Blut rauschte in ihren Adern und Yvor musste sich sehr zusammenreißen, nicht die Kontrolle zu verlieren. Das Gefühl, Yvi beißen zu wollen und ihr Blut zu schmecken, brachte ihn fast zur Verzweiflung.

Ihre Hände hatten sich erneut auf seine Haut gelegt und wieder erzitterte sie. Ihre Gabe würde ihn verraten. Sie sollte nicht alles wissen, was in ihm vorging. Er befürchtete, dass sie sich erschrecken und sich ihm entziehen würde. Schnell fing er ihre Finger mit seiner linken Hand ein und hielt sie hinter ihrem Rücken fest, während seine rechte Hand Yvi weiter zu einem Höhepunkt trieb. Sie versuchte sich zu befreien, doch er hielt sie an ihrer Rückseite fixiert.

»Ich will dich anfassen«, protestierte sie leise, aber Yvor schüttelte den Kopf. Sie freigeben kam nicht infrage. Er knabberte an ihrem Hals und sie verstummte, einen weiteren wohligen Schauer genießend. ›Oh Gott, bitte nicht aufhören.‹

Ihre Stimme in seinem Kopf klang flehend und er spürte, wie nah sie einem Orgasmus war. Er wurde langsamer, berührte sie fast nicht mehr, wartete darauf, dass ihre Erregung wieder etwas verebbte. Yvi presste einen leisen Fluch zwischen ihren Lippen hervor, doch Yvor grinste nur. Er würde sie zu einem Orgasmus bringen, den sie niemals vergessen würde. Mehrmals brachte er sie an den Rand der Verzweiflung, indem er sie bis kurz vor den Höhepunkt trieb, sie dann allerdings nicht weiter massierte. Erst als Yvi in seinen Armen zu zittern begann und es nicht mehr länger auszuhalten schien, nestelte Yvor am Knopf seiner Jeans.

Yvi schrie auf, als er sich in ihrer Mitte versenkte, sie

ausfüllte und die Ekstase genoss. Er stieß kraftvoll zu, massierte ihre Perle und spürte, wie sich die Muskeln in ihrem Inneren anspannten. Der Orgasmus überrollte beide mit voller Wucht und Yvor zog Yvi eng an sich, da sie Gefahr lief, sich vor Erschöpfung nach hinten fallen zu lassen. Sein Körper brannte innerlich, seine Fangzähne pulsierten und seine Sicht verschwamm stetig vor seinen Augen. Der Vampir verlangte sein Recht, das Yvor ihm aber ohne Yvis Zustimmung nicht gewähren wollte. Stattdessen zog er seine Auserwählte auf die Arme und trug sie zu seinem Bett, legte sie vorsichtig darauf ab und befreite sich von seinen Kleidern. Yvis Slip, den sie vor ihrem Sex noch getragen hatte, lag zerrissen neben dem Sessel. Yvor konnte sich nicht erinnern, das getan zu haben, doch der Beweis lag deutlich sichtbar auf dem Fußboden.

»Entschuldige, ich wollte deine Sachen eigentlich unbeschadet lassen«, raunte er und Yvi warf dem Überbleibsel einen müden Blick zu. Sie grinste und zog ihn zu sich auf das Bett.

»Ich denke, mit einem kaputten Slip kann ich leben.«

53

Yvi war schläfrig und wäre nach dieser Wahnsinnsnummer am liebsten an Yvor gekuschelt eingeschlafen, doch ihr Gewissen meldete sich natürlich und erinnerte sie daran, dass sie in ein paar Stunden wieder im Krankenhaus sein musste. Es war Zeit, ins Bett zu gehen - und zwar in ihr eigenes und am besten allein.

›Und, wenn ich verspreche, dich morgen früh zu fahren?‹ Yvor zog sie an sich und brachte ihre Entschlossenheit ins Wanken. Er fühlte sich gut an und irgendwie nach mehr. Sie konnte sein wiederaufkeimendes Verlangen nach ihr spüren, doch eine gefährliche Frage bahnte sich langsam einen Weg zu ihrem Mund und, ehe Yvi sich selbst stoppen konnte, fragte sie:

»Was macht dein Durst? Ist er immer noch so stark?«

Als Antwort verzog Yvor nur missbilligend den Mund. Er wollte nicht, dass sie vor ihm Angst bekam, aber seine Gefühle und sein Durst waren noch da. Nachdenklich biss Yvi sich auf die Unterlippe. Sollte sie ihn von sich trinken lassen? Der Gedanke an das letzte Mal bescherte ihr eine Gänsehaut. Sein Angriff auf offener Straße war so plötzlich gekommen, dass sie sich kaum an den Biss erinnern konnte. Sie erinnerte sich nur noch an ihre Panik, als sich Yvors starke Arme um sie geschlossen hatten.

»Ich werde dir niemals weh tun«, versprach er ihr leise und vergrub sein Gesicht in ihrer Halsbeuge, sodass es dumpf klang, als er weitersprach: »Du bist meine Auserwählte. So lang du es willst, werde ich dich beschützen, mich um dein Wohl kümmern und an deiner Seite sein.«

Die Worte schienen ihr wie ein feierlicher Schwur, voll Ernsthaftigkeit gesprochen, doch für Yvi brachte es nur wieder die alten Zweifel zurück. Es war so intensiv, so endgültig. Wollte sie das tatsächlich? Und auch wenn Yvor das ›so lang du es willst‹ vor seinen Schwur gestellt hatte, bekam Yvi das Gefühl, das es ›für immer‹ bedeutete.

»Ich denke, ich nehme mir gleich ein Taxi nach Hause. Der Tag morgen wird sicherlich sehr anstrengend, und du brauchst auch noch viel Ruhe.«

Kaum ausgesprochen bereute sie ihre Worte bereits. Yvors Miene war unergründlich, als sie ihn ansah, aber seine Emotionen sprachen Bände. Wie konnte sich ein Mann nur selbst so hassen? Es verschlug Yvi den Atem. Dann zerriss ein lauter Knall die Stille und das Licht, das gerade zu Flackern begonnen hatte, ging komplett aus. Yvi unterdrückte einen Aufschrei. Was hatte Yvor getan?

»Das war ein Blitz, der die Sicherung rausgehauen hat. Ich werde mich darum kümmern. Entschuldige mich kurz.« Seine Stimme war beherrscht, fast kalt, als er sich aus dem Zimmer entfernte und Yvi im Dunkeln sitzen ließ.

»Na prima! Das hast du ja wieder toll hinbekommen!«, fauchte sie sich selbst an und vergrub ihr Gesicht im Kissen. Sie wollte nicht, dass Yvor sich die Schuld an der ganzen Sache gab. Er konnte schließlich nichts dafür, dass sie nicht reagierte wie diese Mädels in den Groschenromanen, die sie als Teenager immer gelesen hatte. Da war es immer das Gleiche gewesen: Der Held tauchte auf, sah das Mädchen und sie sank in seine starken Arme. Wieso wussten diese Frauen eigentlich immer, dass mit genau diesem Mann alles gut gehen würde?

Ein erneuter Knall brachte Yvi dazu zusammenzuzucken und Yvors deftiger Fluch ließ ihr Herz bis zum Hals schlagen. Sofort war sie auf den Beinen und tastete nach ihrer Jeans, die ihre Nacktheit bedecken sollte. Ihre Bluse band sie sich um die Hüfte. Wie blind bewegte sie sich daraufhin in Richtung des Mannes, dessen Anwesenheit sie nun, da sie sich auf diese Sinne verlassen musste, spürte, als wäre er ihr ganz persönlicher Anziehungspunkt. Dieses Vampirding schien irgendwie auch bei ihr zu funktionieren, auch, wenn sie sich nicht erklären konnte, wie.

»Yvor! Alles in Ordnung?«, rief sie nach ihm, als sie endlich den Flur erreichte, doch er antwortete nicht.

Der Sicherungskasten war sicherlich auch in diesem Haus im Keller.

»Na klasse. So fangen Horrorfilme auch an. Der Mann marschiert in den Keller, um nach dem Sicherungskasten zu sehen und weil es zu lange dauert, läuft sie ihm dann treudoof hinterher, nur, um ihn danach enthauptet oder aufgespießt aufzufinden«, murmelte sie schlecht gelaunt und stolperte die Treppe hinunter in den Eingangsbereich. Ein leises Fiepen ging von der Decke aus, auf der die Welpen wohl wach geworden waren. Yvi flüsterte ihnen etwas zur Beruhigung zu, allerdings wurde sie allmählich immer nervöser. Wieso hatte sie das Gefühl, dass schon wieder irgendetwas passiert war? Dieser Mann schien aber auch eine Katastrophe nach der anderen anzuziehen!

›Yvor! Jetzt antworte endlich! Ich weiß, dass du wegen meiner Reaktion pampig bist, aber langsam mache ich mir echt Sorgen ...‹

Wieder nichts. In Yvis Magen machte sich Übelkeit breit und sie suchte nach dem Weg in den Keller. Yvors Wesen, das sie sonst wahrnahm, war angespannt, doch stets präsent, jetzt war es aber anders, irgendwie gedämpft. Yvi ertastete die Garderobe und ihre dort abgelegte Handtasche. Na, wenigstens ein Lichtblick!

Eilig durchwühlte sie diese und jubelte, als sich ihre Finger um die kleine Taschenlampe schlossen, die sie für Notfälle darin aufbewahrte. Sie hatte sie damals angeschafft, um in dunklen Nächten nicht das Licht im Hausflur anschalten zu müssen und vielleicht damit die neugierigen Nachbarn auf den Plan zu rufen. Nun ließ sie die Lampe mit einem leisen Klicken zum Leben erwachen und leuchtete in den Empfangsbereich. Natürlich war dieser leer und von Yvor war weit und breit nichts zu sehen.

»Na, zumindest hat mich noch kein verrückter Axtmörder angegriffen«, redete sie leise weiter und hielt inne, als ihr die Absurdität der Szene bewusst wurde. Was sie gerade machte, war sogar noch schräger als jeder Horrorfilm: Sie machte sich auf die Suche nach dem Keller, um nach einem Vampir zu sehen, der sich nach ihrem Blut verzehrte und sich in der Dunkelheit einfach an sie ranschleichen und sie überwältigen könnte. Aber sie hatte Yvor tatsächlich geglaubt, als er ihr versprochen hatte, ihr niemals etwas anzutun. Er war kein Monster, auch, wenn er sich ab und an selbst für eins zu halten schien.

Die Tür zum Keller fand sie schließlich unter der Treppe, weshalb Yvi diese im ersten Moment nicht gesehen hatte, aber nun leuchtete sie die Stufen hinab und rief Yvors Namen. Doch er antwortete auch jetzt nicht.

»Na warte, wenn ich dich erwische. Dann ziehe ich dir deine Reißzähne einzeln aus. Mich so links liegen zu lassen! So viel zu deinem Schwur.«

Ein beißender Geruch stieg Yvi in die Nase, als sie sich langsam die Treppe in den Keller hinabkämpfte. Sie hatte einen solchen Gestank schon einmal in der Nase gehabt.

Mit ihrer Bluse vor dem Gesicht betrat sie das weite Kellergewölbe. Ein Notlicht gab die schwache Sicht auf den Raum und eine bewusstlos am Boden liegende Gestalt frei.

»Yvor!«

Das Bündel aus Yvors Körper und seiner Kleidung stank nach verbranntem Fleisch, als sie ihn zu sich drehte, und Yvi trieb es Tränen in die Augen. Seine Hände waren schwarz verbrannt. Hektisch tastete Yvi seinen Hals ab und suchte dort nach einem Puls. Den Schauergeschichten nach hatten Vampire keinen Herzschlag, doch auch diese schienen nicht zu stimmen. Yvors Herz schlug noch, wenn auch beunruhigend schwach. Vermutlich hatte der zweite Blitzschlag ihn erwischt, als er zu nah an der Leitung neben dem Sicherungskasten gestanden war. Welcher Vollidiot hatte hier denn die Leitungen verlegt? Das war ja lebensgefährlich.

›Yvor ...‹, nahm sie zaghaft mit ihm Kontakt auf. Seit seinem beleidigten Abgang hatte sie sich nicht mehr getraut, ihn so intim anzusprechen, aber jetzt war die Sorge um ihn stärker. Sie brauchte eine Reaktion von ihm, musste wissen, dass es ihm zumindest einigermaßen gut ging.

Seine Augenlider flatterten, als er langsam wieder zu sich kam. In ihrem Kopf hörte sie zu ihrer großen Erleichterung ein gequältes Stöhnen. Jede Reaktion war ihr recht, Hauptsache er lebte.

54

Yvor fühlte sich, als hätte man ihn, einem Grill-hähnchen gleich, auf einen Spieß gesteckt und einmal gut durchgeröstet. Es hatte nicht viel gefehlt und er wäre als ein durch und durch knuspriges Brikett geendet. Seine ganze Energie war dabei drauf gegangen, seine Hand von der Leitung loszureißen, die neben dem Siche-rungskasten verlief, und er schwor sich, dass er den dafür zuständigen Architekten ausfindig machen würde. Wahrscheinlich weilte dieser aber nicht mehr unter den Lebenden, schoss es ihm durch den Kopf, denn die letzte Grundsanierung des Gebäudes war schon ziemlich lange her. Seine Schuld. Natürlich war es wieder seine Schuld.

›Yvor ...‹ Yvis Stimme klang ängstlich, was ihm klar machte, dass sie hier bei ihm war. Er musste sie vor dem Teufelskasten warnen, aber sein Körper wollte einfach kein richtiges Lebenszeichen von sich geben. Seine Glieder fühlten sich an wie tot, was sie vermutlich auch waren. Der Gestank, der ihm in die Nase gestiegen war, ließ ihn seinen Zustand auf ›*knusprig und zu durch*‹ erkennen. Wäre er einer dieser Grillgockel, hätte man ihn sicherlich direkt in den Mülleimer befördert.

›Yvor, bitte, antworte mir.‹

Er versuchte, Yvi zu antworten, wollte ihr versichern, dass es schlimmer aussah, als es in Wirklichkeit war, aber es klappte nicht. Vielleicht waren seine Nerven durch den Stromschlag ebenfalls in Mitleidenschaft gezogen worden. Er spürte etwas Nasses auf seiner Wange. War jetzt auch noch irgendwo ein Wasserrohr undicht und tropfte ihn voll?

Da. Wieder ein Tropfen. Diesmal benetzte dieser seine Lippe und lief ihm in den Mund. Yvor erwartete, dass es nach alter, dreckiger Ablagerung schmecken würde oder zumindest wie er sich eine solche vorstellte, tatsächlich war der Geschmack anders: Es schmeckte salzig. Wie merkwürdig!

Wieder und wieder tropfte es auf ihn hinab und er kam einfach nicht darauf, was der Grund dafür sein konnte. Zumindest, bis er ein leises Schluchzen hörte. Die Erkenntnis, dass es Yvi war, die weinte und es ihre Tränen waren, die seine Lippen benetzten, gaben ihm einen Energieschub. Sie musste große Angst haben. Träge versuchte er, wenigstens seine Augen zu öffnen und sie anzusehen, aber seine Lider waren noch immer viel zu schwer. Er brauchte Blut, um wieder zu Kräften zu kommen, doch wie sollte er sich Yvi mitteilen? Er startete mehrere Versuche, jedoch ohne großen Erfolg. Die Privatleitung zu seiner Auserwählten war besetzt.

Es dauerte lang, bis er mitbekam, dass Yvis zitternde Finger seine Wange streichelten und sie auf ihn einflüsterte. Sie sagte ihm, dass er sich keine Sorgen machen musste, sie würde bei ihm bleiben, und auch, wie leid es ihr tat, ihn gekränkt zu haben.

»Ich glaube, ich habe Angst davor, dich irgendwann zu enttäuschen, wenn ich vielleicht deine Gefühle nicht so erwidern kann, wie du es erwartest. Ich weiß, dass du nicht so weit in die Zukunft denkst, aber ich habe ja noch nicht einmal einen Plan, was ich morgen zu Mittag essen möchte«, plapperte sie mit belegter Stimme vor sich hin und Yvor hätte ihr zu gern etwas entgegnet. Es war unfair, dass sie ausgerechnet jetzt über ihre Gefühle sprach - und über ihre Ängste. Hätte sie das nicht direkt nach seiner Liebeserklärung machen können? Da hätte er sie an sich gezogen, sie dabei sanft gestreichelt und ihr alles in Ruhe erklärt. Er wollte ja nicht, dass sie gleich zu ihm zog, sich wandeln ließ und ihr komplettes Leben nach ihm ausrichtete. Das hatte er ihr ja bereits gesagt. Wieso konnte sie nicht einfach das Leben an seiner Seite genießen und gut? Frust machte sich in ihm breit. Er wollte jetzt sofort und auf der Stelle aufstehen, Yvi nach oben in sein Bett schleppen und sie dort so lange vögeln, bis sie keinen klaren Gedanken mehr zusammenbekam. Vielleicht wäre ja das die Lösung ihrer Probleme.

Erneut benetzte etwas Feuchtes seine Lippen und Yvor rechnete bereits wieder mit salziger Tränenflüssigkeit, doch das war es nicht. Süßes, dickflüssiges Blut rann ihm die Kehle hinunter und brachte seinen Stoffwechsel förmlich dazu zu explodieren. Er hatte Yvis Blut als berauschend in Erinnerung, aber dieses Mal nahm es ein solches Ausmaß an, wie er es nicht für möglich gehalten hatte. In seinem Kopf schwirrten die Gedanken und sein Körper nahm dankbar das auf, was sie ihm gab. Er schluckte und schluckte.

›Langsam‹, hauchte Yvi und strich ihm zärtlich durchs Haar. Yvor spürte nun ihr Handgelenk an seinen Lippen. Sie hatte ihre Ader an seine Fänge gedrückt und das Blut lief stetig aus dieser Wunde. ›Langsam, Yvor. Du hast Zeit.‹

Yvor hätte die Ewigkeit in Yvis Armen verbringen können, aber er durfte es nicht. Er musste sich schnell zusammenreißen, denn allzu viel Blut von seiner Auserwählten zu nehmen, konnte irgendwann für sie gefährlich werden, und das war das Letzte, was Yvor wollte.

Endlich gelang es ihm, seine Augen zu öffnen. Yvi hatte sich neben ihn gelegt, ihr Gesicht lag ganz dicht neben dem seinen. Er sah es erst stark verschwommen, allerdings wurde es nach und nach klarer. Sie hatte gerötete Augen, war ganz bleich und sah aus, als wäre sie durch die Hölle gegangen. Wie lange war er wohl bewusstlos gewesen?

›Ich liebe dich.‹

Yvi zuckte zusammen, starrte ihn erst erleichtert an, bevor sie ihn mehrmals auf die Stirn küsste. Ob sie seine Worte gehört hatte? Er hatte ihr diesen Gedanken eigentlich nicht schicken wollen, denn nach ihrer Offenbarung waren diese wohl das Dämlichste, was man in einer solchen Situation sagen konnte.

»Ich hatte solche Angst um dich«, hauchte sie stattdessen und küsste ihn nochmals.

Er zuckte mit den Lippen, versuchte ein Wort rauszukriegen. Er hasste diesen Zustand.

›Keine Sorge. Ich werde dir noch sehr lange auf den Geist gehen, wenn du das möchtest.‹

Sie seufzte, allerdings breitete sich ein zaghaftes Lächeln auf ihren Lippen aus.

›Wenn du damit klarkommst, dass ich ab und an zweifle, ob es die richtige Entscheidung ist. Ich fürchte, ich werde das einfach nicht abstellen können.‹

›Keine Sorge, ich werde lernen, mich darauf einzustellen‹, gab Yvor zurück und seine Muskeln erlaubten ihm endlich ein freches Grinsen.

55

Yvi hätte am liebsten die ganze Welt umarmt, als wieder Leben in diesen Mann fuhr, den sie gerade noch hatte verlassen wollen. Sein Körper heilte dank ihres Bluts sehr schnell und sie wunderte sich nur darüber, wie angenehm sich seine Rettung anfühlte. Ihr Handgelenk hatte erst unangenehm gekribbelt, als sich der Fangzahn in ihre Ader gebohrt hatte, doch nachdem Yvor angefangen hatte, sich von ihr zu nähren, waren die Gefühle geradezu in ihr explodiert.

»Ist es normal, dass das Beißen einen ganz wuschig macht, oder geht es nur mir so?« Ihre Stimme war angespannt, denn sie hatte schon einiges an Blut verloren, wollte aber auch nicht aufhören, bevor es Yvor nicht besser ging. Wie viel Liter hatte ein menschlicher Körper? Wie viel Blut durfte man verlieren, bis es gefährlich wurde? Sie hatte keine Ahnung, es war ihr aber auch egal. Diese Gefühle waren zu verlockend und sie wollte einfach nur mehr davon.

›Ich denke, ich werde aufhören müssen. Du hast mir schon sehr viel Blut gegeben. Wie lange war ich bewusstlos?‹ Yvor zog sich etwas zurück und verschloss die Wunde an ihrem Handgelenk mit seiner Zunge. Das Kribbeln, das sich dabei auf ihrer Haut ausbreitete, ließ Yvi erschaudern.

»Ich schätze, wir sind jetzt seit einer Stunde hier unten. Ich habe sehr lange gebraucht, bis ich dich so weit wach bekommen habe, dass du ansprechbar warst.«

Yvor stöhnte und versuchte, sich zu bewegen, allerdings schien er noch viel zu geschwächt zu sein. Er brauchte unbedingt mehr Blut.

›Hast du noch Blutbeutel im Haus? Ich denke, ich sollte dir noch ein paar verabreichen, bevor du versuchst, aufzustehen und vor lauter Schwäche mit mir zusammen die Treppe runterfliegst.‹

Yvi wusste, dass Yvor sich gerade jetzt vor dem kalten Blut ekelte, aber sie hatten keine große Wahl. Er brauchte es und sie hatte für ihn anscheinend zu wenig Blut in sich. Sie wartete seine Antwort ab, die aus einem kurzen ›Im Schlafzimmerschrank‹ bestand, und rappelte sich dann auf, um sich schwankend auf den Weg dorthin zu machen. Natürlich wäre es leichter gewesen, wenn sie vorher die Sicherungen im Haus wieder aktiviert hätte und das Licht hätte einschalten können, sie traute dieser Teufelsbox allerdings zu, dass sie noch einen Stromschlag austeilte. Und zwei Briketts auf dem Boden des Kellers konnten sie nun wirklich nicht gebrauchen.

Der Kühlschrank im Schlafzimmer beinhaltete leider nur noch drei Blutbeutel. Yvi beschloss, gleich nach Yvors Handy zu suchen und Violetta anzurufen, um weitere bei ihr zu ordern. Als seine Sekretärin würde sie dafür sicherlich ihre Kontakte haben.

Laute Geräusche in der Halle ließen sie die Stirn runzeln. Yvor hatte doch nicht ...?

Hektisch rannte sie wieder nach unten. Sie fluchte, als sie Yvor am Fuße der Treppe entdeckte. Natürlich hatte er es getan. Wieso war dieser Mann nur so stur?

»Was an ›Bleib liegen‹ war so schwer zu verstehen?!«, fauchte sie ihn an und bemerkte erst jetzt, dass er anscheinend die Sicherung wieder aktiviert hatte. Die Halle war hell erleuchtet und gab einen guten Blick auf den Knallkopf von Mann, den sie zu retten gedachte, frei. Der gab nun ein Stöhnen von sich und rollte sich auf den Rücken.

»Ich wollte aus diesem Keller raus. Und hier habe ich

nette Gesellschaft.« Trotz seiner Schmerzen schien Yvor wieder in Stimmung, Witze zu machen, und zu allem Überfluss hatte er auch noch recht: Grey und Hannibal hatten sich an seine Seite gelegt. Yvor kraulte Hannibal hinter seinen hellbraun-schwarzen Öhrchen. Yvi konnte nur mit dem Kopf schütteln.

»Solange du Grey und Hannibal nicht als Snack ansiehst, darfst du weiter mit ihnen kuscheln.«

Yvors Mundwinkel zuckten.

›Grey und Hannibal? Du hast den Kleinen schon Namen gegeben?‹ Na prima, jetzt wurde sie auch noch rot. Ob er sie gleich zurechtwies? Schließlich waren es ja seine Hunde. Er grinste. ›Sei nicht albern. Welche Namen hast du denn noch?‹

»Erst trinkst du deine Blutbeutel. Warte, wir gehen zusammen ins Wohnzimmer. Du kannst es dir auf der Couch bequem machen und ich stelle dir die Hündchen vor, okay? Aber wenn dir die Namen nicht gefallen, kannst du immer noch ein Veto einlegen.« Yvi trat an Yvors Seite und half ihm hoch. Sie ächzte, denn der Mann ihrer Träume war ein ganz schön schwerer Brocken.

Ein heiseres Lachen drang an ihre Ohren.

›Du bist heute ja ein richtiger Charmebolzen. Und in eine solche Frau habe ich mich doch tatsächlich verliebt. Hätte mir das jemand vor einem oder zwei Jahrhunderten erzählt, hätte ich ihn dafür mit einem Schwert niedergestreckt. Eine Frau mit einem so losen Mundwerk? Das wäre einem Mann wie mir niemals passiert.‹

Er keuchte, als Yvi ihm für die letzte Bemerkung einen Hieb mit ihrem Ellenbogen verpasste.

»Du bist auch nicht gerade Prinz Charming!«

Sie hatte ihre Mühe, Yvor in Richtung Wohnzimmer zu befördern, aber am Ende schaffte sie es, ihn auf das Sofa zu wuchten. Verwundert stellte sie dabei fest, dass

Yvor schon wieder mehr nach einem Menschen aussah. Seine Hände, die am meisten gelitten hatten, sahen mittlerweile nur noch nach einer leichten Verbrennung aus. Yvi konnte nicht anders, musste ihn sich genau anschauen und bewunderte diese außergewöhnliche Selbstheilung.

›Das ist nichts Besonderes. Das können alle meiner Art. Wenn wir frisches Blut zu uns nehmen, ist es nahrhafter und deshalb effektiver. Blutkonserven bringen zwar dasselbe Ergebnis, aber eben viel langsamer‹, erklärte er ihr und grinste frech. ›Also eigentlich bist du der Grund dafür, dass ich so gut aussehe.‹

Wieder knuffte sie ihn, diesmal jedoch zum Spaß.

»Du bist mir ein bisschen zu eingebildet. Denk bitte an deine Zeiten als Brikett zurück und übe dich in Bescheidenheit. Und jetzt trink dein Lebenselixier und hör auf Zeit zu schinden.« Natürlich fiel es ihr auf, dass sie herrisch klang, aber Yvor machte ihr das Leben auch nicht gerade leicht. Seine Abneigung gegen kaltes Blut tat sein Übriges. Er verzog mal wieder das Gesicht. »Na los. Sonst werde ich mir doch noch ein Taxi rufen müssen. Kein braver Vampir, keine Belohnung.«

Zu Yvis Verwunderung zog er gleich den Beutel an die Lippen und bohrte seine Zähne hinein. Er trank schnell und in langen Zügen, so als wollte er es nur noch hinter sich bringen. Das war zumindest eine Lösung für den Moment.

›Na, dann schieß mal los. Grey kann ich mir erklären, aber wie kamst du denn bitte auf Hannibal? Er sieht nicht gerade aus, als würde er auf Elefanten reiten.‹

Oje. Da gab es wohl eine Bildungslücke aufzuarbeiten. Also machte sie sich daran, Yvor den kleinen Welpen vor die Nase zu halten und die Fellzeichnung zu zeigen. Natürlich hatte Yvor keine Ahnung, wer Hannibal Lecter war.

»Ich denke, wir treffen uns morgen bei mir und machen einen DVD-Abend. Das ist ein Film, den man gesehen haben muss. ›Roter Drache‹, ›Das Schweigen der Lämmer‹ und ›Hannibal‹ sind einfach nur genial.«

Kaum hatte sie ihre Rede beendet, sah sie wieder seine Lippen belustigt zucken. Automatisch runzelte sie die Stirn. Was amüsierte ihn denn jetzt schon wieder?

»Entschuldige. Aber du meintest, dass dieser Hannibal Lecter ein Psychiater ist, der in diesen Filmen hilft, Serienmörder zu fassen, aber in Wirklichkeit selbst ein Serienmörder und Kannibale ist? Und ausgerechnet du findest diese Filme gut? Muss ich mir Sorgen um irgendwelche meiner Körperteile machen?«

Mit dieser Bemerkung handelte er sich einen weiteren Schlag ein, diesmal auf seinen Oberschenkel.

Er liebte es, sie aus der Fassung zu bringen. Wenn sie, so wie gerade jetzt, verunsichert war, war es viel leichter, Yvi zu durchschauen. Sie tat immer nur so, als wäre sie das Selbstbewusstsein in Person, doch ließ Yvi sich nur allzu schnell durch seine Sprüche bearbeiten. Vielleicht war das ja die Art, wie sie am besten kommunizieren konnten.

»Möchtest du jetzt die Namen hören, oder nicht?« Yvi verzog ihre Lippen und machte eine Schnute. Wie gern hätte er sie nun an sich gezogen und geküsst. Aber um des Friedens willen blieb er brav und nickte nur.

Das war wohl die richtige Reaktion, denn seine Auserwählte strahlte ihn an und schnappte sich einen der Welpen.

Nach zehn Minuten war Yvor im Bilde und hatte fünf der sechs Welpen auf dem Schoß und kraulte mit Yvi um die Wette. Grey hatte es sich auf Yvis Arm bequem gemacht und genoss ihre Wärme. Yvor konnte verstehen, dass der kleine Kerl diese Nähe genoss. Er sehnte sich ebenfalls nach ihr.

›Na gut, gehen wir ins Bett. Ich muss morgen früh raus und habe nur noch sechs Stunden Schlaf vor mir. Das heißt für dich: Kuscheln ist okay, aber mehr gibt es heute nicht‹, hauchte sie in seinen Kopf, befreite ihn vor der Belagerung der Welpen und hielt ihm die Hand hin. Ihr Lächeln war verführerisch und es würde ihm sicherlich alles abverlangen, ruhig neben ihr liegen zu bleiben, aber er nahm sich vor, damit zufrieden zu sein, was er bekam. Außerdem konnte etwas Ruhe in seinem

Zustand auch nicht schaden.

›Dann auf ins Bett.‹

Er fühlte sich schon wesentlich besser, denn Yvis Blut und die Blutbeutel taten ihre Wirkung und regenerierten ihn. Es war erstaunlich, was möglich war, wenn sich sein Körper nicht dagegen sträubte. Seine Auserwählte hatte einen guten Einfluss.

Das Lächeln auf Yvis Gesicht wurde zu einem breiten Grinsen und Yvor wusste, dass sie seine Gedanken mitbekommen hatte. Sie mussten wirklich eine Lösung finden, wie sie beide ein bisschen mehr Privatsphäre bekommen konnten. Yvi störte sich sicherlich genauso daran.

›Ich denke, ich kann damit leben.‹ Sie kicherte und lotste ihn dann die Treppen hinauf. Es war anstrengend, doch auszuhalten, und am nächsten Tag würde er Violetta Bescheid geben, dass sie ihm einen neuen Blutvorrat anlegte. Irgendwann musste er sich schließlich einmal an das ›normale Leben‹ gewöhnen.

Der Geruch ihres kürzlichen sexuellen Intermezzos lag noch immer schwer in der Luft des Schlafzimmers, und Yvor seufzte leise, als seine Selbstbeherrschung erneut ins Wanken geriet. Es konnte doch nicht sein, dass er immer wieder rückfällig wurde, wenn es um Yvi und sein Verlangen nach ihr ging.

»Ich denke, ich werde ein bisschen Frischluft hereinlassen. Es sei denn, du hast etwas dagegen und bestrafst mich mit einem erneuten Blitz oder, um mal was anderes auszuprobieren, mit Hagel oder so.« Yvi beäugte ihn neugierig und erst jetzt fiel ihm auf, dass sie zu seiner Gabe offensichtlich noch einige offene Fragen hatte. Seit wann war diese Frau denn schüchtern und stellte ihre Fragen nicht einfach?

»Frischluft wäre wunderbar. Und ich denke, ich kann mich wieder so weit beherrschen. Es wird nichts geschehen. Leider kann ich dir nicht sagen, wie meine Gabe funktioniert. Sie ist einfach da.« Er zuckte mit den Schultern und sah Yvi die Stirn runzeln.

»Aber wie machst du das? Konzentrierst du dich auf Blitze oder Gewitterwolken oder so?«

Na endlich, da war sie wieder. Sie marschierte zum Fenster und stellte diese auf kipp, während sie weiter versuchte zu ergründen, wie seine Fähigkeiten funktionierten.

»Ich mache gar nichts. Ich kann das Ganze noch nicht einmal vernünftig kontrollieren, wie du sicherlich vorhin festgestellt hast. Oder meinst du, ich habe mich absichtlich in ein Grillhähnchen verwandelt? Ich denke, dass das Wetter mit meiner Gefühlswelt zusammenhängt. Ist diese zu sehr aus dem Gleichgewicht, dann gibt es Gewitter oder auch Stürme«, versuchte Yvor zu erklären, nahm auf dem Bett Platz und entledigte sich der Kleidungsstücke, die noch immer nach Rauch rochen. Er pfefferte sie in eine Zimmerecke und nahm sich vor, diese am nächsten Tag zu entsorgen. Da würde auch mehrmaliges Waschen nichts ausrichten können.

Auch Yvi rümpfte die Nase.

»Deine Klamotten kommen hier raus. Sonst bekomme ich Albträume. Der Gestank ist ja atemberaubend. Willst du vor dem Schlafengehen nicht schnell duschen gehen? Dann räume ich hier das Chaos auf.«

Wenn seine Auserwählte den Wunsch hatte, dann würde er sich nicht sträuben. Mit einem breiten Grinsen streifte er auch die Boxershorts ab und lief, so wie Gott ihn schuf, in Richtung Badezimmer. Zu seiner großen Freude sah Yvi ihm ziemlich verdattert hinterher.

Die Dusche war tatsächlich eine Wohltat und Yvor verbrachte einige Minuten damit, sich gründlich einzuseifen und die verdreckte Haut zu säubern. Als er schlussendlich aus dem Bad kam, lag Yvi bereits ruhig atmend im Bett, tief in Decke und Kissen vergraben und sah aus wie ein Engel. Ein leises Schnarchen erklang und brachte ihn zum Lachen.

›Ein schnarchendes Engelchen‹, schoss es ihm durch den Kopf und er bemühte sich, sie nicht zu wecken, während er es sich ebenfalls im Bett gemütlich machte.

Als hätte Yvi nur darauf gewartet, drehte sie sich zu ihm und kuschelte sich an seine Seite. Ein sanftes Lächeln deutete sich auf ihren Zügen an. Ihr Traum schien ihr zu gefallen. So lag er eine Weile da und beobachtete seine Auserwählte. Yvi während des Schlafens zu betrachten, brachte ihm eine Ruhe, die er zuvor nicht gekannt hatte.

Ein leises Seufzen kam ihr über die Lippen und ihr Körper drückte sich noch fester an ihn, ihre rechte Hand legte sich auf sein Herz.

›Ich liebe dich‹, sandte er ihr seinen Gedanken, bevor er selbst ins Land der Träume eintauchte.

57

Da bist du ja. Meine Güte, du siehst müde aus. Alles in Ordnung mit dir?« Anna machte keine Anstalten, Yvi zu schonen, sondern überging ihre eigene Frage und kam zu dem Thema, das sie offensichtlich unbedingt loswerden wollte: »Ich habe es gerade erfahren. Stell dir vor: Frau Krause ist tot!«

Yvi starrte ihre Kollegin erstaunt an. Ihre Müdigkeit, die sie bis eben noch verspürt hatte, war auf einmal wie weggeblasen. Hatte Anna tatsächlich gesagt, dass die Verwaltungschefin tot war?

»Wie?«, fragte sie nur.

Anna beugte sich zu ihr und ihre Stimme wurde leiser und auf absurde Weise verschwörerisch.

»Selbstmord. Sie hat sich erschossen. Ein Polizist oder Kommissar oder so war im Verwaltungsgebäude und hat jede Menge Fragen gestellt. Cecilia, du weißt schon, Frau Krauses Assistentin, ist ganz aufgeregt und durcheinander deswegen.«

Anna plapperte noch weiter, aber Yvi hörte ihr schon nicht mehr zu.

Frau Krause und Selbstmord? Das war ausgeschlossen. Es passte überhaupt nicht zum Verhalten und dem Wesen der Verwaltungschefin. Vielleicht sollte sie einmal ein Gespräch mit diesem Kommissar führen.

Yvis Handy vibrierte, und nachdem Anna sich taktvoll zurückgezogen hatte, ging sie dran. Es war ihr Bruder, der allerdings nicht sonderlich gut drauf war, so wie es sich anhörte.

»Verdammt noch mal, wo bist du? Du warst heute

Nacht nicht zu Hause.«

Automatisch runzelte Yvi die Stirn.

»Nein, das war ich nicht. Ich finde es auch schön, von dir zu hören, Bruderherz. Schön, dass du dich mal gemeldet hast und mir von deiner neuen Stelle berichtest. Ach, stimmt ja. Das hast du nicht«, erwiderte sie schlagkräftig und schien den Nagel auf den Kopf getroffen zu haben, denn Mike verstummte augenblicklich und wurde ruhiger. »Ich war heute Nacht bei Yvor. Es ist so spät geworden, dass ich nicht mehr nach Hause fahren wollte. Und jetzt bin ich in der Klinik. Wo bist du?«

»Ich bin zu Hause. Hier ist der Teufel los. Hast du irgendwas bestellt? Hier kommt seit Minuten ein Paket nach dem anderen an.«

Oje. Was hatte Yvor denn nun schon wieder angestellt? Vermutlich war das wieder irgendein Geschenk, das daneben gegangen war.

»Ich kümmere mich später darum. Was macht dein neuer Job?«, erkundigte sie sich und wartete darauf, dass Mike sie entweder abwürgte oder mit seinem Bericht begann. Gerade jetzt wäre ihr jede Ablenkung recht gewesen, da ihre Gedanken immer wieder abschweiften.

»Es ist nicht so einfach, wie es aussieht. Ich denke, ich werde etwas mit dir besprechen müssen. Kommst du später nach Hause?«

Na, das klang ja mal wieder nach der ernsten Seite ihres Bruders. Yvi bejahte seine Frage und wartete darauf, dass er noch irgendeine Erklärung lieferte, doch da wartete sie vergebens. Mike brachte nur noch ein »Prima. Dann bis später« heraus und legte dann auf.

Das war nicht gut. Mike hatte irgendetwas vor, das ihr sicherlich nicht gefallen würde.

Wieder vibrierte ihr Handy. Es war eine SMS von Yvor.

›Guten Morgen, mein Sonnenschein. Wie ich gesehen habe, hast du dir meinen Jaguar ausgeliehen. Bitte sei vorsichtig damit, da er ein paar PS mehr unter der Haube hat als normale Wagen. Sehen wir uns heute Abend?‹, las sie und musste schmunzeln.

Sie war sehr früh aufgestanden und hatte versucht, Yvor zu wecken. Nach mehreren erfolglosen Versuchen hatte sie es aufgegeben und sich nach einem fahrbaren Untersatz umgesehen. Der Jaguar war das am einfachsten aus der Garage zu bewegende Fahrzeug gewesen, wobei Yvi nun auch zugeben musste, dass sie dieser Wagen am meisten angesprochen hatte. Und der Blick der Kollegen, als sie damit auf den Personalparkplatz gefahren war ... einfach unbezahlbar.

Schnell tippte sie ihre Antwort:

›Der Wagen ist der Hammer. Ich komme nach der Arbeit zu dir. Kannst du einen DVD-Player organisieren? Dann bringe ich die Filme mit.‹

Hoffentlich beließ es Yvor bei einem Gerät und kam nicht auf die Idee, einen Kinosaal in sein Haus einbauen zu lassen. Mittlerweile wusste Yvi ja, dass er alles ein wenig übertreiben musste.

Wieder vibrierte das Handy und sie drückte auf den Knopf, um seine Antwort zu lesen.

›Ist bereits in Auftrag gegeben. Und davor Dinner? Ich lasse mir was Schönes für uns einfallen. Bis später.‹

›Bis später‹, textete sie zurück und lächelte. Dieser Mann hatte ihr schon so manchen Nerv gekostet, aber irgendwie tat er ihr auch gut. Und er war ein wirklich guter Liebhaber. Allein der Gedanke daran ... ihr wurde schon wieder heiß. Sie räusperte sich und schnappte sich ihre Akten. Sie musste sich zusammenreißen, denn schließlich hatte sie einen Job zu erledigen. Anna hatte ihr zwei Akten auf den Tisch gelegt und Yvi sah sie sich an, bevor sie mit ihrer üblichen Arbeit begann.

Viel hatte sie an diesem Tag nicht zu tun, denn es waren keine Notfälle reingekommen und es war auch nichts Außergewöhnliches vorgefallen. Yvi dachte daran, wie Frau Krause einmal gesagt hatte, dass man Yvis Job eigentlich auch ganz streichen konnte, so wenig, wie man sie brauchte. Frau Krause. Yvis Gedanken wanderten wieder zu dieser Frau, die ihr Leben teilweise zur Hölle gemacht hatte und die nun vermutlich in der Gerichtsmedizin oder sonst wo lag. Yvi hatte schon einige Leichen gesehen, schließlich arbeitete sie auch in der Trauerberatung des Krankenhauses, aber sich diese Frau tot vorzustellen, überstieg ihre Phantasie.

»Mittagspause. Yvi möchtest du mitkommen? Ein paar Kollegen wollen zusammen essen gehen.« Anna sah sie neugierig an und Yvi war schon versucht zu nicken, als erneut ihr Handy vibrierte.

›Lust auf Mittagessen? 12 Uhr? Falls ja, sehe ich dich vor dem Krankenhaus.‹ Sie kannte die Nummer nicht und hielt irritiert inne.

»Yvi?« Anna wartete offensichtlich noch immer auf eine Antwort.

»Ähm ... Nein, danke. Ich bin schon zum Mittagessen verabredet. Aber lieb, dass du gefragt hast.«

58

Mike hatte die 42 Päckchen in der Wohnung unterge-bracht und zog nun sein Handy heraus, um Violetta zu erreichen. Sie musste von dieser neuesten Entwicklung erfahren. Offensichtlich hatte Yvi die Nacht bei Yvor genossen und würde sicherlich wieder zu ihm fahren. Seinem Plan schien nichts im Weg zu stehen. Er hoffte nur, dass Yvi sein Vorhaben nicht allzu sehr aus der Bahn warf, denn schließlich hatte sie ihn die ganze Zeit genauso gebraucht wie er sie.

Es klingelte am anderen Ende der Leitung, aber Violetta nahm nicht ab. Sicherlich war sie wieder in einem dieser langweiligen Meetings und deshalb ihr Handy auf Stumm geschaltet. Sie liebte ihre Arbeit und Yvor schien auch kein schlechter Arbeitgeber zu sein, auch wenn Mike bei dem Gedanken, wie viel Zeit sie miteinander verbrachten, eine gewisse Eifersucht nicht leugnen konnte.

»Jetzt mach dich nicht lächerlich! Yvor ist mein Boss und viel zu kaputt, dass ich mich für ihn interessieren könnte«, hatte sie gesagt und dabei gelächelt. »Du dagegen bist es wert, gerettet zu werden.« Und das hatte sie. Violetta hatte ihm gezeigt, was er konnte und auch, was wirklich in ihm vorging. Seine Träume machten ihm seitdem keine Angst mehr. Sie waren eine Chance.

Um sich abzulenken, warf er einen Blick in sein Zimmer. Yvor hatte das Bett ordentlich gemacht, seine Tasche darauf abgestellt, und es sah alles in allem so aus, als würde er gleich wieder zur Tür hereinkommen.

Es war ein seltsames Gefühl, dass sich seine Schwester

ebenfalls zu einem Blutsauger hingezogen fühlte. Der Irrsinn lag wohl in der Familie.

Mike war sich allerdings sicher, dass das, was er vorhatte, für Yvi schwerer werden würde. Er hatte sich dazu entschlossen, bei Violetta zu bleiben. Würde sie es wollen, würde er sogar auf alles verzichten. Es hatte ihn mehr als nur erwischt. Diese Frau war schon nach den paar Tagen sein Ein und Alles. Ob es Yvi mit Yvor genauso ging? Mike wünschte es sich für seine große Schwester, denn einen kleinen egoistischen Gedanken wurde er einfach nicht los. Er wollte nicht den Kontakt abbrechen müssen, und sie eines Tages betrauern, weil sie gestorben war, wollte er auch nicht. Yvi musste sich einfach darauf einlassen. Yvor war ihre Chance für ein Leben voller Abenteuer und eine Liebesgeschichte, die vermutlich niemals endete.

Violetta hatte ihm eine Nachricht aufs Handy geschickt:

›Habe noch einen Termin. Handy bleibt lautlos. Wir sehen uns heute Abend. Leider kann es etwas später werden. Ich muss für Yvor noch ein paar Dinge organisieren. Ich schreibe nur: romantisches Dinner. Dein Plan scheint aufzugehen.‹

Mike grinste. Also zumindest auf Yvors Seite hatte es wohl geklappt. Er hoffte, dass Yvi keinen Rückzieher machte, denn das wäre durchaus typisch für sie.

›Ich hab es doch schon gesagt: Ich bin der Meister. ;) Ich werde mich gleich noch mit Yvi treffen und ihr von unseren Plänen erzählen. Ich liebe dich. Bis später‹, schrieb er zurück und, als er sein Handy erneut vibrieren spürte, wusste er schon, was in der Nachricht stand:

›Ja, du bist einfach gut, ich weiß. ;)‹

Grinsend steckte er sein Handy weg und schnappte sich eins der vielen Päckchen. Jetzt wollte er doch wissen, woran sich der Postbote fast zu Tode geschleppt hatte. Ungeduldig riss er eins auf und grinste sogar noch breiter, als er den Inhalt sah: kiloweise Schokolade.

›Na, zumindest kennt er schon Yvis Laster‹, dachte er, schnappte sich einen Schokoriegel in roter Folie, wickelte diesen aus und biss hinein.

Sofort ergoss sich aus dem Inneren ein Schwall Flüssigkeit und Mike spuckte diesen erschrocken in ein Taschentuch, das er schnell aus seiner Hosentasche fischte.

»Verflucht! Alkoholfüllung.«

Das wohlige Brennen in der Kehle bescherte ihm eine Gänsehaut. Wie gern hätte er den Gelüsten nachgegeben und sich einen Drink gegönnt, doch er hatte Violetta ein Versprechen gegeben.

Eilig marschierte er ins Bad, um sich den Mund auszuspülen. Er würde das Risiko nicht eingehen. Er musste stark bleiben.

Sein Handy klingelte und er zog es aus der Tasche.

»Ja?«

»Geht es dir gut? Ich hab so ein seltsames Gefühl.« Violettas Stimme klang angespannt und machte Mike klar, dass er in Zukunft kaum etwas vor ihr würde verbergen können.

»Es ist alles in Ordnung, ich habe nur einen Schokoriegel mit Alkohol erwischt, meinen Mund aber sofort ausgespült. Du hattest also ein schlechtes Gefühl und musstest mich direkt anrufen?« Er schaffte es nicht ganz, den aufkommenden Ärger aus seiner Stimme zu verbannen und Violetta hörte es natürlich sofort.

»Schatz, das ist nicht nur für dich neu. Ich hatte noch nie mit jemandem eine solche Verbindung. Was meinst du, wie es für dich wäre, wenn ich nicht ständig darauf achte, genug Blut zu mir zu nehmen. Dann wärst du doppelt auf Entzug. Und glaub mir, ich weiß ganz genau, wie sich ein solcher Entzug anfühlt. Blutdurst ist etwas Schreckliches.« Ihre Worte besänftigten ihn, obwohl er sich nicht erklären konnte, wieso. Sie hatte sich nicht bei ihm entschuldigt, aber Mike hatte den Verdacht, dass sie sich in manchen Dingen ähnlicher waren, als ihm bisher bewusst war.

»Ich denke, wir sollten noch so einiges bereden. Was meinst du?«

»Ja, das sollten wir. Aber nicht jetzt, denn jetzt muss ich zu einem Meeting. Ich bin schon zu spät dran. Ich liebe dich.«

59

Was machte sie da nur? Etwa eine Viertelstunde vor zwölf marschierte Yvi durch den Eingangsbereich des Krankenhauses und machte sich dafür bereit, jemanden zu treffen, den sie vermutlich nicht einmal kannte. Der SMS war allerdings zu entnehmen, dass der- oder diejenige sie kannte. Nervös sah Yvi nochmals auf ihre Uhr und seufzte. Sie hatte ganz vergessen, dass die ja bei dem Zusammenstoß mit ihrem Patienten Kurt kaputt gegangen war.

»Entschuldigen Sie. Können Sie mir sagen, wie spät es ist?«, sprach sie aus diesem Grund eine rothaarige Frau in Lederklamotten an, die sie irritiert fixierte.

»Bitte wie?«

»Ich wollte wissen, ob Sie mir die genaue Uhrzeit sagen könnten«, wiederholte Yvi und lächelte die Rothaarige aufmunternd an, die allerdings einen merkwürdig misstrauischen Blick auf Yvis Armbanduhr an ihrem Handgelenk warf.

»Es ist kurz vor 12.«

Ein ungutes Gefühl stieg in Yvi auf. Diese Frau vor ihr war ihr plötzlich unheimlich. Der Blick, mit dem die Fremde sie bedachte, war mehr als kritisch. Sie sah aus, als wollte sie Yvi für diese Frage an den Hals gehen. Wieder wanderten ihre Augen zu Yvis Armbanduhr.

»Die ist kaputt«, erklärte Yvi schnell und zwang sich zu einem Lachen. Sie hielt die Uhr hoch und zeigte das zerbrochene Ziffernblatt. »Ich trage diese Uhr nur noch aus Gewohnheit. Danke für die Hilfe.«

»Gern.«

Yvi wandte sich ab und musste den Impuls unterdrücken, vor dieser Person wegzulaufen. Eilig marschierte sie in Richtung der Krankenhauscafeteria und hoffte so, dem Gefühlschaos zu entkommen. Durch die große Fensterfront beobachtete sie die Frau dabei, wie sie noch ein paar Minuten regungslos auf der Stelle stehen blieb und sich dann, wie in Zeitlupe in Bewegung setzte. Vielleicht wollte sie ja jemanden im Krankenhaus besuchen. Yvi hatte solche Emotionen noch nie gespürt und das machte ihr Angst. Wurde sie jetzt dank Yvor etwa überempfindlich?

Ihr Handy vibrierte:

›Ich bin da. Der rote BMW.‹

Der Wagen fiel Yvi sogleich ins Auge und sie versuchte, den Fahrer zu erkennen. Leider schien die Sonne so grell, dass sie nichts und niemanden ausmachen konnte.

›Okay, das wird schon kein Attentäter sein. Reiß dich gefälligst am Riemen‹, redete sie sich gut zu und setzte den ersten Schritt aus der Cafeteria.

Kaum war sie wieder im Freien, war die erste Angst verschwunden. Es war, als hätte man ihr eine Last von den Schultern genommen und Yvi steuerte auf den roten BMW zu. Ein Winken aus dem Inneren und ein breites Grinsen ließ sie erleichtert kichern. Es war Violetta.

»Hey! Freut mich wirklich, dass du ein bisschen Zeit für mich hast. Ich dachte mir, ohne meinen Boss können wir uns mal in Ruhe unterhalten«, begrüßte sie Yvi und strahlte sie geradezu an.

Yvi mochte Yvors Sekretärin. Diese Frau sah zwar im ersten Moment aus, als wäre sie einem Film aus den Sechzigern entsprungen, doch der äußerliche Sekretärinnenlook mit dem blonden Bob wurde durch ihre herzliche Art Yvi gegenüber wieder gemindert.

»Wohin möchtest du? Ich habe leider nur noch

eine Stunde Zeit, dann muss ich wieder zurück. Heute Mittag ist zwar keine Sprechstunde, aber mein Bruder Mike wollte mit mir ein Gespräch führen.«

»Ja, ich denke, das könnte interessant werden. Ich dachte an gute deutsche Hausmannskost. Das hatte ich schon lange nicht mehr. In diesen Meetings gibt es immer nur so mickrige Häppchen.«

Violetta legte einen eigenartigen Ton an den Tag und Yvi fragte sich, was sie wohl mit ihrem Kommentar gemeint hatte. Natürlich kannte sie Mike, Yvor hatte erzählt, dass sie sich in der Firma um ihn gekümmert hatte, aber irgendwas über sein Anliegen schien sie zu wissen und ihr zu verheimlichen. Was nur?

Wie zufällig streifte Yvi mit ihrer Hand Violettas Arm. Kaum hatte ihre Gabe eingesetzt, sog Yvi scharf die Luft ein. Die Emotionen dieser Vampirin waren genauso konfus wie die Yvors. Yvi verschwamm alles vor den Augen.

»Alles in Ordnung?« Violettas Frage schien für Yvi von weit wegzukommen, obwohl sie mit dieser Frau zusammen im Wagen saß. Sie drängte die Gefühle nieder, die sie zu überfluten drohten und ihre Sicht wurde langsam wieder klarer. Sie sah in Violettas besorgtes Gesicht.

»Du bist verliebt«, kam es Yvi über die Lippen, bevor sie sich stoppen konnte und Yvors Assistentin wurde rot.

Sie nickte.

»Ich kann nichts dagegen machen. Er war von einem Moment auf den anderen meine ganze Welt.«

Das schien bei Vampiren so zu sein, denn Yvor war es seiner Aussage nach mit Yvi ähnlich ergangen. Ob sich diese Wesen oft Hals über Kopf verliebten? Vielleicht waren das alles nur Strohfeuer.

»Nein, das tun wir nicht«, kam die Antwort, ehe Yvi

überhaupt eine Frage formulieren konnte. »Wir sind manchmal sogar Jahrzehnte und Jahrhunderte allein auf der Welt und suchen nach unserer anderen Hälfte. Klar, anfangs denkt man sich: Ach was, Auserwählter, das brauche ich nicht. Mir reicht die Bewunderung eines Normalsterblichen. Und dann vergehen die Jahre und man stellt fest, dass der Mann, den man gern hat, langsam immer älter und älter wird, und dann ist man plötzlich wieder allein. Das macht man ein- oder zweimal, vielleicht noch ein drittes Mal, dann erträgt man es nicht mehr. Jedes Mal ist es die Hölle auf Erden. Normale Menschen trauern, lassen es aber irgendwann hinter sich und gehen ihren Weg weiter. Vampire empfinden intensiver und tun sich deshalb nicht so leicht. Es ist schon vorgekommen, dass man einen Vampir in seiner Trauerphase Jahrzehnte nicht mehr gesehen hat. Manche werden sogar verrückt, wenn sie ihren Partner verlieren.«

»Hat Yvor deshalb so seine Probleme, das richtige Maß zu finden? Weil alles so viel intensiver ist?«, erkundigte sich Yvi und sah in Violettas traurige Augen. Ihre unbeschwerte Art war komplett verschwunden. Das Thema zeigte Yvi, wie viel älter diese Frau in Wirklichkeit war. Sie hatte sicherlich schon viel erlebt.

»Ich hatte bei Yvor schon die Befürchtung, dass er irgendwann durchdreht. Du hast sicherlich mitbekommen, wie er Blut zu sich nimmt? Das Jagen ist in der heutigen Zeit durch den Rat verboten. Sollten die Ermittler ihm auf die Schliche kommen, könnte es für Yvor schlimm ausgehen.« Violetta seufzte, doch Yvi tätschelte ihr den Arm und lächelte.

»Ich denke, das bekommen Yvor und ich in den Griff.«

60

Violetta hätte nicht gedacht, dass sie jemals mit Yvors Auserwählten zu tun haben würde. Dr. Yvonne Nowak war so anders als ihr Bruder Mike, aber diese Tatsache machte sie Violetta sogar noch sympathischer. Diese Frau war bodenständig, durchdacht und durch und durch vernünftig. Eine solche Frau war für Yvor genau die richtige.

»Ich kenne Yvor schon sehr lange, aber so wie bei dir habe ich ihn noch nie erlebt. Ich denke, dass es ihn sehr erwischt hat.« Ein Lächeln stahl sich auf Yvis Gesicht und sie nickte leicht. Sie wusste anscheinend ganz genau, *wie sehr* es diesen Mann erwischt hatte.

Violetta fuhr los. Ihr Ziel war ein kleines Lokal, in dem es sehr leckere deutsche Gerichte gab. Yvi hatte es sich wieder auf ihrem Platz bequem gemacht und schien über Violettas Worte nachzudenken.

»Darf ich denn erfahren, in wen du dich verliebt hast? Vermutlich kenne ich ihn nicht, aber wenn du möchtest: Ich höre dir gern zu. Geht es ihm wie dir?«, wollte Yvors Auserwählte wissen.

Violetta zögerte. Sie hatte nicht die Absicht, Mike das Gespräch mit seiner Schwester zu vermiesen, aber nicht zu antworten war auch keine Option.

»Ich bin mir sicher, dass es ihm genauso geht wie mir. Er ist wirklich ein toller Mann. Er ist nicht ganz fehlerlos, aber wer ist das denn schon?« Mit einem Blick auf die Uhrzeit an der Armatur, schwenkte sie gekonnt ab und wechselte das Thema. »Ich hoffe, wir werden rechtzeitig mit allem fertig. Ich wäre ungern der Grund, dass du zu spät zurück zur Arbeit kommst.«

»Ach was. Sollte es nicht ganz klappen, dann arbeite ich morgen einfach etwas länger. Meine Patienten sind zum Glück nicht sofort in Lebensgefahr, wenn ich mal die Zeit aus den Augen verliere. Im Krankenhaus ist sogar immer weniger für mich zu tun, genauso wie in meiner Praxis. Wer weiß, ob mich überhaupt jemand vermissen würde.« Yvi sah abwesend aus dem Beifahrerfenster.

Violetta konnte nicht genau sagen, was in ihr vorging, aber ihre Worte klangen wehmütig.

»Ist es taktlos von mir zu sagen, dass es doch was Gutes ist, wenn keine Therapeutin gebraucht wird?«

»Nein, das ist okay. Zurzeit denke ich auch immer intensiver darüber nach, mich vielleicht beruflich zu verändern. Ich möchte Menschen helfen, habe aber das Gefühl, als wäre dafür das Krankenhaus der falsche Platz.«

Violetta hatte einige Ideen, wie sich Yvis Leben entwickeln könnte, allerdings schwieg sie. Sie hatte kein Recht, Yvors Auserwählten irgendwelche Flausen in den Kopf zu setzen. Das musste sie zuerst mit Yvor klären. Nichts war für diesen Mann schlimmer, als vor vollendete Tatsachen gestellt zu werden. Sie konnte sich aber ausmalen, wie Yvi als Streetworkerin oder als Beraterin des Rats aufblühen würde. Yvor hatte die Kontakte und hätte die Möglichkeiten, ihr eine solche Chance zu ermöglichen. Sie würde es ihm vorschlagen und hoffen, dass er es ebenfalls für eine gute Idee hielt.

Der Parkplatz des Lokals war nur mäßig besetzt, was Violetta sehr entgegen kam. Weniger Gäste bedeutete, dass sie schneller etwas zu essen bekommen würden. Yvi stieg aus dem Wagen aus und grinste.

»Ich kenne dieses Lokal. Ich habe mich einmal hier mit einer Patientin getroffen. Der Hackbraten war der Knaller.«

Violetta lächelte über diese Ausdrucksweise. Yvi war doch ein Kind dieser Zeit und würde sicherlich auch nach Jahrzehnten bei diesem Wortschatz bleiben. Sie dachte daran, wie lange sie gebraucht hatte, ihre eigene Sprache abzulegen, denn schließlich war sie mittlerweile 719 Jahre alt und somit kein Jungspund mehr. Sie hatte sogar das Alter, um heute eine Urururururururgroßmutter zu sein. Hätte sie damals dem Werben des Mannes nachgegeben, der sie in der Unsterblichkeit allein gelassen hatte, wäre sie wahrscheinlich Mutter geworden. Ob es für einen solchen Schritt mittlerweile schon zu spät für sie war? Würde Mike eines Tages ein guter Ehemann und Vater sein? Sie wusste es nicht, aber sie war sich sicher, dass er sich Mühe geben würde, diese Aufgabe zu meistern.

Yvi legte ihren Kopf schief und sah sie, an der Tür des Lokals wartend, an. Sie hatte die Tür geöffnet und wartete darauf, dass Violetta ihr folgte. Sie war so in Gedanken gewesen, dass sie noch immer am Wagen stand.

»Ich glaube, ich bin heute nicht die Einzige, die sich wegen irgendwas den Kopf zerbricht. Du siehst auch nach schweren Entscheidungen aus. Kann ich dir irgendwie helfen? Du weißt ja: Ich bin Profi im Zuhören und Ratschläge geben.«

»Entschuldige, ich bin eine schlechte Gesellschaft für deine knappe Zeit. Ich gelobe Besserung«, schaltete Violetta um und verdrängte ihre Vergangenheit und ihre Ängste vor der unbekannten Zukunft. Sie würde an allem eh nichts mehr ändern können, egal, was sie unternahm.

Die Besitzerin des Lokals strahlte ihnen entgegen, als sie sich zusammen an einen Ecktisch setzten, und kam dann, um ihre Bestellung aufzunehmen. Yvi bestellte natürlich den Hackbraten und Violetta gönnte sich ein blutiges Steak, was Yvi mit einem breiten Grinsen quittierte.

»Klischee lässt grüßen«, sagte sie und klapperte zweimal laut mit den Zähnen, was Violetta zum Lachen brachte.

»Hey! Ich esse mein Fleisch nun einmal gern blutig. Es gibt sicherlich auch genug Normalsterbliche, die das ebenfalls gut finden. Und ich werde auch brav Messer und Gabel nehmen und nicht meine Reißzähne hineinschlagen. Versprochen.« Sie zwinkerte Yvi zu, die nun ebenfalls wieder kicherte.

Sie unterhielten sich in der Zeit des Wartens über alles mögliche und Violettas Gefühl, dass sie sich gut verstehen könnten, wuchs mit jeder Minute. Sie konnte voll und ganz nachvollziehen, was Yvor an dieser Frau anziehend fand und freute sich für ihn. Er hatte nach all den Jahrhunderten eine kluge Frau mit einem ordentlichen Schuss Humor verdient. Und Humor hatte Yvi, wenn man sie einmal aus ihrem Schneckenhaus gelockt hatte.

»Wir könnten ja mal einen Pärchenabend machen. Yvor wird vielleicht nicht ganz so begeistert sein, aber wenn du deinen Freund mitbringst und mein Bruder Mike seine neue Freundin, dann könnte es sicherlich ein lustiger Abend werden.« Violetta verschluckte sich an ihrem Getränk und hustete, während Yvi ihr auf den Rücken klopfte. »Hey, hey, kein Grund sich zu ertränken. War ja nur ein Vorschlag.«

Sie grinste.

»Nein, nein. Das wäre prima. Ich denke, ein Pärchenabend wäre eine gute Idee«, wich sie mal wieder der Tatsache aus, dass es ein Treffen zu viert werden würde. Es hatte einen faulen Beigeschmack, als würde sie Yvi anlügen.

61

»Dankeschön für das leckere Essen und die nette Gesellschaft. Das können wir gern wiederholen«, verabschiedete sich Yvi später und winkte dann Violetta hinterher, die zum nächsten Meeting aufbrach.

Es war tatsächlich schön gewesen, einmal eine Unterhaltung mit einer Frau zu führen, ohne diese therapieren zu müssen. Violetta wäre sicherlich eine gute Freundin, wenn man sie näher kennenlernte. Yvi hatte noch nie eine richtige Freundin gehabt. Früher hatte es einfach kein Mädchen gegeben, das die gleichen Interessen gehabt hatte, und später war Yvi immer zu beschäftigt gewesen. Aber wer wusste, was die Zeit brachte. Vielleicht war ja nun der Zeitpunkt gut: eine neue Liebe, eine neue Freundschaft und eventuell ein neues Leben.

Yvi seufzte und warf einen Blick gen Himmel. Egal, was der Oberboss in den Wolken geplant hatte, Yvi hoffte inständig, dass es ein gutes Ende finden würde.

»Oh, mein Gott! Da oben steht jemand.« Ein Mann neben ihr hatte den Blick ebenfalls erhoben, allerdings hatte sich dieser auf eine Person auf dem Krankenhausdach geheftet. Wie versteinert stand Yvi nun da und starrte auf die Gestalt, die ihr seltsam bekannt vorkam. War das nicht Stefanie?

»Was macht diese Frau da oben? Hoffentlich will sie nicht springen«, hörte Yvi eine Frauenstimme sagen und schüttelte automatisch den Kopf. Das würde auf keinen Fall zu Stefanies Charakter passen. Aber bei Frau Krause hatte sich Yvi ja auch geirrt.

Ein Schrei drang ihr aus der Kehle, als Stefanie plötzlich einen Schritt ins Leere machte. Yvi dachte schon, dass die launische Krankenschwester gleich auf dem Asphalt aufschlagen würde, doch etwas schien sie festzuhalten und vor dem Tode zu bewahren. Yvi sah einen blonden Haarschopf und den weißen Arztkittel. War das Melissa?

Sie wollte in Richtung Dach laufen, so wie sich auch ein paar Männer in Bewegung setzten, aber sie konnte sich einfach nicht bewegen. Der Schock ließ sie wie festgewachsen dastehen und die Szene aus der Ferne beobachten. Stefanie schrie und strampelte, versuchte an Melissa und der Fassade Halt zu finden. Es sah nach purer Verzweiflung und Überlebenskampf aus. Sie wollte weiterleben. Und Melissa Terrin war ihr Rettungsanker, an dem sie sich festklammerte.

Ein Mann tauchte neben Melissa auf, griff ebenfalls nach Stefanie und gemeinsam schafften sie es, diese über den Rand des Dachs zu ziehen. Yvi atmete erleichtert auf, als die drei Personen aus dem Sichtfeld verschwanden und wieder Ruhe unter den Schaulustigen einkehrte. Es war noch einmal gut gegangen.

Auch Yvis Schockstarre löste sich langsam und sie taumelte gemächlich in Richtung Krankenhauseingang. Sie war sich nicht schlüssig, ob sie nun in Richtung Dach oder in ihre Abteilung gehen sollte.

»Yvi! Was war denn gerade da draußen los?« Anna stand neben Schwester Nicole am Empfang und sah sie fragend an.

»Stefanie. Sie hat versucht, vom Dach zu springen. Zumindest denke ich das. Aber es wirkte so grotesk.« Yvis Stimme war rau geworden und sie musste sich mehrmals räuspern, bis sie weitersprach. »Was bringt einen Menschen wie Stefanie nur dazu, einen Schritt über den Abgrund zu machen? Ich verstehe es einfach nicht.«

Yvi beschloss, ihren Arbeitsplatz aufzusuchen und einen Platz für Stefanie herzurichten, denn sie war sich sicher, dass die Krankenschwester zumindest über Nacht unter Beobachtung bleiben würde. Nach dieser zum Glück misslungenen Vorstellung wohl das kleinere Übel.

Sie holte sich noch einen Kaffee und lief nur ein paar Augenblicke später fast in Melissa hinein, die auf den Ausgang zustürmte.

»Melissa? Was ist denn passiert?«, fragte sie, doch Melissa blieb nicht einmal stehen, um mit ihr zu reden. Sie lief einfach weiter. Dann hörte sie auf einmal Melissas Stimme in ihrem Kopf: ›Stefanie. Selbstmordversuch. Sie könnte dich brauchen.‹

Yvi, die versucht hatte, mit Melissa Schritt zu halten, blieb abrupt stehen. Hatte sie sich das nur eingebildet oder hatte Melissa Terrin ihr tatsächlich gerade per Gedankenübertragung diese Worte eingegeben? Yvi atmete tief durch und lief dann in Richtung Aufzug. Sie musste sich um Stefanies Zimmer kümmern, bevor sie selbst das Gefühl überkam, langsam verrückt zu werden.

Ihr Handy brummte und vibrierte ziemlich lange in ihrer Tasche, bis Yvi dieses herauszog. Natürlich war es Yvor.

»Ja?«, meldete sie sich etwas fahrig und wunderte sich nicht, dass er sich nervös nach ihr erkundigte und fragte, ob ›alles in Ordnung‹ war. Am liebsten hätte Yvi ihn angebrüllt, dass nichts in Ordnung war, aber das würde die Situation auch nicht besser machen, also verkniff sie es sich und antwortete stattdessen: »Stressiger Tag. Ich werde mich sicherlich gleich wieder einkriegen. Ich wollte dich nicht nervös machen.«

»Du warst nur gerade geschockt und ich wusste nicht, wieso. Ist wirklich alles in Ordnung mit dir?«

»Wenn du endlich aufhörst, mich das unentwegt zu

fragen, wird es sicherlich bald wieder so sein. Ich hatte eben ein Schockerlebnis, weil eine Kollegin versucht hat, vom Dach des Krankenhauses zu springen. Melissa hat das verhindert.«

Plötzlich wurde es am anderen Ende der Leitung ganz still. Zu still. Yvor hatte sogar die Luft angehalten. Was sollte das?

»WAS?«, blaffte sie den Vampir an und wartete ungeduldig auf seine Reaktion, die sich eine gefühlte Ewigkeit hinauszog.

»Melissa Terrin hat sich hoffentlich nicht verraten, oder?«

Yvi stutzte. Was war denn das für eine seltsame Frage? Was sollte denn Melissa verraten? Yvi schien total neben sich zu stehen, denn sie verstand gerade nur noch Bahnhof.

Yvor räusperte sich und fuhr dann sehr leise und sanft fort, als wollte er verhindern, dass sich Yvi aufregte.

»Melissa Terrin ist eine Vampirin, mein Schatz. Die Familie Terrin gehört zu einer der ältesten und ehrbarsten Familien des Landes.« Wieder räusperte er sich. Es kam Yvi so vor, als würde er sich wappnen, bevor er letztlich weitersprach: »Würde sie sich verraten, also uns als Vampire offenbaren, dann müssten wir etwas dagegen unternehmen, bevor es in der Zentrale bekannt wird.«

»Sie hat sich nicht verraten. Ich hatte keine Ahnung, dass sie eine Vampirin ist. Sie hat meine Kollegin festgehalten und sie vor dem Tod bewahrt.«

Yvor atmete erleichtert auf und murmelte etwas, das sich nach ›Gut, gut‹ anhörte.

»Yvi! Du bist ja noch da.« Michael, ein Pfleger, der sich normalerweise nicht auf ihrer Station blicken ließ, stand im Türrahmen und sie zuckte erschrocken zusammen.

»Ja, ich bin hier. Warte kurz«, sagte sie zu ihm und

dann in ihr Telefon. »Ich muss wieder arbeiten. Bis heute Abend.«

»Bis heute Abend, Liebste.«

Bevor Yvor noch etwas sagen konnte, legte sie auf und wandte sich wieder an Michael, der sie unsicher anlächelte.

»Was kann ich für dich tun?«

62

Was ist denn hier los?« Entsetzt sah Yvor auf das Chaos, das sich ihm bot. Er hatte die Racker doch nur für zwei Stunden allein gelassen.

Kleine rote Pfotenabdrücke zogen sich über das teure Parkett und Yvor fragte sich, wo um Himmels willen diese herkamen. Zwischendrin sah er eine Wasserlache und fluchte. Na prima, da hatte er ja einiges sauber zu machen, bis er sich zusammen mit Yvi einen gemütlichen Fernsehabend machen konnte. Aber wo waren die Welpen?

Vorsichtig bahnte er sich einen Weg durch die Eingangshalle und marschierte auf das Wohnzimmer und das große Kissen der Kleinen zu. Vielleicht lagen sie ja darauf und schliefen. Einer lag tatsächlich dort und verpennte das nächste Chaos. Die Kissen des Sofas waren zerrissen und eine Mischung aus Federn, Schaumstofffüllmaterial und weiterer Wasserlachen ruinierten auch hier den Boden. Es war ein richtiges Schlachtfeld. Yvor unterdrückte einen weiteren Fluch, denn schließlich konnte Hannibal sicherlich nichts dafür. Das hatten die anderen angestellt. Ein leises Fiepen im schwenkbaren Mülleimer in der Ecke des Zimmers zog seine Aufmerksamkeit auf sich. Da seine Schuhe vermutlich eh schon in Mitleidenschaft gezogen waren, eilte Yvor auf die Ecke zu und hob den Deckel des Mülleimers an. Es war Grey.

»Wie bist du da in den Mülleimer gekommen?«, fragte er den Welpen, während er ihn aus dem Behälter fischte und der sich mit geschleckten Liebesbekundungen erkenntlich zeigte.

Kleine Pfotenabdrücke auf dem Schrank daneben und dem Hocker davor zeigten Yvor wie, aber Greys Pfoten waren sauber. Er war also nicht der dreckige Übeltäter. Seufzend setzte er Grey auf das Kissen neben Hannibal und bereitete sich innerlich darauf vor, dass er wohl noch mehr Chaos finden würde. Nach diesem Erlebnis stellte er bereits eine Liste zusammen, was er zu tun hatte. Die Welpen brauchten ihr eigenes Zimmer. Am besten eines, das sie nicht so schnell verwüsten konnten und in dem er sie beschäftigen konnte. Vielleicht wäre auch ein Hundesitter nicht schlecht. Er musste Violetta fragen, ob sie da irgendwelche Kontakte hatte.

»Schön auf eurem Platz bleiben. Ich komme gleich wieder«, knurrte er die beiden auf dem Platz liegenden Hunde an. Grey legte brav seinen Kopf auf dem Kissen ab, während Hannibal noch immer leise schnarchte. Dieser Hund war ihm der liebste, beschloss Yvor und grinste, während er sich weiter auf die Suche nach den anderen vier Störenfrieden machte.

Wieso hatte er nur die Angewohnheit, die Türen alle einen Spalt offen zu lassen? Das musste er sich schleunigst abgewöhnen! Sein nächstes Ziel war die Küche, doch bis auf einen zerfledderten Kehrbesen und eine Handschaufel, die angenagt aussah, war hier keine Spur der Rabauken zu finden. Wo zum Geier waren die Vier nur? In der Vorratskammer beantwortete sich auch die Frage, woher die roten Pfotenabdrücke kamen, denn zwei Flaschen mit Tomatenketchup waren auf dem Boden aufgeschlagen und färbten ihn rot.

›Hoffentlich haben die Kleinen keine Glasscherben gefressen‹, schoss es ihm durch den Kopf und er betrachtete die beiden Ketchupflecke eingehend. Die Scherben waren groß und die dickflüssige Masse ließ darauf schließen, dass die Kleinen zwar durchmarschiert waren, aber nach einem Schleckgelage sah es nicht aus. Na, wenigstens etwas.

Er bückte sich, als ein Kläffen und Knurren im Regal durch die Stille drang. Yvor lachte. Der Welpe, den Yvi ›Bärchen‹ nannte, hatte sich eine Packung geschnappt und beim Ziehen musste sich dann eine Holzkiste gelöst haben. Er saß gefangen in dieser Kiste, hatte seine Schnauze in der Plastiktüte und kaute mit wachsender Begeisterung. Yvor befreite den Kleinen und hielt ihn vor sich.

»Kleiner Fresssack.« Bärchen kläffte und versuchte mit seinen kleinen Zähnchen Yvors Finger zu erwischen. Na, der kleine hatte Nerven. »Fresssack und Frechdachs.«

Unter lautstarkem Protestbellen klemmte Yvor sich den Hund unter den Arm und trug ihn ebenfalls ins Wohnzimmer, wo der rotzfreche Kläffer noch einmal nach ihm schnappte.

»Mach das noch mal und du kommst in die nächste Suppe, du Strolch.«

Jetzt fehlten nur noch drei und es blieb gerade mal eine Tür übrig, hinter der sich das Trio verbergen konnte. Yvor steuerte auf den Keller zu und marschierte, eine erneute schlechte Vorahnung habend, die Treppen hinunter. Es war dunkel im Raum, allerdings konnte er die ungewöhnlichen Geräusche bereits jetzt wahrnehmen und wusste sofort, woher diese stammten.

›Oh, bitte lass sie noch nicht allzu lange hier unten gewesen sein‹, sandte er ein Stoßgebet in Richtung Himmel, doch dieses war vergebens.

Das lustige Trio hatte es sich mitten in den Kohlehaufen der ehemaligen Heizungsgrube gesetzt und sie waren von ihrem Fell her nun nicht mehr zu unterscheiden. Die Kohle hatte sie komplett schwarz gefärbt und sie rekelten sich auch noch voller Begeisterung darin herum.

»Mal schauen, ob ihr das gleich noch so lustig findet, wenn ich euch in die Badewanne gesteckt habe«, brummte Yvor ärgerlich und schnappte sich einen Plastikeimer, der in der Ecke stand und in den er die Kleinen nach und nach einpackte. Natürlich ließ sich das Trio nicht ohne eine kleine Jagd auf sie einfangen, aber Yvor war schnell genug, ihnen zuvor zu kommen.

Gut zehn Minuten später saßen Goldie, Blacky, Dots und Bärchen zusammen in der Wanne, während Yvor sie mit lauwarmem Wasser abduschte. Grey und Hannibal hatten sich nicht vom Kissen bewegt und dafür je ein *Leckerli* bekommen. Die Sauerei im Eingangsbereich, dem Wohnzimmer und dem Vorratsraum hatte er grob mit dem zerfledderten Handkehrer und der Schaufel entsorgt und hatte Frau Wallner angerufen, um sie zu fragen, ob sie vielleicht noch kurz den Wischmob schwingen könnte. Sie hatte sich Gott sei Dank bereit erklärt, gleich vorbei zu kommen. Was für ein Glück!

Ihm rannte langsam die Zeit davon, denn Yvi hatte sich per SMS für 18 Uhr bei ihm angekündigt. Er musste noch das Wohnzimmer vorbereiten, das Essen ordern, die Kleinen aus dem Weg schaffen und am besten dafür sorgen, dass ein solches Chaos wie eben *nie wieder* geschehen konnte.

»Herr Sommer? Sind Sie da?« Frau Wallners Stimme hallte durch den Eingangsbereich und Yvor rief der Haushälterin seinen Aufenthaltsort zu. Er hörte ihre Schritte auf der Treppe und wie sie sich ihm langsam näherte. »Du lieber Himmel sieht es hier aus!«

Ja, dank der Kohle war das sonst so reine und weiße Bad grau angefärbt und durch den Ketchup, den besonders der Dreckspatz Dots im Fell kleben hatte, war das Ganze auch noch eine recht rot-schmierige Angelegenheit. Yvor sah mal wieder auf seine Uhr. Noch zwei Stunden.

»Frau Wallner würden Sie sich bitte der Kleinen annehmen? Ich habe ein Telefonat zu führen und möchte nicht, dass diese Unruhestifter irgendwie aus der Wanne kommen.«

Frau Wallners Lippen verzogen sich zu einem missbilligenden Strich, aber sie widersprach nicht. So, wie Yvor sie einschätzte, mochte sie keine Hunde. Kein Wunder, denn sie machten ihr jetzt schon mehr Arbeit, als sie von ihm gewohnt war.

Eilig zog Yvor sein Handy hervor und wählte Violettas Nummer. Es dauerte nicht lange, bis sie dran ging.

»Ja, Boss?« Ihre übliche Begrüßung ließ ihn wie immer den Kopf schütteln. Er verdrehte die Augen. Sie ließ sich einfach nicht von diesem Sekretärinnengehabe abbringen.

»Ich brauche für heute Abend das Candlelight-Dinner im Garten. Kannst du das alles in die Wege leiten? Ach, und ich brauche jemanden, der mit vier Quälgeistern zum Tierarzt fährt. Ich will sichergehen, dass sie keine Glasscherben gefressen haben. Außerdem soll sich die Architektin ein Hundezimmer ausdenken mit Spielmöglichkeiten, Fressecke und was ein Hund sonst noch so braucht. Sie soll mir die Entwürfe morgen Nachmittag vorlegen. Das wird das erste Projekt.«

Er bemerkte, dass sie aufgehört hatte, auf ihrem Block herumzukritzeln. Das übliche schabende Geräusch hatte gestoppt, als er auf das Hundezimmer zu sprechen gekommen war.

»Du willst ein Zimmer für deine Hunde einrichten«, erkundigte sie sich zaghaft.

Yvor seufzte. Dann begann er, ihr von den Kleinen und deren Chaos zu erzählen. Spätestens nach dem Chaos im Wohnzimmer und den umherschwirrenden Federn bekam Violetta einen Lachanfall und war nur noch schwer zu beruhigen.

Yvi hatte es endlich geschafft, einen passenden Parkplatz für Yvors Auto zu finden. Hätte sie geahnt, wie viel Anstrengung und Schweiß beim Einparken sie dieser Wagen kosten würde, hätte sie sich sicherlich einen anderen fahrbaren Untersatz ausgesucht. Nun aber stand der Jaguar endlich in der passenden Parklücke und Yvi würde ihn erst wieder ausparken müssen, wenn sie mit Yvor verabredet war. Geistesabwesend sah sie mal wieder auf ihre stehengebliebene Uhr, dann auf ihr Handy. Sie hatte noch gut eineinhalb Stunden, um sich auf Yvor und den Abend vorzubereiten. Was sollte sie nur anziehen? Erwartete Yvor, dass sie sich für ihn rausputzte, oder sollte sie einfach in ganz normalen Sachen hingehen?

›Er hat nichts von Abendgarderobe gesagt, also mach dich nicht verrückt. Mein schwarzer Rock und eine schöne Bluse sind schick genug‹, ermahnte sie sich selbst, und außerdem ging ihr durch den Kopf, dass es wohl auch noch einigermaßen bequem sein sollte, denn auf der Couch herumlümmeln in Abendgarderobe war auch nichts.

In der Wohnung staunte sie nicht schlecht, als sie die vielen Pakete erblickte, die sich im Wohnzimmer stapelten. Was war denn hier geschehen?

»Hey Schwesterchen. Dein Verehrer scheint einen ganzen Laden leer gekauft zu haben. Ich hab hier etwas aufgeräumt, aber die Pakete konnte ich immer nur von einer Ecke in die nächste stellen.« Mike kam aus seinem Zimmer auf sie zu, und Yvi konnte nicht anders, als ihn anzustarren. Mike sah fabelhaft aus. Egal, was er die letzten paar Tage gemacht hatte, es schien ihm hervorragend zu bekommen: Die Schatten unter seinen Augen waren verschwunden, seine Klamotten waren neu und er bewegte sich selbstsicher auf sie zu. Er drückte sie fest an sich. »Schön, dass du endlich da bist.«

»Ich will es kaum zugeben, aber du hast mir gefehlt. Du siehst gut aus«, flüsterte sie in sein dunkles Oberteil und er lachte leise.

»Die Kids halten mich ganz schön auf Trab. Und da ist noch etwas, das ich gern mit dir besprechen würde.«

Oje. Jetzt kam sicherlich irgendetwas sehr Unerfreuliches, das ihr den kompletten Abend vermiesen würde.

»Hast du Hunger? Ich kann schnell was zu essen machen«, brachte sie Mike aus diesem Grund aus dem Konzept und marschierte eilig an ihm vorbei in Richtung Küche. Sie hoffte, dass er ihr einfach nur folgen und dann den Faden verlieren würde.

»Ich habe eigentlich keinen Hunger«, begann er zaghaft, aber Yvi suchte bereits im Vorratsschrank.

»Wie wäre es mit Pfannkuchen?«

»Yvi! Jetzt setz dich endlich!«, knurrte Mike und hörte sich fast so an wie Yvor, wenn er sauer war. »Ich möchte mich mit dir und nicht mit deinem Hintern unterhalten.«

Erschrocken zog Yvi ihren Kopf aus dem Schrank und sah ihren Bruder an, der sich an den Küchentisch gesetzt hatte. Er wirkte mit einem Mal so erwachsen. Das war ein ungewohntes Bild.

»Ich hab jemanden kennengelernt, und ich denke, dass es was sehr Ernstes werden könnte«, platzte es aus ihm heraus. Yvi ließ sich ihm gegenüber auf dem Küchenstuhl nieder. Heute schien der Tag der Enthüllungen und Entscheidungen zu sein.

»Okay.«

»Ich werde zu ihr ziehen«, redete Mike weiter.

Yvi schluckte.

»Jetzt schon?«

Mike lachte.

»Was heißt denn hier ›Jetzt schon‹? Ich bin 20 und wohne bei meiner großen Schwester. Ich denke, es wird verdammt noch mal Zeit, dass ich aus dem Nest hüpfe. Und du kannst dich dann endlich um dein eigenes Liebesleben kümmern, statt dir um mich Sorgen zu machen. Ich verspreche dir, dass es dafür keinen Grund mehr geben wird.« Er tätschelte Yvis Hände, die sie mit in sich verknoteten Fingern vor sich auf die Tischplatte gelegt hatte. »Violetta ist wirklich die Frau meiner Träume, und ich weiß, dass es ihr mit mir genauso ergeht.«

Ein taubes Gefühl breitete sich von ihren Fingern ausgehend aus und schien Yvis kompletten Körper zu befallen. Sie saß nur da und betrachtete ihren Bruder, der ihr gerade eine Bombe gigantischen Ausmaßes vor die Füße geschmissen hatte.

»Violetta.«

Es dauerte Ewigkeiten, bis sich Yvi fing. Sie murmelte mehrmals Violettas Namen, doch jedes Mal wurde es schwieriger. Sie konnte kaum glauben, dass sie mittags noch mit ihr zusammengesessen hatte. Wieso hatte sie ihr nichts gesagt?

Mike stand auf und füllte Yvi ein Glas mit Wasser, das er ihr vor die Nase stellte. Er wartete geduldig, bis sie sich wieder beruhigt hatte.

»Rede mit mir.«

»Violetta«, wiederholte Yvi krächzend und überlegte, wie viel Mike wohl von Yvors und Violettas Welt wusste. Was, wenn Violetta ihm noch nichts erzählt hatte?

»Ich bin ihr Auserwählter, Yvi.«

Auserwählter? Yvis Kopf war auf einmal leer und die Welt um sie herum schien plötzlich schwarz zu werden.

Mike beobachtete, wie seine große Schwester erst blass wie ein Laken wurde und dann in sich zusammenfiel. Sie rutschte vom Stuhl und er bekam sie mit einem Hechtsprung gerade noch zu fassen, sodass sie nicht auf dem Boden aufschlug. Was zum Geier war denn nur los? So eine Mimose war sie doch sonst nie.

»Violetta«, ächzte sie wieder und dann »Auserwählter«, was ihn dazu veranlasste, ihr das Glas Wasser ins Gesicht zu schütten.

Mit einem gurgelnden Schrei kam sie erneut zu sich.

»Willst du mich ertränken?!«

Na, zumindest war sie wieder biestig, das war schon einmal ein guter Anfang. Jetzt musste er nur noch die Sprache auf das bringen, was sie vermutlich nicht aussprechen wollte.

»Violetta und Yvor sind Vampire. Ich weiß darüber genauso Bescheid wie du. Und so wie ich dich kenne, habe ich es besser aufgenommen.« Er legte den Kopf schief, als Yvi erst die Luft anhielt und dann schnaubte. Sie war ausgeflippt, darüber war sich Mike im Klaren, obwohl er nicht den ganzen Nervenzusammenbruch mitbekommen hatte.

»Dann weißt du auch, wie alt die beiden sind«, raunte Yvi leise und Mike zuckte unbekümmert mit den Schultern.

»Ich habe keine Ahnung, wie alt Yvor ist, aber Violetta ist 719. Sie wurde am 18.12.1287 geboren und ist vom Sternzeichen Schütze. Ich bin Jungfrau. Wird nicht sehr einfach, wenn man dem Internet glauben darf, aber was soll es: Ich bin verliebt. Und ich möchte, dass du mich in meiner Entscheidung unterstützt und dich für mich freust.«

Er sah, wie Yvi schluckte und dann langsam nickte.

»Ich möchte nur, dass es dir gut geht«, flüsterte sie sehr leise und biss sich auf ihre Unterlippe.

Mike reichte ihr eins der Geschirrhandtücher und grinste. Ihm ging es gut. Sehr gut sogar. Und das sagte er auch Yvi, die sich langsam das Wasser abtupfte.

»Hast du Lust, mit mir die Pakete zu öffnen und mal zu schauen, was Yvor wieder Verrücktes gekauft hat? Ich hab noch ne Stunde, bis ich zu ihm fahre. Wir wollen heute Abend einen Filmmarathon machen. Hannibal Lecter bis zum Abwinken.« Yvi grinste schief. Gott sei Dank, da war auch ihr Humor wieder!

»Mit was bewaffnen wir uns zum Paketöffnen? Messer, Schere oder rohe Gewalt?«

Yvi schnappte sich zwei Steakmesser und reichte eins Mike, der sich bewaffnet dem ersten Päckchen näherte.

Gut fünfzehn Minuten später saßen beide im Wohnzimmer auf dem Boden und inmitten von den Überresten der Kartonboxen, die mit Schokoladenriegeln, Pralinen, Tafeln aus Schokolade und jede Menge anderem Süßkram gefüllt waren. Yvi gluckste immer wieder, wenn sie eine neue Sorte entdeckte und Mike wusste, dass es sie reizte, jede Leckerei zu kosten. Sie war schon immer ein Schleckermaul gewesen und das schien Yvor zu unterstützen. Hoffentlich stand er auf Mollige, denn Yvi würde sicherlich erst dann ruhe geben, wenn sie sich durchprobiert hatte.

»Boah! Die Pralinen musst du auch probieren. Die sind gigantisch!« Mit diesen Worten reichte sie ihm eine Packung mit in rosa Folie eingeschlagenen Schokoladentropfen. Im Laden wäre Mike sicherlich daran vorbeigelaufen, denn allein die Farbe war für einen Mann uncool oder zumindest an der Kasse ziemlich peinlich. Jetzt aber wickelte er die Praline aus und schob sie sich zwischen die Lippen. Yvi hatte recht: Sie schmeckten gigantisch. Aber was war das? Trüffel? Ja! Das waren definitiv Trüffel!

Er zog ein weiteres Päckchen heraus und lachte. Dieser Leckerei würde Yvi auf gar keinen Fall widerstehen können: rosa Schokolinsen in Herzform.

»Schau mal hier. Ich glaube, die solltest du für euren Fernsehabend zum Naschen mitnehmen.« Er warf ihr die Packung zu und Yvi kicherte.

»Oh ja, die sind prima. Die packe ich gleich ein. Yvor hat ja wieder sehr übertrieben, aber dieses Mal kann ich ihm einfach nicht böse sein. So viel Schokolade hatten wir noch nie im Haus.« Sie lachte und warf dann einen Blick auf die Uhr. Die Zeit musste gerast sein. Erschrocken sprang sie auf. »Ach Mist! Ich muss mich fertigmachen. Yvor wartet sicherlich schon.«

»Er wird dir schon nicht wegrennen. Oder ist der Drang, zu ihm zu kommen, so groß?«, erkundigte sich Mike flachsend und kassierte dafür einen leichten Fausthieb gegen seine Schulter. Er konnte sich ein Glucksen nicht verkneifen und sah seiner Schwester dabei zu, wie sie sich einen Weg durch das entstandene Chaos bahnte. Sie war tatsächlich aufgeregt. So hatte er sie noch nie gesehen.

Yvor hatte sich alles so schön ausgemalt, doch das Leben machte einfach nicht, was er wollte. Er hatte sich um das Dinner kümmern und alles romantisch herrichten wollen, doch nun saß er hier; im Wartezimmer einer Tierarztpraxis und wartete darauf, dass er endlich an die Reihe kam. Im Raum saßen noch etliche Wartende und warfen immerzu genervte oder gelangweilte Blicke auf die Uhr. Goldie, Blacky und Dots schienen die Atmosphäre ebenfalls nicht gutzuheißen, denn sie versuchten schon wieder, aus dem Einkaufskorb, den Frau Wallner ihm für den Transport gegeben hatte, zu krabbeln und einen Weg aus der Praxis zu suchen. Sie wirkten recht fidel, aber Yvor wollte lieber auf Nummer sicher gehen.

»Herr Sommer würden Sie bitte noch einmal kurz mitkommen? Mir fehlen hier noch ein paar Unterlagen.« Die junge Sprechstundenhilfe, die Yvor zuvor nur in Richtung Warteraum gewinkt hatte, kam auf ihn zu und lächelte unsicher. Am liebsten hätte er abgelehnt, doch dann würde sich das Ganze noch mehr in die Länge ziehen, also marschierte er hinter der Kleinen her und beantwortete gut zehn Minuten sämtliche Fragen. Die Welpen begannen währenddessen, immer lauter zu jaulen. Sie klangen wie drei quietschende und luftverlierende Luftballons. Yvors Geduld war so gut wie erschöpft. Langsam glaubte er, dass es doch keine gute Idee gewesen war, diese kleinen Quälgeister in sein Haus zu lassen.

»Sie können gleich zum Doktor. Wenn er mit seinem

jetzigen Patienten fertig ist, sind die drei Kleinen dran.«

Das hörte sich gut an, dauerte allerdings noch eine weitere halbe Stunde. Wie hielten das die Leute nur aus? Das war ja noch schlimmer, als den ganzen Tag ruhig in einem Bürostuhl zu sitzen. Und in dieser Praxis stank es fürchterlich nach nassem Hund, Desinfektionszeug und der Angst der Tiere. Yvors Magen rebellierte.

Die Tür des Behandlungsraums öffnete sich und zu Yvors Überraschung kam eine Frau heraus. Sie trug eine schwarze Jeans und ein hellblaues Hemd und sah so gar nicht nach Ärztin aus.

»Der Nächste bitte«, sagte sie und grinste Yvor an, der mit seinem Einkaufskorb auf sie zukam. »Goldie, Blacky und Dots.«

Beim Vorbeimarschieren bekam Yvor den Eindruck, dass diese Frau noch nicht alt genug war, um die richtige Erfahrung haben zu können. Sie war sicherlich gerade erst mit ihrem Studium fertig.

»Sehen Sie mich nicht so an. Ich weiß ganz genau, dass ich aussehe wie eine Studentin. Los, rein in meinen Behandlungsraum und die Kleinen auf den Tisch. Ich bin gleich für Sie da.«

Mit einem sicherlich sehr ungläubigen Gesichtsausdruck lief Yvor an der jungen Veterinärin vorbei in den sterilen Raum. Goldie, Blacky und Dots fühlten sich hier sogar noch unwohler.

»Ihr seid selbst schuld. Hättet ihr nicht dieses Chaos veranstaltet, wären wir nicht hier.« Er sah auf die Uhr und war kurz vor der Verzweiflung. Schon so spät! Gleich wollte er sich mit Yvi treffen. Verdammt, er musste los.

Yvor zog sein Handy ans Ohr, nachdem er Yvis Nummer gewählt hatte. Sie meldete sich mit einem hektischen »Ja?« und er musste sich zusammenreißen, keinen knurrenden Ton von sich zu geben.

»Ich fürchte, ich werde mich etwas verspäten. Ich bin gerade noch mit Dreien der Racker beim Tierarzt. Nur zur Sicherheit.«

»Was ist denn los? Ist es was Ernstes?«, erkundigte sich Yvi sofort und Yvor seufzte. Jetzt klang sie besorgt. Das hatte er eigentlich mit seinem ›Nur zur Sicherheit‹ verhindern wollen.

»Sie haben erst die Wohnung verwüstet und dann zwei Ketchup-Flaschen vom Regal befördert. Wie sie das geschafft haben, ist mir ein Rätsel. Auf jeden Fall waren da Scherben auf dem Boden und ich will sicherstellen, dass sie keine gefressen haben. Hannibal, Grey und Bärchen sind zu Hause und freuen sich sicherlich über ein paar Streicheleinheiten von dir. Ich versuche so schnell bei dir zu sein wie möglich.«

»Ist gut. Ich freue mich auf dich«, hauchte sie und legte dann auf, bevor er etwas erwidern konnte.

Yvor seufzte. Er hätte ihr gern noch so einiges gesagt, aber er konnte sie telepathisch nicht erreichen und das alles in ein technisches Gerät zu sagen, widerstrebte ihm. Es schien so zu sein, dass ihre Verbindung nur auf kurze Distanz funktionierte oder wenn einer von ihnen in Panik war. Sein Kiefer schmerzte, denn durch das ganze Chaos hatte er vergessen, seine Dosis zu sich zu nehmen. Er ärgerte sich über sich selbst, denn schließlich wusste er ja, wie unberechenbar sein Körper auf Entzug reagierte.

»So, da bin ich wieder. Dann wollen wir uns die drei Rabauken mal anschauen. Meine Sprechstundenhilfe meinte, dass Sie befürchten, dass die Kleinen Glas gefressen haben könnten. Wie konnte denn das geschehen?« Die Tierärztin hatte sich kurz nach dem Hereinkommen ein Klemmbrett geschnappt und kritzelte darauf herum. Yvor erzählte von den Tomatenketchup-Flaschen und die junge Frau schüttelte ihren dunkelhaarigen Haarschopf. »Ja, am besten schließt man in dem Alter alles vor ihnen weg, was einem wichtig ist. Sie sind wie kleine Kinder. Gut, dann wollen wir mal schauen.«

Sie griff nach Dots und hob ihn hoch. Er quietschte leise, aber hatte keine Chance, der Ärztin zu entkommen. Yvor beobachtete, wie sie den Kleinen eingehend betrachtete, dann seinen Bauch mit einer Flüssigkeit bestrich und diesen mit einem Gerät abtastete. Die Ergebnisse waren auf einem Monitor zu sehen. Yvor versuchte, irgendetwas zu erkennen. Leider sah er nur seltsame Umrisse. Wie sollte man aus sowas schlau werden?

»Sieht gut aus. Also hier sehe ich keine Probleme. Nächster.« Die gleiche Prozedur wiederholte sie auch mit Blacky und Goldie. Der Gesichtsausdruck der Veterinärin wirkte optimistisch, als sie die Behandlung bald darauf beendete. »Ich glaube nicht, dass eine Gefahr besteht. Sie haben Glück gehabt. Jetzt überlasse ich es Ihnen, ob sie die Kleinen vielleicht noch über Nacht zur Beobachtung dalassen möchten, oder ob sie zu Hause auf sie achten.«

»Ich denke, ich nehme sie mit nach Hause. Kann ich Sie kontaktieren, wenn noch etwas sein sollte?«, raunte Yvor. Seine Stimme war heiser geworden und ihm war heiß. Blutdurst schärfte seine Sinne und er stellte verblüfft fest, wie gut diese Frau vor ihm roch.

»Ich gebe Ihnen meine Karte mit. Sie können mich im Notfall anrufen. Ich bin jederzeit erreichbar«, hauchte sie und lächelte. Flirtete sie etwa?

Yvor räusperte sich. Diese Situation war ihm auf einmal mehr als unangenehm, vor allem, weil es so leicht wäre, diese Frau kurz an sich zu ziehen, ihre Haare zur Seite zu streichen und sie ...

»Ähm, danke. Ich hoffe, dass das nicht nötig sein wird. Ich muss jetzt los. Danke noch mal.«

66

Na, da seid ihr ja. Nicht weitersagen, aber ich habe euch vermisst!« Yvi beugte sich schnell zu den drei um sie herum hüpfenden Welpen herunter, streichelte und kraulte deren Rücken oder Köpfe, je nachdem, was sie erwischen konnte. Bärchen umschwirrte sie in Kreisen, während sich Hannibal vor sie setzte und auf sie wartete. Grey tanzte auf den Hinterpfoten, um ihre Aufmerksamkeit zu erhalten. Yvi kicherte, zog einen Hocker zu sich heran und nahm darauf Platz. So konnte sie sich in aller Ruhe den Dreien annehmen.

»Wie es aussieht, habe ich euch auch gefehlt.« Yvi wischte sich den Hundekuss weg, den Grey ihr gegeben hatte, nachdem sie ihn auf den Schoß genommen hatte, und lachte. Natürlich machte er es sich sofort wieder auf ihr bequem und Yvi freute sich darüber. Es hatte was Harmonisches.

»Dr. Nowak? Wenn es Ihnen recht ist, würde ich mich nun zurückziehen. Herr Sommer hatte mich nur gebeten, auf Sie zu warten und Ihnen die Tür zu öffnen. Sie sind ja in guter Gesellschaft.« Frau Wallner verzog ein wenig das Gesicht, als wäre ihr der letzte Satz zuwider. Sie mochte keine Haustiere und versuchte nur, es sich nicht anmerken zu lassen.

Yvi verkniff sich einen Kommentar dazu und sagte stattdessen:

»Ja, das bin ich. Danke, Frau Wallner und einen schönen Abend.«

»Ihnen auch einen schönen Abend. Ich hoffe, dass Herr Sommer schnell wieder hier ist.« Nun lächelte die ältere Dame doch. Um ihre klugen braunen Augen bildeten sich sogar kleine Lachfältchen. Als junge Frau musste sie so manchem Mann den Kopf verdreht haben, schoss es Yvi durch den Kopf. Sie beobachtete, wie Yvors Haushälterin ihr noch einmal zunickte, sich dann ihre Tasche nahm und das Haus verließ. Somit war Yvi mit den Welpen allein.

»So. Und was machen wir jetzt? Wollen wir ausprobieren, wie lernfähig ihr schon seid« Yvi hatte eine Packung Hundeleckereien auf dem Wohnzimmertisch entdeckt und schnappte sich nun die Tüte. Das leise Knistern der Verpackung reichte aus, um die Bande in Bewegung zu setzen. Grey saß auf Yvis Schoß und spitzte die Ohren, während sogar Hannibal und Bärchen mit kleinen Kunststückchen versuchten, sie zu bestechen. »Sehr berechenbar, aber trotzdem wirkungsvoll.«

Yvi rückte schon jetzt die ersten Leckerlis heraus und die Kleinen freuten sich sichtlich darüber. Nach dem nervenaufreibenden Tag war es eine wunderbare Abwechslung, mit den Kleinen auf dem Boden herumzutollen und sie zu beobachten. Es stimmte, dass Tiere einen beruhigen konnten und Yvi genoss jede Minute mit ihnen. Zumindest, bis sie ein lautes Geräusch hinter dem Haus vernahm. Es hatte sich nach zersplitterndem Glas angehört.

Yvi näherte sich den Fenstern, um nachzuschauen, was vor sich ging. Draußen war es mittlerweile dunkel geworden und sie konnte zu ihrem großen Missfallen nichts erkennen. Sie seufzte.

»Ihr bleibt schön hier auf dem Kissen. Ich komme gleich wieder«, sagte sie zu den Kleinen und stellte belustigt fest, dass sie sich tatsächlich hinlegten. Dieser Zustand würde sicherlich nicht lange anhalten.

Der Garten wirkte ruhig, als Yvi aus der Haustür trat und sich umsah. Hatte sie sich das Klirren von Glas vielleicht nur eingebildet? Sie suchte nach einem Windspiel oder etwas in der Art, das eventuell dieses Geräusch gemacht haben könnte, aber sie suchte vergebens. Es gab nichts zu entdecken.

›Na hoffentlich geht das gut und da wartet kein Axtmörder hinter dem Gartenhäuschen‹, schoss es ihr durch den Kopf, aber sie entriegelte trotzdem den Schnapper der Haustür und lief dann langsam weiter in Yvors Garten hinein. Er war wirklich beeindruckend schön, das änderte aber nichts daran, dass sie jetzt gern etwas mehr Licht gehabt hätte. Ein merkwürdiges Gefühl beschlich sie, so als würde sie beobachtet werden, und es ließ sich auch nicht abschütteln. ›Okay, ich bin doch ein Angsthase.‹

Sie wandte sich wieder in Richtung Haus ... und bekam fast einen Herzinfarkt, als plötzlich eine dunkle Gestalt vor ihr stand.

»Verfluchte Scheiße! Willst du mich umbringen?«, fauchte sie Yvor an, der sie irritiert ansah.

»Was machst du hier draußen?«

Yvis Herz schlug ihr bis zum Hals und sie schien Puddingbeine bekommen zu haben. Sie fluchte erneut, um den Schrecken aus ihren Knochen und vor allem aus ihren Beinen zu bekommen. Manchmal half es ihr, wenn sie sich so richtig aufregte. Yvors Lippen zuckten, aber er sagte nichts, weil sie sich mal wieder so ganz und gar nicht damenhaft verhielt.

»Nun?«, hakte er nach und jetzt war es Yvi, die ihn irritiert ansah. Er betrachtete sie eingehend und stellte seine Frage noch mal, diesmal jedoch so langsam, als würde er mit einem Kind sprechen. »Was machst du hier draußen?«

»Ich hab im Garten Glas klirren gehört und wollte nachsehen.«

Yvor hob eine Augenbraue, dann ergriff er ihre Hand.

»Lass uns gemeinsam nachsehen. Keine Sorge. Sollten wir angegriffen werden, werde ich dich mit meinem Leben verteidigen.«

Der Gedanke gefiel Yvi ganz und gar nicht. Yvors Kommentar war ihr wieder mal zu altmodisch und absolut unnötig. Wenn Gefahr drohte, nahm man die Beine in die Hand, suchte sich einen sicheren Ort und rief die Polizei. Edle Ritter waren nicht ohne Grund ausgestorben.

›Du vergisst, dass es noch Ritter in England gibt‹, klang Yvors Stimme sanft in ihrem Kopf und Yvi sah nun sein amüsiertes Grinsen.

›Die zählen nicht. Das sind keine richtigen Ritter. Ich meine die in glänzender Rüstung und mit Pferd.‹ Yvi war stolz auf sich, dass sie es sogar fertigbrachte, in Yvors Gedanken ein verächtliches Schnauben hören zu lassen. Sein Grinsen wurde breiter und er marschierte neben ihr durch die Dunkelheit.

›Gut, dann werde ich kein Ritter sein. Wie wäre es dann mit einem Romantiker?‹ Er zog sie an sich und küsste sie zärtlich und doch leidenschaftlich. Da waren sie wieder, Yvis Puddingbeine. ›Ist das für dich akzeptabel?‹

Sie seufzte und nickte. Bildete sie sich das nur ein oder hörte sie leise Musik? Sanftes Licht drang durch den dunklen Garten und Yvi sah den Mann, der ganz in Weiß gekleidet, auf sie zu kam. Was sollte das werden?

›Nicht analysieren. Lass dich einfach darauf ein‹, sagte Yvor und führte sie, ihren Arm bei sich untergehakt, in die Richtung des Unbekannten. Dieser hielt eine Laterne und begrüßte sie beide in leisem Ton.

»Ich freue mich, dass ihr den Weg in unser bescheidenes Gasthaus gefunden habt. Lasst mich euch führen.«

Yvi hatte nicht den blassesten Schimmer, was das sollte, aber Yvor zuliebe schritt sie neben ihm her, folgte dem Mann zu einem weiteren Gartenhaus, hinter dem sie eine atemberaubende Überraschung erwartete: Ein Meer aus Teelichtern erhellte einen Rosenbogen, unter dem eine gemütliche Sitzecke aufgebaut worden war.

Yvi und Yvor setzten sich und der Mann begann mit seiner Vorstellung. Mit geschickten Bewegungen zog er weiße Tischtücher hervor und bestückte alles, während er mit dem Besteck und Geschirr Jongleureinlagen gab.

›Ich hoffe nur, dass er nicht auf die Idee kommt, uns die Vorspeise entgegen zu werfen. Es ist eine Suppe‹, gab Yvor trocken zu bedenken und Yvi musste sich das Lachen verkneifen. Sie kicherte verhalten und kniff ihn in den Arm. ›Was?‹

Der jonglierende Kellner servierte die Spargelcremesuppe höchst anständig und sie schmeckte dazu auch noch überaus köstlich. Yvi genoss es zu ihrer eigenen Verwunderung in vollen Zügen. Manchmal half es wohl doch, nicht alles unter die Lupe zu nehmen. Auch der Hauptgang war eher unspektakulär, was die Darbietungen des Kellners betraf, allerdings nicht das Essen einschloss. Yvi genoss das köstliche Überraschungsmahl und Yvors Gesellschaft. Ab und an strich er ihr zärtlich mit den Fingerspitzen über ihren Arm und machte ihr eine Gänsehaut. Ihre Körper schienen sich immer wieder gegenseitig anzuziehen wie Magneten.

›Ich sagte doch: Nicht analysieren.‹

67

Er konnte sich nicht daran sattsehen, wenn Yvi sich über Kleinigkeiten freute oder ihm zwischendurch kurze Blicke zuwarf. Während des Essens war sie ausgelassen und sie redeten über Gott und die Welt, als der Kellner allerdings danach seine Sachen zusammenpackte und sie allein bei Kerzenschein und leiser Musik zurückließ, wurde auch Yvi ruhiger. Sie schien über etwas nachzugrübeln, ihn jedoch nicht daran teilhaben lassen zu wollen. Wie gern hätte er bei ihr nachgefragt, wollte jedoch nicht wieder in ein Fettnäpfchen treten, vor allem nicht nach diesem gelungenen Abend.

›Ich dachte nur gerade über den Tag nach. Es war ziemlich anstrengend und überraschend. Und dann hat Mike mir auch noch eröffnet, dass er ausziehen will. Du glaubst mir nicht, mit wem er zusammenziehen möchte ...‹, begann Yvi zu seiner Freude von allein und kuschelte sich an ihn.

›Mit wem?‹

›Violetta‹, hauchte sie und Yvor stutzte. Hatte sie gerade wirklich ›Violetta‹ gesagt? ›Ja, du hast richtig gehört. Deine Violetta.‹

»Sie ist nicht meine Violetta«, knurrte Yvor leise und schob Yvi leicht von sich, um ihr ins Gesicht sehen zu können. »Weiß er etwa über Vampire und Auserwählte Bescheid?«

Sie nickte leicht, runzelte aber auch die Stirn. Sie hatte keine Ahnung, ob ihr Bruder ein Auserwählter war oder nicht. Er würde am nächsten Tag mit Violetta reden.

»Heute hat eine Kollegin versucht, sich das Leben zu

nehmen. Ich glaube, das war einer der Gründe, wieso mich alles so beschäftigt. Das Leben ist zu kurz, um immer zaghaft zu sein, oder?«

»Als Normalsterblicher? Da hast du meist im Schnitt nur siebzig bis achtzig Jahre. Der Wert ist innerhalb von gut hundert Jahren bereits beachtlich gestiegen.« Mit Zahlen um sich werfen, war eines seiner leichtesten Übungen.

Yvi lächelte und schüttelte ihren Kopf.

»Und wie sieht es da mit Vampiren aus?«

Mit dieser Frage erwischte sie Yvor eiskalt. Leider gab es keine vernünftige Statistik, die auch Vampire mit einschloss. Vielleicht sollte er das in der nächsten Ratssitzung einmal anmerken. Yvi kniff ihm in die Seite und er sah sie irritiert an. Sie kicherte wieder und seine Welt der Zahlen war schlagartig bedeutungslos.

›Komm, lass uns rein gehen. Ich denke, es ist schon spät und wir müssen ins Bett.‹ Sie stand auf und hielt ihm ihre Hand hin. Das ließ er sich nicht zweimal sagen. Mit einem kurzen Blick auf die Lichter und mit der Sicherheit, dass nichts in ihrer Abwesenheit abbrennen konnte, schritten sie Arm in Arm in Richtung Haus zurück.

Yvis Wärme und ihr verführerischer Geruch weckten den Durst, den er in der Tierarztpraxis erfolgreich niedergerungen hatte. Sie seufzte und fasste sich an ihren Hals. Sie konnte seinen Durst in ihrer Kehle spüren.

›Ich glaube, ich werde mich erst nähren, bevor du noch mein Nachtisch wirst‹, raunte er und zeigte ihr seine Fänge, halb als Warnung, halb um ihr zu zeigen, wie sehr er sich etwas anderes wünschte.

Yvis Iris weitete sich, aber sie sagte nichts. Was sie dachte, behielt sie für sich, allerdings fiel ihm ein leichtes Funkeln in ihren Augen auf. Sie hatte irgendetwas vor.

»Gut, dann würde ich vorschlagen, dass du dir einen Blutbeutel gönnst, danach die Welpen noch einmal nach draußen bringst und wir uns am Ende in deinem Schlafzimmer treffen. Bis dahin bin ich bettfertig. In Ordnung?«, hauchte sie in verführerischem Ton und Yvor wurde es auf einmal heiß. Und noch etwas geschah, als sich Yvi mit leicht schwingenden Hüften die Treppe empor bewegte. Seine Anzughose wurde enger.

»Oh Mann. Die Frau macht mich wahnsinnig«, raunte er zu sich und versuchte, die Erektion zu ignorieren, was gar nicht so einfach war, denn sie wurde bei jedem seiner Schritte gegen die Hose gedrückt. In Windeseile erledigte er alles, was er noch auf seiner ›To-do-Liste‹ hatte. Er trank sogar noch eine zweite Blutkonserve, nur um ganz auf Nummer sicher zu gehen, und wartete dann eine quälende Ewigkeit darauf, dass die kleinen Nervensägen mit ihrem Auslauf fertig waren.

»So. Es reicht. Und wenn es auch heißt, dass ich morgen wieder putzen muss. Jetzt geht es wieder auf euer Kissen.«

Natürlich hatten die kleinen Rabauken keine Lust, auf ihrem Kissen sitzen zu bleiben und versuchten immerzu, ihm zu folgen. Er musste sich wirklich noch etwas ausdenken, wie er sie beschäftigen konnte. Am Ende marschierte er eilig in Richtung Tür und schloss diese hinter sich, sodass sie ihm nicht mehr folgen konnten. Ein leises Quietschen war die Konsequenz, beruhigte sich zum Glück jedoch recht schnell wieder.

›Na, wenigstens sind sie nicht allzu hartnäckig‹, ging es Yvor durch den Kopf und er lächelte. Nun konnte er sich ganz der Frau widmen, die hoffentlich bereits in seinem Bett auf ihn wartete.

68

Wie ein aufgescheuchtes Huhn lief Yvi in Yvors Schlafzimmer umher, suchte ihre Sachen heraus und ließ ihren Rucksack, den sie wohlweislich mitgebracht hatte, unter dem Bett verschwinden. Als Yvor die Hunde nach draußen gebracht hatte, war sie nochmals in die Küche gespurtet und hatte die Zutaten für ihren Plan zusammengesucht. Nun lagen diese feinsäuberlich auf Yvors Bettseite und warteten darauf, genutzt zu werden. Yvi grinste. Hoffentlich gefiel Yvor ihre Idee.

Sie schlüpfte nun aus ihren Kleidern, bettete sich inmitten der Kissen und wartete auf Yvors Ankunft. Allzu lange musste sie nicht ausharren, denn er stürmte schon kurz darauf schwer atmend durch die Tür, blieb aber bei ihrem Anblick wie angewurzelt stehen. Sein Mund öffnete sich überrascht, schloss sich jedoch gleich wieder. Sein Blick wanderte über ihren halbnackten Körper, den sie wie eine Opfergabe auf dem Bett drapiert hatte.

»Dein zweiter Nachtisch«, flüsterte Yvi und zupfte etwas nervös an der Spitze des knappen Höschens, das sie noch trug. Den dazu gehörenden BH hatte sie bereits am Rücken geöffnet, sodass man ihn einfacher entfernen konnte.

Yvor kam langsam auf sie zu, ließ sie allerdings nicht eine Sekunde dabei aus den Augen, und setzte sich vor sie auf die Bettkante. Sie bewegte sich nicht, wartete ab und gab ihm so die Möglichkeit, sich erst zu beruhigen, bevor er auch den Rest des Nachtischs bemerkte. Yvi hatte Schlagsahne, Schokoladensirup und Honig in der

Küche entdeckt und diese neben sich gelegt, während sie einige der Pralinen aus ihrer Wohnung auf dem Bett verteilt hatte. Yvors Finger strichen über ihre Haut und sie erschauderte. Yvi krallte sich in die Bettdecke. Sie durfte sich nicht bewegen, denn schließlich gehörte sie ja mit zum Nachtisch. Angespannt ließ sie zu, dass Yvor ihren Körper mit seinen Augen bereits verschlang, bevor er sich endlich seiner Klamotten entledigte und zu den Zutaten griff.

»Na, dann wollen wir meinen Nachtisch mal noch süßer machen«, raunte er heiser, zog Yvi den BH aus und griff nach der Honigtube.

Langsam und zähflüssig tropfte der Honig auf ihren Körper und Yvi hatte schon jetzt das Gefühl, gleich zu explodieren. Immer mehr Honig ergoss sich über ihre Brüste, ihren Bauch und ihre Oberschenkel. Ihre Haut kribbelte an den Stellen, an denen Yvor mit seinen Fingerspitzen dem süßen Fluss Einhalt gebot.

»Wollen wir testen, wie es schmeckt?«, fragte er sie mit einem unschuldigen Gesichtsausdruck und leckte schnell über eine ihrer Brustwarzen.

Yvi stöhnte. Wäre sie es nicht schon längst gewesen, wäre sie sicherlich spätestens jetzt feucht bis durch das dünne Höschen. Ein freches Grinsen machte sich auf Yvors Gesicht breit und er griff nach ein paar Pralinen. Er packte diese aus und verteilte sie ebenfalls auf Yvis Körper. Na prima! Jetzt musste sie besonders stillhalten, dass die runden Pralinen nicht abrutschten.

›Hübsch sieht es schon mal aus. Aber ich denke, das können wir sogar noch steigern‹, hallten die Worte in ihrem Kopf wider und ihre Nerven waren nun zum Zerreißen angespannt. Yvor ergriff gleichzeitig die Sahne und den Sirup. Das war für Yvi zu viel. Sie schloss die Augen. Ein großer Fehler, wie sie gleich darauf feststellte, denn mit geschlossenen Augen wurde das Gefühl sogar noch intensiver.

Yvor quälte sie weiter. In aller Seelenruhe verteilte er auch noch Sahne und Schokoladensirup auf ihr, legte immer wieder kleine Pausen ein, um sein Werk zu begutachten. Am liebsten hätte Yvi ihn auf sich gezogen, aber die Sauerei, die sie damit in den Bettlaken hinterlassen hätten, ließ sie zögern. Ein leises Lachen hallte in ihrem Kopf und dann spürte sie seine Lippen auf ihrer Haut.

›Mmmmh, du schmeckst gut‹, raunte Yvor und Yvi riss der Geduldsfaden. Blitzschnell streckte sie sich, packte ihn an den Schultern und zog ihn auf sich.

›Scheiß auf das Vorspiel!‹ Sie suchte und fand seinen Mund. Er schmeckte nach Schokolade und Honig. Yvi wollte mehr, brauchte mehr von diesem Mann. *Ihrem Vampir*. ›Trink von mir!‹

Ein Ruck ging durch Yvors Körper und er löste seine Lippen von ihr, um sie fragend anzusehen. Yvi konnte seine Erregung an ihrem Schenkel spüren, rieb sich an ihm, aber er ging nicht auf sie ein. Sein Blick war noch immer fragend auf sie geheftet.

›Bist du dir sicher?‹

Wieso fragte er das nur immer? Natürlich war sie sich sicher. Sie seufzte und küsste ihn erneut, dieses Mal mit mehr Nachdruck. Sie bemerkte, wie seine standhafte Fassade langsam Risse bekam. Sie schob ihre Zunge in seinen Mund und strich über einen seiner Fänge. Yvor stöhnte. Yvis Zunge lockte ihn, forderte ihn auf, endlich seine Zurückhaltung aufzugeben.

Mit einem Laut, der sich wie ein Knurren anhörte, drückte er sie fest in die Kissen und übernahm die Kontrolle. Seine Hände hielten die ihren gefangen, sein Körper presste sich an sie und ließ ihr kaum Luft zum Atmen. Ihr wurde es schwindelig, als er seinen Kopf in ihrer Halsbeuge versenkte und die Haut dort liebkoste.

›Du gehörst mir.‹ Sie war sich sicher, dass Yvor diese Worte nicht zu ihr gesagt hatte. Es war mehr ein Gedanke, den er nicht hatte unterdrücken können.

Seine linke Hand umschloss ihre beiden Handgelenke und hielt Yvi fest, während er an ihrem Höschen zerrte, dessen sie sich leider nicht entledigt hatte. An das Geräusch zerreißenden Stoffes würde sie sich wohl gewöhnen müssen, denn Yvors Geduld war wohl mit gesteigerter Erregung komplett verflogen.

›Wir kaufen dir jede Menge dieser netten Dinger. Ich mag diese Art, dich davon zu befreien‹, raunte er und in seinem Gesicht sah sie etwas aufglimmen. Er war wieder auf der Jagd und Yvi war definitiv seine Beute. Dieses Mal wollte sie gefangen sein, wollte von ihm genommen werden und wünschte sich, er würde ihr Blut trinken. Wieso dieser Wunsch immer stärker wurde, wusste sie nicht, es war ihr auch egal. Sie sollte ja nicht mehr analysieren ...

69

Du möchtest also, dass ich dich nehme? Das kannst du haben«, brachte er knurrend hervor und drehte sie auf den Bauch. Ihrem überraschten Gesichtsausdruck nach zu urteilen, hatte sie mit allem Möglichen gerechnet, aber nicht mit einem solchen Überfall. Yvor grinste. So würde es ihm noch mehr Spaß machen, denn Yvi hatte keine Chance, ihm zu entkommen, geschweige denn, ihre Gabe zu nutzen. Sie konnte nur daliegen und hoffen, dass er sich nicht daneben benahm. Als würde er so etwas tun.

Langsam ließ er seine Finger zwischen ihren Schenkeln eintauchen und erforschte ihre bereits feuchte Spalte. Yvi stöhnte laut auf und vergrub ihr Gesicht in ihrem Kissen. Es schien ihr peinlich zu sein. Wie süß.

›Du musst nicht schüchtern sein.‹ Er rieb sich an ihr und hinterließ eine Spur von Honig, Schokosirup und flüssiger Sahne auf ihrem Rücken und den weiblichen Rundungen ihres Hinterns. Sein Schwanz war bereits so steif, dass es ihn zu schmerzen begann. Wie gern wäre er tief in sie eingetaucht, hätte sich in ihrer Spalte vergraben und dem Begehren nachgegeben, das ihn so quälte. Er wollte sie nehmen, sich von ihr nähren und ihr zeigen, dass sie nur noch ihm allein gehörte. Es war ein instinktives Verhalten, dem er nur allzu gern nachgegeben hätte, aber noch zügelte er sich.

»Nimm mich! Ich will es«, bettelte Yvi leise und er gab seinen Begierden freien Lauf.

Kraftvoll drang er in sie ein und ihr Stöhnen erfüllte den Raum, seinen Kopf und alle seine Sinne. Sie zitterte und bog sich ihm entgegen.

›Mehr?‹

Er wartete, bis sie nickte, dann zog er sich fast komplett aus ihr heraus, nur, um sich danach erneut tief in ihr zu versenken.

›Oh Gott, ja! Mehr!‹

Ihr Wunsch war ihm Befehl und er wiederholte dieses Spiel, das nicht nur Yvi fast um den Verstand brachte. Es war ein überwältigendes Gefühl, in ihre heiße und enge Scham einzutauchen. Blutlust schärfte seine Sinne und sein Mund näherte sich wieder ihrem Hals. Yvor sah die rhythmische Bewegung der Ader, hörte das Pochen und roch Yvis Erregung. Nur einen kleinen Bissen.

Langsam leckte er über die zarte Haut und Yvi schrie auf, kam mit einem Beben, das auch ihn erschütterte und die Kontrolle verlieren ließ. Er versenkte seine Fänge in ihrem Fleisch, trank in kräftigen Zügen ihr Blut und sorgte dafür, dass sie noch einmal kam und auch er endlich die Erlösung fand, die er sich so gewünscht hatte.

Matt rollte er sich neben sie und zog sie an seinen Körper. Ihre Haut war feucht von ihrem Liebesspiel und sie klebten beide. So schön es auch gewesen war, den Honig und den Sirup auf ihr zu verteilen, jetzt begann das Zeug, langsam und erbarmungslos zu jucken.

›Wir haben auch das ganze Bettzeug eingesaut. Ich fürchte, das werden wir wechseln müssen‹, seufzte Yvi müde und Yvor küsste ihre Schulter.

›Aber das war es wert.‹

Nun kicherte Yvi und der Klang war einfach wunderbar. Sie wirkte gelöst und frei, statt so verkrampft wie sonst. Hatte er es tatsächlich geschafft, dass sie sich fallen ließ?

»Jemand sagte mir einmal: Nicht analysieren«, hauchte Yvi und löste sich aus seiner Umarmung. Nackt und mit wiegenden Hüften schritt sie bis zur Tür, wandte sich dann wieder zu ihm um und grinste frech.

»Was wird das, wenn es fertig ist?«

Yvi hielt ihm ihre Hand hin. Das war ihre Antwort und Yvors Körper reagierte auf sie. Eilig sprang er aus dem Bett und schnappte sich die Frau, die sogleich ein Quietschen von sich gab.

›Ich Jäger, du Beute. Und jetzt mache ich dich sauber‹, knurrte er in ihren Kopf hinein und sie lachte, als er sie über seine Schulter warf.

›Hey, Macho! Ich kann auch allein laufen.‹

Das sah Yvor nicht ein, so sehr er ihre Selbstständigkeit schätzte. Jetzt gerade war sie seine Frau und er wollte sich um sie kümmern. Als Erstes würde er sie von dieser klebrigen Masse befreien, die sie am Körper hatte und dann würde er ihr noch mehr Lust bereiten. Yvi hatte eine lange Nacht vor sich und Yvor wollte dafür sorgen, dass sie noch mindestens dreimal seinen Namen entweder schreien oder stöhnen würde.

70

Ich muss heute definitiv früher ins Bett und schlafen, egal wie heiß Yvor ist‹, schwor sich Yvi zum gefühlt hundertsten Mal und ließ ihre Stirn auf die Tischplatte sinken.

Die Nacht mit Yvor war der absolute Wahnsinn gewesen und sie hatte jede einzelne Minute davon genossen. Wieso musste sie nur jetzt so müde sein? Das war so unfair!

»Yvi, du siehst aus, als hättest du die ganze Nacht kein Auge zugetan. Was ist denn los? Wieder Ärger mit Mike? Oder hat es etwa doch was mit Mr. Fantastic zu tun?« Anna hatte leider ein gutes Gespür, und so ungern Yvi jetzt schon mit der Wahrheit rausrücken wollte, musste sie dennoch lächeln. »Also echt? Mr. Fantastic?«

»Hör auf, ihn so zu nennen. Yvor ist ein ganz normaler Mann und weder Mr. Fantastic noch Prinz Charming. Ich glaube, das ist der Grund, wieso ich froh bin, ihn zu haben.« Gut, jetzt hatte sie es auch einmal laut ausgesprochen. Sie war tatsächlich unendlich froh, Yvor kennengelernt zu haben. Auch wenn er ihr manchmal den letzten Nerv raubte, brachte er sie meist zum Lächeln. Er war ihr ganz persönlicher Graf Dracula.

»Stimmt. Zu perfekt ist nichts. Du brauchst schließlich noch die Möglichkeit, an ihm herumzudoktern.«

Yvi verstand Annas Sarkasmus, ignorierte diesen allerdings. Sie hatte keine Lust, darüber zu reden. Stattdessen zog sie Stefanies neu angelegte Akte zu sich heran und stand auf.

»Würdest du bitte hier am Empfang bleiben? Ich gehe

und schau nach Stefanie.«

Anna war nicht sonderlich begeistert, allein auf der Station zu bleiben, doch Yvi war der Boss. Sie zuckte resigniert mit den Schultern und seufzte, während Yvi an ihr vorbei marschierte. Ihr Ziel war die geschlossene Abteilung, in der sie Stefanie ein Zimmer organisiert hatte. Hoffentlich ging es ihr heute schon wieder etwas besser, denn tags zuvor war sie sehr verwirrt gewesen.

Stefanies Miene wirkte gelöster, als sie Yvi anlächelte, und sie war fast wieder die alte. Das war ein sehr gutes Zeichen.

»Na? Wie geht es dir heute?« Yvi nahm neben der Krankenschwester Platz und tätschelte ihr Bein.

»Es klingt sicherlich merkwürdig, aber mir geht es bestens. Ich bin einfach nur froh, noch am Leben zu sein. Keine Ahnung, was das gestern war, aber es wird definitiv nicht noch einmal vorkommen, Yvi.«

Sie sagte die Wahrheit und auch die Berührung ihres Beins bestätigte es. Stefanies Gefühle waren auf keinen Fall die einer Selbstmörderin.

»Die Frage ist jetzt, was wir mit dir machen. Ich würde vorschlagen, dass du noch bis morgen Abend bleibst und wir dich bis dahin beobachten. Bist du bis dahin so wie immer, denke ich, kannst du entlassen werden. Einverstanden?«

Stefanie strahlte sie mit einem Nicken an und auch ihre Emotionen waren ehrlich. Sie war voller Hoffnung, ihr Leben erneut in den Griff zu kriegen, und Yvi wollte der Krankenschwester unbedingt dabei helfen.

Ein Klopfen ließ sie beide den Kopf zur Tür drehen. Melissa Terrins Blondschopf leuchtete hell, als sie in den Raum kam und schüchtern lächelte.

»Hallo«, sagte sie und Stefanie sprang auf, um Melissa zu begrüßen. Stürmisch fiel sie der Ärztin um den Hals und ein leises Kichern von beiden Frauen war zu hören.

»Danke, danke, danke, danke, danke. Du warst mein Schutzengel. Was hätte ich nur ohne dich getan?«

Yvi beobachtete die beiden. Sie wusste, dass diese beiden Frauen normalerweise bis auf ihre Arbeitsstelle nichts gemein hatten. Es war interessant, wie sehr Dankbarkeit zwei Personen zusammenschweißen konnte.

»Ich denke, ich werde euch beide einmal allein lassen. Ihr habt euch bestimmt sehr viel zu erzählen.« Yvi musste lächeln, als sie an den beiden Frauen vorbeimarschierte. Melissa und Stefanie beachteten sie nur kurz, gerade noch lange genug, dass die Krankenschwester Yvi dankbar den Rücken tätscheln konnte.

71

Haben Sie alles vorbereitet, wie ich es wollte? Ich möchte, dass alle Änderungen und Reparaturen in den nächsten drei Wochen vonstattengehen. Können Sie mir dies zusichern?« Yvor genoss es zu sehen, wie die beiden Architekten und die Mitarbeiterin der Baufirma emsig daran arbeiteten, ihm alles recht zu machen. Sie wussten, wie viel Geld er hatte und witterten weitere Aufträge, sollten sie alles zu seiner Zufriedenheit erledigen. Das würde er davon abhängig machen, wie zufrieden er in Wirklichkeit am Ende war.

»Wir haben alle Änderungen eingearbeitet. Es ist ein interessanter Ansatz mit einem Hundezimmer. Wie viele haben Sie denn?«, erkundigte sich die junge Frau, und Yvor beantwortete die Frage mit einem nachgiebigen Lächeln. Er hatte gelernt, dass manche Normalsterblichen diesen Smalltalk nun einmal brauchten. Seine Laune war so gut, dass er ihr sogar noch ein wenig mehr gönnte:

»Ich bin in den letzten Tagen zu kleinen Shih Tzu-Welpen gekommen. Sie halten meine Freundin und mich ganz schön auf Trab.«

Oha, jetzt hatte er mehr gesagt, als er wollte. Er hatte Yvi tatsächlich als seine Freundin bezeichnet. Die junge Frau ihm gegenüber lächelte, während die beiden Architekten über Strukturen und die perfekte räumliche Aufteilung diskutierten. Am liebsten hätte er die beiden in den Nebenraum geschoben und darauf gewartet, dass sie zu einem Ergebnis kamen. Er hatte keine Lust, ihnen bei ihrem Gehabe zuzuschauen.

»Meine Herren, das war nicht, was ich wollte. Ich wollte Lösungen und keine Vorschläge, die darauf abzielen, dass ich am Ende gar nicht mehr weiß, was Sie mir vorschlagen wollen«, knurrte er nun und die beiden Männer wirkten alarmiert.

»Herr Sommer dürfte ich Ihnen das Gartenhaus zeigen? Es beinhaltet auch das Hundezimmer.« Zu seiner Überraschung war es die Frau, die sprach, und die Pläne, die sie ihm gleichzeitig vorlegte, sahen wirklich interessant aus.

»Na, dann lassen Sie mal hören ... Entschuldigen Sie, aber wie heißen Sie nochmal?« Die junge Frau strahlte ihn an und deutete dann auf ihr Namensschild, das man ihr am Eingang durch die Security gegeben hatte. Isabel.

»Ich habe auch an eine Heizung gedacht. So haben es die Hunde auch im Winter schön warm, und die Isolierung des Häuschens hält die Kosten niedrig«, redete sie voller Begeisterung weiter. Yvor mochte die Kleine.

Isabel führte ihm noch alle möglichen Vor- und Nachteile auf, die ihm allesamt einleuchteten. Den beiden Architekten wurde es bald zu viel.

»Entschuldigen Sie, Herr Sommer, aber wir wollen Sie auch nicht zu lang aufhalten. Wir bringen Ihnen die restlichen Pläne dann heute Nachmittag vorbei, wenn es Ihnen recht ist.« Einer der Männer stand auf und Yvor nickte ihm zu.

»Das ist ein guter Plan. Isabel würden Sie die Pläne bitte heute gegen Abend bei mir zu Hause vorbeibringen? Ich denke, dass meine Freundin sich darüber freuen würde, wenn Sie ihr diese erklären könnten.« Das brachte die beiden Architekten vollkommen aus dem Konzept. Isabels Vorgesetzter stammelte einige Worte, die Yvor im Grunde kein Stück interessierte und die junge Frau errötete. »Meine Herren. Ich möchte hier nur noch einmal erwähnen, dass es Ihnen nicht schaden kann, wenn meine Freundin und ich mit Ihrem Service zufrieden sind. Danke, Isabel, dann sehen wir uns um 17 Uhr. Meine Assistentin gibt Ihnen noch einmal unsere Adresse. Bringen Sie Appetit und Zeit mit, denn wir werden während der Besprechung auch zu Abend essen.«

»Oh, also da würde ich Sie ungern stören. Ich kann mir vorstellen, dass Ihre Freundin das als störend empfinden wird«, warf Isabel ein und wurde bei ihren Worten sogar noch verlegener. Yvor konnte ihr Blut in ihren Adern pulsieren hören, schaffte es aber, das sogleich zu übergehen. Yvi wäre sicherlich stolz auf ihn, wenn sie von seiner neuen Selbstbeherrschung erfuhr.

»Ich möchte meine Freundin mit der Renovierung überraschen und ich denke, dass Sie genau die richtige Person sind, die ihr den Umfang der Überraschung erläutern kann. Lassen Sie sich alle Pläne geben, und wir sehen uns dann um fünf.«

Damit war die Besprechung beendet und Isabel zog, ihren fassungslosen Kollegen und ihren Vorgesetzten im Schlepptau, von dannen. Yvor hatte das schüchterne Lächeln in ihrem Gesicht gesehen und freute sich schon jetzt auf den Abend. Yvis Miene, wenn Isabel ihr die Pläne präsentieren würde, war ebenfalls etwas, dem er entgegenfieberte.

»Hey, Boss.« Violetta betrat sein Büro. Sie trug ihren, wie immer ordentlich frisierten, blonden Haarschopf und sah so professionell aus wie eh und je. Interessant. Ihrem Wesen war nicht anzumerken, dass sich ihr Leben verändert hatte. Vielleicht sollte er es ansprechen? Oder lieber doch nicht. Er sollte warten, bis sie selbst darauf zu sprechen kam.

»Violetta«, sagte er stattdessen. Diese deutete bereits in Richtung Tür und warf ihm nun einen fragenden Blick zu. Er seufzte.

»Diese Architekten sind Idioten. Yvi wird sie nicht mögen und dann wird aus meiner Überraschung nichts. Ich denke, wir sollten uns eine hauseigene Architektin zulegen. Wie lange benötigt Isabel noch für ihre Ausbildung? Ich denke, sie hat Potential.«

Violetta hob eine Augenbraue.

»Wer?«

»Isabel. Die Kleine, die mit diesen beiden Lackaffen hier aufgetaucht ist«, half Yvor ihr auf die Sprünge und wunderte sich, dass sie ihn irritiert ansah.

»Also, ich habe keine Ahnung, von wem du sprichst. Ich habe keine Kleine und auch keine Isabel gesehen. Die beiden Männer haben sich auch seltsam verhalten, aber da war definitiv kein Mädchen bei ihnen.«

Jetzt musste wohl Yvor merkwürdig aus der Wäsche gesehen haben, denn Violetta fragte ihn tatsächlich, ob sie eine Heilerin rufen sollte. Schnell fasste er sich wieder. Es war weder ein Arzt noch ein Heiler nötig. Ihm fehlte überhaupt nichts und spätestens am Abend würde er rausgefunden haben, was es mit der jungen Frau auf sich hatte.

»Triffst du dich nach der Arbeit mit Mike?«

Diese Frage lenkte Violetta ab, und das erste Mal in der ganzen Zeit, die Yvor diese Vampirdame kannte, suchte Violetta händeringend nach Worten. Schön zu sehen, dass diese ganze Auserwähltensache nicht nur Yvor aus dem Konzept brachte.

»Ja, werden wir. Wir ... wir wollen zusammenziehen. Wir planen ...«, brachte sie heraus und lächelte seltsam abwesend, als würde sie sich gerade an etwas Schönes erinnern. »Er ist jung und spontan.«

»Er ist verknallt«, fasste Yvor es seiner Meinung nach treffsicher zusammen und grinste. »Ist er ein Auserwählter?«

Violetta nickte und erzählte ihm nach kurzem Zögern:

»Er kann in seinen Träumen mit Verstorbenen Kontakt aufnehmen. So etwas habe ich noch nie erlebt. Es war erst einfach nur abgedreht, aber dann verstand ich es.«

Na, das passte doch. Seine Schwester konnte Emotionen mitempfinden und er sah tote Menschen. Der Hang zum Übersinnlichen schien in der Familie zu liegen. Violetta verschwieg allerdings noch irgendetwas, das sah er ihr deutlich an. Doch was war es?

»Rede! Du siehst aus, als würdest du gleich platzen.«

»Ich habe seine Gabe miterlebt, Yvor. Ich habe meine Familie gesehen. Mike hat meine verstorbenen Eltern für mich gefunden und meine Schwester.«

Das war dann doch eine Spur zu abgedreht für ihn.

72

Ihre Wohnung würde sie sicherlich eine ganze Weile nicht mehr zu sehen bekommen. Eilig packte Yvi wieder Sachen ein, dieses Mal in einen kleinen Koffer und stellte ihn in den Flur. Sie wollte es wirklich darauf ankommen lassen. Yvor verdiente eine Chance, das hatte sie heute endlich begriffen.

Nachdem Melissa bei Stefanie gewesen war, hatte auch noch ein Polizist in Zivil bei ihr vorbei geschaut und Yvi ebenfalls sehr seltsame Fragen gestellt. Es wirkte so, als hätte er sich bereits auf eine bestimmte Person eingeschossen und suchte nun nur noch nach Beweisen. Sie hatte den Typ nicht sonderlich gut leiden können. Aber es zeigte ihr eines nur allzu deutlich: Das Leben konnte wirklich schnell vorbei sein und sie wollte es nicht einfach an sich vorbeiziehen lassen. Mike war drauf und dran auszuziehen, und Yvi würde ihr Leben nun auch endlich richtig in die Hand nehmen.

›Nur Mut. Und die Wohnung behalte ich einfach so lange, bis ich mir hundertprozentig sicher bin.‹ Das war zumindest der grobe Plan. Mehr hatte sie sich noch nicht überlegt. Und außerdem wusste sie nicht, was Yvor zu ihrem Vorhaben zu sagen hatte.

Hoffentlich blieb er normal und kam nicht gleich wieder mit so extremen Vorschlägen wie verwandeln in einen Vampir oder heiraten. Sie wusste nicht, welcher der beiden Vorschläge ihr mehr Angst machen würde. Aber wieso machte sie sich darüber Gedanken? Yvor hatte bis jetzt noch keins dieser Themen angeschnitten. Oder war es einfach nur die Angst, dass er es vielleicht bald tat?

›Jetzt mach dir nicht gleich in die Hose! Yvor ist vernünftig und weiß, dass ich noch Zeit brauche. Er kennt mich sicherlich jetzt schon so gut‹, redete sie sich selbst gut zu und schloss die Wohnungstür hinter sich.

Der Koffer war schwerer, als Yvi erwartet hatte, aber sie wuchtete ihn langsam und stetig die Treppen hinab. Eine neue Nachbarin, die in der Wohnung direkt unter ihr wohnte, kam gerade aus ihrer Tür, als sie daran vorbei trampelte. Sie kannte diese Frau nur vom Sehen, fand sie allerdings sehr nett. Ihre Nachbarin grüßte und Yvi nickte ihr grinsend zu.

»Kann ich Ihnen vielleicht beim Tragen helfen? Der Koffer sieht schwer aus.«

»Danke, aber ich denke, das bekomme ich hin. Schon seltsam, wie man versucht, sein Leben in einen Koffer zu verpacken«, murmelte Yvi.

Die junge Frau lachte.

»Das kenne ich. Ich bin ja auch gerade erst hier eingezogen. Ich heiße Isabel«, sagte sie in einem süßen ausländischen Akzent. Sie hielt Yvi ihre Hand hin und diese ergriff sie nach kurzem Zögern. Wieso kam ihr ihre Nachbarin nur so merkwürdig bekannt vor?

»Yvonne Nowak, aber eigentlich nennen mich alle nur Yvi. Was hat dich denn in diese Stadt verschlagen?«

Isabel lächelte und zeigte dabei ihre makellos weißen Zähne. Sie war eine ungewöhnliche Schönheit.

»Familie. Ich kam hierher, um meinen Bruder zu treffen. Er kennt mich noch nicht. Meine Mama und er haben leider fast keinen Kontakt mehr. Aber er ist mein großer Bruder und ich will ihn unbedingt kennenlernen.« Es war schön, wie sie von ihrer Familie sprach und Yvi wünschte ihr sehr, dass ihr Bruder sie so willkommen hieß, wie sie es verdiente. Sie war ein nettes Mädchen. Sie wirkte, als wäre sie gerade mal volljährig.

»Ich wünsche dir sehr viel Glück dabei. Ich muss leider los. Mein Freund wartet. Er will heute kochen, und wenn ich zu spät komme, könnte es anbrennen.«

Yvis Nachbarin kicherte und wünschte ihr noch einen wunderschönen Abend, was Yvi erwiderte.

Die restlichen Stufen brachte sie unfallfrei hinter sich und war sehr froh, als der Koffer endlich im Kofferraum des Jaguars verschwunden war. Yvor hatte sie belächelt, als sie erneut nach den Schlüsseln für diesen Wagen gegriffen hatte. Sie mochte den Wagen, wenn ihr auch ein kleineres Auto für den Parkplatz des Krankenhauses und für den, vor ihrer Wohnung lieber gewesen wäre. Aber mit Yvors Sportflitzer durch die Straßen zu kurven und die neidischen Blicke der Männer zu sehen, hatte auch etwas. Sie schmunzelte bei dem Gedanken daran.

Sie stieg ein und legte den Rückwärtsgang ein. Jetzt war Eile angesagt. Yvi hatte viel zu lange in ihrer Praxis und ihrer Wohnung die Zeit vertrödelt. Yvor war sicherlich bereits ungeduldig. Aber andererseits: Wann war dieser Mann das einmal nicht? Langsam fuhr sie den Jaguar aus der Parklücke, ganz vorsichtig und genau darauf achtend, den teuren Wagen nicht zu beschädigen. Als dies geschafft war, lenkte sie den fahrbaren Untersatz gezielt in Richtung von Yvors Anwesen. Nach dem zweiten Tag war ihr diese Strecke bereits so vertraut, als würde Yvi sie schon jahrelang hinter sich bringen. Automatisch setzte sie den Blinker, fuhr wie in Trance zu Yvor nach Hause.

Sein Firmenwagen, ein Mercedes SL 600, stand in der Einfahrt. Yvi parkte neben ihm, statt wie tags zuvor den Jaguar in den Garagenkomplex zu fahren. So kam sie zumindest am nächsten Morgen unproblematischer von dem Gelände.

›Was höre ich denn da voll Entzücken? Meine Holde und ihr heißes Accessoire. Komm rein. Ich bin zwar noch in der Küche zugange, aber die Kleinen haben wieder nur Flausen im Kopf‹, vernahm sie Yvors Stimme in ihrem Kopf und lächelte. Sie war ihm wohl nah genug, dass er ihr wieder etwas einflüstern konnte.

›Und wie komme ich rein? Hast du die Tür offen gelassen?‹

›Die Haustür ist tatsächlich offen. Frau Wallner hat sie nicht verschlossen, als sie gerade gegangen ist. Komm besser rein, bevor die Rasselbande das auch mitbekommt. Ich möchte sie nicht noch einmal im Garten zusammensuchen müssen‹, knurrte Yvor mal wieder und ein Bild von vier frechen Welpen, die in unterschiedliche Richtungen davonflitzten, machte sich in Yvis Kopf breit. Sie grinste.

›Ich dachte, du bist gern der Jäger. So schnell kann man daran die Lust verlieren‹, feixte sie und bekam darauf nur ein weiteres Knurren als Antwort.

Um ihren Vampir nicht noch weiter zu reizen, schlenderte Yvi gemütlich zum Kofferraum und wuchtete den Koffer heraus. Meine Güte! War er während der Fahrt noch schwerer geworden? Sie konnte sich nicht entsinnen, Pflastersteine eingepackt zu haben.

»Warte, ich helfe dir.« Erschrocken zuckte sie zusammen, als Yvor plötzlich neben ihr stand und nach dem Gepäck griff. Sie hatte ihn noch nicht einmal kommen hören. An diesen Vampirmist würde sie sich vermutlich auch niemals gewöhnen.

»Ich glaube nicht, dass ich alt werde, wenn du mich immer so erschreckst. Irgendwann binde ich dir ein Glöckchen um den Hals!«, fauchte sie und fasste sich an den Hals. Ihr Herz raste mal wieder und beruhigte sich auch nach mehreren tiefen Atemzügen nur langsam.

Yvor lachte.

»Entschuldige. Ich dachte nur, ich beweise dir, dass ich ein Jäger bin. Und das mit dem Glöckchen ist hoffentlich nicht dein Ernst. Du wirst mich doch nicht gleich in Ketten legen wollen.« Dem frechen Grinsen in seinem Gesicht war anzusehen, dass ihm dieser Gedanke nicht missfiel. Yvi hob verwundert ihre Augenbrauen, als er ihr ein Bild in den Kopf pflanzte: er, wie er nackt auf dem Bett lag, an Armen und Beinen mit Stricken festgebunden und ihr vollkommen ausgeliefert. Yvi wurde es spontan sehr heiß und ihre Kehle war wie ausgedörrt. Was war denn das nun schon wieder?

»Ich glaube, so weit bin ich noch lange nicht.« Sie räusperte sich und lief vor ihm in Richtung Haustür, hoffend, dass sie den roten Kopf, den sie bekam, vor ihm verbergen konnte.

»Na, irgendwann wirst du schon meine kleinen Eigenarten zu schätzen wissen. Es gibt doch nichts Schöneres, als neue Spiele zu entdecken. Vor allem mit dir reizt mich das sehr ...«

Sie wollte sich gar nicht ausmalen, mit wem er bereits seine Spielchen gemacht hatte. Natürlich war sie nicht naiv und wusste, dass er mit seinen 913 Jahren nicht wie ein Einsiedler gelebt und seine Erfahrungen mit den Frauen gemacht hatte. Aber wollte sie irgendwas davon wissen? Es schüttelte sie heftig bei diesem Gedanken. Nein, auf gar keinen Fall.

Seine Hand legte sich beruhigend auf ihren Rücken und dann tanzten seiner Fingerspitzen ihre Schulterblätter entlang. Seine Nähe und diese Geste entspannte sie wieder. Er war kein Weiberheld, zumindest nicht mehr. Wobei sie es sich bei einem jungen und stürmischen Yvor schon gut vorstellen konnte.

›Ich war kein Schürzenjäger, Yvi. Klar habe ich meine Erfahrungen, aber wer hat die nicht?‹

Da hatte er auch wieder recht. Sie war nun auch nicht

gerade ein Unschuldslamm gewesen. Aber so weit, dass sie jemanden ans Bett fesselte, war sie sicherlich noch nicht.

73

Er hatte sie tatsächlich in Verlegenheit gebracht. Das hätte er nicht gedacht, vor allem deshalb nicht, weil sie als geschulte Psychologin sicherlich schon einiges zu Ohren bekommen haben musste. Nun lief sie allerdings vor ihm in Richtung des Wohnzimmers und versuchte, seinen Blicken auszuweichen. Dumm nur, dass es sie für ihn noch anziehender machte. Er witterte wieder eine Chance, ihr etwas zu zeigen, das sie noch nie erlebt und somit nicht analysieren und vergleichen konnte.

Leider vereitelten die Welpen, dass er sie weiter in diese Richtung drängen konnte, denn sie fielen förmlich über seine Freundin her, bellten freudig und begannen mit irgendwelchen Kunststücken. Hätte es nicht so niedlich ausgesehen, hätte er ihnen böse sein können, doch so ließ er sie mit Yvi allein und begab sich erneut in seine Küche. Er musste noch ein paar Vorbereitungen treffen, bevor Isabel mit den Plänen vorbei kam. Als Erstes hatte er eine Leckerei hergerichtet, ein Biskuitteilchen, bestehend aus Biskuit, Sahne und Schokoladenglasur mit einem besonderen Extra: Es lag auf einem kleinen Kästchen, in dem sich der Schlüssel zu seinem Haus befand. Er hoffte, dass Yvi sich über diese Aufmerksamkeit freuen würde.

Als er Schritte vor dem Haus vernahm, die sehr rasch näher kamen, stutzte er. Das waren keine Schritte eines Normalsterblichen. Er stellte den Herd aus und sauste in übernatürlicher Geschwindigkeit durchs Haus und aus der massiven Tür ... aber da war niemand zu sehen. Er runzelte die Stirn. Hörte er nun bereits Geräusche, die nicht da waren?

Ein Knacken hinter sich ließ ihn herumfahren und er starrte in die Empfangshalle seines Hauses. Auch hier war nichts zu sehen. Aber wieso hatte er trotzdem das Gefühl, beobachtet zu werden? Yvis erschrockener Aufschrei zerriss die plötzlich aufgetretene Stille, und innerhalb von Sekunden raste er auf sie zu. Sie stand im Wohnzimmer vor der Couch, Grey auf ihren Armen und starrte ihn fassungslos an.

»Was ist los?«

Ihr Blick wanderte zu einer Stelle rechts neben ihm. Ein Wimpernschlag später hatte Yvor das Gefühl, der Boden würde ihm unter den Füßen weggezogen. Isabel stand, von einem Moment zum anderen, neben ihm und hob beschwichtigend die Arme.

»Ich kann alles erklären.«

Ehe sie aber zu einer Erklärung ansetzen konnte, hatte Yvor sie gepackt und gegen die Wand gedrückt. Sie hatte sich in sein Haus geschlichen und hatte Yvi erschreckt. Isabel zappelte in seinem Griff, es gab allerdings kein Entkommen.

»Wie bist du hier reingekommen? Wieso schleichst du dich an, statt wie jeder normale Mensch zu klingeln?«

Isabel erzitterte und stammelte einige Worte, die Yvor nicht verstand. War das Spanisch?

»Yvor! Wenn du ihr die Luft abdrückst, kann sie dir nichts sagen. Lass sie bitte los.« Nur sehr langsam drangen Yvis Worte zu ihm durch. Er hatte das Gefühl, dass die Wut sein Hirn benebelte. Der Drang, seine Auserwählte beschützen zu wollen, überschattete alle anderen Empfindungen.

›Yvor! Es reicht!‹ Yvis Hand legte sich auf seinen Arm. Sie versuchte, ihn von Isabel wegzuziehen, allerdings fehlte ihr die nötige Kraft dafür. Also redete sie weiter auf ihn ein: ›Lass sie erklären. Ich glaube nicht, dass sie eine Gefahr für mich ist.‹

Sein Zorn schien sich allmählich zu verziehen, was aber nicht sein Verdienst war: Yvis Gabe machte sich in ihm breit, umschloss seine Emotionen, beeinflusste diese und trieb sie zurück in die Ecke, aus der sie gekrochen waren. Sie war wirklich gut.

Isabel keuchte, als sie langsam aus seinem Klammergriff befreit wurde. Ihr Gesicht war rot vor Anstrengung und sie machte Anstalten, sich Yvi zu nähern. Yvor knurrte.

»Ruhe jetzt! Du bist kein Hund«, fuhr Yvi ihn an und ergriff Isabels Hand. »Komm. Setz dich. Du bist ja ganz durcheinander. So hast du dir den Abend sicherlich nicht vorgestellt.«

Zu Yvors Überraschung lächelte Isabel seine Auserwählte an und ließ sich von ihr in Richtung Couch ziehen. Hoffentlich täuschte Yvi sich nicht in dieser Vampirdame. Sie war noch jung und für ihn schnell zu überwältigen gewesen, aber Yvi hätte dennoch nicht die geringste Chance.

»Ich hätte mich nicht anschleichen dürfen. Das ist eine schlechte Angewohnheit von mir. Entschuldigt bitte.« Isabel begann, nervös ihre in den Schoß gelegten Hände zu kneten.

»Ist schon gut. Du warst sicherlich nervös. Man trifft ja nicht jeden Tag seinen Bruder zum ersten Mal«, flüsterte Yvi und bedachte erst Isabel, dann ihn mit einem milden Lächeln.

Bruder?!?

Das Gefühl, als würde ihm der Boden unter den Füßen weggezogen, war so schnell zurückgekehrt, dass es Yvor schwindelig wurde. Mit zitternden Fingern hielt er sich am Türrahmen fest, nicht fähig, eine Reaktion zuzulassen.

Er sollte eine Schwester haben?

288

»Entschuldigt mich bitte kurz.« Er rauschte aus dem Raum und lief in Richtung seines Arbeitszimmers. Es gab eine Person, die ihm diese Behauptung bestätigen konnte, und falls es tatsächlich stimmte, würde er sie fragen müssen, was sie geritten hatte, das alles vor ihm zu verheimlichen: seine Mutter Martha.

Gereizt wartete er darauf, dass nach dem Wählen jemand ans Telefon ging, aber seine Versuche gingen leider ins Leere. Seine Mutter war nicht erreichbar.

»Mama und Papa sind auf Geschäftsreise. Das ist auch der Grund, wieso sie nicht wissen, dass ich hier bin. Ich habe das mit Papas Assistent Nestor ausgeheckt. Er hat mir eine Wohnung besorgt, nachdem ich dich eine Zeit lang beobachtet habe. Ich wohne seit drei Wochen in Yvis Haus. Leider habe ich mich nicht früher getraut ›Hallo‹ zu sagen.« Isabel stand zusammen mit Yvi im Türrahmen seines Büros und beide Frauen bedachten ihn mit einem unsicheren Blick.

»Nun. Dann hallo.« Er verschränkte die Arme vor seiner Brust. Yvor wusste nicht, wieso ihm diese Situation so viel Unbehagen bereitete, aber die Tatsache, seiner Halbschwester gegenüberzustehen, war gerade zu viel für ihn. Am liebsten wäre er aus dem Raum gelaufen und eine Runde spazieren gegangen.

Gespannt beobachtete Yvi die beiden Vampire. Jetzt, da sie wusste, dass Isabel Yvors Schwester war, konnte sie die Familienähnlichkeit ganz genau sehen. Sie hatten beide das gleiche Auftreten und ähnliche Gesichtszüge.

›Ich hatte mir den Abend eigentlich anders vorgestellt. Was mache ich denn jetzt?‹, nahm Yvor mit Yvi Kontakt auf. Auch in seiner Miene zeigte sich Ratlosigkeit.

»Hast du Hunger, Isabel? Ich denke, wir sollten uns erst einmal was zu essen gönnen, dann lässt es sich auch viel leichter reden. Komm mit.« Yvi machte eine einladende Geste in Richtung Flur und Isabel nickte dankbar.

›Ich komme gleich nach. Brauche noch einen kurzen Moment‹, raunte Yvor in ihrem Kopf und setzte sich an seinen Schreibtisch.

Yvi seufzte, führte seine kleine Schwester allerdings zielstrebig in Richtung Küche. Yvor hatte sein Tun mittendrin unterbrochen, und so verschaffte sich Yvi erst einmal einen Überblick. Die Suppe würde die kleinste Sorge sein, denn die stand bereits fix und fertig auf dem Herd. Und noch etwas stand da und lachte Yvi an: der Nachtisch. Sie betrachtete die Leckerei, die auf einem kleinen Kästchen lag. Plötzlich klopfte ihr Herz bis zum Hals. Yvor hatte doch nicht ...

»Was ist denn das?« Isabel betrachtete das Kästchen ebenso interessiert und lächelte Yvi zu. »Ist das für dich?«

»Wer weiß? Ich denke, das wird uns Yvor schon noch verraten. Und bis es so weit ist, können wir es uns gemütlich machen und uns ein bisschen besser kennenlernen. Was meinst du?«

Jetzt strahlte Yvors kleine Schwester übers ganze Gesicht und zog einen Stuhl zu sich heran, um an der Küchenzeile Platz nehmen zu können.

»Na, dann leg mal los. Wie alt bist du, und seit wann bist du hier in Deutschland? Und wieso hat Yvor bis heute keine Ahnung gehabt, dass es dich gibt?«, wollte Yvi wissen und legte grinsend den Kopf schief. Isabel, die ganz offensichtlich bereits mit einem Verhör gerechnet hatte, überlegte kurz und redete dann drauf los:

»Ich bin 15. Papas Assistent hat mich vor über drei Wochen in den Flieger gesetzt. Wieso Mama meinem Bruder nichts von mir erzählt hat, weiß ich nicht genau. Vielleicht, weil er sich nicht für ihr neues Leben interessiert hat, oder auch deshalb, weil sie der Meinung war, dass wir zusammen ein Pulverfass wären, das schneller in die Luft gehen würde, als wir erahnen können.« Sie seufzte und fuhr mit ihren Fingerspitzen das Muster der Arbeitsplatte nach. »Ich habe auch erst vor einem Jahr von ihm erfahren.«

Yvi konnte sich vorstellen, wie Isabel auf diese Neuigkeit reagiert hatte. Sie hatte von einem Moment auf den anderen einen großen Bruder. Welches Mädchen würde sich da nicht auf die Suche nach ihm machen?

»Ich habe einen kleinen Bruder. Ich kann mir kaum vorstellen, wie es gewesen wäre, ohne ihn aufzuwachsen. Gut, bei Yvor und dir ist der Altersunterschied sehr groß, aber ich denke, er wäre euch besuchen gekommen, hätte er von dir erfahren.«

Isabels Miene hellte sich bei Yvis Worten ein wenig auf. Yvi deckte den Tresen vor sich mit Tellern, Besteck und Untersetzern, während Isabel aus ihrer Zeit in Spanien berichtete. Es schien, dass auch Isabel bis auf ein paar wenige Vertraute eher eine Einzelgängerin war.

»Und deine Eltern haben keine Ahnung, wo du dich zurzeit aufhältst?«

Isabel schüttelte ihren dunkelblonden Haarschopf. Sie war sich sicher, dass Nestor noch mindestens zwei Wochen Ausreden für sie finden würde, ehe die Wahrheit ans Licht kam.

»Ich wollte Yvor so unbedingt kennenlernen.« Wieder fuhr Isabel ein Muster nach und ihr Blick wurde abwesend. »Leider scheint er nicht ganz so von mir angetan zu sein.«

Ein leises Räuspern hinter ihr ließ Yvors Schwester erschrocken auffahren. Yvor hatte sich doch dazu entschlossen, sich zu ihnen zu gesellen und stand nun im Türrahmen der Küche.

»Ich wusste nicht, dass es dich gibt. Wieso hat sie es mir nicht gesagt?« Sehr langsam näherte er sich Isabel, bis er hinter ihr stand. »Du hast Mutters Auftreten und ihre Haare.«

Ganz sanft und vorsichtig berührte er ihr schulterlanges Haar, und Yvi musste ein Schniefen unterdrücken. Dieses Bild war so unglaublich schön. Isabel schloss die Augen und zitterte leicht, als Yvor ihr zärtlich über den Kopf strich.

»Meine Schwester«, raunte er und dann noch leiser »Isabel.«

Yvi schniefte nun doch. Sie wollte es nicht, aber es war genauso, wie sie es sich für Isabel erhofft hatte, denn diese warf sich nun in Yvors Arme und schluchzte bitterlich. Was für eine Last musste von dieser jungen Seele gefallen sein.

›Wieso weint sie?‹, erkundigte sich Yvor perplex, und Yvi musste doch wieder lächeln. Dieses Verhalten kannte man nun einmal nicht, wenn man meist geschäftlich mit Frauen zu tun hatte und mit Teenagern erst recht keine Erfahrung besaß.

›Alles in Ordnung. Nimm sie einfach nur in den Arm und streichle ihr weiter über den Kopf. Sie beruhigt sich sicherlich gleich wieder.‹

Es dauerte etwas, bis Isabel sich beruhigte, aber irgendwann wurde sie still. Sie lehnte noch immer an Yvors Brust, hatte ihr Gesicht darin vergraben und schien, diesen Moment festhalten zu wollen. Yvi machte sich währenddessen wieder in der Küche zu schaffen.

›Was ist eigentlich in dem Kästchen?‹ Ihr Blick hatte sich wieder auf die Nascherei geheftet.

Yvor begann, in ihrem Kopf zu lachen.

›Es ist kein Ring, wenn du davor schon wieder Angst hast. Na, meinetwegen, mach es auf. Aber das Teilchen gibt es erst nach dem Essen.‹

Grinsend nahm sie die mit Schokolade überzogene Leckerei und platzierte sie auf einem Teller, den sie neben den Herd stellte. Natürlich war sie neugierig, was in diesem Kästchen wohl sein konnte, und da Yvor ihr die Angst vor einem Ring genommen hatte, machte sie sich an dem Verschluss zu schaffen.

›Es ist wirklich nur eine Kleinigkeit‹, wirkte Yvor unsicher, und als Yvi den kleinen Schlüssel hervorzog, wartete er mit angehaltenem Atem auf ihre Reaktion.

»Der Schlüssel zum Haus?«, flüsterte sie leise, aber doch so, dass Isabel ihre Worte mitbekam, und als Yvor nickte, marschierte Yvi ebenfalls auf ihn zu, schlang ihre Arme um ihn und Isabel. Sie kicherten, als er ächzte.

»Könnten wir vielleicht was essen? Ich habe solchen Hunger, dass ich gleich jemanden anknabbere«, brachte er knurrend heraus. Isabel und sie lachten, machten sich aber von ihm los.

Es war ein interessanter und ereignisreicher Abend. Nachdem Yvi, Isabel und er gegessen hatten, waren sie die Pläne durchgegangen, die Yvors Halbschwester tatsächlich aus dem Architekturbüro abgeholt hatte. Ihm hatte sie Glauben gemacht, sie gehöre zu den Architekten, während sie sich bei den beiden Männern als Yvors Praktikantin vorgestellt hatte. Kein Wunder, dass die beiden erfahrenen Architekten es seltsam fanden, ihre Arbeit in Isabels Hände zu geben. Das ›Hundehaus‹, das sie mit ihnen gemeinsam gestaltet hatte, war allerdings reizend. Dieses Wort hatte Yvi dafür benutzt. Yvor fand es zweckdienlich und kosteneffizient, außerdem würden sich die kleinen undichten Wollknäule darin sicherlich wohlfühlen.

»Ach, Bärchen! Das ist nichts zum Fressen. Du Nimmersatt!«, schimpfte Yvi, als der Genannte mit seiner Zunge über den Plan leckte.

»Er will damit sicherlich zeigen, dass ihm sein neues Zuhause gefällt.« Isabel zog eine Grimasse und zog den Racker auf ihre Arme. Er schleckte auch ihr übers Gesicht und sie quietschte. Einen solchen Ton hatte er nie mit Vergnügen oder guter Laune in Verbindung gebracht, aber nun stellte er fest, dass es durchaus noch einige Dinge gab, die er nicht kannte.

Isabel wurde auf einmal wieder stiller, während sie den Plan studierte und ihr Blick dann ins Leere wanderte. Yvor war drauf und dran, sie zu fragen, was sie beschäftigte, allerdings war das nicht nötig.

»Schade, dass ich nicht sehen werde, wie es fertig

aussieht. So schnell komme ich wohl nicht mehr nach Deutschland zurück, wenn Mama und Papa hinter meinen Schwindel gekommen sind.«

Ja, da mochte sie recht haben. Ihre Mutter mochte Lügen überhaupt nicht. Vermutlich hatte sie ihn deshalb während ihrer Telefonate nie gefragt, wie es ihm erging. Sie wollte keine Ausflüchte oder Lügen von ihm hören, und er hätte ihr niemals die Wahrheit über sein Leben gesagt.

»Wie wäre es, wenn wir uns auf die Couch kuscheln, Yvor die Eispackungen holt und wir einen DVD-Abend machen? Ich hab was Gruseliges da.« Yvi schien die gedrückte Stimmung, die sich langsam zwischen ihnen ausbreitete, nicht weiter dulden zu wollen. Sie zog Isabel hinter sich her. Yvors Schwester kicherte. Die beiden Frauen verstanden sich wirklich gut. Schade nur, dass Isabel recht hatte und ihr Aufenthalt hier nicht mehr allzu lange dauern würde.

Seufzend marschierte Yvor zum Kühlschrank und holte eine Eisbox heraus. Unschlüssig, ob Löffel allein reichten oder ob er auch noch Schüsseln dafür nötig waren, blieb er stehen. Er beschloss, auch noch zwei andere Eisboxen aus dem Gefrierschrank mitzunehmen. So würde es zumindest keinen Streit um die Packung geben. Er grinste. Yvi teilte nicht gern, wenn es um Eis ging, und vermutlich war Isabel genauso.

»Yvor! Kommst du?« Isabel tauchte wieder im Türrahmen auf und strahlte ihn an. »Yvi hat die drei Filme von Hannibal Lecter dabei. Die sind wirklich klasse. Sie sagte, du hast sie noch nicht gesehen?«

Er schüttelte den Kopf, verkniff sich allerdings den Kommentar, dass blutrünstige Monster bis vor Kurzem eher sein Spezialgebiet gewesen waren.

»Ich komme. Nimmst du aus der Schublade bitte noch drei Löffel mit?« Er nickte in die Richtung der Besteckschublade, und Isabel lief schnell darauf zu. Sie war ein nettes Mädchen. Vermutlich machte sie ihrer Mutter wesentlich weniger Kummer, als er es Jahrzehnte lang gemacht hatte, bevor sie sich dazu entschlossen, ihren Lebensweg getrennt zu beschreiten.

Yvi hatte bereits aus Kissen und Decken eine Art Kuschellager zusammengebaut, in dem sie es sich auch schon bequem gemacht hatte. Grey saß auf ihrem Schoß und genoss es, ausgiebig gestreichelt zu werden. Hannibal hatte es sich zusammen mit Bärchen auf ihrem Hundekissen bequem gemacht und Goldie, Blacky und Dots tobten vor dem Fernseher herum. Was hatten die Drei da im Maul?

›Das sind meine Socken. Die sind jetzt eh kaputt, also lass sie ruhig damit weiterspielen.‹ Yvi lächelte sanft und rollte mit den Augen, als Yvor die Brauen hochzog und sein Gesicht einen missbilligenden Ausdruck annahm. Sie war mit den Kleinen wesentlich nachsichtiger, als sie es mit ihm war. Sie lachte leise in seinem Kopf. ›Die Kleinen sind Hunde, Süßer. Sie verstehen nicht, was du von ihnen willst, außer, du bringst es ihnen so bei, dass sie es verstehen. Aber das braucht Zeit und Geduld. Ich habe heute Abend auf beides keine Lust.‹

Sie grinste ihn frech an und kraulte Grey am Hals. Der graue Welpe brummte wohlig, und Yvor verspürte wieder den Wunsch, mit dem Kleinen zu tauschen. Wieder kicherte Yvi und klopfte auf den Platz neben sich.

»Du willst doch nur dein Eis«, feixte er laut und erneut kicherte sie. Er liebte diesen Laut.

»Mach, dass du dich neben mich setzt oder ich komme dich holen.« Dieser Drohung musste er einfach nachgeben, allerdings nicht ohne ein breites Grinsen.

»Sagt mir Bescheid, wenn ich euch allein lassen soll! Es gibt ein paar Dinge, die ich bei meinem Bruder und dessen Freundin nicht mitbekommen möchte.« Isabels fröhliche Stimme unterbrach das Knistern, das sich zwischen Yvi und Yvor entwickelt hatte. Er wollte sich nicht anmerken lassen, wie sehr ihn die Anwesenheit seiner Schwester frustrierte. Yvor wollte mit seiner Auserwählten allein sein, wollte mit ihr zusammen in seinem Schlafzimmer verschwinden oder sie gleich hier und jetzt im Wohnzimmer lieben. Yvi tätschelte sein Bein.

›Heute Nacht.‹

Yvor wollte etwas erwidern, doch das Klingeln seines Handys brachte ihn erneut aus dem Konzept. Irritiert starrte er auf das Display. Es war Mikes Nummer.

»Ja?«

»Yvor! Ich brauche deine Hilfe ...« Violettas Stimme klang panisch und er hatte große Probleme ihre nachfolgenden Worte zu verstehen. Drei Worte verstand er allerdings nur allzu deutlich: ›Mike, Krankenhaus, Koma‹.

»Wir sind gleich da.«

»Bitte beeil dich! Ohne unsere Hilfe wird er es nicht schaffen.« Violetta schluchzte, was Yvor dazu veranlasste, am Telefon zu bleiben. Er konnte sie nicht einfach so allein lassen.

›Was ist los?‹ Auch Yvi war alarmiert. Yvor fasste für sie in Gedanken die Situation zusammen, soweit er sie verstanden hatte. Anscheinend hatten Mike und Violetta noch ein paar Sachen aus Mikes Wohnung holen wollen, als ein Rowdy ihnen die Vorfahrt nahm und einen Unfall verursachte. Yvors Auserwählte wurde leichenblass. ›Ich fahre.‹

76

Verdammt noch mal, jetzt fahr doch endlich, du dämlicher Fatzke!«, fauchte Yvi und hupte ungeduldig.

›Ganz ruhig. Es hilft Mike nicht, wenn wir auch noch einen Unfall bauen.‹ Yvor war schon wieder mit irgendjemandem im Gespräch. Er hatte bereits zwei Handys am Ohr; an einem Ende hing Violetta, am anderen hatte er sich durch die Verwaltungsebenen des Krankenhauses telefoniert. Außerdem hatte er zuvor noch weitere Personen angerufen, die angeblich dabei helfen sollten, Mike zu heilen. Yvi wusste noch nicht, ob sie sich fürchten oder für diese Hilfe dankbar sein sollte. Eigenartigerweise verspürte sie beides. Hoffentlich schafften sie es rechtzeitig zu Mike.

Isabel tätschelte ihr die Schulter. Sie hatte sich mit ihnen auf den Weg gemacht. Yvi war froh, sie dabei zu haben. Obwohl sie die Kleine erst so kurze Zeit kannte, machte sie ihr den Eindruck, als würde sie es gut mit ihr meinen.

»Keine Sorge. Das wird schon«, flüsterte Isabel und lächelte sanft. »Deinem Bruder geht es bestimmt bald wieder besser. Yvor muss nur dafür sorgen, dass ihm die richtigen Leute helfen können. Das macht mein Vater in Spanien auch immer wieder. Er holt Leute aus dem Krankenhaus und kümmert sich darum, dass sie von unseren Heilern umsorgt werden.«

Heiler? Yvi hatte sogleich ein Bild eines pflanzenkundigen Scharlatans im Kopf. Aber nein, das konnte nicht sein.

›Wir sind wesentlich fortschrittlicher als das. Es gibt

Unsterbliche mit heilenden Gaben. Sie können ihn mit Handauflegen komplett gesund machen. Ich habe bereits mehrere angefordert.‹ Yvors Stimme war leise, er versuchte, sie zu beruhigen. Das würde nur nichts nutzen, solange Yvi Mike noch nicht gesehen hatte. Sie seufzte und fuhr an einer Ampel links, die gerade schon auf Rot schalten wollte. Isabel sagte etwas auf Spanisch, und auch Yvor knurrte einen leisen Fluch.

»Entschuldigt, das war etwas knapp.«

»Etwas?« Isabel bekreuzigte sich eilig und murmelte dann ein »*Madre de dios*«.

Yvors tiefes Lachen erfüllte den Wagen und Yvi sah ihn irritiert an. Er hielt die Handys von sich weg und wandte sich an seine Schwester:

»Bevor wir wieder nach Hause fahren, nehme ich Yvi die Schlüssel ab. Ich fahre dann.«

»Hattest du nicht auch erst einen Unfall?«, erkundigte sich Isabel und brachte nun Yvi zum Kichern.

Na prima. Wenn das so weiterging, würde Isabel für sie ein Taxi rufen. Gut nur, dass sie schon in der Nähe des Krankenhauses waren. Leider hatte Yvor Melissa Terrin nicht erreicht. Sie ging einfach nicht an ihr Handy. Er vermutete, dass sie wegen seiner Telefonnummer nicht dran gegangen war.

›Sie mag mich nicht sonderlich‹, flüsterte er Yvi ein und sie verkniff sich den Kommentar. Sie musste sich sehr beherrschen, dass sie ihm diesen nicht doch durch ihre Gedanken übermittelte. In dieser Situation war Sarkasmus nicht angebracht. Ein ›*Ach, wie kommt denn nur so was?*‹ brachte sie auch nicht weiter.

›Versprich mir, dass Mike das überleben wird‹, forderte sie ihn stattdessen auf und konnte wieder fühlen, wie ihr die Tränen in die Augen stiegen. Sie wollte nicht weinen, aber die Angst saß tief. Mike war der Einzige aus ihrer Familie, der ihr noch geblieben war. Sie durfte ihn auf keinen Fall verlieren.

›Ich verspreche dir, dass ich alles in meiner Macht Stehende tun werde, dass er überlebt. Das mache ich für dich und für Violetta. Wichtig ist jetzt nur, dass wir ihn aus dem Krankenhaus schaffen. Ärzte sind jetzt in dieser Situation das Letzte, was wir brauchen. Ich hoffe nur, dass die Leute, die ich angerufen habe, auch schon vor Ort sind und wir keine Zeit verlieren.‹

Jetzt klang Yvor auch in ihrem Kopf wieder geschäftsmäßig, was Yvi zum Schnauben brachte.

›Das mit dem Zwischenmenschlichen müssen wir wirklich noch üben, mein Lieber.‹

»Und ich dachte, ich hätte das Zwischenmenschliche in letzter Zeit mehrfach geübt«, murmelte Yvor sehr leise und grinste frech. Dem Kerl ging es wirklich zu gut!

»BITTE!«, murrte Isabel plötzlich hinter ihnen und ächzte. »Minderjährige im Auto! Es gibt Dinge, die ich von euch definitiv nicht wissen will.«

Wieder lachte Yvor und beteuerte seiner Schwester, dass sie brav sein würden. Yvi kicherte.

›Na, dann sei mal brav!‹

77

Violetta wartete ungeduldig auf Yvors Ankunft. Mike lag in seinem Bett und war so blass geworden, dass es ihr ganz flau im Magen wurde. Nach einem derben Fluch hatte Yvor einfach aufgelegt und Violetta mit ihren Befürchtungen allein gelassen. Sie wusste, sie waren auf dem Weg, nur, wie lange würden sie bis hierher brauchen? Was sollte sie nur tun, wenn es ernst wurde? Sollte sie alles riskieren und ihn retten, auch wenn sie damit Gefahr lief, sich und die Vampirwelt zu verraten?

›Egal, was auch geschieht: Ich lasse dich nicht gehen. Ich verspreche es dir‹, sandte sie ihm den Gedanken, doch er bewegte sich nicht oder gab ihr sonst irgendwie ein Zeichen, dass er sie verstanden hatte. Sie musste ihn wandeln.

»Ah gut, Sie sind hier! Eben gerade hat mich die Krankenhausleitung informiert, dass Ihr Freund in eine Spezialklinik gebracht wird. Ein Krankenwagen wird bereits für den Transport organisiert, und es ist auch schon jemand unterwegs, um die Überführung zu überwachen.« Der Arzt, ein älterer Mann mit Brille, der für Violetta unangenehm nach Desinfektionsmittel roch, tätschelte ihr aufmunternd die Schulter. »Ich gehe davon aus, dass man Ihrem Freund in der Spezialklinik besser helfen kann als hier. Leider hat sein Gehirn bei dem Unfall ein Trauma erlitten. Das Schädel-Hirn-Trauma sorgt dafür, dass das Hirn anschwillt.«

Jetzt wurde es Violetta schlecht. Das Hirn war ein sehr wichtiges Organ und Mike brauchte es auch als Vampir unbedingt unversehrt. Durch die Wandlung wurde sicherlich etwas gegen die Schwellung getan, aber wie lange würde es dauern, bis sein Körper mit dem Regenerieren begann?

»Danke für die Information, Doktor. Ich werde hier bei ihm bleiben, bis alles bereit ist. Könnten Sie uns vielleicht so lange allein lassen? Ich möchte noch ungestörte Zeit mit ihm ... nur für den Fall ...«

Der Arzt nickte kurz, wenn es ihm auch sichtlich unangenehm war. Er dachte, sie wolle sich von ihrem Freund verabschieden. Zum Glück ahnte er nicht, was sie tatsächlich vorhatte.

Kaum war der Arzt aus dem Zimmer und hatte die Tür hinter sich geschlossen, eilte Violetta ins Bad. Sie brauchte ein Gefäß, in das sie ihr Blut füllen konnte. Mike war nicht bei Bewusstsein, sodass er nicht allein aus ihrem Handgelenk trinken konnte, und eine Sauerei aus Blut würde die Ärzte sicherlich argwöhnisch machen.

›Alles wird gut, mein Schatz! Bald geht es dir wieder besser‹, redete sie auf ihn ein, ohne die Worte laut auszusprechen und biss in ihr Handgelenk. In einem ungleichmäßigen Strom tropfte ihr Blut in den Zahnputzbecher, den sie gefunden hatte. Hoffentlich schaffte sie es rechtzeitig, Mike ihr Blut einzuflößen, ehe die Ärzte zurückkamen, um ihn zu holen. ›Okay, mein Liebling, du musst jetzt trinken. Ich kann dich nicht zum Schlucken zwingen.‹

Der Becher war halb gefüllt, als sie ihn Mike unter die Nase hielt. Die Wunde an ihrem Handgelenk hatte sie nur so weit geheilt, dass Violetta sie auch gleich wieder ohne Schwierigkeiten würde öffnen können. Sanft öffnete sie Mikes Mund und ließ etwas Blut hinein laufen. Er schluckte automatisch. Gott sei Dank! Das rettete ihm sicherlich das Leben.

Eine Wandlung hatte sie nie miterlebt, wusste allerdings von Berichten, was Mike nun erwartete. Erst würde das Fieber einsetzen, wie bei einer Grippe. Währenddessen hatte der Körper die Möglichkeit, die Zellen, die beschädigt waren, zu regenerieren und durch die mutierten zu ersetzen. Violettas Blut würde seinen kompletten Stoffwechsel auf den Kopf stellen, und bekam Mike dann noch mehr Blut von ihr, kam es zur Wandlung. Er war ein Auserwählter. Seine Gene waren bereits auf die Wandlung vorbereitet, und es benötigte nur das Blut eines Unsterblichen und er würde so werden wie sie. Bei dem Gedanken daran schlug ihr das Herz bis zum Hals. Sie und Mike bis ans Ende ihres Lebens.

Sie fühlte seinen Puls und die Temperatur, nahm aber keine Veränderung wahr. Nach den Erzählungen setzte fast augenblicklich das Fieber ein, doch bei Mike war dies noch nicht der Fall. Irgendetwas stimmte nicht.

›Du musst weiter trinken, Schatz. Ich fürchte, dass das noch nicht ausreicht, was ich dir gegeben habe. Du musst immer weiter trinken.‹

Wieder ließ sie Blut in den Becher rinnen und danach in Mikes Mund laufen. Er schluckte und schluckte. Ihr wurde es schwindelig, aber es tat sich nichts. Mikes Wandlung weigerte sich einfach, zu beginnen.

»Ach, verdammt noch mal! Jetzt mach endlich!«, fuhr sie ihn verzweifelt an. Es geschah noch immer nichts. Panik packte sie. ›Bitte verlass mich nicht!‹

Als jemand hinter ihr die Tür öffnete, zuckte sie zusammen. Eilig ließ sie den Becher in dem Ärmel ihrer Strickjacke verschwinden und beugte sich vor, um Mike auch noch das Blut von den Lippen zu lecken.

»Ich sehe, ihr beide seid auch noch unzertrennlich, wenn einer von euch im Koma liegt.« Yvors dunkle knurrende Stimme war eine Wohltat für ihre Ohren und sie wandte sich ihm sogleich zu.

»Es geschieht nicht. Ich habe alles so gemacht, wie man es mir erzählt hat, aber es geschieht einfach nicht.« Sie konnte sich nicht klarer ausdrücken, aber ihr Freund verstand es. Er marschierte auf Mike zu, fühlte seinen Puls und schien auch auf dessen Temperatur zu achten. Yvor runzelte die Stirn.

»Wie viel und wann hast du ...«

Die Antwort blieb ihm Violetta schuldig, denn der Arzt kam, mit Yvi und einem jungen Mädchen im Schlepptau, zurück ins Krankenzimmer gelaufen und verkündete Yvor, dass alles vorbereitet sei.

»Danke, Doktor. Die Krankenhausleitung wird dann mit Ihnen den ganzen Schreibkram erledigen. Es ist Eile geboten.« Yvor bedeutete dem Arzt, dass er noch ein Telefonat führen müsse, und der Mann schien es einfach hinzunehmen.

Violettas Blick fiel wieder auf Yvi, die ziemlich blass vor Mikes Bett stand. Ihre Hand zitterte, als sie ihm eine seiner Locken aus dem Gesicht strich. Violetta fiel ein, dass Mike noch am Morgen verkündet hatte, dass er zum Friseur müsse. Wie absurd, dass ihr das nun in den Kopf kam.

»Violetta - wie viel und wann?«, kam Yvor auf das Thema zurück und sie versuchte, ihren Blick von Mike loszureißen und ihn anzusehen.

Wie viel und wann wusste sie auch gar nicht mehr. Sie hatte nach dem ersten zaghaften Schluck Mikes komplett das Gefühl für die Zeit verloren. Sie hatte nur noch versucht, sein Leben zu retten.

»Ich weiß es nicht. Minuten? Und ich glaube, ich habe ihm einiges eingeflößt. Bei mir dreht sich alles und ich wurde durch den Unfall nicht verletzt.«

»Wohin bringen wir ihn? Der Krankenwagen muss schließlich zu einer Klinik fahren«, gab Yvi leise zu bedenken.

Yvor nickte.

»Ich habe eine Klinik, die infrage kommt. Die Vampirzentrale hat eine eigene, um den Schein zu wahren. Die Methoden, die dort allerdings angewandt werden, würden bei Normalsterblichen sicherlich als bahnbrechend angesehen, weshalb diese Klinik normalerweise nur für Vampire zugänglich ist. Mike und Yvi werden wohl als Ausnahme gelten müssen. Der Chefermittler wird ganz und gar nicht erfreut sein.«

Yvor rollte mit den Augen und Yvi schnaubte leise.

»Wenn es Mike rettet, bin ich gern dazu bereit, auch in einen Vampirbunker einzumarschieren.«

»Wir werden nicht einmarschieren, mein Liebling, sondern dort mit Sirenen und Blaulicht einfallen. Ich habe schon alles in die Wege geleitet. Auf die Gesichter der Security freue ich mich jetzt schon.« Yvors üblich knurrende Art beruhigte nicht nur Violetta. Auch Yvi lächelte zaghaft, während sie Mikes Hand tätschelte.

»Alles wird wieder gut«, flüsterte sie ihm zu, als mehrere Personen des Krankenhauses Mike in seinem Bett in Richtung Ausgang schafften, wo auch schon der Krankentransport bereitstand.

Violettas Hoffnung, dass es irgendwie wieder gut werden konnte, stellte sich wieder ein. Yvi und Yvor stimmten sie zuversichtlich.

»Ich habe gerade noch einmal seine Temperatur gefühlt. Die Wandlung hätte eigentlich schon längst einsetzen müssen, wenn er dein Blut tatsächlich zu sich genommen hat. Du bist dir sicher, dass er es geschluckt hat?«, erkundigte sich ihr Freund leise, als sie zusammen in den Wagen stiegen. Yvi hatte sich zu Mike und dem Notarzt begeben und wollte mit dem Krankenwagen mitfahren. Sie bedeutete Yvor und Violetta, dass der Arzt ihrer Bitte zugestimmt hatte.

»Violetta, das ist übrigens Isabel, meine Schwester. Isabel, das ist Violetta, eine Freundin seit Jahrzehnten.«

78

Yvor beobachtete mit Genugtuung, dass Violetta der Mund aufklappte, während Isabel sich artig bei seiner Assistentin vorstellte. Sie hatte ihn ja für verrückt gehalten und nun saß sie auf dem Beifahrersitz und starrte Yvors Halbschwester fragend an.

»Ich hatte mich verborgen gehalten, als ich bei Yvor im Büro aufgetaucht bin. Ich hatte mich den beiden Architekten angeschlossen«, ergänzte Isabel und grinste. »Wenn ich es nicht möchte, sieht mich kein Unsterblicher. Mama meint, das wäre eine sehr ungewöhnliche Gabe für eine junge Vampirin.«

Da hatte sie definitiv recht. Gäbe es diese Gabe bei Feinden ihrer Art, wäre diese sehr gefährlich. Zum Glück hatte Isabel überhaupt nichts Gefährliches an sich und würde auch niemals eine Gefahr werden, wenn es nach Yvor ging.

»Ich freue mich wirklich, dich kennenzulernen. Es tut mir leid, dass es unter so schlechten Umständen geschieht. Eigentlich sollte Mike bereits in der Wandlung sein und nur noch mit genügend Blut versorgt werden müssen, aber irgendwie hat es einfach nicht geklappt.« Violetta fuhr sich mit den Fingern durch die kinnlangen blonden Haare. Sie war nicht ganz so adrett, wie sonst.

»Vielleicht klappt es nicht, weil deine Gene das nicht zulassen.« Isabel sah nachdenklich drein und Yvor blickte in den Rückspiegel, um seine Halbschwester fragend anzustarren. Sie schien über etwas ganz Bestimmtes nachzudenken. »Mein Papa hat da mal etwas erwähnt. Es soll angeblich einen Defekt geben, der dafür sorgt, dass man einen Auserwählten nicht wandeln kann. Ein Vampir in Spanien hat versucht, seine Frau zu wandeln, hat es aber nicht geschafft. Sie sind beide bei dem Versuch gestorben.«

Yvor, der mittlerweile dem Krankenwagen durch die Straßen folgte, fuhr einen Schlenker, als er einen Blick über die Schulter warf, um Isabel direkt anzusehen.

»Wieso sind sie gestorben?«

»Das weiß ich leider nicht genau. Ich glaube, der Vampir hat nicht aufgehört, sie mit Blut zu nähren, aber die Heilung hat einfach nicht eingesetzt. Papa hat so seltsam drum herum geredet. Ich denke, er wollte nicht, dass ich das mitbekomme. Ich weiß auch nicht, ob es an ihr oder an ihm gelegen hat.« Isabel sah entschuldigend zu Violetta, die ihren Handballen vor den Mund geschoben und nun hineinbiss. Yvors Freundin schien in seiner Anwesenheit nicht weinen zu wollen und diese Methode half ihr. »Es tut mir wirklich leid. Ich glaube, ich hätte das nicht erwähnen sollen.«

»Doch, das war schon richtig so. Wir sollten uns mit jeder Möglichkeit auseinandersetzen.« Yvor hatte Yvi geschworen, dass Mike geholfen wurde und er würde auch weiter alles dafür tun. Die Zentrale verfügte über Heiler, die Mikes Zustand bessern konnten. Natürlich würde Yvor dafür einen Preis zahlen müssen, denn Karl Ludwig, der Chefermittler, gab nichts, ohne nicht auch etwas dafür zu bekommen. Vermutlich würde Yvor auf ein oder zwei Gebäude verzichten müssen, in denen sich die Zentrale dann neue Büroräume einrichtete oder Karl Ludwig behielt sie einfach für sich. Er musste zugeben, dass er den Chefermittler nicht sonderlich mochte. Er erinnerte ihn sehr an seinen Vater, der zwar ein guter Geschäftsmann gewesen war, aber kein guter Mensch.

Der Krankenwagen fuhr zügig, mit Blaulicht und Sirenen, durch die Straßen, dicht gefolgt von Yvor, Violetta

und Isabel. Nicht mehr lang und sie würden die Spezialklinik erreichen, die durch ein ganz besonderes Team
geschützt wurde. Die Männer waren gut ausgebildete
Söldner, die durch den Rat eigens für den Schutz der
verletzten Vampire ausgesucht worden waren. Auch hier
würde er seine Kontakte spielen lassen, denn der
Anführer dieser Truppe war ein alter Bekannter.

Die Klinik lag in einem Industriegebiet, in das man
sich eher selten verirrte. Normalsterbliche hatten keinen
Grund, bis ans Ende der Sackgasse zu fahren, in der
dieser graue Betonbau stand. Yvor fuhr hinter dem
Transporter auf das massive Eisentor zu. Der Fahrer
schien sich nicht ganz sicher zu sein, wie sie hinein-
gelangen würden, weshalb er kurz vorher an der Seite
hielt und Yvor vorfahren ließ.

»Was machen wir, wenn sie uns nicht reinlassen?«,
wollte Violetta wissen und knetete ihre im Schoß
verschränkten Finger. Diese Geste hatte er zuvor schon
bei Yvi gesehen und die Anspannung hätte er auch so zu
deuten gewusst.

»Sie werden uns reinlassen. Ihr Anführer ist ein Mann
mit dem Namen *Bribery*. Er sagte dem Rat, dass es sein
Spitzname wäre, weil allein sein Charakter ›bestechend‹
sei, aber nachdem ich mehrmals mit ihm gesprochen
habe, gehe ich davon aus, dass das nicht das Einzige ist,
worauf er mit seinem Namen anspielt. Er ist korrupt,
aber clever. Bis jetzt konnte ich ihm nichts nachweisen
und werde es vermutlich auch nie können.«

Seine Worte beruhigten Violetta ein wenig, aber nicht
so sehr, dass sie mit dem Kneten ihrer Finger aufhörte.
Sie traktierte sie weiter, zumindest bis Isabel sie an ihrer
Schulter berührte.

»Wenn sie uns nicht reinlassen wollen, mache ich euch
auf. Ich kann an ihnen vorbei. Das wird schon.« Sie
nickte Violetta aufmunternd zu.

»Danke.«

Ein Mann öffnete ihnen das erste Tor. Die Klinik wurde durch zwei Zäune geschützt, die man nur durch die Ein- und Ausgänge passieren konnte. Man öffnete das eine Tor, der Wagen konnte bis zum Zweiten vorfahren und dann wurde man durch die Security unter die Lupe genommen. Schaffte man es durch Tor Nummer zwei, hatte man gewonnen.

»Ihre Papiere, bitte.« Ein stämmiger und muskelbepackter Kerl kam auf sie zu und Yvor zückte seinen Ausweis des Rats.

»Ich muss einen Patienten in der Klinik unterbringen. Das muss ich allerdings noch mit *Bribery* abstimmen«, erklärte er dem Vampir, der seinen Ausweis entgegen genommen hatte und diesen nun so kritisch musterte, als müsse es sich um eine Fälschung handeln.

»Bribery ist nicht mehr hier.« Das Muskelpaket deutete auf ein kleineres Nebengebäude. »Fahren Sie mit dem Transporter nach hinten durch. Die Zentrale wird den Notfall dann selbst beurteilen. Ermittler Jones ist vor Ort.«

Das hatte ihnen gerade noch gefehlt, aber zumindest kamen sie so schnell auf das Gelände. Yvor nahm seinen Ausweis wieder entgegen und fuhr durch das zweite Tor, der Krankenwagen ihm hinterher. Im Rückspiegel konnte Yvor sehen, dass der Fahrer des Transporters den Betonbau kritisch beäugte. Er schien zu spüren, dass die Spezialklinik noch wesentlich spezieller war, als es den Anschein hatte.

Yvor steuerte seinen Wagen auf den Parkplatz vor dem Nebengebäude und stieg aus. Er bedeutete dem Fahrer des Krankenwagens, stehen zu bleiben und zu warten.

»Ich kümmere mich nur kurz um die Formalitäten. Bin gleich wieder da.«

Wie immer marschierte er auch hier selbstsicher durch die Tür und ließ sich nicht anmerken, wie angespannt er war. Die Büroräume waren leer, was ihn etwas aus dem Konzept brachte, doch einen Augenblick später dröhnte eine Männerstimme aus den hinteren Räumen.

»Ich bin gleich da!« Die Stimme klang gereizt, und Yvor kommentierte dies nicht. Würde er in diesen Räumen festhängen, wäre er vermutlich ebenfalls nicht bester Laune. Ein dunkelhaariger Mann von großer Statur kam auf ihn zu, die Augen des Mannes fixierten ihn. »Sieh an. Was macht denn ein Mitglied des Rats hier in der Klinik. Benötigen Sie Hilfe?«

Der Mann kam ihm bekannt vor, leider wusste Yvor nicht mehr, wo er diesen Ermittler schon einmal getroffen hatte. Er nickte ihm zu und versuchte, die Situation so gut es eben ging, zusammenzufassen:

»Es geht um die Unterbringung eines Zivilisten, eines Auserwählten. Eine Wandlung hatte bis jetzt noch keinen Erfolg und sein Zustand ist kritisch. Ich kenne die Bestimmungen, dass dieses Anwesen nur unserer Art zur Verfügung gestellt werden soll, allerdings handelt es sich ja hier um einen Sonderfall.«

Der Ermittler hob eine Augenbraue.

»Sonderfall. Das wird Karl Ludwig aber gar nicht erfreuen. Sonderfälle mag er ganz und gar nicht. Was genau brauchen Sie?« Der Blick von Ermittler Jones wanderte zum Fenster, durch das man den Krankentransporter gut erkennen konnte. »Sieht so aus, als müsste man einiges an Papierkram regeln und ein paar Gedächtnisse löschen müssen.«

Yvor nickte.

»Leider war es nicht vermeidbar, denn der Krankenwagen der Normalsterblichen war schneller am Unfallort, als wir reagieren konnten. Diese Prozesse müssen wohl noch optimiert werden.«

Nun nickte auch der Ermittler und griff nach einem Kugelschreiber auf dem Schreibtisch, zog ein Formular zu sich heran und kritzelte darauf herum.

»Ich denke, dass Sie mit diesem Formular ein Zimmer bekommen können, allerdings sind die Heiler bereits abgezogen worden. Im Grunde sind hier nur noch die Leute vor Ort, die am Ende das Licht ausschalten.« Der Ermittler schnaubte. »Aber es sind noch drei Schwestern da. Wenden Sie sich an sie und viel Glück. Ich werde mich gleich dem Fahrer annehmen.«

Yvor dankte dem Ermittler, nahm den Zettel entgegen und wandte sich dann der Tür zu, als der Vampir noch einmal sprach:

»Die Frau im Transporter gehört zu Ihnen?«

Yvor drehte sich nochmals zum Ermittler um und räusperte sich.

»Ja, sie ist meine Auserwählte und die Schwester des Verletzten. Ich hoffe doch, das ist kein Problem?«

Ermittler Jones bedachte Yvor noch einmal mit einem seltsam kritischen Blick, dann zuckte er allerdings mit den Schultern.

»Nicht für mich. Ich gehe davon aus, das die Regeln nicht mehr gelten, wenn keine Patienten mehr vor Ort sind. Ich werde aber nicht drum herum kommen, Meldung an den Chefermittler zu machen.«

Solange es nur das war, konnte Yvor damit leben.

>W<as brauchst du denn so lange?‹ Yvi hatte lange genug auf dem Beifahrersitz des Transporters ausgeharrt und wollte nicht mehr länger warten. Mikes Zustand war zu kritisch, als dass man Zeit vertrödeln konnte. Leider hatte sie bis jetzt eher den Eindruck, dass es Vampire nie eilig haben.

›Fahrt durch. Mike wird hier der letzte Patient sein.‹

Was genau das zu bedeuten hatte, wusste Yvi nicht, aber sie gab dem Fahrer Bescheid, wohin er zu fahren hatte.

»Hat Ihnen Ihr Kollege das per Fingerzeig gesagt? Er sagte doch, wir sollen warten«, protestierte dieser und Yvi schnaubte.

»Glauben Sie mir einfach. Ich kenne ihn mittlerweile gut genug, dass ich einschätzen kann, wie es aussieht.« Sie konnte den Fahrer ja schlecht erzählen, dass Yvor ihr das gedanklich übermittelt hatte.

»Na, wenn Sie das sagen.« Der Mann zeigte sich noch immer widerwillig, aber er steuerte den Transporter in Richtung des Eingangs. Eine Frau, vermutlich eine Krankenschwester, kam auf den Wagen zu und wartete darauf, dass sie endlich parkten.

»Wir müssen uns beeilen! Der Patient leidet unter epileptischen Anfällen!« Die Stimme des Notarztes drang nach vorn und der Fahrer hastete zusammen mit Yvi aus dem Transporter.

Der Körper ihres Bruders zuckte unkontrolliert und der junge Arzt hatte große Probleme, ihn so festzuhalten, dass sich Mike nicht verletzen konnte.

»Zur Seite! Ich mache das schon!« Die Krankenschwester drückte sich energisch an ihnen vorbei und
legte ihre Hand auf Mikes Brustkorb.

»Was zum ...« Der Arzt erstarrte, als der Körper seines
Patienten plötzlich mit Licht erfüllt wurde. Mike wurde
ruhiger und ein leises Seufzen kam über seine Lippen.
Yvis Herz, das sich gerade noch schmerzhaft zusammengezogen hatte, beruhigte sich langsam wieder. Die Krankenschwester half ihrem Bruder - wie, wusste Yvi nicht,
doch es würde ihnen Zeit verschaffen.

»Meine Herren. Danke für Ihre Mühe. Ab hier übernehmen wir. Mina, bitte bringe den Patienten und seine
Begleitung nach drinnen. Ich geleite diese beiden Herren
nach draußen.« Ein großer dunkelhaariger Mann in
einem gutsitzenden Anzug hatte sich zusammen mit
Yvor genähert und nickte nun der Krankenschwester zu,
die Mike mühelos auf eine rollbare Trage beförderte.

»Soll der Mann gewandelt werden, dann ist nun der
beste Zeitpunkt dafür«, raunte die Krankenschwester
mit dem Namen Mina dem Neuankömmling zu.

Dieser deutete auf Yvor.

»Kläre das mit ihm. Er wird sich um alles kümmern.«

Mina nickte und bat Yvi, Yvor, Isabel und Violetta, ihr
zu folgen.

»Ich habe bereits versucht, ihn zu wandeln, allerdings
hat es nicht funktioniert.« Violetta strich sanft über
Mikes Wange, während Mina ihn in einen großen Raum
verfrachtete.

»Wie lange ist das her?«

»Mittlerweile bestimmt schon eine halbe Stunde. Er
müsste inzwischen hohes Fieber haben.« Yvor betastete
Mikes Stirn. »Er ist zwar warm, allerdings nicht ungewöhnlich.«

Yvi beobachtete die Personen um sie herum und kam
sich vor, wie weit entfernt. Ihr Körper fühlte sich seltsam

taub an.

›Alles Okay mit dir?‹ Yvors Hände legten sich auf ihre Schultern und er zog sie an seinen Körper.

›Ich weiß es nicht.‹ Das war die Wahrheit. Sie spürte nur noch, wie ihr die Beine weich wurden, dann wurde ihr schwarz vor Augen.

Legt sie da drüben aufs Bett. Wir haben jetzt andere Probleme.« Die Krankenschwester sagte es, noch ehe Yvi in seine Arme sank. Yvor sah Schwester Mina fragend an. Was hatte sie getan? »Ich habe sie nur etwas beruhigt. Schau sie dir an: Einen Nervenzusammenbruch können wir jetzt nicht gebrauchen.«

»Wer sagt, dass sie einen bekommen hätte? Sie hat in den letzten Tagen schon so viel erlebt, und das ohne die Nerven zu verlieren«, knurrte Yvor, aber die Schwester zeigte sich unbeeindruckt.

»Wir müssen ihn jetzt wandeln. Meinen Sie, dass sie das auch so ohne Weiteres wegstecken würde?« Sie zückte ein Messer und kam auf Yvor zu, der nicht genau wusste, was er dazu sagen sollte. Und wieso hatte sie das Messer in der Hand? »Ich brauche anderes Vampirblut, um herauszubekommen, ob der Gendefekt an ihm oder an seiner Frau liegt. Oder möchte jemand freiwillig?«

Sie sah von Yvor zu Isabel, der der Mund aufklappte.

»Ich nicht. Ich kenne den Typen noch nicht einmal.«

»Du machst es auch nicht.« Yvor griff nach dem Messer. Wenn das die einzige Möglichkeit war, würde er es versuchen. Er zog die Schneide tief durch sein Handgelenk und augenblicklich sickerte Blut aus der Wunde. Der Griff, als sich die Krankenschwester seinen Arm schnappte, war überaus kraftvoll. Sie zog ihn über Mikes Bett. Yvis Bruder ächzte, als Yvors Blut in seinen Mund floss und seine Finger schlossen sich um die Violettas.

Es war die erste deutliche Reaktion, die er zeigte, und

das gab ihnen sofort Hoffnung.

»Gut, damit wäre geklärt, dass es nicht an ihm liegt. Das Fieber setzt ein. Jetzt müssen wir ihm nur genügend Blut für die Wandlung besorgen. Ich kümmere mich um alles. Bitte nähren Sie ihn weiter, während ich kurz telefonieren gehe.« Krankenschwester Mina blickte zufrieden drein und ließ sie allein.

»Danke, Yvor«, flüsterte Violetta leise. Er beobachtete seine Freundin, bemerkte, auf welche Weise sie Yvis Bruder ansah, ihn liebevoll berührte. Sie liebte ihn.

»Ich wünsche euch alles Glück der Welt«, raunte er und lächelte. Violetta hatte es verdient, ein gutes Leben zu führen, mit einem Mann an ihrer Seite, der es wert war. Und Mike war es, auch wenn er sicherlich noch an einigen Fehlern arbeiten musste.

Sein Blick fiel nun auf Isabel, die es sich in einem der Krankenhaussessel bequem gemacht hatte. Ihre Augen würden nicht mehr lang offenbleiben - sie sah unendlich müde aus. Seine Halbschwester hatte schon viel von ihnen erfahren und er hoffte, dass er noch die Chance bekam, ihren ersten Eindruck von ihm wieder gutzumachen. Er hatte sich ihr gegenüber nicht so verhalten, wie sie es verdiente. Wenn sie ihm die Chance gab, würde er es von nun an besser machen.

»Ich glaube, es reicht langsam, du musst auch wieder Blut zu dir nehmen. Du wirst ganz blass.« Isabel schien ihn ebenfalls zu betrachten und er schüttelte den Kopf.

»Mir geht es gut. Ich werde mich gleich nähren und dann bin ich wieder der Alte. Ruh dich aus. Ich befürchte, dass das etwas länger dauern kann.«

Isabel nickte und schloss müde die Augen. Was hatte er sich nur dabei gedacht, ihr zu erlauben, mit ihnen zu kommen? Ein Krankenhaus war nicht der geeignete Ort für sie, und erst recht nicht, wenn Mike mit der richtigen Wandlung begann. Der Vampir in ihm würde erwachen und die Gefahr, die dann von ihm ausgehen würde, wurde oft unterschätzt. Man sah in den Jungvampiren immer noch die Menschen, die man kannte und nicht die, die sich nach Blut verzehrten. Das würde Wochen, wenn nicht sogar Monate dauern, bis sich dieser Durst änderte.

Ein plötzlicher Gedanke ließ Yvors Herz schwerer werden: was war, wenn Mike Yvors Probleme ebenfalls durch sein Blut aufnahm? Yvis Bruder hatte mit Alkohol seine Probleme gehabt. Was, wenn Yvors Blutdurst ihn komplett abstürzen ließ?

Yvor zwang sich dazu, tief durchzuatmen und die Panik, die sich seiner bemächtigen wollte, damit niederzuringen. Mike war nicht allein. Er würde Hilfe bekommen. Dank Yvi hatte es ja auch Yvor bis jetzt geschafft, nicht durchzudrehen und seinen Durst zu kontrollieren. Na ja, fast zumindest.

Gerade in diesem Moment hätte er leider gern seine Zähne in ein Opfer geschlagen, denn der Blutverlust, um Mike zu wandeln, war mittlerweile doch enorm. Seine Gedanken schwirrten umher und er spürte eine Schwere in seinem Körper. Müde schloss Yvor die Augen.

›Ich liebe dich dafür, dass du ihn rettest, das weißt du hoffentlich?‹ Yvis Stimme war sein Rettungsanker. Sie war leise, noch sehr matt, aber sie nahm wieder Kontakt zu ihm auf. Yvor kämpfte sich wieder aus seinem Dämmerzustand. Er stand an Mikes Krankenbett gestützt da, sein Handgelenk noch immer an den Lippen von Yvis Bruder.

»Ich denke, das sollte nun für ein paar Minuten ausreichen. Dadurch, dass die Wandlung eingeleitet wurde, kann auch seine Frau das nächste Nähren übernehmen. Setzen Sie sich zu Ihrer Auserwählten und gönnen Sie sich eine Pause. Es wird eine sehr lange Nacht.«

Verwirrt starrte Yvor zum Fenster hinaus. Wie war es nur so schnell so dunkel geworden? Mit einem Tuch, das Schwester Mina ihm reichte, umwickelte er sein Handgelenk und wankte zu Yvi hinüber. Sie lag noch immer auf dem Krankenbett und rührte sich nicht.

›Wenn ich mich wieder bewegen kann, kann diese Krankenschwester was erleben. Sie hat mich komplett lahmgelegt‹, murrte Yvi und ihr Kampfgeist brachte Yvor zum Lächeln. Sie war tatsächlich eine kleine Kriegerin. Der erste Eindruck, den er vor Tagen in der Gasse gewonnen hatte, hatte sich immer mehr bestätigt. Irgendwann würde sie eine außergewöhnliche Unsterbliche abgeben. Yvi würde sich sicherlich niemandem mehr beugen.

Ein leises Seufzen drang durch seine Gedanken. Yvi hatte jeden seiner Erwägungen mitbekommen.

›Wieder zu schnell nehme ich an?‹

›Leg dich zu mir. Ich möchte nicht allein so dumm hier herumliegen. Und mir wird langsam kalt.‹ Wäre sie wach gewesen, hätte sie vermutlich mit ihrer Hand neben sich auf das Bett getätschelt, um ihm ihre Aussage auch bildlich zu verdeutlichen. Es musste sie fast umbringen, dass Schwester Mina sie so ausgeknockt hatte. ›Die bekommt noch ihr Fett weg. Darauf kannst du dich verlassen. Und jetzt komm! Als Gegenleistung fürs Wärmen darfst du mich meinetwegen sogar anknabbern. Na? Wie hört sich das an?‹

Sie lachte, als er ins Stolpern geriet, so eilig versuchte er, zu ihr zu kommen. Na prima, das fing ja gut an. Sie wusste genau, wie sie ihn dazu brachte, das zu tun, was sie wollte und merkwürdigerweise war er nur allzu gern dazu bereit, seiner Auserwählten Folge zu leisten.

Mike hatte das Gefühl, in einer Sauna gefangen zu sein. Ihm war so heiß und nichts versprach Abkühlung. Was hatten sie nur mit ihm gemacht?

Er erinnerte sich daran, wie Violetta und er in Richtung seiner alten Wohnung gefahren waren und es plötzlich laut gekracht hatte. Danach fehlten ihm einige Bruchstücke seines Tages. Er grübelte. Was war danach geschehen?

Gedanken schwirrten ihm durch den Kopf und er versuchte sie festzuhalten, allerdings war das leichter gesagt als getan. Wie durch einen Schleier hatte er zwischendurch wahrgenommen, dass Violetta ihm etwas zu trinken gegeben hatte. Was es gewesen war, konnte Mike nicht sagen, aber er hatte automatisch mehr davon haben wollen. Der Geschmack war unvergleichlich gewesen. Es hatte ihn eine kleine Weile von den Kopfschmerzen und der Übelkeit abgelenkt, die ihn seit dem Unfall heimgesucht hatten ... Der Unfall. Jetzt fiel es ihm wieder ein. Der Idiot war ihnen ins Auto reingebrettert. Zum Glück schien Violetta nichts geschehen zu sein. Sie hatte sich um ihn gekümmert, zumindest, bis sie ihn wieder in ein Fahrzeug geschafft und weggebracht hatten. Wohin nur?

Krämpfe. Er erinnerte sich an sie, wie sie seinen Körper erschüttert hatten. Es war unmöglich für ihn gewesen, sich gegen sie zu wehren. Sie waren einfach über ihn gekommen und erst, als jemand seine Hand auf Mikes Brust gelegt hatte, waren diese verschwunden.

Nun lag er noch immer auf diesem seltsamen Bett und

eine Frau fühlte seinen Puls, während sie mit jemandem sprach.

»Noch einmal. Das Blut seiner Frau scheint nicht auszureichen und er muss sich nähren«, sagte sie. Für Mike waren es sehr merkwürdige Worte. Künstliche Ernährung? Wieso hängten sie ihn nicht einfach an einen Tropf? Versuchten sie ihn jetzt irgendwie zu füttern?

Jemand drückte ihm den Mund auf und erneut war da diese berauschende Flüssigkeit, die ihm die Kehle hinunter rann. Er schluckte gierig, denn dieses Nass linderte das Gefühl, bei lebendigem Leib gegart zu werden.

»Langsam, mein Freund. Es nimmt dir keiner was weg.« Yvors Stimme drang zu ihm durch und verwirrte ihn nur noch mehr. Was war hier nur los?

›Wandlung‹, schoss es ihm durch den Kopf - das Einzige, was irgendwie Sinn ergab. Oh Gott! Es musste sehr schlecht um ihn bestellt gewesen sein, wenn Violetta sich dazu durchgerungen hatte. Schließlich war sie es gewesen, die darauf bestanden hatte, noch zu warten. Als ob Zeit irgendetwas an seinen Gefühlen für sie ändern könnte.

›Trink, dann geht es dir bald besser‹, vernahm er nun auch ihre Stimme und ihm wurde bewusst, dass er vor Schreck aufgehört hatte zu schlucken. Sein Mund war voll Blut.

»Mike, du musst das trinken. Dein Körper braucht das jetzt.« Yvi. Seine Schwester war auch hier. Mike würgte, als das Blut in die falsche Kehle lief. Gerade noch konnte er verhindern, dass ihm das Ganze aus dem Mund lief. Er prustete los, japste verzweifelt nach Luft, während ihn starke Arme nach oben rissen und jemand ihm auf den Rücken klopfte.

»Doch zu viel«, knurrte Yvor. »Atmen, Mike!«
Er versuchte, Yvors Befehl nachzukommen, aber es

war nicht einfach. Er keuchte, röchelte und rang nach Luft.

Ein letzter beherzter Schlag auf den Rücken brachte ihm endlich die Erlösung und das Blut, das ihn am Luft-bekommen gehindert hatte, füllte erneut seinen Mund. Jemand hielt ihm eine Schüssel unter die Nase, dass er es ausspuken konnte, was er auch tat.

»Danke«, ächzte er und seine Stimme klang rau und eigenartig heiser - und überhaupt nicht vertraut. Er bemühte sich, die Augen zu öffnen, schaffte es aber nur einen kleinen Spalt. Verschwommene Gestalten standen um sein Krankenhausbett und schienen allesamt die Luft anzuhalten. Warteten sie auf etwas?

»Wie geht es dir, Bruderherz?« Yvi war die Erste, die es schaffte, sich zu einer Reaktion durchzuringen.

»Kaputt, durstig, so warm«, brachte er hervor und erzitterte, als sich erneut etwas in seinem Körper tat: Sein Zahnfleisch schmerzte, und dort, wo normalerweise seine kleinen Eckzähne gewesen waren, schienen riesige Fänge zu wachsen. Sogleich schärften sich seine Sinne. Mehrere Pulsschläge dröhnten ihm in den Ohren wie Kanonenschüsse und bescherten Mike erneut stechende Kopfschmerzen. Ihm entging nicht, dass Yvor versuchte, sich zwischen ihn und Yvi zu schieben. Was sollte das? Erst, als er ihren betörenden Geruch wahrnahm, begriff er: Sie war der einzige normale Mensch im Raum. »Ach, Scheiße ...«

»Kann man dir was Gutes tun?« Yvi schien nichts von der Vorsicht Yvors mitbekommen zu haben. Sie war ganz auf ihn und seine Bedürfnisse fixiert. Ihr Puls trommelte in einem melodischen Rhythmus.

»Yvi«, knurrte er leise und hoffentlich bedrohlich genug, um sie von ihm fernhalten zu können. »Geh bitte raus. Mir läuft das Wasser im Mund zusammen, wenn ich dich rieche.«

Das Herz seiner Schwester begann zu rasen. Gut, er hatte sie geschockt. Dann war sie hoffentlich so vernünftig und blieb erst einmal von ihm fern.

»Ich glaube, wir beide gehen am besten eine Runde spazieren«, schaltete sich eine fremde Stimme sanft ein, und Mike fixierte das Mädchen, das nun ihre Hand auf Yvis Schulter legte. Mike kannte sie nicht. Wieso war sie hier? Und da war noch etwas: Sie war ein Vampir.

Ein dunkles Knurren drang aus seiner Kehle und das Mädchen machte zusammen mit Yvi einen Schritt von ihm fort. Gefangen zwischen seinem Durst und dem Drang, seine Schwester von der fremden Unsterblichen beschützen zu wollen, ballte Mike die Fäuste.

»Ganz ruhig. Isabel ist keine Gefahr. Sie ist meine Schwester«, versuchte Yvor zu erklären, aber Mike hatte so schnell einen Satz aus dem Bett gemacht, dass er am Ende nur noch einen derben Fluch herausbrachte.

»Hier geblieben!«, streckte ihn schließlich Violetta nieder, die ihn in einem erbarmungslosen Würgegriff festhielt. Er hatte gar nicht gewusst, dass sie so viel Kraft besaß.

›Du wirst noch einiges von mir erfahren in den nächsten Monaten, Jahren und Jahrzehnten. Aber bis dahin: Ab zurück ins Bett und weiter Blut trinken.‹

Mikes Körper erschlaffte. Es kam ihm vor, als hätte er mit dem Hechtsprung seine kompletten Energiereserven verbraucht. Man packte ihn und zerrte ihn zurück aufs Bett, und Mike nahm nur am Rande wahr, dass es Yvor gewesen sein musste. Der große Vampir hatte sich wirklich als guter Kerl bewährt. Hoffentlich hatte Yvi das auch inzwischen gemerkt.

82

Besorgt verfolgte Yvi von der Tür aus, wie Yvor Mike zurück ins Bett verfrachtete. Ihr Bruder wehrte sich nicht und auch diese bedrohliche Haltung war weg, die ihr einen riesigen Schreck eingejagt hatte. Isabel berührte sie erneut an der Schulter, wirkte versucht, Yvi aus der Tür zu schieben.

»Ich denke, es ist wirklich besser, wenn wir ne Runde rausgehen«, sagte sie leise und Yvi kam ihrer sachten Bitte nach.

Draußen vor dem Gebäude war es mittlerweile doch recht frisch geworden und Yvi zog ihr Jäckchen, das sie trug, etwas enger um sich. Dank Schwester Mina hatte sie sich ziemlich lange nicht bewegen können, und war dadurch ausgekühlt. Ihre Zehen kribbelten beim Gehen, waren vermutlich eingeschlafen.

»Alles in Ordnung?«, erkundigte sich Isabel nun und legte ihr ihre Jacke um die Schultern. Sie hatte sie vorgewärmt und ein Hauch ihres Parfums hing darin und kitzelte Yvi in der Nase.

»Danke. Damit ist es schon viel besser.« Sie schenkte Yvors Schwester ein dankbares Lächeln und das Mädchen strahlte zurück. »Ich glaube, ich werde mich in nächster Zeit noch an so einiges gewöhnen müssen. Bis jetzt hätte ich jedem, der mir von schrägen Gelüsten und seltsamen Ausbrüchen erzählt, eine gute Therapie empfohlen. Nun bin ich ratlos, denn wie therapiert man Vampire?«

Isabel kicherte.

»Ich denke, genauso, wie Normalsterbliche auch. Ich

bin seit meinem zwölften Lebensjahr in Therapie. Mutter meint, dass es mir helfen soll, mich richtig auszusprechen. Stattdessen überlege ich mir jedes Mal eine andere Geschichte, die ich dem Mann erzählen kann.«

Yvi runzele die Stirn. Das war eigentlich nicht Sinn und Zweck einer Therapie.

Isabel winkte ab.

»Was soll ich denn sonst erzählen? Dass meine Eltern sich im Grunde nur dann für mich interessieren, wenn ich Mist baue? Ich glaube, ich bin zu schnell nach Mamas und Papas Kennenlernen auf die Welt gekommen. Die beiden sind die meiste Zeit mit sich selbst beschäftigt und sehr viel unterwegs. Ich habe dafür Nestor. Er ist wirklich nett, aber manchmal ...« Isabel seufzte.

»Ich glaube, ich weiß, was du meinst.« Yvi strich Isabel sanft über den Rücken und die junge Vampirdame lächelte. Ihre Gefühle waren ehrlich und sie mochte Yvi, das konnte sie spüren. »Familie ist wichtig.«

Im Dunkeln bewegte sich etwas. Isabel runzelte die Stirn und auch Yvi hatte das Gefühl, dass etwas nicht ganz stimmte.

»Das ist nur die Wache. Der Mann hat Durst und Sie sind die einzige Normalsterbliche weit und breit. Üblicherweise sind hier nur Vampire.« Der dunkelhaarige Mann im Anzug stand so plötzlich neben ihnen, dass selbst Isabel zusammenzuckte. Er sah in ihre Richtung und seine Lippen zuckten. Yvi war sich sicher, dass Isabel ihre Gabe eingesetzt und sich für ihn unsichtbar gemacht hatte.

»Ich hoffe doch, ich bin hier sicher.« Yvi spähte in Richtung des Tors, versuchte die Wache zu erkennen, allerdings ohne Erfolg. Das Lippenzucken des Vampirs verzog sich zu einem ironischen Grinsen.

»Solange Sie hier gut beschützt werden, wird er es

nicht wagen.«

Der Mann meinte sich nicht selbst, sondern nickte kurz zur Tür, durch die Yvor kam. Yvi sah bereits seine aufmerksame Anspannung.

›Geht es dir gut?‹

Sie nickte lächelnd.

›Könnt ihr bitte alle aufhören, mich das immer zu fragen? Ich komme mir langsam vor wie ein Porzellanpüppchen. Ich bin eine Frau von 33 Jahren und auf gar keinen Fall hilflos oder zart besaitet.‹ Yvi wusste, dass sie bei diesen Gedanken einen Schmollmund zog, aber dagegen wehren konnte sie sich nicht. Und was machte das schon, wenn sie ein wenig bockig wirkte. Man behandelte sie die meiste Zeit sowieso wie ein Kind.

Yvor schritt auf sie zu und nahm sie in seine Arme. Seine Umarmung war nachdrücklich, jedoch nicht allzu beschützend, weshalb sie ihm diese noch einmal durchgehen ließ und sich auch gestattete, es zu genießen. Er drückte ihr einen Kuss auf die Stirn. Isabel hinter Yvor rollte mit den Augen.

›Ich weiß, du bist stark. Du bist bis jetzt mit jeder Situation fertig geworden und ich habe keinen Grund, an dir zu zweifeln. Die Frage bezog sich eher darauf, dass dein Bruder nun ein Vampir ist.‹

Yvi rutschte das Herz in die Hose, als sie begriff, worauf Yvor gleich anspielen würde. Sie räusperte sich:

»Ich denke, wir gehen jetzt besser rein. Isabel würdest du dich bitte wieder sichtbar machen und mit dem Grimassenschneiden aufhören?« Sie lachte, als Isabel ihr die Zunge rausstreckte und Yvor seine Halbschwester irritiert ansah.

»Ich muss schon sagen: eine sehr interessante Familie. Es wird im Rat sicherlich einiges zu beobachten geben«, sagte nun auch der dunkelhaarige Vampir, nickte Yvor zum Abschied zu und marschierte in Richtung Eingang, durch den gerade ein Wagen kam.

»Die Blutlieferung für Mike. Möchtest du hier bleiben oder wollen wir Violetta und Mike ihre Zweisamkeit gönnen?« Yvors Worte hallten in ihren Ohren nach. Zu Yvis Überraschung verpasste Isabel Yvor einen Stoß, dass er leise brummte.

»Das war Manipulation! Echt fies.«

Yvi kicherte.

»Ja, das war es. Aber er hat ja recht. Lasst uns kurz nach den beiden schauen und dann nach Hause fahren. Ich muss morgen wieder zur Arbeit, und ihr beide müsst euch auch ausruhen.« Sie legte ihren Arm um Yvors Halbschwester, die einen sehr müden Eindruck machte.

83

Eine Woche später ...

Yvor hätte nicht gedacht, dass er jemals so gedemütigt werden würde. Er saß in seinem eigenen Haus und starrte auf das, was von seinem teuren Paar Schuhe übrig geblieben war.

»Isabel!«, brüllte er und hörte ihre eiligen Schritte näher kommen.

»Was ist denn los?« Ihr Blick wanderte allerdings sogleich zu Yvors Schuhen und der Anflug eines schlechten Gewissens machte sich augenblicklich auf ihrem Gesicht breit. »Oh Mist!«

»Das sind nicht die Worte, die mir dazu einfallen. Was hast du dazu zu sagen?«

Seine Schwester kaute auf ihrer Unterlippe, überlegte offensichtlich genau, was sie sagen sollte und seufzte dann theatralisch:

»Ich habe vergessen, die Tür des Hundezimmers zuzumachen. Du hast nicht gelogen, als du gesagt hast, die Kleinen würden deine Schuhe zum Fressen gern haben. Wieso waren die überhaupt hier unten? Hast du nicht in deinem Kleiderschrank auch ein Fach für deine Schuhe?«

Jetzt war es Yvor, der nach Worten suchte. Er hatte sie zusammen mit dem Rest seiner Kleider ausgezogen, als er einen Mitternachtssnack mit Yvi genossen hatte. Seinen Anzug hatte er danach nach oben mitgenommen, nur die Schuhe ... Aber das konnte er Isabel schlecht sagen.

»Ich glaube, ich will es gar nicht wissen, oder?« Sie tat

so, als würde sie würgen.

»Hey, du hast dich bei mir einquartiert. Ich werde mich in meinem Haus ausziehen, wo auch immer ich will«, knurrte Yvor und Isabel wurde blass.

»Danke, aber die letzte Stripteaseeinlage im Bad von euch hat mir gereicht. Wir brauchen hier ganz dringend noch ein weiteres Badezimmer.«

Der Schlüssel in der Haustür kündigte Yvors Rettung an: Yvi kam endlich nach Hause. Sie wirkte müde, aber sie grinste, als sie die beiden im Eingangsbereich stehen sah.

»Lasst mich raten: Die Welpen haben wieder was angestellt und ihr beide knobelt darum, wer schuld ist.«

»Yvor hat seine Schuhe stehen lassen. Wenn ihr mich jetzt bitte entschuldigt: Ich muss noch meine Sachen packen. Mama und Papa sind in ein paar Minuten da und ich will ordentlich aussehen.« Isabel schnaubte und streckte ihre Nase empor, als wäre diese Situation einfach unter ihrer Würde, während Yvor die Worte fehlten.

›Ganz ruhig. Einatmen, ausatmen. Du hast es ja bald geschafft.‹

›Sie treibt mich manchmal echt in den Wahnsinn, aber ich möchte auch nicht, dass sie uns verlässt.‹ Laut hätte Yvor diesen Wunsch nicht ausgesprochen, aber Yvi lächelte, als würde sie es verstehen. Sie strich ihm zärtlich über die Wange und hauchte ihm einen Kuss auf die Lippen. Sein Herz hüpfte vor Freude.

›Ich denke, es war trotzdem gut, dass du deine Mutter angerufen hast. Isabel hätte ihre Eltern nicht anlügen dürfen.‹

Er seufzte, als sie ihm die Überreste seiner Schuhe aus den Händen nahm und begann, die kleineren Fetzen vom Boden aufzulesen. Eilig machte er sich daran, ihr zu helfen, denn schließlich waren es seine Schuhe. Yvi kicherte und sie schien daraus ein kleines Spiel machen zu wollen, wer am schnellsten die meisten Teile einsammeln konnte. Yvors Ehrgeiz war geweckt. Sie brachte ihn natürlich wieder dazu, genau das zu tun, was sie wollte. Dieses kleine Luder.

›Ich habe dir nichts befohlen und dich um nichts gebeten.‹

Sein Blick fiel auf ihren Hintern, der in der engen Jeans steckte und zum Anbeißen aussah. Stimmt, sie hatte nichts gesagt. Aber neben ihr auf dem Boden herum zu suchen, erinnerte sie an das erste Mal.

›Die Schokolinsen in der Praxis‹, lachte Yvi in seinem Kopf und wandte sich ihm wieder zu. ›Und mein Hintern ist zum Anbeißen?‹

Yvor grinste breit und nickte.

»Möchte ich wissen, was da wieder zwischen euch abläuft, oder bekomme ich dann den nächsten Würgereiz?« Isabel stand am Geländer des Obergeschosses und grinste herunter. Die Ähnlichkeit mit Yvor war nun unverkennbar.

»Du würdest so was von Würgen. Wir haben geturtelt«, gab Yvor zurück.

Isabel kicherte.

»Ihr beide seid schlimmer als meine Eltern. Aber irgendwie auch wieder nicht. Ich denke, ich werde euch vermissen. Yvi kannst du mir bitte kurz helfen?«

Yvors Auserwählte zwinkerte ihm zu, während sie gemächlich die Treppe emporstieg. Dieser wogende Gang war Absicht, das wusste Yvor und es gefiel ihm. Yvi war seit Mikes Wandlung fast wie ausgewechselt. Es kam ihm so vor, als hätte sie endlich ihren Frieden mit dem Leben gemacht. Die beiden Frauen verschwanden in dem Gästezimmer, das sich Isabel ausgesucht hatte und Yvor machte sich daran, den Eingangsbereich auf Hochglanz zu polieren. Die baldige Ankunft seiner

Mutter machte ihn nervöser, als er zugeben wollte. Vermutlich würde sie noch immer den zerstörerischen Jungen in ihm sehen und nicht den Mann, der aus ihm geworden war. Er hatte eine Auserwählte, einen Job, ein gutes Einkommen, und sein Blutdurst war durch Yvi inzwischen viel besser unter Kontrolle. Das brachte ihn zu dem Punkt auf seiner Liste, den er noch zu erledigen hatte: seinen zweiten Blutbeutel.

In seinem Arbeitszimmer setzte er sich an den Schreibtisch in seinen Sessel. Yvi hatte ihm eingebläut, dass es wichtig war, dass er sich nicht hetzte, sondern in Ruhe trank. Er konnte die beiden Frauen im Nebenraum lachen hören. Isabel und Yvi verstanden sich wirklich gut und er bedauerte es immer mehr, dass er dem ein Ende gesetzt hatte. Aber wie Yvi schon richtig erkannt hatte: Besser Mutter erfuhr es von ihm, dass Isabel bei ihnen war, als dass sie es selbst herausfand. Gut, er hatte wegen des Zeitpunkts ein wenig geschwindelt und behauptet, sie wäre erst jetzt aufgetaucht. Aber sonst ...

Er bekam noch immer Ekel, wenn er die Zähne in den Beutel versenkte, doch er leerte ihn langsam und stetig, beschloss sogar danach, noch einen zu trinken. Nur für den Fall.

Gerade, als er dabei war, die zweite Konserve zu leeren, klingelte es an der Tür.

»So ein Mist!«

84

Yvi hörte Yvors Fluch im Nebenraum. Das war ein sehr schlechtes Omen. Sofort lief sie zusammen mit Isabel in Richtung Tür. Jetzt hieß es einen guten Eindruck machen und Yvor Zeit verschaffen.

»Am besten meiner Mutter niemals widersprechen. Das hat sie gar nicht gern«, raunte Isabel.

Yvi seufzte.

Na, das konnte ja was werden. Hoffentlich schaffte sie es, brav den Mund zu halten, obwohl ihr schon seit einer Woche der Sinn nach etwas anderem stand. Isabel hastete an ihr vorbei und riss die Tür auf.

»¡Buenos días! Madre y Padre!«, begrüßte sie ihre Eltern mit jeweils einem Kuss auf die Wange, bevor Isabel einen Schritt beiseitetrat. Yvi stand endlich der Frau gegenüber, die sie in Yvors Erinnerungen gesehen hatte. Sie war noch immer eine schöne Frau, wenn sie auf Yvi auch einen recht verbissenen Eindruck machte. Isabels Anwesenheit in diesem Hause schien sie ganz und gar nicht zu billigen. »Darf ich vorstellen: Das ist Dr. Yvonne Nowak.«

Isabels Tonfall war sehr förmlich, und ihre Eltern schüttelten Yvi stirnrunzelnd die Hand. Sie hatten keine Ahnung, in welche Schublade sie die Frau Doktor einsortieren sollten und Yvi würde ihnen sicherlich nicht dabei helfen. Sie grinste freundlich und amüsierte sich insgeheim, als eine peinliche Stille eintrat.

»Das Haus hat sich fast nicht verändert. Ich hätte gedacht, dass Yvor das Anwesen seines Vaters dem Erdboden gleichmacht, sobald er die Chance dazu erhält.« Yvors Mutter Martha sah sich neugierig um.

»Ich denke, er hängt mehr an der Vergangenheit, als man ihm im ersten Moment zutraut. Aber es sind in der Tat Änderungen geplant, um das Haus auf einen neueren Stand zu bringen«, erwiderte Yvi. Martha sah sie erneut forschend an. Wie lange es wohl dauern würde, bis sie endlich begriff? Anscheinend wollte sie sich nichts zusammenreimen, denn sie schälte sich aus ihrem Mantel und fragte dann gerade heraus: »Und in welchem Verhältnis stehen Sie zu Yvor?«

»Ich bin seine Auserwählte.« Yvi grinste von einem Ohr zum anderen und war stolz auf sich, dass sie diesen Satz endlich laut ausgesprochen hatte.

Den überraschten Gesichtsausdruck, den Yvors Mutter in diesem Moment zeigte, hätte sie nur allzu gern für ihren Mann aufgenommen, aber leider fing sich die Vampirdame nur allzu schnell wieder.

»Das hat er in unserem Telefonat nicht erwähnt. Darf ich fragen, seit wann?« Sie war noch immer zurückhaltend, aber Yvi spürte höfliches Interesse. Das war schon einmal ein guter Anfang.

»Noch nicht sehr lange«, gab Yvi zu und erneut schlich sich etwas in Marthas Miene, das ihr nicht gefiel. War das etwa Angst? Wieso war Yvors Mutter plötzlich so angsterfüllt?

»Dürfte ich Sie einen Moment unter vier Augen sprechen?«, bat sie zu Yvis Überraschung.

»Natürlich. Kommen Sie bitte mit in die Küche. Ich denke, dass ein Tee oder Kaffee nach der Reise ganz gut tun wird. Möchte Ihr Mann auch einen?« Um ihn fragend anzuschauen, wandte sich Yvi an Isabels Vater, doch den hatte Isabel bereits mit ins Wohnzimmer gezogen. Vermutlich musste er jetzt die Namen der Hunde und einen Streichelmarathon über sich ergehen lassen. Also marschierte Yvi vor der zierlichen Mutter in die Küche und machte sich an der Kaffeemaschine zu schaffen. »Ich nehme an, Sie möchten einen Kaffee?«

»Ja, danke. Schwarz bitte.«

»Nun, dann schießen Sie mal los. Was liegt Ihnen auf der Seele?« Yvi hantierte weiter an der Maschine, warf Yvors Mutter aber einen freundlichen Blick zu. Die Frau hatte sich auf einen der Barhocker gesetzt und spielte nervös mit ihrem Ehering, während sie überlegte.

»Mein Sohn ist nicht sehr einfach, müssen Sie wissen. Er hat da einen Drang ...«

Ach herrjemine! Es wurde wirklich Zeit, dass sie ihren Sohn persönlich traf und sah, wie sehr er sich verändert hatte.

»Wie lange haben Sie Yvor nicht mehr gesehen? Kann es sein, dass es seit dem Tod Ihres Mannes war?« Yvi unterbrach Yvors Mutter, ehe sie mit irgendeiner alten Geschichte anfangen konnte und Martha nickte. Damit war das Thema für Yvi vom Tisch. »Dann kann ich Ihnen versichern, dass es kein Problem mehr darstellt.«

Yvi legte ihre Hand auf die der zierlichen Frau und setzte ihre Gabe ein. Sie wollte, dass Yvors Mutter ohne Angst vor ihren Sohn treten konnte.

»Was machen Sie?«, hauchte Martha, doch Yvi lächelte nur.

»Vertrauen Sie mir. Ich bin Ärztin.«

85

Er hatte es echt vergeigt. Mit der Türklingel hatte er sich die Reste des Blutbeutels über den Anzug gekippt und machte sich nun verzweifelt daran, einen passenden Ersatz zu finden. Der gute Eindruck bei seiner Mutter war im Grunde schon dahin, weil er noch immer nicht da war, um sie zu begrüßen.

Sein Anzug für Geschäftsessen war zwar sehr förmlich, aber er hatte eine gute Passform und gab ihm wenigstens etwas das Gefühl, alles im Griff zu haben. So schnappte er sich diesen und lief ins Bad. Auf dem Weg zerrte er an dem Verschluss der Hose. Verdammt, wieso musste ausgerechnet jetzt irgendein Faden im Reißverschluss festhängen?

»Ganz ruhig. Du wirst die Hose jetzt nicht kaputtmachen. Yvi hat alles im Griff und du ziehst dich einfach um und sagst, dass dir noch ein Telefonat dazwischen gekommen ist«, redete er leise auf sich ein und atmete tief durch.

Um schon einmal irgendetwas hinzubekommen, knöpfte er das verschmutzte Hemd auf und entledigte sich seiner Krawatte. Er hatte sich ohnehin viel zu förmlich angezogen. Wieso machte ihn der Besuch seiner Mutter nur so nervös? Nachdem er auch das Hemd ausgezogen hatte, war er zumindest imstande den Reißverschluss zu meistern und sich noch mal kurz frisch zu machen. Der Blutgeruch musste weg, denn den würde seine Mutter sicherlich wahrnehmen. Er wollte nicht, dass sie irgendwelche falschen Vermutungen zu seiner Abwesenheit machte.

›Also, wenn du so weit bist, wir sind es‹, zwitscherte Yvi in seinem Kopf und er ächzte.

›Ich bin gleich da. Nur noch umziehen. Wie ist die Stimmung bis jetzt?‹, erkundigte er sich und Yvi kicherte.

›Das musst du selbst sehen.‹

Ob das gut oder schlecht war, wusste Yvor nicht, weshalb er sich hastig in die Anzughose zwängte. Das Hemd hing noch im Schrank und er beschloss, dass es da auch bleiben würde. Ein T-Shirt, das er sich schnell überwarf, tat es auch. Er war hier zu Hause und nicht auf einem Staatsbankett. Wo waren nur diese blöden Schuhe? Eben gerade waren sie doch noch da gewesen! Er warf einen Blick unters Bett, nochmals ins Bad und am Ende wieder in den Schrank. Sie waren weg.

›Ach was soll's! Ich komme.‹ Barfuß marschierte er in seinem lässigen Outfit den Gang entlang und die Treppe hinunter.

Er hörte Isabel im Wohnzimmer lachen und öffnete die Tür. Yvor sah, wie seine Mutter, ein paar Scheiben Wurst in der Hand, von den kleinen Rabauken belagert wurde, während Yvi und Isabel herzlich lachten.

»Sag Bescheid, wenn ich dich vor den Giganten beschützen soll, mi corazón«, hörte er auch die Stimme eines Mannes, der allerdings außer Sicht war.

›Wo sind denn deine Schuhe?‹ Yvi klang noch immer amüsiert und sie grinste breit, als er mit den Augen rollte. ›Immer wieder für eine Überraschung gut, Prinz Charming.‹

Er knurrte leise und zog damit die Aufmerksamkeit der anderen auf sich. Seine Mutter ließ ein leises Keuchen hören.

»Entschuldigt. Ich glaube, hier muss ich zu Hilfe eilen. Ich möchte nicht, dass diese kleinen Fellträger auch noch Mutter anknabbern, wo sie es schon geschafft haben, meine Schuhe zu zerlegen.« Er schenkte seiner Mutter ein Lächeln und freute sich, dass sie dieses erwiderte.

»Na, wenn sie eine Vorliebe für Leder haben, bin ich vielleicht wirklich in Gefahr.« Sie lachte, als direkt leises Gemurmel zu hören war, aber sie hielt ihm ihre Hand hin, während sie die Wurst auf den Boden legte. Sogleich wuselten die Kleinen in Richtung des Futters und Yvor konnte seiner Mutter aufhelfen.

»Es ist wirklich sehr schön, dich zu sehen, Mutter«, raunte er und küsste sie auf die Wange. Ein Hauch ihres Parfums drang ihm in die Nase. Sie roch noch immer wie damals.

Sie legte ihm ihre rechte Hand an die Wange und sah zu ihm hoch. Ihr Blick war forschend, doch dann lächelte sie wieder.

»Ich freue mich, dich in einer so guten Verfassung zu sehen. Auch wenn dir deine Schuhe abhandengekommen sind.« Seine Mutter blickte grinsend zu seinen Füßen, die sich nun im Teppich vergruben. »Ist das nicht kalt?«

»Ich denke, ich werde es überleben.«

»Davon gehe ich auch aus, schließlich ist er ein erwachsener Mann.« Der dunkelhaarige Mann, der bis jetzt in Yvors Sessel ausgeharrt hatte, stand auf und kam auf ihn zu. Er lächelte und hielt ihm die Hand hin. »Ich freue mich, dich endlich kennenzulernen. Mein Name ist Angel.«

Yvor lächelte zwar, aber er brauchte etwas, bis er die neue Bekanntschaft verdaut hatte. Seine Mutter hatte wirklich einen Mann gefunden, dessen Name an einen Engel erinnerte.

»Angel hat mir erzählt, dass er und Martha in zwei Monaten sehr viel auf Reisen sein werden. Ich habe ihm und deiner Mutter vorgeschlagen, dass uns Isabel doch wieder besuchen kommen könnte.« Yvi rettete die Situation und Isabel strahlte bei ihren Worten übers ganze Gesicht. Offensichtlich hatte sie nichts dagegen, noch ein wenig Zeit mit ihnen zu verbringen.

»Wäre euch das tatsächlich Recht?« Er wandte sich an seine Mutter und ihren neuen Ehemann, die beide nach einem kurzen Moment nickten.

»Ich denke, dass es eine gute Idee ist, wenn ihr beide euch besser kennenlernt. Yvi hat mir von deinem Leben erzählt und ich kann dir sagen: Ich bin stolz auf dich, mein Junge.«

Jetzt war Yvor vollkommen davon überzeugt, dass Yvi irgendwie ihre Finger im Spiel hatte. Was hatte sie mit seiner Mutter gemacht? Hatte Yvi sie etwa unter Drogen gesetzt, während er nach seinen Schuhen gesucht hatte?

›Hör bloß auf! Ich habe ihr lediglich die Angst genommen. Du hast dich nun einmal verändert, und das sieht sie jetzt. Also wie wäre es, wenn du deine Mutter und ihren Mann einfach einlädst, noch etwas zu bleiben, und ich organisiere uns ein schönes Abendessen?‹

Das war eine wundervolle Idee, die er gleich umsetzte. Zu seiner Freude hatten Angel und Martha nichts dagegen, und Isabel nutzte die Zeit, um ihre Mutter durchs Haus zu ziehen und es ihr zu zeigen.

»Es ist schön, Isabel so zu sehen. Sie ist sonst sehr verschlossen.« Angel sah in Richtung Flur. Er schien sich zu vergewissern, dass Isabel und Martha außer Hörweite waren, dann sprach er weiter: »Meine Frau versucht meiner Meinung nach zu sehr, sie zu beschützen. Isabel hat einen Privatlehrer, einen Psychotherapeuten und einen Assistenten, statt wie alle Mädchen in ihrem Alter einfach in die Schule zu gehen und Freundinnen zu treffen.«

»Aber Isabel muss doch Erfahrungen sammeln

können. Das ist wichtig für ihre Entwicklung.« Yvors Auserwählte legte ihm eine Hand auf die Schulter. Isabels Vater nickte seufzend.

86

Es war einfach wunderbar bei euch. Danke.« Yvors Mutter umarmte Yvi bereits zum dritten Mal und sie ließ es geschehen, freute sich insgeheim tierisch darüber. Martha und Angel hatten schlussendlich in einem der Gästezimmer übernachtet, da es für die Abreise zu spät geworden war. Leider hieß es nun doch, Abschied nehmen, und Isabel knuddelte erst Yvi, um sich danach sehr lange in Yvors Arme zu drücken. Natürlich entging es keinem.

»Wir werden uns bald wiedersehen und dann machen wir einen Plan, was wir alles in der Zeit auf den Kopf stellen. Na, wie klingt das?«, brummte Yvor und räusperte sich. Isabel nickte und wischte sich die Tränen aus dem Gesicht, die ihr während der Umarmung über die Wangen gelaufen waren.

»Ach, Schatz. In zwei Monaten kannst du wieder herkommen. Bis dahin geht die Zeit schnell um«, sagte auch Angel und tätschelte seiner Tochter den Rücken.

»Zwei Monate«, schniefte Isabel und umarmte Yvi noch ein zweites Mal. Mit einer sanften Berührung nahm sie Yvors Schwester die Traurigkeit.

›Du bist wirklich ein Engel‹, raunte Yvor in ihrem Kopf und sie zwinkerte ihm zu.

›Erinnere dich besser daran, wenn wir das nächste Mal in den Zirkus gehen oder mir sonst irgendetwas einfällt.‹

Yvor lachte bellend und die anderen drei sahen ihn fragend an.

»Entschuldigt. Mir ist da gerade etwas eingefallen. Ich

denke, ich weiß schon, was Isabel, Yvi und ich in zwei Monaten machen können.«

Yvi überlegte, ob das tatsächlich sein Ernst war. Er hasste doch den Zirkus, oder nicht?

›Vielleicht mag ich ihn ja seit unserem letzten Besuch? Das war der Moment, in dem du dich in mich verliebt hast, oder nicht?‹ Er grinste breit und nun kicherte seine Mutter.

»Ich denke, das war eine interessante Unterhaltung zwischen euch beiden. Ich freue mich, dass du eine wahre Auserwählte für dich gefunden hast.« Marthas anerkennender Blick in Yvis Richtung war zu viel des Guten. Jetzt fühlte sie sich definitiv unwohl.

»Danke, Mutter. Ich hoffe, ihr kommt uns bald wieder besuchen. Vielleicht vor dem nächsten Jahrhundert?« Yvor küsste seiner Mutter ein letztes Mal die Hand und sie nickte.

»Auf jeden Fall. Und ihr kommt uns besuchen. Spanien ist ein wundervolles Land, und ich liebe die Kultur.« Sie strahlte.

Yvi verkniff es sich, an Stierkämpfe, verrückte Maler oder sonst etwas zu denken, das sie in irgendeiner Weise dazu brachte, das Gesicht zu einer Grimasse zu verziehen. Yvor räusperte sich. Er brachte seine Mutter, ihren Mann und Isabel noch nach draußen und Yvi blieb allein zurück. Eine seltsame Unruhe ergriff sie. Was war nur auf einmal los?

»Hallo Schwesterherz.«

Erschrocken fuhr sie herum. Mike stand breit grinsend im Türrahmen des Wohnzimmers und fixierte sie. Sein Blick machte ihr eine Gänsehaut.

»Mike«, brachte sie krächzend heraus und beobachtete gebannt, wie er langsam auf sie zukam. Seine Bewegung war so ungewöhnlich geschmeidig. Er war nicht mehr der Junge, den Yvi kannte.

»Also bitte. Ich bin noch immer der Kindskopf, der ich vorher war, nur bin ich nicht mehr ganz so zerbrechlich.« Er grinste und zeigte dabei erstaunlich weiße Zähne. Yvi stockte der Atem, als das Grinsen noch breiter wurde. Mikes Fänge blitzten hervor.

»Hallo Mike.« Yvor tauchte nun ebenso schnell neben Yvi auf. Sie keuchte. Wieso mussten diese nervtötenden Vampire immer so dramatisch sein?

Mike hob eine Augenbraue, als wolle er fragen, was das nun wieder sollte.

»Wo hast du denn Violetta gelassen? Sie wollte dich doch die nächsten Tage nicht aus den Augen lassen.«

Mike runzelte die Stirn, bleckte die Zähne und schien mit sich zu kämpfen. Yvi kannte diesen Ausdruck in seinem Gesicht nur zu gut.

»Hört auf, ihr beide!« Sie atmete tief durch, bevor sie sich von Yvor losmachte und auf ihren Bruder zu schritt. Ihr Vampir knurrte zwar leise, aber er schien ihr so weit zu vertrauen, dass er sich nicht weiter einmischte. Yvi legte ihrem Bruder eine Hand auf den Brustkorb, der sich schnell hob und senkte. Er erzitterte bei ihrer Berührung. Ihre Gabe nahm seine Gefühlswelt wahr und sie begann damit, diese zu manipulieren. Mike lächelte.

»Das tut echt gut«, seufzte Mike und schloss müde die Augen. »Ich wusste, dass du mir helfen wirst.«

Yvi ließ es sich nicht nehmen, ihrem Bruder einen Stoß gegen die Schulter zu geben.

»Beim nächsten Mal, wenn du meine Hilfe brauchst: Ruf vorher an!«

Mike verdrehte die Augen, grinste allerdings, was auch Yvor sichtlich amüsierte. Er kam auf sie zu und hielt Yvis Bruder die Hand hin, der diese ergriff.

»Und um deine Frage zu beantworten: Violetta liegt

im Bett und schläft. Ich glaube, ich war in den letzten
Tagen sehr anstrengend und wollte ihr etwas Ruhe
gönnen.«

87

Mike fühlte sich zum ersten Mal seit seiner Wandlung ruhig und entspannt. Die Gabe seiner Schwester war einfach wunderbar.

»Alles Okay? Du hast so einen merkwürdigen Gesichtsausdruck.« Yvi sah ihn fragend an, doch Yvor grinste und tätschelte ihr den Oberschenkel, sodass Mike nicht antworten musste. »Ich weiß: zu viele Gedanken.«

Es war schön zu sehen, wie sich Yvi Yvor gegenüber verhielt. Endlich hatte sie jemanden gefunden, der zu ihr passte. Yvor zwinkerte Mike zu. Auch der Vampir machte ihm einen gelösten Eindruck, seit er zusammen mit Yvi auf dem Sofa saß. Er beobachtete lächelnd das Hunderudel, das in der Ecke mit einem Stofftier spielte. Mike war sich nicht sicher, wie lang dieser arme Plüschhase diese Rauferei durchhalten würde. Ein lautes Reißen war zu hören und einer der kleinen Hunde, einer mit goldgelbem Fell, trottete zufrieden in Richtung Hundekissen, ein Ohr des armen Stoffhasen im Maul.

»Wir müssen uns was anderes ausdenken. Die Kleinen verschleißen mehr dieser Plüschtiere, als ich kaufen möchte.«

»Ihr habt da ja richtige Kampfhunde ... zumindest drei davon.« Mike betrachtete die Rasselbande und deren ruhigere Vertreter. Grey hatte es sich an Yvis Fuß bequem gemacht und sein Köpfchen darauf gebettet, um mitbekommen zu können, wenn sie aufstand. Yvis Zuneigung zu diesem kleinen Racker war genauso ausgeprägt, denn sie kraulte ihm recht häufig den Kopf und lächelte, wenn er ein leises Brummen von sich gab.

»Drei Kampfhunde, eine Schlaftablette, einen Fresssack und einen Traumhund. Ich denke, Yvi hat die beste
Wahl getroffen.« Yvor lachte und hievte Grey auf Yvis
Schoß. »Und meine Eifersucht hält sich bei ihm ebenfalls
in Grenzen.«

Der graufellige Hund leckte dem Vampir über die
Hand. Gut, sie hatten beide einen Narren an dem
Kleinen gefressen. Wie aufs Stichwort kamen nun auch
die anderen Welpen an und wollten mit auf die Couch.
Selbst die Schnarchnase mit dem Namen Hannibal
sprang von dem Hundekissen. Er setzte sich vor Mike
und ließ ein leises, helles Bellen hören.

»Na, das nenne ich mal eine Aufforderung. Ist es okay,
wenn ich ihn hochnehme?«

Yvi nickte, also griff auch er zu und Hannibal rollte
sich kurz darauf auf seinem Schoß zusammen, während
er ihm die Ohren kraulte. Die Schlafmütze schnarchte
schon nach ein paar Minuten wieder, was Mike köstlich
amüsierte.

»Bärchen! Pfui!« Genervt zog Yvi an etwas, das der
dicke Welpe im Maul hatte. Sie räumte dem Kleinen die
Schnauze aus und beförderte jede Menge unförmigen
Mist daraus hervor. Was hatte der Hund nur alles
versucht zu fressen?

»Was ist das?«, wollte auch Yvor angewidert wissen.
Yvi stöhnte frustriert.

»Das ist das Innenfutter des Ein-Ohr-Hasen. Das und
etwas, das nach den Überresten eines Wollknäuels
aussieht.«

Yvor schüttelte nur den Kopf und suchte auf der
Ablage unter dem Wohnzimmertisch nach einem Papier-
taschentuch. Als er es gefunden hatte, packte er die
ekelig schleimige Masse darin ein und stand auf, um
diese im Mülleimer zu entsorgen. Dabei schnappte er
sich auch die traurigen Überreste des Stoffhasen und

warf sie im hohen Bogen ebenfalls in den Papierkorb.

»Also, mir wäre jetzt nach einem Drink. Wie steht es mit euch?«

Mike verneinte. Er hatte Violetta ein Versprechen gegeben und er wollte es halten. Kein Alkohol für die nächsten Wochen und Monate. Erst musste er seinen Durst kontrollieren lernen. Yvis Gabe unterdrückte diesen Drang, aber wie lange hielt es an? Mike beschloss, die Zeit zu genießen und sich mal wieder ganz normal zu fühlen, nicht wie ein ausgehungertes Tier.

»Es wird von Tag zu Tag besser, Kleiner. Es ist nur in seltenen Fällen so extrem wie bei mir.« Yvor schien bemerkt zu haben, wie Mike nachdenklich ins Nichts gestiert hatte. Er hielt ihm ein Glas Wasser hin und grinste breit. »Und selbst ich bin kein hoffnungsloser Fall, wenn ich meiner Therapeutin glauben kann.«

»Du bist alles Mögliche, aber definitiv kein hoffnungsloser Fall. Zumindest deinen Blutdurst kriegen wir sicherlich bald in Griff. Was allerdings dein fehlendes Maß bei Einkäufen und Geschenken betrifft ...« Yvi seufzte gespielt theatralisch. Mike wusste, dass es ein Spaß war, aber Yvor schnaubte.

»Hey! Ich gebe mir Mühe.«

Mikes Schwester hob beschwichtigend die Hände und lachte. Als Yvor noch immer nicht den Eindruck machte, als hätte er den Witz verstanden, stand Yvi auf und legte ihre Arme um seinen Hals.

»Nicht böse sein.« Sie reckte sich und drückte ihm einen Kuss auf die Nasenspitze, als er sich zu ihr beugte. Er knurrte leise und forderte offensichtlich stumm einen richtigen Kuss ein, den Yvi ihm kichernd gewährte.

»Mensch, Kinder! Sucht euch ein Zimmer«, brummte Mike und lachte ebenfalls. Yvor warf ihm einen recht frustrierten Blick zu.

»Das wäre unhöflich, und ich würde mir erneut einen

Vortrag darüber anhören müssen.«

Okay, jetzt war Mike peinlich berührt. Yvor wollte mit Yvi allein sein und sie vernaschen. Da war er natürlich im Weg. Er räusperte sich.

»Ich denke, ich werde mich gleich verabschieden. Yvi, was meinst du, wie lange deine Behandlung anhalten wird? Ich würde gern in die Stadt gehen und ein paar Dinge besorgen, bevor mich der Blutdurst wieder erwischt.«

Er schämte sich, auf die Hilfe seiner Schwester angewiesen zu sein, aber besser so, als am Ende einen Unschuldigen anzugreifen. Yvi machte sich von Yvor los und kam auf Mike zu. Sie tätschelte ihm grinsend die Schulter.

»Ich denke, du wirst mindestens einen Tag Ruhe haben. Geh einkaufen und genieße es. Und wenn es zu schlimm für dich wird, kommst du vorbei und ich helfe dir wieder, okay?«

»Danke.«

88

Endlich allein! Yvor hatte ruhig abgewartet, bis Yvi ihren Bruder verabschiedet hatte, doch nun wollte er nicht länger warten. Er dachte an ihr letztes schmackhaftes Abenteuer und lief eilig in die Küche, um ein paar Zutaten zu holen. Im Kühlschrank fand er einiges, das sich dafür eignen würde, entschied sich am Ende für Pudding und unterschiedliche Früchte.

›Mike ist weg. Wo bist du?‹

›Ich bin gleich bei dir. Geh schon mal in unser Schlafzimmer und leg dich hin. Ich komme nach.‹ Er räumte die Sachen auf ein Tablett und stellte es auf der Küchenplatte ab. Yvor musste die Hunde noch nach draußen lassen. Er wollte schließlich nicht, dass nach dem Liebesspiel mit Yvi das Chaos im restlichen Haus regierte. Die Hunde sahen zwar niedlich und liebenswert aus, aber in Wahrheit waren sie die reinsten Satansbraten.

»Gassie!«, rief er ihnen entgegen und sah dann amüsiert dabei zu, wie sich die Kleinen mühten, mit ihm Schritt zu halten. Sie bellten hell auf und sprangen um ihn herum. Er knurrte. »Rasselbande!«

Die Hunde reagierten auf sein Knurren genauso wenig wie seine Auserwählte. Keine Angst oder gar Respekt. Kaum war er zu Hause, hatte er nichts mehr zu melden. Wieso beunruhigte ihn das überhaupt nicht?

Hätte man ihm vor einem Jahrhundert oder gar einem Jahr gesagt, dass er zum gleichen Zeitpunkt eine Auserwählte und ein komplettes Rudel Hunde in seinem Haus aufnehmen und seinen geliebten Tagesablauf über den Haufen werfen würde, er hätte jenen, der das behauptet hätte, ausgelacht. Wobei, nein, einen solchen Humor hatte er nicht gehabt. Dank Yvi war er nicht mehr ganz so verbissen. Wozu auch? Ihm ging es in ihrer Nähe einfach gut und er konnte es sich leisten, auch ›mal Fünfe gerade sein zu lassen‹.

In der provisorischen Hundehütte fielen die Rabauken sogleich wieder über die Stofftiere her. So, wie sie sich darauf stürzten, waren sie vermutlich am nächsten Tag nur noch Füllmaterial. Yvor beschloss, einige der armen Kuscheltiere zu retten. Sie mussten sich wirklich eine andere Methode ausdenken, wie sie die Tiere beschäftigen konnten.

»Ich kann für euch doch keinen Hundesitter organisieren. Soweit kommt es noch!«, murrte er, dachte aber sogleich wieder an die Fernsehsendung, die sie am Tag zuvor angesehen hatten. Wie hatte dieser Typ nur geheißen? Cäsar? Oder brachte er da nun was durcheinander?

Die Kleinen machten einen Höllenlärm, sodass er sich nicht mehr auf seine Gedanken konzentrieren konnte, also versuchte er es einfach und zischte laut und nachdrücklich. Totenstille folgte. »Ha! Geht doch! Und nun seid brav. Ich muss mich jetzt um euer Frauchen kümmern.«

Vorsichtshalber verriegelte er die Tür, denn er traute diesen Zirkushunden mittlerweile fast alles zu, dann marschierte er zurück in Richtung Haus. Den Kleinen fehlte es hier an Nichts, davon hatte er sich überzeugt, und nun war er an der Reihe, denn schließlich hatte er auch Bedürfnisse, die man befriedigen musste.

Yvi war tatsächlich bereits ins Schlafzimmer gegangen, denn im Haus war es ruhig, als er durch den Flur schritt. Mit dem Tablett aus der Küche ging er nach oben. Die Tür des Schlafzimmers stand offen und er hörte sie ruhig atmen. Zu ruhig atmen.

Er seufzte, als er sie schlafend auf dem Bett vorfand. Sie war doch tatsächlich eingeschlafen. Wieder mal war Yvor hin- und hergerissen zwischen Frust und einem milden Lächeln, denn Yvi sah so friedlich aus, wie sie so auf dem Bett lag. Er beschloss, sie schlafen zu lassen und setzte sich in seinen Sessel, wo er über einen Schokoladenpudding herfiel. Wenigstens das Essen war ein kleiner Trost. Er beobachtete Yvi eine Weile beim Schlafen. Seine Lider wurden schwer und es dauerte nicht lang, bis er schlussendlich langsam in das Land der Träume rutschte.

›Ich muss eingeschlafen sein. Wieso hast du mich nicht geweckt?‹ Yvi lächelte ihn an. Sie lag inmitten einer Blumenwiese und streckte ihm ihre Hände entgegen. Er ließ sich neben ihr nieder.

›Du sahst so friedlich aus und musst sehr müde gewesen sein. Und hier ist es doch auch sehr schön, oder nicht?‹ Yvor strich seiner Auserwählten zärtlich über die Wange. Yvi schloss schmunzelnd die Augen, genoss seine Berührung. Seine Finger lösten den Haarknoten, den sie trug, und fuhren dann durch ihr weiches Haar, das sich auf ihre Schultern ergoss. Er liebte dieses Gefühl und hätte noch stundenlang damit spielen können.

Yvi stöhnte leise und weckte seine Lust. Ihre Hände hatte sie auf seinen Brustkorb gelegt und er spürte ihre Wärme.

›Darf ich dich jagen?‹

Ruckartig öffnete Yvi ihre Augen und sah Yvor an. Sie war errötet. Ob Yvors Wunsch sie so erhitzt hatte?

›Ich möchte dreißig Sekunden Vorsprung.‹ Sie grinste und stand auf. Zu Yvors Verblüffung zog sie sich ihr Oberteil über den Kopf und schlüpfte aus der Stoffhose. Als sie nackt vor ihm stand, zwinkerte sie ihm zu. ›Ein kleiner Anreiz.‹

Dieses freche Grinsen allein wäre schon ein guter

Anreiz gewesen, aber nun würde es für ihn kein Halten mehr geben. Yvis Lachen war wunderbar, als sie losrannte, mitten hinein in das hohe Blumenmeer.

Yvor begann laut zu zählen. Er zählte langsam, gab Yvi die Chance, weit genug von ihm wegzukommen. Er witterte, in welche Richtung sie vor ihm floh.

›Siebenundzwanzig, achtundzwanzig, neunundzwanzig und dreißig. Ich komme und hole dich.‹ Klang seine Stimme drohend und heiser, aber er war sich sicher, dass Yvi keine Angst vor ihm bekam. Er lief los, quer durch die Wiese, immer Yvis betörendem Geruch hinterher.

Sie war im Zickzack durch das Blumenmeer gelaufen, hatte versucht, ihn damit von ihrer Fährte abzubringen. Auf einen solchen Trick würde er nie reinfallen. Er war schließlich ein erfahrener Jäger.

An einem Baum hielt er kurz inne. Der Geruch von Yvi war daran so stark, dass er sich die Rinde besah. Sie hatte doch tatsächlich Blutflecken darauf hinterlassen. Nur schwach führte die Spur weiter, einen Hügel hinauf, und Yvor folgte ihr.

An der Spitze des Hügels angekommen, sah er sich suchend um. Von hier aus konnte man in jede Richtung kilometerweit sehen, aber von Yvi war weit und breit nicht die geringste Spur zu entdecken.

›Yvi?‹ War sie vielleicht aufgewacht und hatte ihn allein gelassen? Er sah sich weiter um, aber da war nirgends ein Zeichen von ihr. Ein leises Kichern machte ihm allerdings klar, dass Yvi sehr wohl noch in ihrem Traum war. Sie amüsierte sich offenbar köstlich über ihn.

Er atmete tief ein, versuchte ihre Spur wiederzufinden, aber durch das Blut an dieser großen Eiche hatte er nur noch dieses in der Nase. Frustriert beschloss er, zurückzugehen und noch mal von dem Baum aus zu

starten. Im Schatten der stolzen Eiche blieb er stehen
und atmete tief ein, als er ein leises Rascheln in den
Zweigen vernahm. Er warf einen Blick nach oben.

89

In dem Moment, in dem Yvor die Äste emporsah, ließ Yvi sich fallen und landete zum Glück unversehrt in den Armen ihres Vampirs.

›Hab ich dich!‹, brachte sie lachend heraus und Yvor ließ sie beide auf die Erde nieder. ›Ich bin auch keine schlechte Jägerin, oder?‹

Sie versuchte, nicht allzu stolz zu klingen, aber sie hatte ihn tatsächlich reingelegt. Gut, es war nicht gerade normal gewesen, nackt auf einen Baum zu klettern, aber in einem Traum durfte man gern verrückte Dinge anstellen. Sie fühlte sich gelöst, da sie wusste, dass es ihrem Bruder gut ging und alles ins Lot kommen würde. Jetzt konnte sie sich in aller Ruhe einem stattlichen, gutaussehenden und breit grinsenden Vampir widmen.

›Ich denke, du könntest irgendwann eine sehr talentierte Jägerin werden.‹ Yvor lachte und strich ihr eine Haarsträhne aus dem Gesicht. Er beugte sich zu ihr und küsste sie sanft auf die Lippen, was ihr eine Gänsehaut bescherte. Dieser Mann fühlte sich gut an, so warm und stark. Obwohl sie definitiv kein unterwürfiges Frauchen war, mochte sie es, welchen Effekt er auf sie hatte: Er gab ihr das Gefühl, außergewöhnlich weiblich zu sein.

Sie öffnete ihren Mund und lockte ihn mit ihrer Zunge, worauf Yvor nur allzu gern einging. Ihre Zungen spielten miteinander, leckten, erkundeten und heizten die Stimmung noch weiter an, bis es fast kein Halten mehr gab. Der Traum änderte sich leicht. Yvor legte sie auf einer Picknickdecke ab, die erstaunlich bequem war und auf der sich Yvi genüsslich rekeln konnte.

›Du siehst zum Anbeißen aus‹, raunte er leise und strich sachte über ihre nackten Schenkel.

Sie öffnete sich und ließ seine Fingerspitzen tiefer wandern. Er stöhnte, als er spürte, wie bereit sie schon für ihn war. Dieses kleine Spiel hatte sie erregt und nun wollte sie ihre Belohnung.

›Raus aus deinen Klamotten‹, befahl sie ihm und Yvor ließ es sich nicht zweimal sagen. In geschmeidigen Bewegungen streifte er sich die Sachen ab und kniete sich zu ihren Füßen nieder. Seine Hände legten sich erneut auf ihre Schenkel, doch dieses Mal drückte er sie mit Nachdruck auseinander.

›Deine Belohnung‹, flüsterte er und ihr Körper erzitterte, als er den Kopf senkte und sie seinen Atem spürte.

Seine Zunge leckte bedächtig und langsam erst über die Innenseite ihrer Schenkel, dann Zentimeter für Zentimeter tiefer. Seine Lippen erforschten und neckten ihre Perle, bis sie aufstöhnte. Sie spürte, wie ihr Höhepunkt langsam, aber stetig auf sie zurollte und Yvor behielt die Intensität bei. Er reizte sie, brachte Yvi zu Höhenflügen und hielt sie mit seinen Zärtlichkeiten doch im Jetzt und Hier. Sie stöhnte seinen Namen, als der Orgasmus sie überrollte. Erschöpft, aber überaus befriedigt, schloss Yvi die Augen und atmete keuchend.

Yvors Fingerspitzen strichen ihr weiterhin über den Körper, ließen die Erregung nicht abflauen, sondern steigerten ihre Lust erneut. Er legte sich auf sie, sodass sie seinen muskulösen und starken Körper spüren konnte. Er raunte ihren Namen, dann stieß er zu.

›Oh Gott!‹, entfuhr es ihr, als diese intensive Empfindung über sie kam. Jede seiner Bewegungen war fast zu viel für sie und doch wollte sie mehr. Yvi wollte mehr von diesem Mann, diesem Traum, diesem Leben und dieser Beziehung. ›Ich liebe dich!‹

Diese Worte entschlüpften ihren Lippen, ehe sie diese

aufhalten konnte. Es war das erste Mal, dass sie es direkt aussprach. Seine Bewegung wurde langsamer, vorsichtiger und, als er sie küsste, waren ihre Befürchtungen wie weggeblasen.

›Ich liebe dich auch, meine Auserwählte, meine Rettung und meine neue Freundin auf Lebenszeit.‹ Er lächelte und küsste sie erneut. ›Und jetzt werde ich noch einmal deine Welt erschüttern.‹

Sie wollte ihn eigentlich in einem sarkastischen Tonfall fragen, wie er das anstellen wollte, aber als er seine Zähne in ihren Hals schlug, stand ihre Welt bereits Kopf. Was er versprach, das hielt er auch.

›Und? Zufrieden?‹, raunte er eine halbe Stunde später und sah dabei sehr selbstgefällig aus. Sie sah es im Augenwinkel.

›Sehr. Und du?‹

›Noch nicht ganz. Das kommt gleich auf deine Reaktion an.‹ Er hatte sie eng an sich gezogen und sie genoss seine Körperwärme an ihrer. Seine Hand lag auf ihrem Oberschenkel, wo sein Zeigefinger Unendlichkeitszeichen auf ihre Haut malte.

›Reaktion worauf denn?‹ Sie drehte sich auf den Rücken und schaute Yvor fragend an. Er wirkte plötzlich unsicher.

›Das würde ich gern mit dir außerhalb des Traums besprechen. Ich denke, nach einer schönen Dusche und einem leckeren Frühstück.‹

Sie gab ihm einen leichten Schlag gegen seinen Brustkorb und er zwinkerte ihr zu. Er wusste, dass sie Geheimnisse nicht ausstehen konnte. Yvor verschwand, ehe sie nochmals die Chance erhielt nachzufragen. Er war aufgewacht.

›So ein Mist! Und ich?‹

Es dauerte eine gefühlte Ewigkeit, bis sie es ebenfalls schaffte, sich aus ihrem Traum zu lösen. Sie lag im Bett, starrte an die Decke und hoffte, dass es nicht schon zu spät war. Im Bad hörte sie das Wasser rauschen. Yvor war bereits darunter und Yvi wartete angespannt darauf, dass er wieder ins Schlafzimmer kam. Er kam aber nicht. Nachdem das Rauschen verklungen war, vergingen die Minuten, die Yvi unruhig werden ließen.

Yvor beeilte sich. Nachdem er aus der Dusche gestiegen war, eilte er in die Küche und schnappte sich ein Tablett. Frühstück im Bett war doch sicherlich ein guter Plan, auch wenn er befürchtete, dass so ein Tablett sich ebenfalls gut dafür eignete, es ihm an den Kopf zu werfen.

»Sicher ist sicher«, murmelte er leise und schnappte sich stattdessen ein Betttablett. Er hatte keine Ahnung, wieso es ein solches in seinem Haushalt gab, aber jetzt fand er es praktisch. Durch die Beine war es unhandlicher und Yvi würde es schwerer haben.

Lächelnd stellte er fest, dass Frau Wallner frische Brötchen gebracht und auch den Kühlschrank aufgefüllt hatte. Wie die Frau das an einem Sonntag geschafft hatte, wusste er nicht, aber er nahm sich vor, ihr dafür von ganzem Herzen zu danken. Sie schien ihnen wirklich etwas Gutes tun zu wollen und freute sich, dass er Yvi gefunden hatte.

Das Tablett war schnell gepackt und die Leckereien rochen köstlich. Wie hatte er nur mit dem Essen aufhören können? Er hatte dadurch so viel verpasst. Auf dem Weg nach oben konnte er nicht widerstehen und schnappte sich ein Croissant. Er kaute begeistert, als er die Schokoladenfüllung schmeckte.

»Frühstück!« Yvi strahlte ihm vom Bett aus entgegen und lachte, als er davor stehen blieb. »Und du hast Krümel an der Wange hängen, außerdem sieht das nach Schokolade aus.«

Sie streckte ihm ihre Hände entgegen und wischte die

verräterischen Überreste weg. Er ließ es geschehen und sah dabei zu, wie sie sich den Finger mit dem Schokoladenrest in den Mund schob. Beim Anblick ihrer Zunge wurde es ihm heiß. Yvor räusperte sich.

»Ich hoffe, dir schmeckt auch der Rest.«

Sie rutschte zur Seite und ließ ihn neben sich Platz nehmen. Es war schön, so einträchtig da zu sitzen und so alltägliche Dinge zu tun wie zu essen und Pläne für den Tag zu schmieden.

»Ich mag Sonntage nicht.« Yvi ließ sich zurück in die Kissen sinken, vergrub ihr Gesicht darin und seufzte.

»Wieso das?«

»Das ist immer der Tag vor dem Montag, und dann geht der ganze Zirkus wieder von vorn los«, klang Yvis Stimme gedämpft durch das Federkissen. Ihre Worte machten ihm wieder Mut, dass sie seine Überraschung gut auffassen würde. Anna hatte ihm bereits prophezeit, wie Yvi reagieren würde und Yvor hoffte, sie hatte recht.

»Wie wäre es, wenn dieser Montag anders wird?«

Sie tauchte aus dem Kissenberg hervor und sah ihn fragend an. Nun musste er es tatsächlich wagen. Wortlos stand er auf und ging zu seinem Schrank. Er öffnete die Tür und griff nach der kleinen Pappschachtel, die er dort versteckt hatte. Er reichte sie Yvi, die ihn mal wieder kritisch beäugte. Ihr schwante wohl nichts Gutes.

»Du brauchst nicht gleich blass werden. Es ist kein Heiratsantrag«, brachte er knurrend heraus und Yvi atmete erleichtert auf. »Kein Grund, sich so sehr darüber zu freuen.«

»Du weißt selbst, dass wir beide noch lange nicht so weit sind.«

»Ja, das weiß ich. Aber du solltest dich langsam mit dem Gedanken anfreunden, dass ich mich nicht mehr so leicht vertreiben lasse. Und jetzt sei bitte einmal in deinem Leben still und mach das Päckchen auf.« Er wollte nicht wieder so einen knurrenden Ton an den Tag legen, aber sie provozierte es ja geradezu.

»Ausnahmsweise«, kicherte Yvi und öffnete das Päckchen. Die goldene Maske, die Yvor extra für diesen Anlass gekauft hatte, lag darin in Stoff gebettet. Seine Auserwählte starrte die Maske einige Sekunden lang an, dann wandte sie ihren fragenden Blick Yvor zu.

»Ich möchte dich für ein paar Tage nach Venedig entführen. Da du den Zirkus magst, denke ich, dass du den Karneval in Venedig lieben wirst.«

Yvi klappte die Kinnlade nach unten. Sie starrte ihn an, schien nicht genau zu wissen, was sie sagen sollte. Mehrmals startete sie den Versuch, blieb ihm allerdings doch eine Antwort schuldig. Yvor überlegte schon, wie er sie zum Sprechen bringen konnte, als sie die Maske aus der Verpackung nahm. Sie studierte sie eingehend von beiden Seiten und lächelte nun.

»Gefällt sie dir?«

»Sie ist traumhaft schön. Ich wünschte, ich könnte sie aufsetzen und einfach mit dir nach Venedig verschwinden«, hauchte sie. Er sah ihr das Bedauern an und war froh, dass er an alles gedacht hatte.

»Wieso solltest du das nicht? Anna lässt dich schön grüßen. Sie hat alle deine Termine in der Klinik und deiner Praxis auf Kollegen verteilt. Und ich habe mit der Klinikleitung gesprochen: Du hast noch so viele Urlaubstage, dass wir für mindestens zwei Monate nach Venedig reisen und dort das Leben genießen können.« Er grinste sie breit an.

Yvor rechnete mit Protest, mit Ausflüchten, wieso dies eine dumme Idee wäre, aber nichts hätte ihn auf Yvis Reaktion vorbereiten können: Sie fiel ihm kreischend und lauthals lachend um den Hals.

»Du bist mein Held!«

Epilog

Was machst du denn nun schon wieder? Ich möchte anmerken, das ist mein Laptop«, murrte Yvor, aber Yvi grinste. Sie drehte ihn zu ihrem Lieblingsvampir, sodass er die E-Mail lesen konnte, und sah dabei zu, während sich Yvors Miene von einer fragenden in eine freudestrahlende wandelte. Isabel hatte ihre Noten für das Schuljahr bekommen: in jedem Fach eine eins. Yvor war stolz auf sie, doch das war noch nicht alles:

»Ich habe mit Papa und Mama gesprochen und sie wollen mich auf eine normale Schule gehen lassen, mit anderen Schülern. Ich freue mich so darauf! Und das Allerbeste: Sie ist in Deutschland ...«, las er laut vor und warf Yvi dann einen überraschten Blick zu. »Hast du das gewusst?«

»Dreimal darfst du raten, wessen Idee das war. Angel hat deine Mutter überredet, dass eine normale Schule in Deutschland harmlos ist. Ich wusste ja, wie gern du deine Schwester wieder bei dir haben wolltest, und da habe ich angeboten, dass sie bei uns wohnen könnte. Sie packt vermutlich jetzt gerade ihre Sachen zusammen.«

Ein bellendes Lachen drang aus Yvors Mund und er stand auf, um Yvi in seine Arme zu ziehen.

»Womit habe ich nur so viel Glück verdient? Eine Auserwählte, die mich besser kennt, als ich mich selbst, eine Schwester, die bei uns sein möchte, Freunde, auf die ich mich verlassen kann und ein neues Zuhause, wenn wir wieder nach Deutschland kommen.« Er strahlte sie an und sie zwinkerte.

»Na, damit es dir nicht allzu wohl wird, hast du ja noch deine Rasselbande. Ich denke, Frau Wallner wird sich freuen, wenn wir wieder zurück sind, und sie die Kleinen an uns zurückgeben kann. Soweit ich ihre E-Mail verstanden habe, haben sie sich bereits ihrer Schuhe angenommen. Sie stellt sie dir in Rechnung.«

Man konnte nicht alles haben. Aber solange es nur solche Kleinigkeiten waren, würde er prima damit zurechtkommen. Seine Gedanken waren mittlerweile für Yvi wie ein offenes Buch und sie genoss diese innige Vertrautheit.

»Ich liebe dich«, raunte er Yvi ins Ohr.

Sie kicherte leise und strich ihm zärtlich über die Wange.

»Ich liebe dich auch, mein süßer, verrückter und einfallsreicher Graf Dracula.« Sie küsste ihn sanft und sah in seine tiefblauen Augen. Dieser Mann hatte es tatsächlich geschafft, dass sie sich endlich wohl in ihrer Haut fühlte.

»Du bist die Einzige, die mir so freche Kosenamen geben darf. Ich schätze mal, zwischen uns wird es immer Reibereien geben, oder?«

Yvi nickte.

Die Sonne ging langsam unter und tauchte die Stadt in sein orangenfarbenes Licht. Bald würde es anfangen zu regnen und sie konnten gemütlich von ihrer überdachten Terrasse aus die einsamen Gondeln beobachten, die die letzten Touristen die Kanäle abwärts fuhren.

Yvi mochte den Regen.

Yvor schenkte ihn ihr, das wusste sie, denn die Wettervorhersagen hatten Hitze und Trockenheit angekündigt. So irren konnte sich ein Wetterfrosch auch wieder nicht. Er stand grinsend neben ihr und beobachtete mit ihr zusammen, wie die ersten Regentropfen fielen.

ENDE								?

Leseempfehlung von uns

Erinnerungen eines Vampirs

von Sabrina Georgia

ISBN Buch: 978-3-945858-00-4
ISBN PDF: 978-3-945858-02-8
ISBN ePub: 978-3-945858-01-1

Ohne Erinnerungen, dafür mit dröhnenden Kopfschmerzen wacht sie in einem schmuddeligen Zimmer irgendwo in Paris auf. Zusammen mit ihrem Retter, einem Kleinkriminellen namens Scar der sie liebevoll Eva nennt, begibt sie sich auf die Suche nach ihrem ICH. Sie landet in dem vermutlich größten Abenteuer ihres Lebens, bei dem nicht nur ihre eigene Vergangenheit sie einholt, sondern auch ein lang gehütetes Geheimnis an die Oberfläche kommt. Viel drängender stellt sich Eva jedoch die Frage WAS sie eigentlich ist, denn ihr Durst nach dem Blut ihres Retters wird von Tag zu Tag stärker.